La Orden del Visir

La Orden del Visir

Javier Martín Contreras

Círculo Rojo
EDITORIAL

Primera edición: Noviembre 2023

ISBN: 978-84-1199-742-3

Impresión y encuadernación: Editorial Círculo Rojo

© Del texto: Javier Martín Contreras
© Maquetación y diseño: Equipo de Editorial Círculo Rojo
Editorial Círculo Rojo

www.editorialcirculorojo.com
info@editorialcirculorojo.com

Impreso en España — Printed in Spain

Los designios de la riqueza solo son comparables al esplendor de una dinastía.
Encubrir héroes no es misión del pasado, más bien, representa el orgullo de los vencidos.
La antigua Garnata Andalusí, dio ejemplo de nobleza y casta, recogida en las más grandes epopeyas que remanecen en nuestra memoria

MADINAT GARNATA LIL´ABAD

CAPITULO I
CACIN, DAMI Y LUIS

—Cacín tío, ¡coge la mochila y vámonos que no llegamos! Ya sabes cómo se pone D. Antonio cuando entramos tarde.

—¡Ya voy Dami!, ¡no me metas prisa!

Los dos amigos, tras pasar un rato en la pista de fútbol sala, entraron al edificio y subieron a la primera planta donde se encontraba el aula. Como muchos de los alumnos, ellos también se decidieron por la rama de humanidades, ya que la de ciencias no era de su agrado. Atravesaron la puerta de la clase y al instante Dami se abalanzó con cariño sobre Luis.

—¿Qué pasa tío?, ¿dónde te metiste ayer? —le dijo Dami.

—Fui al médico con mi madre porque se le ha metido en la cabeza que tengo anemia y quiere que me hagan unos análisis de sangre.

Aunque Luis nunca lo demostraba, le tenía pavor a las agujas, por lo que siempre que podía se buscaba una excusa para no hacérselos.

—Pues nada a pasar por la jeringuilla —apuntilló con gracia Cacín.

Luis era un muchacho delgado, de metro setenta y poco, deportista, aunque tenía un físico explotable para el atletismo. Su estilismo era bastante clásico y no le importaba mucho ir a la moda. Odiaba salir de compras con su familia, por lo que su madre se solía encargar de su ropero. Era un poco tímido con los desconocidos, aunque muy abierto con sus amigos. No solía ser un gran estudiante, según la asignatura podía tener mejor o peor nota, aunque rara vez suspendía un examen, y no solo por el suspenso, sino por no escuchar a su madre Carmen, que constantemente le recriminaba lo necesario que era tener una carrera universitaria «lo ves, tu primo Juan ha acabado la carrera de abogado y ha conseguido ya trabajo» le recordaba una y otra vez. Lo que no comentaba su madre es que estaba de mozo de almacén por recomendación, cosa que de todos modos a Luis le daba igual. Él tenía una verdadera pasión que pocas veces compartía. Su afición por el dibujo le hacía sentirse bien. Disfrutaba de manera especial realizando bocetos a lápiz sobre cualquier tema, desde un monumento a una planta, no había cosa que se le resistiera a la hora de dibujar. Sus dos grandes amigos eran Dami y Cacín, aunque llevaba más tiempo siéndolo de Dami, ya que desde pequeño residían en la misma barriada, mientras que a Cacín lo conocieron cuando entraron al colegio.

Eran las once y D. Antonio se asomó a la puerta del aula mientras charlaba con Conchi, la profesora de Geografía, cosa habitual entre los cambios de clase. Tras una breve despedida, el profesor de historia del instituto atravesó la misma serio y ensimismado hasta la mesa. Depositó su portafolio de cuero usado y se volvió hacia los alumnos para dedicarles un seco y alto:

—¡Buenos días!

Al que la clase entre murmullos respondió

—¡Buenos días D. Antonio!

En ese momento en que todos dirigían la mirada al profesor esperando comenzar la rutina de una hora de aprendizaje, este respiró profundamente y comenzó a decirles:

—Señores, me han comunicado que pasado mañana tendremos una excursión cultural de dos días por el barrio del Albaicín y la Alhambra. —En ese momento un murmullo recorrió el aula, teniendo que ser silenciado por el profesor.

—¡Escuchen por favor! —Se apresuró a decir D. Antonio—. Como bien sabéis, no soy partidario de este tipo de acciones, pero es decisión del centro que se realicen, y ya que vamos a estar dos días aprendiendo sobre el terreno, he decidido que por grupos de tres o cuatro realicéis un trabajo en equipo.

Los murmullos de los alumnos volvieron a sonar en el aula. De inmediato, Cacín, Dami y Luis se hicieron gestos para acordar efectuar el trabajo juntos, algo que ya daban por hecho.

—Para poder llevar a cabo esta visita con algo de conocimiento —continuó D. Antonio—, os he preparado un documento con el recorrido que vamos a realizar y unos pequeños apuntes históricos de la zona. Espero que se lo lean antes para que estos días tengan algo más de conocimiento de los lugares por los que vamos a estar. Por favor, Jesús, acérquese y reparta un ejemplar a cada alumno.

El muchacho se levantó de la segunda fila y se acercó hasta D. Antonio para recoger los expedientes y repartirlos.

Cacín era un chico atléticamente agraciado, de pelo castaño, deportista y extrovertido. Lo único que le hubiera gustado es haber sido un poco más alto, ya que no llegaba al metro sesenta de altura. Al contrario que Luis, le gustaba no quedarse atrás con los gustos modernos, pero sin destacar. Era bastante inteligente y curioso con las cosas que le apasionaban. Sus buenas notas en el instituto le hacían ser una persona de gran confianza de D. Antonio. Le gustaba indagar en lo desconocido y era de esos pocos chicos que le aficionaba la lectura, casi siempre novelas de misterio y aventuras con las que soñaba por las noches ser partícipe de las mismas. Pensaba muchas veces que algún día sabría tanto de historia como su profesor. Se sentía muy afortunado de vivir en Granada y notar el aroma medieval que la envolvía. La vida con sus padres no iba más allá de la convivencia típica familiar, aunque echaba en falta haber tenido un hermano con el que compartir sus pensamientos. Todos en el instituto le conocían por su apodo que había adoptado por ser sus padres oriundos del pueblo de Cacín, pero su nombre de pila era Jesús.

—¿Has acabado ya Jesús?

—Sí, D. Antonio.

—Muy bien, señores, pues, entonces comencemos la clase —dijo el profesor.

Mientras D. Antonio se dedicaba a explicar la lección histórica del día, la mayoría de los alumnos empezaron a echarle un vistazo al documento sin apenas atender a sus explicaciones. Eso enojaba al viejo profesor, que con mucha experiencia interrumpía su materia para realizar preguntas a los más despistados. En ese momento la clase tomaba un tono serio y tenso, más acorde al sitio donde estaban. Esta rectitud se mantuvo hasta el final de la hora asignada, cosa que agradeció el maestro.

Poco más dio la mañana educativa, el sonido del antiguo timbre mecánico señalo el fin de la jornada en el centro. Con la mente puesta en la excursión del día siguiente, Dami, Cacín y Luis se juntaron de camino hacia sus barrios, mientras charlaban sobre qué casa sería el lugar para hacer el trabajo.

—Entonces… ¿lo hacemos en mi casa mejor? —dijo Dami.

—A mí me parece bien —respondió Luis.

Los dos miraron a Cacín que con un gesto de hombros encogido les respondió.

—Me da igual, menos en la mía en cualquier sitio.

Dami dio aquello por sentado y se despidió de ellos junto al portal de su casa.

Damián era el típico muchacho acomplejado por su baja estatura y sus kilitos de más, aunque eso no le impedía ser ágil, sobre todo cuando se disputaban los partidos de futbol sala. Cariñosamente le conocían por el diminutivo de su nombre. Siempre le gustaba dejarse el flequillo largo para tapar su amplia frente, pensando que la calvicie le podría llegar antes de lo previsto. Su manera de vestir era muy deportiva, ya que ese tipo de ropa, por su anchura, le hacía disimular sus *michelines*. Era bastante ordenado con sus cosas, no permitía que nadie le tocara sus chismes, aunque fueran tontadas. Sus amigos so-

lían chincharle con ese tema para que acabara enrabietado, pero sin pasarse. Su postura de indiferencia ante sus estudios le hacía dudar de su futuro. Cuando algo no le interesaba se desconectaba del asunto y se sumía en sus propios pensamientos. Quizás de los tres amigos, él permanecía más al margen de cualquier actividad cultural y su afición se resumía en jugar al fútbol en el instituto.

. . .

En casa de Cacín, su madre Ana estaba acabando de hacer la cena, mientras él permanecía tumbado en la cama de su habitación repasando el informe de D. Antonio.

En la televisión empezaba a sonar la cabecera del telediario, que su padre Alberto procuraba no perderse y eso suponía subir el volumen del aparato que molestaba de qué manera al propio Cacín.

—Jesús deja ya el móvil y vamos a cenar que está la mesa puesta —le dijo su madre ya con un tono más que alto.

—Ya voy, y no estoy con el móvil —le respondió Cacín

Mientras cenaban, el muchacho les comentó a sus padres la excursión organizada por el instituto por el Albaicín y la Alhambra. Su padre le miró con bastante indiferencia y su madre entendió que tendría que prepararle algún que otro bocadillo de tortilla. Eso fue toda la conversación durante la cena, algo que hace tiempo Cacín lo tomaba como normal en su casa.

. . .

Por la mañana, los tres amigos volvieron a reunirse en el instituto como de costumbre. La entrada al centro no se realizaba por la puerta principal, sino por el portón trasero metálico en color negro, coronado por un arco de medio punto encalado, que daba acceso directo al patio. Las pistas deportivas estaban

13

en muy buenas condiciones. No hacía muchos años se reformó el pavimento con un nuevo cemento especializado y se pintaron de un azul semi-mate. Todo daba una sensación polideportiva muy conseguida que animaba a los chavales a practicar todo tipo de deportes.

—Bueno, mañana tenemos la excursión —dijo Luis.

—Ya te digo, además es la primera vez que lo hacemos con D. Antonio —argumentó Cacín.

—Espero que no sea muy aburrido, encima tenemos que estar subiendo cuestas toda la mañana porque el Albaicín no es precisamente un barrio en llano, todo para arriba y pedregoso —continuó diciendo Dami, algo disconforme.

Aunque conocían la zona del Albaicín y de la Alhambra, más por juntarse para pasar alguna tarde que para contemplar la cultura y la historia, la salida conllevaba la realización de un trabajo, ejercicio que a Cacín le importaba mucho para subir su nota media. Para ellos esa visita cultural se convertirá en algo más que una simple excursión.

El timbre del instituto daba la señal de entrada a las clases. El andar parsimonioso de los alumnos ponía de los nervios a muchos de los profesores, que no se solidarizaban con esa actitud que ellos mismos adoptaron en su época de estudiantes.

El centro escolar se construyó en los años cincuenta del siglo XX sobre las huertas que se asentaban cerca de la vega del río Genil. El primer nombre que se le puso cuando se inauguró fue el de General Varela, en alusión a un personaje de la dictadura franquista, pero con la transición este fue cambiado por el universal poeta Federico García Lorca. El edificio principal no tenía ningún estilismo arquitectónico. Su construcción, de líneas rectas, fue concebido para ser lo más funcional posible. Estaba dividido en cinco pisos. La planta baja se destinaba a salas culturales, como la biblioteca, algún despacho de los docentes y un salón de actos bastante amplio. Por encima, las viejas aulas, de

una amplitud considerable, se reformaron hace poco tiempo con puertas y ventanas mucho más actuales. Todavía se mantenían los enseres mobiliarios típicos de los centros educativos que se compraron con la llegada de la democracia al país. Las primitivas pizarras verdes sobre las que se deslizaban aquellas tizas cuadradas todavía estaban almacenadas en los sótanos, mientras las nuevas de tipo acrílicas de plástico blanco resaltaban sobre el fondo verde oscuro de la pared. Por aquellos días, varias cuadrillas de técnicos en climatización empezaban a sustituir los antiguos aires acondicionados empotrados en las paredes exteriores, por los modernos equipos mucho más económicos y funcionales. Con los años se fueron edificando pequeñas construcciones para adaptarlas a los cambios educativos que los diferentes gobiernos iban ejecutando: unos como comedores, otros como aulas de estudio y otros con un formato multiusos. El instituto estaba situado en una zona céntrica de la ciudad, lo que permitía abastecer educativamente los populosos barrios de alrededor.

El aula al que pertenecían los tres muchachos estaba compuesta por unos treinta alumnos, casi todos residentes de los alrededores. La cordialidad era lo normal, aunque como era lógico, se desglosaba en pequeños grupos de amigos con gustos más afines.

El día comenzó con la rutina habitual. El movimiento de alumnos entre los cambios de clase era muy bullicioso pero incontrolable por parte de los maestros, que se pasaban varios minutos ordenando la vuelta a las aulas. Toda la actividad fluía a la perfección bajo las directrices de Alfonso, su director, quien era muy reconocido entre la comunidad educativa por su implicación y buen hacer dentro del centro.

Aquella mañana, D. Antonio la dedicó casi por completo a dejar claras las normas que regirían en las dos excursiones. Controlar tantos alumnos suponía una responsabilidad que para él era una carga poco agradable de su trabajo. Cuando hubo terminado de hablar quiso recalcarles que aquello no era un día de vacaciones, sino una actividad cultural que iba a ser evaluada a través de los trabajos en equipo.

Los muchachos salieron juntos del instituto en dirección a su monótona vida familiar. Aquel día pensaron en quedar en el parque, pero valorando el posible cansancio que pudiera surgir de las excursiones, prefirieron recogerse en sus hogares para no gastar muchas fuerzas.

CAPITULO II
PRIMER DIA DE EXCURSION

Los primeros rayos de sol entraban por la persiana de la habitación de Luis. En ella no había mucho espacio, ya que la cama y el armario ocupaban casi todo el sitio. La poca pared disponible la tenía llena de sus mejores dibujos hechos a carboncillo, algunos de ellos ya tenían las puntas dobladas por el tiempo que llevaban colgados. El despertador de su teléfono móvil empezó a sonar y eso significaba que era hora de levantarse para ir al instituto, motivo de quejas y soplidos matutinos por su parte. Tras vestirse y desayunar, cogió la mochila y salió a la calle para unirse a Cacín y Dami que ya le esperaban sentados en el banco frente a su portal. Juntos los tres, se encaminaron al *García Lorca* con algo de ilusión por ver que les depararía el primer día de excursión.

En el patio del centro, los alumnos de D. Antonio estaban dispersados en varios grupos mientras las clases ya habían dado comienzo. El profesor bajó los escalones del edificio y con un par de palmadas ordenó a los chicos que se fueran acercando hasta él.

—¡Vamos, vamos!, poneros bien que veamos quien falta. ¡Callaros un poco que no me escucháis! Señores por favor tenemos que irnos y necesito ver si falta alguno. ¡Silencio! —exclamó en tono alto y serio D. Antonio, lo que provocó de inmediato que todos se callaran—. Bueno —continuó diciendo—, hoy tenemos un día complicado por el Albaicín, si alguien no ha traído calzado cómodo puede que lo pase mal, pero ya os lo advertí ayer, por lo que hoy no valen excusas. Os recuerdo de nuevo lo que vamos a hacer: saldremos ahora andando hacia el centro, justo antes de que nos adentremos por sus calles empezaré a explicar todo lo que viene en el documento que os di el otro día y que espero hayáis, por lo menos ojeado. Si tenéis alguna pregunta durante el recorrido no dudéis en hacérmela. Solo espero que os comportéis como personas adultas y, por cierto, queda absolutamente prohibido separarse del grupo, si tenéis que ir al servicio o a por agua me lo decís antes. De todos modos, hemos organizado la ruta pasando por zonas para descansar y refrescarnos. Veo que algunos no habéis traído gorras ¡mira que lo dije! —Se lamentaba moviendo la cabeza de un lado a otro—. Menos mal que tenía algunas de propaganda en casa y me las he traído ¿Qué levante la mano quien no tiene? Jesús toma repártelas por ahí. —El muchacho las cogió y se apresuró a repartirlas.

—Tome ha sobrado una —decía Cacín mientras estiraba el brazo para devolvérselas a su profesor.

—Gracias —le respondió con amabilidad D. Antonio.

Sin más que decir, la comitiva de alumnos atravesó el largo patio del instituto para salir por la puerta. Todos avanzaban en pequeños grupos de charla, Cacín, Dami y Luis conversaban de diferentes temas y ninguno relacionado con la excursión.

En poco más de media hora llegaron al principio del barrio donde D. Antonio los reunió para volver a recordarles las normas de comportamiento.

—Recordad, cualquier cosa que necesitéis hacer me lo decís.

Los alumnos asintieron con la cabeza, como el que da la razón a un tonto y volvieron a sus charlas de amigos. Fue el momento para empezar a dar explicaciones de todos los monumentos, mientras se adentraban en las primeras calles del barrio.

Algunos alumnos tomaban notas, otros escuchaban y los menos no hacían ni una cosa ni la otra. Cacín, era de los tres, el que más interés mostraba por los diferentes aspectos culturales. Iba siempre cerca de D. Antonio para no perder hilo de las explicaciones y aunque algunas le aburrían otras sin embargo despertaban su interés, sobre todo cuando el tema iba dirigido a leyendas y misterios de la zona.

—Entonces, ¿esta era la zona más rica del barrio? —preguntó Cacín.

—En efecto Jesús, sobre todo después de la reconquista, fue por aquí donde los ricos señores cristianos construyeron sus palacios, la mayoría sobre casas nazaríes y huertas —le respondió el profesor.

Dami y Luis, que permanecían más en el anonimato cultural, se mofaban del peloteo de Cacín con el profesor mientras andaban a paso lento y desganado con los móviles en las manos, cosa que al docente le ponía de los nervios.

—En vez de mirar tanto los móviles, porque no ponéis un poco de atención —les decía casi una y otra vez, mientras ellos hacían el gesto de guardarlos para volver a sacarlos y utilizarlos.

La mayoría se hacía fotos así mismo y a sus compañeros, pero Cacín era diferente. Desde el primer momento utilizaba la cámara del teléfono móvil como un reportero de guerra, donde señalaba D. Antonio, ahí que le hacía una foto. Él mismo empezó a sentirse a gusto con la excursión e incluso empezó a recriminar con la mirada a sus compañeros de clase por no estar atentos. Revisando las pocas fotos que había realizado quiso hacer *Zoom* sobre una de ellas de algo que le despertó curiosidad.

—Luis, ven —le dijo Cacín agitando el brazo—. Mira esta foto.

Este giró hacia sí mismo el teléfono de su amigo y devolviéndole la mirada le preguntó.

—¿Qué quieres que vea Cacín?

—Mira aquí a mitad de altura de la pared de la iglesia. Hay una pequeña cruz insertada en el muro. ¿Qué crees que será?

—Y yo qué sé —dijo Luis—. Pregúntale a D. Antonio.

Cacín quedó un segundo pensativo como el que no sabe qué hacer, miró a Luis y a Dami que acababa de llegar a la reunión y dijo.

—Es igual, ya le preguntaré.

Mientras tanto, Luis había sacado su pequeña libreta de dibujo y empezaba a realizar las primeras trazas de aquella cruz que estaba en la foto de Cacín. Su forma de dibujar era ágil, casi no miraba al papel, algunas veces recordaba a la forma en que se mueven las agujas de un sismógrafo. En un visto y no visto realizó el primer dibujo de la mañana.

La ruta continuaba con los monólogos de D. Antonio viendo como Dami trasteaba su nuevo teléfono móvil. Luis poco a poco fue pegándose más a su amigo Cacín con el que empezaba a mantener conversaciones que en algunas ocasiones eran bastante maduras para su edad.

Al llegar al final del paseo del río, el profesor levantó la mano cuál policía te da el alto, para dirigirse al grupo.

—Señores vamos a parar aquí diez minutos para descansar, allí enfrente hay una fuente para el que quiera beber agua, no os despistéis mucho que en breve continuamos.

En ese momento los alumnos se dispersaron en pequeños grupos, sin dejar de manipular sus móviles.

Cacín, Dami y Luis aprovecharon el muro del río para sentarse, de los tres, solo a Dami le colgaban los pies, cosa que no le gustaba.

Con el pensamiento puesto en los primeros palacios e iglesias vistos, Cacín se había quedado reflexionando en aquella cruz del muro lateral de la Iglesia de Santa Ana; no obstante, se lo guardó para él sin todavía querer compartirlo con sus amigos.

Por otro lado, Luis sacó la libreta con el dibujo, Cacín miró el boceto sorprendido por la perfecta ejecución de su amigo en tan corto tiempo y con envidia sana le hizo saber lo bien que le había quedado.

Al poco rato D. Antonio se levantó del banco donde había descansado y con dos toques de palmas bastante intensos se dirigió a los alumnos para que se agruparan.

—Señores ahora vamos a subir a la parte alta del barrio, las aceras son estrechas por lo que mucho cuidado con los coches.

Los tres amigos junto con sus compañeros de clase se pusieron en marcha mientras contemplaban la majestuosa imagen de la Alhambra desde la orilla del Río Darro.

—Qué bonita imagen —comentó Cacín mientras enfocaba con su móvil para realizar una foto más.

Dami y Luis también se quedaron unos segundos mirándola, pero sin decir nada.

Mientras la comitiva subía la empinada cuesta del Chapiz, D. Antonio continuaba explicando los diferentes edificios históricos por los que pasaban. A media altura de la calle hizo un alto para que sus alumnos atendieran a las explicaciones sobre las casas moriscas que dieron nombre a la cuesta, solo Cacín parecía interesado a la vez que continuaba con su repertorio de fotos.

Los tres amigos, ahora más juntos, comentaban la de veces que habían pasado por estos lugares y lo poco que sabían de los mismos.

—Pues sí que hay historia por aquí —comentaba Dami durante su ascenso mientras sus amigos asentían con la cabeza, ya que la subida dejaba sin aliento hasta el mejor de los deportistas.

Pocos metros más adelante la cuesta llegó a su final en la plaza de la iglesia de El Salvador, aquí el profesor se volvió una vez más hacia sus alumnos y levantando la mano les invitó de nuevo a descansar después del largo repecho.

—Señores vamos a pararnos tres minutos para coger un poco de aire y enseguida pasamos a visitar la iglesia que tenéis enfrente.

Los minutos de descanso sirvieron para refrescarse y limpiarse un poco el sudor. Entretanto D. Antonio aprovechó para comentarles la siguiente visita.

—¡Atended un segundo!, ahora vamos a visitar la iglesia de El Salvador que tenéis enfrente. Es un lugar de culto y nos han pedido que guardemos todo el respeto posible, os ruego que pongáis los móviles en silencio durante el recorrido y espero no tener que llamaros la atención —Con otras dos palmadas hizo que todos se incorporaran.

Entraron a la iglesia, donde el silencio se apoderó del grupo a la vez empezaban las explicaciones en voz baja del profesor.

Cacín, Dami y Luis hablaban lejos de él con sus pasos dirigiéndose hacia la puerta en el lado contrario al altar. Tras atravesarla salieron a un amplio patio de suelo empedrado con algunos árboles dispuestos en dos hileras. Rodeando el mismo una serie de corredores con arcadas de arquitectura musulmana, cerraba los muros exteriores.

—Qué bonito —dijo Cacín

—Pues sí —respondió Luis mientras hacia el gesto de sacar su bloc de dibujo.

—¿Vas a dibujarlo Luis? —le preguntó Dami.

—Sí, me gusta el estilo —volvió a responderle.

Cacín atravesó el patio dejando a sus amigos atrás. Con tranquilidad y sin apartar la mirada de las arcadas, paseó por los pasillos que rodeaban el patio sin saber exactamente el lugar donde estaba. Desde la puerta recibieron la respuesta a su desconocimiento.

—Es el patio de abluciones de la antigua mezquita —Se apresuró D. Antonio a decir a los tres amigos.

—¿Abluciones?, ¿eso qué es? —preguntó Dami.

El profesor dio unos pasos hacia el centro del patio e hizo el gesto para que todos los alumnos se pusieran alrededor de él y atendieran las explicaciones sobre el lugar donde se encontraban.

Cacín volvió con el grupo y escuchó la historia de la antigua mezquita mayor que se encontraba en aquel lugar y de la que solo quedaba dicho patio.

Dami, mientras tanto, se dedicó a observar cómo Luis realiza los trazos del dibujo. Una vez más se preguntaba cómo demonios tenía tanta habilidad para realizar aquello.

—Luis eres una máquina, pedazo dibujo te está saliendo.

—Sí —respondió este sin dejar de hacer lo suyo.

Cacín, tras escuchar a su profesor, comenzó a realizarse algunas preguntas. «¿Qué raro que destruyesen la Mezquita y no el patio?, ¿por qué permitieron los cristianos dejarlo?» Viendo que esas cuestiones no tenían por ahora respuesta echó un último vistazo para salir con sus compañeros por las puertas del monumento.

De nuevo la excursión se reanudó desde la plaza de El Salvador. El silencio con el que se visitó el templo se transformó al instante en algarabía y D. Antonio tuvo que volver a ejercitar su garganta para que sus alumnos le escucharan.

—Señores, ¡señores!, ¡escuchen un momento! Ahora vamos a ir hacia el mirador de San Nicolás, que creo ya alguno conoce. Entraremos en la iglesia de San Nicolás que ahora mismo está en restauración y conoceremos un poco más de ella. Así que vámonos en esa dirección —Le señaló con su dedo al grupo por donde debían dirigirse.

El camino al mirador de San Nicolás fue interrumpido un par de veces por el profesor para que sus alumnos observaran algunos detalles arquitectónicos e históricos de las construcciones que se encontraban por el camino. Cacín era el único que escuchaba con gran interés, mientras Luis y Dami iban a lo suyo. Tras subir un breve repecho, la clase apareció en la plaza del mirador, donde se contemplaba la majestuosidad de la Alhambra. Las expresiones de admiración se fueron sucediendo por aquellos que jamás habían estado en el sitio. El profesor se acercó solo y en silencio al filo del propio muro del mirador y durante unos minutos se sumió en un estado de abstracción mientras respiraba con profunda relajación.

D. Antonio era una persona muy enamorada de su ciudad, pero tenía una especial atracción hacia la Alhambra. De repente y como despertando de un letargo se giró hacia el grupo y con voz serena, invitó a sus alumnos a contemplar las vistas.

—Un alto de cinco minutos para que observéis el paisaje, y ahora después nos juntamos aquí detrás en la puerta de la iglesia de San Nicolás.

—Luis, ¿vas a dibujar la Alhambra? —le dijo Dami

—Por ahora no, prefiero venir un día más tranquilo y lo hago con calma —le respondió.

—Pues el día que vengas venimos contigo —añadió Cacín.

Tras el breve descanso, los alumnos se agruparon de nuevo junto a la puerta de la iglesia.

—Bueno, señores, ahora vamos a pasar con cuidado a la iglesia. Como veis está en restauración y no podemos acceder a todos los lugares, por lo que os pido que hagáis caso a mis indicaciones —les dijo el profesor.

El grupo empezó a atravesar el pórtico de la puerta y se dispuso en forma de medialuna en el centro de la nave, allí, de nuevo escucharon las explicaciones del maestro mientras observaban el templo desnudo de mampostería y reliquias cristianas.

—Está hecha polvo la iglesia —comentó Cacín.

—Sí, esta iglesia ha tenido mucho deterioro a lo largo de su vida y tenemos la suerte de que por lo menos la restauren —le apuntilló su maestro.

Cacín le miró y asintió con la cabeza como gesto de conformidad.

Poco más dio la visita por la iglesia y el grupo, un poco ya cansado, salió a la plaza con ritmo lento y quejoso. D. Antonio que observó el panorama, recapacitó y sobre la marcha modificó la ruta de la excursión para hacerla más amena.

—Atended chicos, como os veo un poco cansados, vamos a ir al último lugar de la visita y desde allí nos iremos para el instituto.

Todos los alumnos cambiaron su semblante al escuchar aquello mientras enfilaban calle abajo.

—¿A dónde vamos D. Antonio? —le preguntó Cacín.

—Vamos al Palacio de Dar Alhorra—le contestó el maestro.

Durante el trayecto le explicó a Cacín el significado que tenía ese palacio para la historia de la ciudad y por qué había llegado a conservarse después de tantos años. El muchacho, cada vez más tenía la sensación de haber perdido el tiempo no atendiendo las clases de historia, ya que la excursión estaba despertando en él un profundo sentimiento de saber más cosas históricas de la ciudad.

Tras bajar un estrecho callejón con algunos recodos, el grupo llegó justo a la puerta de entrada del Palacio. La visita volvió a dejar estupefacto a Cacín, recorrió, subió y bajó por todas las estancias varias veces que hasta D. Antonio le tuvo que llamar la atención.

—Luis, podrías dibujar desde aquí el patio —le dijo Cacín a su amigo.

—Claro, sin problema.

Sacó su bloc y con destreza comenzó a trazar las primeras líneas del lugar. A su lado Dami observaba con envidia la facilidad de su amigo para dibujar cualquier cosa.

—Que tío como dibuja —le indico Dami a Cacín.

—Ya ves —respondió este casi sin atenderle, ya que seguía ensimismado en la preciosidad de palacio.

D. Antonio volvió a agrupar a todos sus alumnos en el patio central.

—Señores la visita por hoy ha terminado, ahora nos dirigiremos al instituto, recordad que atravesaremos la ciudad y debéis estar juntos.

Una vez más los tres amigos se juntaron para comentar la jornada. Dami que había estado más ausente de las explicaciones tuvo que incorporarse a la tertulia que Cacín y Luis ya habían comenzado.

—Tío estos dibujos nos pueden venir muy bien para el trabajo —le comentaba Cacín mientras volvía a verlos una y otra vez.

—Me parece bien —dijo Dami por detrás de ellos.

Todo el grupo descendió el barrio hacia el centro de la ciudad, un recorrido que dejaba huella de cansancio en el viejo profesor. Ya cerca de instituto, Cacín les comentó a sus amigos de quedar por la tarde para repasar un poco lo que habían visto y así avanzar en el trabajo. Luis y Dami le miraron de reojo y al unísono respondieron:

—¿Esta tarde?

—Tío estoy cansado y mañana nos toca otro tutc, además hoy tenemos partidillo y eso es sagrado —le respondió Dami.

—Mira, creo que, si nos lo quitamos antes, luego tendremos más tiempo para otras cosas. Aparte que como no lo hagamos hoy muchas cosas se nos van a olvidar, ¿tú que dices Luis?

—Por mí vale Cacín.

Dami levantó las manos en señal de protesta, pero tuvo que respetar que la democracia había vencido. Cacín celebró la decisión, ya que necesitaba recabar toda la información posible para hacer un trabajo lo más perfecto posible.

Una vez de vuelta en el instituto D. Antonio volvió a arengar a sus alumnos sobre el segundo día de excursión.

—Señores mañana a la misma hora saldremos hacia la Alhambra. Vamos a estar en un monumento con unas características especiales, tanto de organización como de cultura, llevaremos un guía al que tendremos que respetar en todas las indicaciones que nos haga, no quiero dispersiones, ¿de acuerdo?

—¡Sí D. Antonio! —exclamaron los alumnos.

—Bien pues lo dicho, mañana nos vemos aquí y no olvidéis que hace calor y el agua y la gorra es fundamental.

Una vez terminada la charla, los alumnos se marcharon cuando el calor empezaba a ser sofocante.

. . .

El timbre de la casa de Dami sonó un par de veces. Antes de que su madre fuera a abrir el muchacho se interpuso en su camino.

—Déjalo mamá, ya abro yo.

—¿Quién viene? —le preguntó

—Cacín y Luis que vamos a hacer un trabajo del instituto.

—Ah vale.

Pasaron los dos amigos dentro del piso y con educación saludaron a la madre de Dami.

—Hola, Sra. Isabel.

—Hola chicos, ¿habéis merendado?

—Sí, hemos merendado en casa, gracias.

Dami desde el pasillo les hizo un gesto con el brazo para que fueran a su habitación y dejarán de hablar con su madre. Luis pellizcó a Cacín y los dos se dirigieron hasta donde estaba Dami.

Tenía una habitación con escasa decoración, aunque guardaba bastantes cosas en sus cajones. Un póster de su equipo, un par de estanterías altas frente a la cama y un armario rinconero lleno de ropa deportiva era todo su mobiliario. Junto a la mesita de noche estaba aparcado el balón que tantos golpes se llevaba cada semana. La pintura blanca daba la sensación de amplitud en un dormitorio sin muchos metros cuadrados.

—Bueno ¿cómo empezamos el trabajo? —apresuró a decir Dami.

—Pues por el principio —respondió con tono chistoso Luis.

—Que gracioso —le reprendió Dami.

—Venga chicos dejaros de coña, creo que lo primero es que nos organicemos. Tú Luis dedícate a los dibujos, yo me dedico a redactarlo y tu Dami al diseño, ¿os parece?

Los dos se miraron sin rechistar y asintieron con gesto amable.

La tarde pasaba entre comentarios, breves discusiones y gran cantidad de consultas en internet. Era Cacín el que llevaba la batuta del trabajo, porque su ansia de que saliera bien le hacían ser un líder en este aspecto. Dami y Luis seguían las instrucciones de su amigo algunas veces casi sin entender a donde quería llevar la tarea encomendada.

Volviendo a repasar los dibujos y las fotos, Cacín lanzaba preguntas al aire que sus amigos no entendían, pero era su manera de expresarse.

—Esta cruz de la iglesia de Sta. Ana ¿Qué pinta sobre el muro? Según veo en internet es una cruz patada de los templarios. ¿Qué hacían los templarios en Granada? Si según el folleto de D. Antonio todas estas iglesias se levantaron tras la conquista de la ciudad —comentaba una y otra vez Cacín.

—Yo te la dibujé, pero de historia estoy pegado —afirmó Luis.

—Pues no sé, a mí me parece una pequeña ventana redonda —aclaró Dami mientras mantenía los dedos en el teclado del ordenador esperando una señal para escribir y buscar en internet.

—¡Eso es Dami! —exclamó Cacín, mientras le daba palmadas en la rodilla—. Es una cruz patada normal pero dentro de un círculo, ¡mirad!

Los dos acercaron su cabeza hacia la pantalla del teléfono de Cacín.

—Todas las cruces que están dentro de un círculo también tienen redondeadas sus puntas, pero esta las tiene recta.

—Y, eso que significa Cacín —dijo Dami.

—Pues no lo sé, pero es algo que me gustaría saber para ponerlo en el trabajo.

Cacín sabía que esa respuesta no era lo que rondaba su cabeza. Él quería llegar más allá y conocer quién y porque se esculpió esa cruz en una iglesia cristiana del Siglo XVI. Lo que había leído de esas cruces no concordaba con la época y el lugar, aunque lo de la ventanita de Dami también le había hecho dudar.

El trabajo fue avanzando entre tachones y hojas rotas. Lo único que estaba claro era que los dibujos de Luis eran intocables y tendrían que formar parte del estudio. La tarde empezaba a echárseles encima y entre bostezos y cansancio los tres fueron dejando la tarea para otro día, sabían que mañana iba a ser un día parecido y volver cada uno a su casa para descansar era la mejor decisión.

Cacín y Luis se despidieron de la madre de Dami a la vez que saludaban a su Padre que entraba por la puerta del piso. Los padres de Dami siempre eran muy amables con ellos. En varias ocasiones fueron los que los llevaban y recogían en coche cuando había algún evento fuera de la ciudad.

CAPITULO III
LA ALHAMBRA, OTRO DIA DE EXCURSION

La mañana se presentó con algo de viento que provocaba pequeños remolinos de polvo en el patio del instituto. Toda la clase permanecía desordenada esperando la llegada de D. Antonio. Los tres amigos charlaban del día anterior con otros compañeros de la clase, pero sin comentar nada de su reunión de la tarde.

Cacín, que estaba en la conversación, seguía dejando volar su imaginación mientras escuchaba como hablaban de futbol, teléfonos móviles y videojuegos. Luis, que de futbol sabía lo justo, notaba en Cacín lo poco interesado que estaba en esos temas.

—Cacín, ¿qué crees que veremos hoy? —Rompió el hielo Luis.

—No sé, espero que nos dejen ver más cosas de las que suelen enseñar, por cierto, ¿te has traído para dibujar?

—Claro tío, ya sabes que siempre lo llevo —le aclaró Luis.

—Buenos días, señores, ¡buenos días, señores! —tuvo que decir en voz alta D. Antonio—. Jesús, por favor, reparte una pulsera a cada uno.

Mientras Cacín las repartía, el profesor se dirigió al grupo.

—Esta pulsera os la tenéis que poner y no quitarla hasta que acabemos la excursión de hoy, porque es la que nos van a pedir cuando entremos en la Alhambra, ¿está claro?

—Como el agua —dijo Dami un poco más alto de lo normal, lo que provocó que la mirada del profesor casi le derritiera.

—Chicos coged las cosas que nos vamos —ordenó el maestro—, ya sabéis más o menos el recorrido, por lo que repito que no quiero dispersiones mientras llegamos al monumento, cualquier duda me la preguntáis. ¡¡¡Vámonos¡¡¡

Los alumnos se pusieron en camino tras los pasos de D. Antonio. Durante el paseo, Cacín tiró de Luis y Dami para que no se separan de él y así pudieran escuchar todas las explicaciones, ya que su memoria no retendría todo lo que dijeran.

Comenzó el grupo a encarar el principal acceso actual al conjunto de la Alhambra, la calle Gomérez. La subida empezó lenta, poco a poco se empezaron a escuchar los primeros soplidos de cansancio, cosa que a D. Antonio le ponía de los nervios, ya que no entendía como la gente joven tenía tan poca forma física. Cerca del final de la calle y llegando a la Puerta de las Granada, el grupo se detuvo para descansar y contemplar tan magnífica puerta de entrada al recinto alhambreño. Fue allí cuando Cacín, Luis y Dami conocieron el que a la postre sería una persona muy importante en sus hazañas.

—Bien chicos, este es el Sr. Javier —indicó D. Antonio al grupo mientras estrechaba la mano del guía que había contratado el instituto para ese día de excursión—. Él nos va a indicar y explicar a partir de ahora todo lo referente a la visita al recinto. Quiero que le escuchéis con atención, porque aparte del trabajo os haré un examen sobre las explicaciones que este hombre nos vaya dando.

Los soplidos volvieron a aparecer como gesto de desaprobación. En ese momento el profesor invitó al guía para que tomara las riendas de la clase.

—Hola, chichos. Como ha dicho vuestro profesor, me llamo Javier, lo de señor, lo dejaremos para cuando sea mayor. Soy guía turístico oficial del monumento, aunque eso no quiere decir que lo sepa todo. Si tenéis que preguntarme algo hacedlo sin miedo, ya que todos tenemos que aprender. Siempre he dicho que salir a visitar monumentos puede ser monótono para algunos, por eso esta visita vamos a intentar que sea, aparte de productiva, divertida, así que podemos empezar aquí mismo. —Cortó Javier su presentación—. Mirad, ahora que estamos en la Puerta de las Granadas, os daré una breve explicación de por qué esta edificación está aquí—. Fue en ese momento cuando empezó su día como guía de los alumnos.

Cacín, que hacía ya un rato estaba junto a Javier, hizo un gesto a Luis para que dibujara con todo detalle la puerta mientras Dami y él escuchaban al guía. La habilidad de Luis hizo que hasta él mismo se sorprendiera de su propio dibujo. Dami había conectado la cámara del móvil para realizar las fotos y Cacín se dedicó a escuchar a Javier y a escribir en una pequeña libreta, algunas de las cosas que le iban interesando, tal fue así que hasta D. Antonio se sorprendió de ver a su alumno tomando apuntes.

Tras las breves explicaciones, el grupo se puso en marcha. Una vez pasada la Puerta, los muchachos enfilaron la pronunciada pendiente que les adentraba en los bosques del recinto y que volvió a producir leves soplidos de esfuerzo entre los menos dotados físicamente. Mientras subían, Javier, empezó a comentar los aspectos del exterior del monumento, así como algunas curiosidades de poca relevancia histórica, con lo que intentaba que los alumnos prestaran más atención. Casi al final de la pendiente y con las imponentes murallas frente al grupo, Cacín se apresuró a decirle a Luis y Dami que no perdieran hilo, ya que cualquier aspecto le podría venir bien para realizar el trabajo con más datos que los otros compañeros, siempre con la intención de obtener la máxima nota.

—Señor Javier —Levantó la mano Cacín interrumpiendo al corpulento guía.

—Javier, lo de señor lo dejas para otro —le contestó con amabilidad.

—He visto ahí abajo que entre los árboles hay una especie de muralla, ¿me podría decir por qué está ahí? —preguntó Cacín.

—Buena observación…—Se quedó en suspenso y con los ojos fijados en Cacín, pidiéndole sin hablar, que le dijera su nombre.

—Jesús, me llamo Jesús —le contestó Cacín.

—Muy bien Jesús, ese monumento es una puerta que se situaba en lo que hoy es el centro de la ciudad y que se conoce como la Puerta de Bibrrambla porque se encontraba a la entrada de la plaza del mismo nombre. El que esté ahí tiene su explicación —continuó el guía—. Lo primero quiero que entiendas que la Granada que tú pisas hoy ha sufrido una transformación a lo largo de los siglos. Desaparecieron muchas cosas, pero hubo alguien hace muchos años que decidió quitar esa puerta de su lugar original y por suerte la conservó y la guardo piedra a piedra. Algún tiempo después, un restaurador de monumentos llamado Leopoldo Torres Balbás… ¿Te suena Jesús?

—No —respondió en seguida Cacín.

—Bien, pues, este señor —continuó Javier—, encontró la puerta guardada y la montó en el sitio que hoy la ves. Esa es la explicación del porqué se encuentra en los bosques de la Alhambra. Ahora cuando bajemos nos pararemos y la veremos más de cerca. ¿Te ha quedado medianamente claro Jesús?

—Sí, y cuando bajemos espero que nos paremos como ha dicho usted.

—Dalo por hecho Jesús —recalcó Javier justo cuando la pendiente entró en la plazoleta que estaba junto al Pilar de Carlos V.

Fue el profesor el que detuvo al grupo para que tomaran un breve descanso con la correspondiente charla de no dejar la plaza bajo ningún concepto.

Los alumnos volvieron a agruparse por afinidad de amistad, excepto Cacín que prefirió no despegarse del guía.

—¿Qué tal Jesús?, ¿habías estado por aquí alguna vez? —le preguntó Javier.

—Sí, alguna vez hemos venido, pero no de excursión, sino para dar un paseo con mis amigos —Señalando a Luis y Dami.

—Entiendo, pero hoy si quieres vas a ver este sitio de otra forma y entre tú y yo, a lo mejor destapamos alguna leyenda.

Eso de Leyenda dejó un segundo a Cacín entre sorprendido y ansioso, mientras Luis y Dami se unían a los dos contertulios.

—Estos son mis amigos, Luis y Dami —Un hola casi en estéreo fue la presentación de ambos.

—Muchachos, ¿qué tal la subida hasta aquí? —Rompió el hielo Javier para que se iniciara una conversación amena.

—Bien, ya habíamos estado por aquí alguna vez —respondió Luis—. Pero no con el instituto.

—Entonces, como le he dicho a vuestro amigo Jesús, hoy vais a aprender cosas nuevas que creo que os hará ver de otra manera este lugar y además vais a conocer un poco más de vuestra ciudad —contestó Javier.

—Espero que sí —dijo Luis sin mucho interés mientras miraba el maravilloso Pilar de Carlos V.

Este monumento, a modo de gran fuente, fue realizado en época cristiana con el reinado del emperador. Su impresionante decoración le hacían digno de estar en ese sitio. Cacín le instó de nuevo a Luis a sacar su libreta para que dibujara con rapidez el pilar antes de que abandonaran el lugar.

—¡Señores! —dijo alto y claro D Antonio—. Acérquense aquí, por favor, vamos a recibir una explicación de esta preciosidad antes de irnos.

De nuevo Javier comenzó una explicación que a Cacín y sus amigos les pareció bastante amena e instructiva.

—¿Cómo llevas el dibujo Luis? —preguntó Cacín.

—Eso, ¿cómo lo llevas? —dijo Dami como si le importase también lo que su amigo dibujaba.

—Bien, ya me queda poco —les dijo sin levantar la cara del folio.

—Date prisa que ya mismo nos marchamos.

—Estoy en ello Cacín, no me metas prisa —le replicó mientras deslizaba su lápiz por el papel como un patinador sobre el hielo.

Dami, que se había separado de sus amigos, se aproximó a la fuente con la intención de tocarla. Mientras observaba los relieves que tan bien había explicado Javier, metió su mano en el agua. Cuando observaba el fondo del pilar algo le llamó la atención. Con rapidez se dio la vuelta para avisar a Cacín. Este, que ya observó como su amigo se acercó al pilar, no tardó en estar a su lado.

—Dami, ¿qué pasa?

—Mira Cacín lo que hay en el fondo de la fuente.

Cacín se asomó posando sus pies el poyete de piedra. Echó un vistazo al fondo que su amigo le estaba señalando con el dedo.

—Dami, no veo nada raro, ¿qué has visto tú?

—Cacín ven, mira allí al fondo en el lateral del Pilar —Le siguió insistiendo con el dedo—. ¿No parece una cruz igual que esa que vimos ayer en la iglesia?

Al escuchar eso, Cacín fijó más su mirada.

—¡Ostras!, es verdad Dami, pero parece como una pequeña ventanita que comunica el pilar de al lado —Eso bastó para que ambos se moviesen al otro pilar a mirar.

—En el otro lado no hay —dijo Dami.

—Luis, ¡ven corre! —le llamó Cacín—. Al escucharlo se aproximó con paso tranquilo mientras seguía dibujando.

—¿Qué os pasa a los dos? —dijo un poco mosqueado.

—Fíjate en este pilar abajo a la izquierda, no ves una cruz que hace de ventana y comunica con el otro pilar —dijo Cacín.

—Sí, lo veo, parece como un conducto que une los dos, pero veo que en el otro lado no hay nada, pero ¿qué es lo que creéis ver que yo no me entero? —dijo Luis mientras se metía el lápiz en la boca.

—Fíjate bien —dijo Cacín—, la comunicación se produce a través de un canal que tiene forma de cruz como la iglesia de ayer, pero solo entre estos dos pilares.

—Será para que uno llene al otro —dijo Dami sin percatarse que a cada pilar le llegaba el mismo caño de agua desde la pared.

—Entonces, ¿qué sentido tiene que entre estos dos pilares haya comunicación de agua y porque el otro no? —dijo otra vez Cacín.

—No sé —contestó Luis—. No veo que sea algo muy raro, lo mismo el albañil de la época se equivocó y lo dejó así.

Dami, que había sido el descubridor, se dio por convencido, pero algo en Cacín le decía que aquella cruz estaba allí por alguna razón. Luis, sin dejar de dibujar, también quiso dejar zanjado el asunto. Desde unos metros más atrás, Javier, había observado con poco interés a los tres muchachos, pero por el momento no le dio más importancia.

Los alumnos bordearon el pilar y se encaminaron, pendiente arriba, a entrar en la Alhambra por la puerta de la Justicia. Aquí fueron muchos los que volvieron a sacar sus móviles y usar las cámaras para inmortalizar el lugar, cosa que no molesto mucho a D Antonio, porque el poco interés de sus alumnos, aunque fuera fotográfico, le daba un poco de alegría. En principio no se vio a ningún alumno sorprendido al ver semejante maravilla, tal vez porque ya muchos habrían estado, pero, aun así, Javier, tras esperar unos momentos a que los chicos acabaran con las fotos, levantó el brazo y señalando la puerta pregunto algo que el mismo ya alcanzaba a saber.

—Chicos, creo que conocéis donde estamos.

—¡Siiiiiiiii ¡—dijeron varios al mismo tiempo en plan irónico.

—Perfecto —respondió Javier para que los alumnos se sintieran escuchados—. Este paraje es de los más conocidos del monumento y por donde suele accederse al recinto —continuó el guía—. Es famoso sus grabados de la llave y la mano en la parte superior, donde dice la leyenda que cuando se junten la Alhambra se destruirá.

Esa explicación puso a los alumnos pensativos mientras miraban de arriba a abajo intentando calibrar si la leyenda tenía algún tipo de sentido.

Cacín, que también intentaba valorar las explicaciones, buscó a su amigo Luis para que desenfundara su lápiz y se dedicara a lo que mejor se le daba.

—No pierdas detalles de la puerta, Luis —le comentó Cacín sin que ni siquiera levantara la cabeza para mirar, tenía una memoria portentosa para dibujar.

En ese momento Javier quiso también interesarse por los dibujos y con gesto amable, pero precavido, se acercó al muchacho para que le dejase ver lo que estaba haciendo. Tras ver la facilidad que tenía para inmortalizar la Puerta de la Justicia, hizo un gesto silencioso de sorprendido a Cacín sobre lo que le parecía un talento natural. Quiso que aquel dibujo saliera bien y esperó a que lo tuviera lo más terminado posible.

—¡Chicos! —alzó la voz amigable Javier—. Vamos para dentro, tened cuidado con los escalones y el piso porque son piedras en las que podéis tropezar, os lo digo para aquellos que hoy prefirieron un calzado menos cómodo —refiriéndose a algunos y algunas que lo de cómodo se lo dejaron en casa prefiriendo ir más arreglados.

Casi a la par, Javier, Cacín, Luis y Dami fueron de avanzadilla hacia la puerta. Una vez atravesado el dintel se detuvo en el primer recodo en espera del grupo que iba un poco más rezagado.

Javier, que había pasado por allí mil veces, no dejaba de admirar la arquitectura Nazarí de aquella entrada y de todo el monumento.

—Buenos Chicos —comenzó a dar detalles históricos del lugar en el que se encontraban sin percatarse que un embelesado Cacín había andado unos pasos hacia el interior del recinto.

En ese momento Dami le dio un tirón del brazo que lo frenó de golpe.

—¿Dónde vas?

Cacín miró a su amigo y sin decirle nada se giró para contemplar una especie de retablo de madera tallada que parecía cerrar algún tipo de armario. En ese momento apareció Luis, que también se adelantó al grupo en busca de ellos, para ver que les pasaba a los dos.

—Cacín tío, nos va a llamar la atención D. Antonio por ir por libre —Se quejaba Dami mirando también a Luis para que le apoyara.

—Un segundo ya voy, espera que mire esto más tranquilo que luego con todo el grupo no hay manera.

Él siguió a lo suyo observando el retablo. Luis se acercó con más curiosidad al mismo y llamó la atención de Dami. Este, viendo que le reclamaba, también se acercó.

—Luis, ¿no parece eso la misma cruz que hemos visto en el Pilar? —dijo Dami.

—La del Pilar y la de la iglesia —respondió Luis.

Cacín se abalanzó de inmediato hacia el retablo al escuchar hablar a sus amigos de otra cruz. Con interés concentró su vista hacia el lugar que ellos señalaban.

—Luis, por favor, dibújala lo mejor que puedas. Esto ya me tiene intrigado, ¿qué leches significará que aparezca la cruz en distintos sitios? ¿Será algún símbolo del que lo construyó? —terminó preguntándose en voz alta.

—Mira Cacín eso que comentas pudiera ser así si se hubieran realizado todas a la vez, pero si no me equivoco, la iglesia, el pilar y el retablo se hicieron en épocas distintas —remató diciendo Luis.

—Creo que lo más fácil es que le preguntemos a este hombre —comentó Dami para dejar de calentarse la cabeza.

Cacín asintió y esperó a que Javier llegara hasta el retablo para preguntarle por sus hallazgos.

—¡Hombre Jesús! —llamó la atención Javier a Cacín viéndole más adelantado—. Veo que te has parado a ver el retablo cristiano.

—Pues sí, es bonito. ¿Puedo preguntarle una cosa?

—Dime chico —Le animó el guía.

—Mire, hemos visto unos símbolos en distintos sitios que nos parecen raros y quisiéramos preguntarle si usted sabe por qué están ahí.

—¿Qué símbolos son esos Jesús?

En ese momento Luis desplegó su bloc de dibujo y le enseñó las cruces patadas que estaban apareciendo. Javier en primer lugar y reconociendo dichas cruces les respondió de carrerilla.

—Son cruces patadas templarias muy conocidas en la edad media, y quizás algún noble de la época tuvo descendencia templaria y pudo dejarlas grabadas como símbolo de su estirpe.

—Sí, eso sería lógico si la cruz estuviera redondeada, pero son todas rectas e iguales y están realizadas en construcciones de distintas épocas —aclaró con firmeza Cacín con la complicidad de Dami y Luis.

—¿Dónde habéis visto la última? —le preguntó Javier mientras miraba los dibujos.

—Aquí en el retablo —le señaló Dami.

Los cuatro fijaron su vista en el grabado, olvidándose del grupo de alumnos, que andaban en otros quehaceres.

En ese momento D. Antonio, que se había quedado haciendo algunas fotografías, se acercó a los cuatro y con una tos fingida les llamó la atención para que continuara la visita y aquello no se desmadrara más de la cuenta. Antes de seguir, el guía le dejó algo claro a Cacín.

—Jesús, no sé por qué están hay esas cruces, pero luego, si quieres, lo comentamos. Vamos a continuar la visita que, si no tu profesor se impacienta, ¿vale?

—¡Vale! —le respondió sonriente viendo a Javier tan interesado.

El grupo continuó la visita al conjunto de la Alhambra. La mañana de Cacín, Dami y Luis era más de detectives que de alumnos, no paraban de buscar más cruces que pudieran saciad su mente, mientras que Javier no perdía ojo de los tres por si encontraban alguna otra cosa. Al igual que los muchachos, la intriga de aquellas cruces le estaba martilleando la cabeza.

Javier era un tipo alto de unos 45 años, corpulento, aunque no atlético, que le hacía aparentar algunos años menos. Su aspecto cuidado, su voz clara y pausada le daba credibilidad para ganárselo como amigo, la primera impresión era por lo menos satisfactoria y no agresiva. Siempre buscaba un momento para realizar un poco de ejercicio, sobre todo *footing*, que lo mantenía en una forma aceptable. Llevaba algunos años separado, pero sin hijos, lo que le permitía algún tipo de libertad personal, aunque siempre tenía algún familiar pendiente de él.

—¡Jesús! —Alzó la voz D. Antonio, para que su alumno se acercara.

—Dígame —le contestó Cacín desde los lejos.

—Ven un momento, por favor ¿Cómo veis la excursión Jesús? —le preguntó el profesor.

—Bien D. Antonio, muy bien —reafirmó Cacín.

—Veo que habláis mucho con Don Javier, si él no puede aclararos las dudas ya sabes que puedes preguntarme a mí.

Por un segundo se le pasó por la cabeza informarle del descubrimiento de las cruces, pero prefirió no hacerlo y esperar acontecimientos.

—Claro D Antonio, ya sabe usted que siempre que tengo dudas le pregunto.

Las miradas se sostuvieron un segundo que a Cacín le parecieron horas y el viejo profesor asintió dándole un par de palmaditas en el hombro y dejando al muchacho que volviera al grupo.

En seguida, Dami se acercó a Cacín con ánimo de saber que había hablado con el profesor.

—¿Qué te ha dicho D. Antonio?

—Nada Dami que si tenemos dudas que le preguntemos.

—Y, ¿no le has comentado nada de las cruces? —insistió Dami.

—No, prefiero de momento que sigamos nosotros y que nos pueda ayudar Javier

El muchacho entendió la maniobra de Cacín y no le dio más importancia al asunto.

Mientras tanto, Luis, cuaderno y lápiz en mano, desarrollaba su afición al dibujo deleitándose con el fastuoso palacio de Carlos V. De vez en cuando afinaba la vista por si descubría alguna que otra nueva cruz o cualquier indicio de estas, pero la visita no dio más sorpresas y quiso la misma terminar en el Convento de San Francisco, donde Javier se deleitaba con el lugar donde los Reyes Católicos fueron por primera vez enterrados.

—Veis muchachos, este emplazamiento es mágico porque debajo de esta lápida estuvieron los restos de Isabel y más tarde de Fernando antes de ir a su último enterramiento, ¿Qué es…? —Dejo caer la pregunta sobre el grupo para ver lo atento que estaban.

Sin mucho alarde de sabiduría, Dami, contestó casi sin ganas, escondido entre los de su clase.

—En la Capilla Real.

—Muy bien —Alabó esa respuesta el guía—. ¿Quién ha sido el sabio?

—Yo, me llamo Damián.

—Pues eso, muy bien Damián, es interesante que conozcáis los símbolos que permanecen en nuestra ciudad —Le apremió de nuevo Javier.

En otro lado de la estancia, Cacín quiso preguntarle algo a su profesor para que notara su utilidad en la excursión.

—D. Antonio, en este sitio, donde enterraron a los Reyes Católicos, ¿por qué se ve arquitectura árabe?

—Pues mira Jesús, aquí en el recinto de la Alhambra ha habido muchas transformaciones durante siglos, en este sitio hubo un palacio nazarí de algún noble. Posteriormente los cristianos, adaptaron el lugar para hacerlo convento, pero dejaron algunos restos adosados al mismo. Hoy en día esto es el parador de turismo, aunque no todo estaba así, el abandono y el saqueo durante años provocó la desaparición de muchos edificios. Este mismo lugar se tuvo que restaurar y estuvo a punto de desaparecer, pero para que lo entiendas mejor te voy a dejar una colección de fotografías antiguas que tengo en casa para que veas tú mismo como estaba Granada anteriormente. ¿Te parece bien Jesús? —Le dejó caer la pregunta su profesor.

Cacín asintió con bastante euforia, lo que produjo en el maestro un momento de satisfacción, ya que pocos alumnos se interesaban por la historia y la cultura como lo hacía su alumno.

—Chicos, pues, hasta aquí la visita a la Alhambra —dijo Javier con la intención de despedirse—. Espero que os haya servido para conocer más el monumento y entender los momentos históricos que aquí se vivieron, si tenéis alguna pregunta es el momento de hacerla, si no, me alegro de haberos conocido —El guía esperó antes de volver a despedirse—. Bueno, lo dicho un placer y nos vemos por Granada.

Mientras D. Antonio daba instrucciones para regresar al instituto, Cacín, Dami y Luis se acercaron al guía para que este pudiera volver a decirles algo sobre las cruces encontradas.

—Hola, muchachos, ¿qué tal os ha parecido todo?

—Muy chulo —respondió Luis.

—Sí, muy chulo —correspondió Cacín, ya que veían en Javier una más que posible ayuda de cara a resolver el enigma y aprovecharse para que su trabajo de clase fuese el mejor.

—Javier, ¿crees que podrás ayudarnos con lo de las cruces? —continuó Cacín preguntándole.

Este miró a los tres y con su voz pausada les respondió algo mucho mejor de lo que esperaban.

—Mirad, tengo un amigo que a lo mejor nos puede ayudar, porque, aunque no lo creáis, yo también tengo curiosidad de saber qué pasa con lo de las cruces. Trabaja en los archivos municipales y nos puede dar acceso a los de la Alhambra, no a los originales, pero sí a los que tienen digitalizados, ¿os parece que este sábado por la mañana nos veamos? —Quiso Javier con su pregunta saber si seguían interesados.

Cacín respondió de inmediato afirmativamente, sus dos amigos se quedaron un momento pensativos, aunque al final aceptaron.

—Venga, nos vemos el sábado —acordó un Luis desatado.

—*Ok*, aquí tenéis mi tarjeta con mi número de teléfono por si ocurre algún imprevisto y no podéis venir, pero ya os digo que vais a conocer cosas muy impresionantes que nadie ve nunca —terminó diciendo el guía.

Con un breve —«hasta el sábado»— se despidieron los cuatro, cuando ya la clase, con D. Antonio al frente, les había sacado algunos metros de ventaja.

CAPITULO IV
BUSCANDO DATOS

Aquella tarde Javier, tras haber pasado la mañana con los alumnos en la Alhambra, no dejaba de mascullar en su mente la aparición de aquellas cruces que los tres muchachos le habían enseñado. Él, que se vanagloriaba de ser un perfecto guía conocedor de todos los rincones históricos de Granada, estaba confundido con estos signos en los que ni él ni nadie había reparado con anterioridad.

—Es posible que no sea nada y no creo que encontremos la explicación al porqué de las cruces grabadas, sobre todo en el retablo y en el pilar de Carlos V—se decía así mismo para aplacar su curiosidad.

Puso el ordenador portátil sobre su mesa camilla en el piso céntrico que desde hace ya algunos años era su hogar de alquiler. Era un espacio pequeño, pero bien situado y luminoso, que le permitía desplazarse con rapidez por la zona turística sin necesidad de disponer de vehículo propio. Prefería un piso pequeño que le permitiera limpiarlo y recogerlo sin mucho esfuerzo. Javier era ordenado y meticuloso con la colocación de sus cosas y en particular lo relacionado con su trabajo. En una pequeña y coqueta estantería mantenía vivo los recuerdos de su trabajo como Policía Nacional de la brigada de delitos arqueológicos en los que tantas victorias obtuvo. Una lesión medular le hizo causar baja médica en el cuerpo, intentó continuar, ya que le apasionaba su trabajo, pero la dureza del oficio policial era incompatible con su estado físico, fue por eso por lo que accedió a continuar como guía turístico, por no dejar de enseñar y proteger lo que más le apasionaba de lo que fue su antiguo trabajo.

. . .

Para Dami, Cacín y Luis, el día siguiente a la excursión era una tertulia continua sobre la reunión con Javier el sábado. Los tres estaban impacientes porque llegara el día, mientras tanto se dedicaban a conversar siempre sobre el mismo tema.

—¿Tú crees que esas cruces significaran algo Cacín? —preguntó Dami.

—No lo sé, pero si es verdad que a Javier le resultó extraño que estuvieran allí y que, ni él mismo, se hubiera dado cuenta de eso, es algo para tener en cuenta —contestó Cacín.

—Yo creo que pueden ser algún signo de propiedad de algún noble de la época —Quiso aclarar Luis.

—No pienso que sea nada de eso, pero tengo la sensación de que será difícil averiguar qué significan —respondió otra vez Cacín con la intención de parecer poco interesado, cosa que no era cierta. Su ansiedad por conocer más del tema le había llevado hasta las tres de la mañana buscando en internet, sin encontrar nada relevante, pero sí averiguando muchas cosas de la zona.

—Jesús, ¿puedes venir un momento?

—Sí D. Antonio voy para allá. Dígame, ¿qué necesita?

—Nada, te he traído mi colección de fotografías históricas antiguas y me gustaría verlas contigo después en la biblioteca. ¿Puedes esta tarde sobre las cinco? —le preguntó el maestro.

—¡Ehhh! —susurró en voz baja Cacín, mientras miraba pensativo al profesor—. Vale nos vendrá bien para el trabajo, no le importa que venga Dami y Luis, ¿verdad?

—Al contrario —Se alegró de que vinieran más alumnos—. Lo que quiero es que sepáis más de la asignatura y por supuesto que vuestro trabajo sea competente. Pues eso a las cinco nos vemos. Vamos entrando a clase que ya es la hora.

Mientras avanzaban por el pasillo, Cacín hablaba con sus amigos de la cita en la biblioteca con D. Antonio y la oportunidad de coger información para el trabajo. Lo extraño es que sus amigos aceptaron sin reparo y eso que Dami tenía partidillo ese mismo día.

. . .

En otro lado de la ciudad, Javier encendió el teléfono móvil y buscó en sus contactos a Germán, un amigo que trabajaba en los archivos municipales de Granada.

—Buenas, Germán, ¿cómo vas?

—Hombre Javi, bien, trabajando para variar —le contestó al otro lado del auricular.

—Trabajar dice, ya quisiera tener yo tu trabajo —le respondió Javier con gracia.

—O yo el tuyo que tampoco te puedes quejar.

—Bueno, bueno, lo dejamos en empate —le dijo con amabilidad Javier.

—Dime en que te puedo ayudar Javi —Se interesó por la llamada Germán.

—Mira, el otro día estuve de guía con unos alumnos por la Alhambra y tres muchachos descubrieron unas cosas que no había visto antes, y la verdad tengo curiosidad por saber más, te lo digo por si podemos pasar el sábado para investigar en los archivos.

—¿Podemos Javi? ¿Tú y quién más? —preguntó Germán.

—Buenos le dije a los tres muchachos que vinieran, fueron ellos quien lo descubrieron. Sé que no puede haber mucha gente en los archivos, pero podemos colarlos como alumnos que están realizando un trabajo de investigación para el instituto.

—Me lo pones difícil Javi, pero, en fin, siempre que has investigado algo, has encontrado cosas nuevas y eso me gusta, sobre todo para la historia de la ciudad.

—Sabes que eres el primero siempre en enterarte —le recordó Javier—. También necesito que me dejes las claves para acceder a la intranet de los archivos digitales de la Alhambra.

—Vaya tela, hoy estás pidiendo mucho, espero que yo reciba lo mismo —Se quejó con gracia Germán—. Vale Javi, el sábado no podré estar yo, mi compañero Antonio te dará las claves y os dejará pasar a los archivos. Ya sabes que hay que tener mucho cuidado con ellos, no lo digo por ti sino por los chavales que van a venir, cualquier torpeza me metes en un lío.

—Descuida Germán, sabes que con eso no me la juego —le aclaró Javier—. Bueno, lo dicho el sábado iré por allí, gracias y a ver si nos vemos que hace tiempo que no nos tomamos algo.

—La verdad que tenemos que quedar un día Javi, ya vamos viendo. Oye un saludo campeón —Se despidió Germán.

—Venga hasta luego y Gracias —le respondió el guía.

Javier colgó el teléfono y se dispuso a organizar la cita del sábado. Abrió un armario donde guardaba sus libros, cuadernos de notas y algunas fotos para repasar lo que se llevaría consigo a los archivos. Sus cuadernos eran verdaderos tesoros históricos, llenos de reflexiones que solo su amigo Germán conocía de primera mano. Había conseguido reunir muchas de las leyendas de Granada, entre las que se entretenía en separar la realidad de la propia leyenda.

. . .

Eran las cinco de la tarde y los tres amigos estaban con puntualidad en la puerta de la biblioteca, que permanecía cerrada, mientras esperaban a su profesor, que de pronto aparecía en la lejanía del pasillo, con paso lento, pero continuo y extrañado porque sus alumnos hubieran sido tan puntuales.

—Buenas tardes, chicos, veo que habéis sido más puntuales que yo —comentó D. Antonio en plan chascarrillo.

—Buenas tardes —Salieron las tres voces de los muchachos al unísono.

El profesor buscó en su llavero la llave de la biblioteca. La puerta de esta se abrió sin que apenas se distinguiera la sala por la escasa luz que entraba entre las rendijas de las persianas. Esto permitió a Cacín acercarse sin tropezar con las mesas y levantarlas cuando los demás ya tomaban asiento.

Con la luz de tarde iluminando la sala, D Antonio puso sobre la mesa un más que grueso libro de fotos, algo desgastado y antiguo, o eso les pareció a los chicos.

—Bueno muchachos, estas fotos son muy antiguas y hay que tratarlas con cuidado. Si queréis verlas mejor he traído una lupa para que no tengamos que cogerlas con las manos.

Los tres amigos, sin decir nada, asintieron con su cabeza.

El maestro abrió el libro y con un lento pasar de hojas, empezó a revisar una a una las fotografías en busca de las que más se acercaban a los lugares que habían estado visitando en estos días. Estas representaban la historia en blanco y negro de la ciudad, sus vidas e infraestructura desde el Siglo XIX con el inicio del invento fotográfico. Él era un enamorado de su ciudad y sus costumbres desde muy pequeño, lo que le llevó a acumular muchos recuerdos antiguos para evitar el olvido de aquellas generaciones que hicieron crecer la ciudad en tiempos muy difíciles. Las hojas del libro iban pasando mientras los tres amigos escuchaban como su profesor hacía referencia histórica de cada una casi sin mirarlas, ya que las fotos era un pasatiempo y una afición diaria.

Casi en la mitad del libro se encontraban ordenadas las fotografías más antiguas dedicadas a la Alhambra.

—Mirad, aquí podéis ver la Puerta de las Granadas allá por el Siglo XIX, aunque no ha cambiado mucho, en ese momento se ve como las dos puertas pequeñas estaban tapiadas. Con toda probabilidad sería para que todo el mundo pasara por el arco central y así tener más control de los viandantes. Arriba se ve el escudo del emperador, que hoy está en perfecto estado —empezó diciendo el maestro.

D. Antonio giró el libro hacia sus alumnos para que vieran la antigua fotografía mientras les cedía la lupa. Cacín sacó de inmediato su brazo y cogió la lente a la vez que se acercaba a la foto. Sus dos amigos también se aproximaron y fijaron su mirada en la foto.

—Es curioso, la verdad es que se ha conservado muy bien, sobre todo el escudo del emperador— comentó Cacín mientras Luis se hacía con la lupa.

—Luis —susurró Dami—. Mira aquí en el escudo encima de las cabezas de águila hay como un casco.

D. Antonio y Cacín, que no estaban en la conversación, dirigieron sus miradas hacia la foto.

—A ver, déjame, Damián —Cogió la lupa el profesor con curiosidad, pero sin ansia, dejando a los tres muchachos en espera de conclusiones.

Después de unos segundos levantó la cabeza y mirando a Cacín le cedió la lente para que visualizara lo que Dami había visto con anterioridad.

—Toma Jesús, mira ver si lo que yo veo es un casco o una corona.

Cacín con sumisión e interés no pudo más que corroborar que en las cabezas de las águilas había esculpido en piedra un casco.

—A mí me parece un casco más que una corona, ¿es que hay algo anormal? —preguntó el muchacho.

D. Antonio, pensativo y distante, se levantó de su silla y se dirigió hacia la luz del sol que entraba por las ventanas.

—¿Qué le pasa Cacín? —preguntó Luis

—No lo sé, pero creo que en la foto hay algo que le ha creado una duda.

—Pues como en cada foto le creemos alguna duda, nos dan aquí las doce de la noche —masculló Dami casi en plan reivindicativo.

—Perdone D. Antonio, —Se atrevió Cacín a interrumpirle—, ¿hay algo raro en el escudo?

Volviendo de su leve letargo, se giró mirando al muchacho a la vez que se acercaba con lentitud a la mesa. De un golpe cerró el libro y con su dedo índice señaló la corona del escudo del emperador que tenía grabada en la tapa de este.

—Mirad, en el escudo siempre aparece la corona de Carlos V sobre las cabezas de las águilas, pero ¿Por qué sobre el que está en la puerta de las Granadas hay esculpido un Casco? —preguntó el maestro sabiendo que no tendría contestación—. No me había dado cuenta hasta que hoy lo habéis mencionado y creo que no aparece en ningún escudo.

En ese momento Cacín había hecho su trabajo y estaba en la búsqueda por *internet* de fotos de ese escudo.

—D. Antonio, no veo ningún escudo que tenga un casco, todos aparecen con una corona —dijo Cacín.

—Gracias Jesús, algún motivo le llevó a Machuca a poner un casco en vez de una corona, pero no le demos más importancia, ya le buscaremos explicación —Quiso el profesor dar por acabada aquella conversación.

A continuación, D. Antonio sacó su teléfono móvil del bolsillo y mientras lo encendía abandonó un momento la biblioteca a la vez que tecleaba algunas palabras, en lo que a los muchachos le pareció un envío de *Whatsapp*. Un minuto después volvió a entrar mientras guardaba su móvil y con breves palabras se dirigió a los muchachos.

—Tengo que marcharme y no puedo continuar con vosotros. Si queréis os podéis quedar y mañana por la mañana me dais el libro.

Luis, que pareció más ansioso que sus compañeros, respondió con un —«vale»—, sin esperar la opinión de sus amigos.

—Perfecto —dijo el maestro recordándoles el valor de la pieza que les había dejado en custodio.

Dicho esto, con algo de prisa, salió de la biblioteca y sus pasos se perdieron por el fondo del pasillo.

Ya solos, Dami, que estaba algo cansado de estar una tarde en la biblioteca y no jugando al futbol, soltó:

—¿Qué hacemos?

—Nos vamos —dijo Cacín sin dejar intervenir a Luis en la conversación—. Me voy a casa y me llevo el libro —continuó diciendo en plan autoritario.

—Vale Cacín y nosotros, ¿qué hacemos? —dijo Luis en un tono poco conformista.

—No lo sé, pero me voy a casa, que estoy cansado del ajetreo de la semana —Afirmación, que escondía con egoísmo, su necesidad de seguir viendo las fotografías, pero en solitario.

—Pues nada, nos vamos y mañana por la mañana nos vemos —le dijo Dami.

Los tres salieron de la biblioteca y abandonaron el instituto algo enfadados con Cacín por su actitud. Luis y Dami quisieron sacarle más información a su amigo, pero este enfiló camino de su casa sin ni siquiera esperarles. Viendo como actuaba, estos sin entender nada se encogieron de hombros y decidieron marcharse al parque junto al río.

—Ya se le pasará —acabó diciendo Luis para dar por terminada aquella tarde.

CAPITULO V
LA QUEDADA

Aquel era un sábado radiante de sol en Granada, ese que te invita salir a la calle para disfrutar de la ciudad, su gente y su cultura, el día perfecto para ir a cualquiera de las dehesas más cercanas y disfrutar del campo. Solo sus habitantes sabían lo afortunados que eran de tenerlo tan próximo.

Para Javier estos días le permitían realizar deporte con muchas más ganas que esos lluviosos y grises, además le gustaba también pasear por los mismos lugares en los que desarrollaba su trabajo de guía. Para él, Granada, su cultura y monumentos suponían una droga histórica a la que no podía dejar de ver ni un solo día. Él mismo solía decirse todas las mañanas mirando por la ventana cuando se levantaba —un día más que puedo ver y disfrutar de ti—, poca gente se sentía más triste que Javier, cuando veía la dejadez cultural e histórica de algo que hicieron sus antepasados.

. . .

—Son las diez Cacín, ¿a qué hora quedaste con Javier?

—A esta hora más o menos Luis, no seas impaciente, no tardará mucho en venir.

Justo al acabar la frase, vieron a los lejos la talla alta y delgada del antiguo policía entre la muchedumbre que empezaba a abarrotar el Paseo de los Tristes bajo la estampa de la Alhambra.

—Buenos días, muchachos, ¿qué tal estáis?, ¿lleváis mucho tiempo esperando? —preguntó con educación Javier.

—No —respondió Dami.

—Bueno chavales, vamos a entrar al archivo municipal de la ciudad, aquí está todo muy controlado porque dentro del palacio hay muchas cosas valiosas. Vosotros seguidme a mí y no os despistéis, si necesitáis algo me lo decís antes de hacer nada, ¿de acuerdo? —dijo Javier esperando la comprensión de los muchachos.

Los tres asintieron con la cabeza mientras atravesaban los jardines que precedía el antiguo palacio de los Córdova, un edificio que por circunstancias de la historia se reconstruyo en aquel lugar por debajo de la Alhambra y que, aparte de archivo municipal, era usado para otros muchos eventos.

Tras hablar con el guardia de seguridad, el grupo entró en el patio. Tras un breve chasquido de dedos, Javier les indicó que le siguieran por las escaleras que subían a la primera planta. Allí, junto a la primera puerta, estaba esperándolos Antonio, el compañero de Germán.

—Buenos días, ¿tú debes ser Antonio?

—Sí, ¿y tú Javier me imagino? —Quiso confirmar el funcionario.

Ambos se estrecharon la mano con la desconfianza educada de dos personas que se conocían por medio de Germán.

Antonio abrió las puertas del archivo y les invitó a pasar. Una vez dentro les indicó que el ordenador estaba encendido y que había dejado abiertas las páginas internas del archivo municipal y de la Alhambra, aunque también les dejó las claves escritas en un papel, claves que solo valían para aquel día. Javier agradeció el gesto a Antonio y quiso saber si este permanecería allí con ellos, a lo que este negó con la cabeza indicándoles que estaría en la sala contigua por si necesitaban algo. Dicho esto, abandonó la habitación y cerró la puerta al salir.

El tiempo era oro, por lo que Javier tomó la iniciativa acercando las sillas junto a la mesa del ordenador para no perder un solo de los valiosos minutos que tendrían mientras estuvieran allí dentro. La habitación tenía esa decoración palaciega de alfombras, cuadros y lámparas, una estantería con libros de más de doscientos años y un magnífico fresco en el techo de alegorías y ángeles. Todo estaba muy limpio y en sintonía artística que hacían de la sala el lugar perfecto para cualquier celebración.

Javier empezó a teclear el ordenador para buscar los archivos más exactos sobre las zonas donde aparecieron los cruces en la visita a la Alhambra. Todos estaban con sus ojos sobre lo que iba apareciendo en la pantalla, algunos documentos eran un mar de letras e insignias, tan antiguos que descifrarlos debió ser un verdadero rompecabezas para los expertos, que por suerte ya nos lo dejaron todo traducido al castellano actual. El guía tenía una destreza visual buenísima para leer y desechar documentos con rapidez, sin dejar siquiera que alguno de los muchachos pudiera intervenir.

—¿Qué buscas exactamente Javier? —preguntó Cacín, ya un poco cansado de ver documentos sin poder participar.

—Los archivos de Machuca, ¿sabéis quién fue Machuca? —respondió sin quitar la mirada de la pantalla.

—Ese fue el que hizo el palacio de Carlos V —contestó con seguridad Luis.

—Y la Puerta de las Granadas —Sorprendió Dami con su respuesta.

—Correcto, muchachos, quiero ver si en alguno de sus escritos o planos de construcción se reflejó algo de las cruces, aunque puede ser que se hicieran después.

—Pues yo creo que se hicieron después —Dejó caer Cacín.

En ese momento las teclas del ordenador pararon de repente, el silencio se adueñó de la habitación y con mirada sorpresiva Javier puso toda su atención a la explicación que Cacín debía dar a esa afirmación.

—¿Por qué dices eso Jesús? —preguntó extrañado el guía.

—Hombre, yo entiendo que las de la Alhambra las pudo poner Machuca al construir el Palacio de Carlos V, pero la cruz que hay en el lateral de la iglesia de Santa Ana no creo que fuera obra de él —dijo Cacín.

—¿De Santa Ana? —reflexionó en alto Javier—. Es verdad, no había caído con la cruz que hay allí de las mismas características. Pero a lo mejor no tiene nada que ver una con otras, porque la de Santa Ana está muy a la vista y las otras son pequeñas y casi escondidas, ¿no os parece? —Volvió a dejarles la pregunta para que pensaran.

—Puede ser que tengas razón, aunque no sabemos si habrá más cruces escondidas o visibles de las que no nos hayamos dado cuenta —dijo de nuevo Cacín.

—Claro, claro Jesús, todo es posible, por eso estamos aquí buscando algún indicio que nos ayude a comprender lo que vosotros descubristeis —Se puso de su lado Javier.

La mañana continuaba con la revisión de cientos de documentos, grabados y alguna foto más reciente que contase el porqué de aquellas cruces. Dami era el que más atención dejó de prestar con el paso de los minutos, su poca paciencia le llevaba a desconectarse de los temas que le parecían aburridos, mientras Luis había sacado su lápiz para dibujar aquella magnífica habitación tan decorada y colorida. Eran solo Javier y Cacín los que estaban concentrados en encontrar alguna señal que les diese alguna explicación.

—Ya nos quedan pocos documentos que revisar de Machuca y no apreciamos nada Jesús, la verdad no sé si llegaremos a encontrar algo —dijo un abatido Javier.

En ese momento Cacín observó algo en uno de los grabados.

—Echa para atrás a ese último grabado, el de la Puerta de las Granadas quiero ver una cosa —Le indicó el muchacho.

Javier obedeció como resignado a que aquel *chavea* pudiera dar luz a algo que parecía no tenerlo.

—Mira Javier, en este grabado aparece la corona sobre las águilas del escudo que hay en la puerta.

—Claro Jesús, el escudo del emperador está acabado en una corona sobre las águilas, además el grabado pertenece al primer plano que hizo Machuca de la puerta.

Al escuchar eso, Cacín abrió su mochila y sacó el libro de fotos de su profesor. Eso sorprendió mucho a sus amigos que pensaban que ya se lo había devuelto a su dueño.

—Cacín tío, ¿no le has dado el álbum a D. Antonio? —preguntó Dami muy extrañado.

—No, como veníamos hoy aquí, pensé que nos podría venir bien —contestó Cacín.

—Ya, pero verás la que nos va a liar con lo perfecto que es para estos temas —le replicó Dami.

—No te preocupes, ya me echo yo la culpa, pero déjame que le enseñá la foto de la puerta a Javier.

—¿Qué foto Jesús? —preguntó Javier.

Cacín abrió el álbum y le enseñó la instantánea en la que el escudo estaba coronado por una especie de casco que sustituyó a la corona. Mientras Javier miraba la foto del grabado y la del álbum, fruncía el ceño y a la vez mostraba sorpresa por no haberse dado cuenta de que en la actualidad la corona no existe y que alguien la cambió en algún momento.

—¿Cómo es posible que no me haya dado cuenta? Ese cambio debió deberse a alguna directriz posterior a Machuca, que raro que no se haya escrito nada de esto. En fin, Jesús, creo que tendremos que averiguar qué pasó ahí —terminó por decir Javier.

El alumno asintió con la cabeza, mientras recriminaba en silencio a sus amigos el poco interés que estaban tomando en el asunto.

Cómo todavía les quedaba tiempo, Javier tuvo la sensación de que ese casco podría ser algo importante, aunque no tuviera relación con las cruces. Buscó todos los grabados del archivo que pudieran tener una imagen del escudo, con Cacín prestando la máxima atención para que no se le pasara ningún grabado sin ser examinado por más de dos ojos. Paró de repente en una página donde el grabado del escudo era casi una foto del pasado. Todos pusieron sus miradas en la pantalla del ordenador sin saber por qué, aunque dejando la iniciativa al guía, que no paraba de aumentar y disminuir el *Zoom* para estudiar con esmero el esculpido casco del escudo. Sin darse cuenta, Cacín le estaba señalando un símbolo que aparecía en el lateral y que asemejaba algo así como dos banderas cruzadas con una cruz en medio.

—Has visto esto Javier, parece como un escudo de armas o algo así.

—No, Jesús, ese símbolo lo he visto antes y sé dónde.

Javier empezó a pasar las páginas en la pantalla del ordenador con la intención de llegar a una en concreto.

—Aquí está Jesús.

—El qué, Javier.

—El Codicilo de la Reina Isabel, sus últimas palabras en sus últimos días de vida y creo que en la última hoja debe aparecer algo parecido a lo que hay en el casco.

Luis, que había dejado de dibujar, puso la máxima atención para comprender lo que Javier intentaba decirles.

—En efecto chavales, mirad aquí abajo, ¿Qué veis? —le indicó con el dedo Javier.

—Parece que son las dos banderas cruzadas que habíais visto antes —dijo Dami.

—Correcto Damián, pero ¿Por qué está grabado eso en el casco? ¿Qué sentido tiene que esté ahí? —Ya se preguntaba Javier en silencio.

—Mira Javier en el documento aparece como un palito entre las banderas y en el casco aparecen dos— Volvió a decir Dami.

—Eso no es un palito, es el número uno y el número dos en romanos, pero ¿Por qué el uno en el documento y el dos en el casco? —dijo Javier en voz alta para que le escucharan.

El silencio pensativo se adueñó de todos menos de Luis que con gracia y como el que no quiere la cosa dijo.

—Pues como yo hago con las páginas que dibujo, le pongo números romanos para identificarlas.

Javier y Cacín se volvieron hacia él sin decir nada para preguntar al unísono.

—¿Pudiera ser que El codicilo estuviera compuesto de dos documentos?

—Pero si fuera así, ¿dónde estaría el otro Javier?

—No lo sé Jesús, todos los que conocemos el testamento y el Codicilio de la Reina, no hemos visto más documentos. Pensaba que aquí acabó la Reina con sus propósitos tras su muerte, pero si por casualidad hubiera un segundo documento, ¿por qué alguien no quiso que viese la luz? Pero ¿Qué escondería ese documento? Chavales, vamos a tener que hacer rápel y revisar ese casco esculpido más de cerca.

—Subirnos allí arriba —Se quejó Dami mientras se desperezaba como un mono.

—Me parece que no nos queda otra, o revisamos eso de cerca para que nos pueda dar alguna pista, o puede que esto se acabe aquí —dijo Cacín.

—Creo que tienes razón, además yo me apunto a subir y si quieres lo dibujo.

—Gracias Luis, ya veremos cómo lo hacemos, será mejor que Javier trace un plan como adulto, vaya que nos metamos en un lío.

—Si chicos yo me ocupo, pienso que hay que subir en cuanto podamos para conseguir más información, pero hay que tener precaución, ya que dañar el patrimonio es delito —aclaró el guía.

Javier junto a los muchachos continuaron examinando documentos sin encontrar ningún indicio más que les diera alguna pista. Así que decidieron dar por terminada la reunión en el archivo municipal.

Descendiendo las escaleras en dirección al patio, la conversación giraba en torno a cómo iban a subir a la Puerta de las Granadas sin ser vistos por la seguridad de la Alhambra. Aquello era un lugar muy público y pasar inadvertidos iba a ser una tarea difícil.

Saliendo del Palacio y sin reparar en las personas que estaban fuera, caminaron entre los jardines, cuando de repente la figura firme de D. Antonio se interpuso en su camino.

—Buenos días a todos, sobre todo a ti Jesús.

Un, «buenos días» de respuesta salió en conjunto, aunque por parte de Cacín fue un poco más tímido.

—Creo que ayer tenías que haberme entregado algo —Extendió el profesor el brazo para que Cacín le acercara su libro de fotos.

—Perdone D. Antonio, es que pensé que nos podría venir bien hoy para hacer el trabajo.

—¿El trabajo Jesús? Considero que esto que estáis haciendo va más allá de un simple trabajo. ¿Tú qué opinas, Javier? —La mirada del profesor se dirigió hacia el guía turístico que tuvieron en la excursión.

Este, sin querer continuar con el secreto, invitó a todos a sentarse en los bancos del jardín para darle todas las explicaciones posibles.

—Mire D. Antonio, estos tres alumnos suyos son más listos de lo que yo pensaba, han descubierto algo que ni yo en mis años había visto. Suponemos que el casco sobre el escudo imperial de la Puerta de las Granadas tiene algo que no sabemos a dónde nos llevará, pero puede ser algo importante desde el punto de vista histórico en nuestra ciudad —comenzó Javier a explicarle.

—Sí, Javier, eso fue algo que vimos en la biblioteca el otro día y que nos dio que pensar, pero no hasta el punto de que os juntéis aquí en los archivos municipales.

—Es culpa mía —Se excusó Javier—. Yo les cité aquí, aunque no sabía que traerían el libro de fotografías. Le pido disculpas por no haberle informado.

—No te preocupes Javier, entiendo que la investigación histórica es muy fuerte cuando te apasiona tanto, pero ¿habéis descubierto algo importante?

—Mire —Respiró Javier para responder al profesor—. En ese casco hemos visto un grabado similar al que aparece en el Codicilo de la Reina Isabel.

En ese momento le enseño en su móvil el grabado del Codicilo coincidente con el casco.

—Pero lo más importante es que creemos que el testamento de la Reina se compone de dos documentos.

—¡¡De dos documentos ¡¡ —exclamó con fuerza el profesor.

—Sí, eso pensamos, porque hay una numeración que puede indicarnos que fueron dos los documentos —le dijo Javier.

—Y, ¿solo con esos números habéis sacado esa hipótesis? Veo poca información para sacar esas conclusiones —le dijo el maestro.

—Puede ser, por eso queremos subir al casco y revisarlo por si encontramos algo más, pero no sabemos que estrategia tomaremos para no ser descubiertos.

D. Antonio se quedó un momento pensativo antes de responder.

—Bueno, considero que si habéis llegado hasta aquí y queréis subir es porque algo valioso puede que haya allí. Está bien, yo os ayudo, pero a partir de ahora estaré informado e iré con vosotros siempre que pueda.

—Gracias D. Antonio —Se adelantó a decir Javier—. ¿Tiene alguna idea de cómo podemos hacerlo?

—Creo que podemos contar con mi sobrina, trabaja como restauradora del monumento y precisamente ya me comentó que iban a verificar algunos aspectos de la Puerta de las Granadas, tras su última restauración. Así que hablaré con ella para ver como la hacemos. Javier dame tu número de teléfono para llamarte en cuanto sepa algo.

El guía quiso dárselo a través del móvil, pero el maestro prefirió que se lo escribiera en papel, las tecnologías no eran lo suyo.

Poco más dio de sí el encuentro, los tres amigos se despidieron de los adultos bastante contentos, sobre todo por poder continuar con la aventura.

—Son tres *chaveas* muy listos —Le quiso hacer ver Javier a D. Antonio.

—Lo sé Javier, me recuerdan a mí con su edad, por cierto, llámeme, Antonio, el *Don* no me pega viniendo de usted.

—Claro, Antonio, estamos en contacto —dijo Javier mientras se despedía del profesor, que prefirió quedarse unos minutos en solitario junto a la puerta de entrada del Palacio de los Córdova.

D. Antonio era una persona muy reservada y dedicada por completo a la docencia. Aunque la edad ya no perdonaba, todavía mantenía una buena forma física, pero sin hacer ningún deporte. El poco pelo canoso que le quedaba, siempre lo tenía peinado hacia atrás, quizás para disimular un poco la calvicie. Utilizaba solo unas pequeñas gafas de farmacia para ver y leer de cerca, por suerte conservaba una buena visión. Le gustaba vestir con pantalones de pinzas y camisas de manga larga, incluso en el verano. Ya para las épocas más frías se colocaba algún que otro jersey encima. Era un granadino de pura cepa y eso lo llevaba con orgullo allá por donde fuera. Su gran pasión era la historia y en particular la de su ciudad, por eso quiso estudiar esa carrera. Que sus alumnos supieran valorar los hechos históricos era su gran misión como maestro y él sabía desde hoy que eso podía hacerse realidad.

CAPITULO VI
LA PUERTA DE LAS GRANADAS

Era lunes, ocho de la mañana, Cacín, Dami y Luis habían pasado un fin de semana sin estar en contacto después de la reunión con Javier en los archivos municipales. Los tres no dejaron de pensar en lo que estaban metidos, en el cuándo podrían revisar el escudo del emperador y en las ganas de juntarse para seguir viendo cosas.

La imagen se repetía en la cama de cada uno: mirada al techo, brazos en la nuca y el sonido del despertador que no fue como un lunes normal. No hizo el daño perezoso de cada día, más bien era una bendición esperando otra nueva reunión en el instituto.

Camino del centro, Cacín se encontró con Dami y los dos se unieron con Luis a las puertas de este.

—¿Qué pasa compis? —Se animó Luis a saludar.

—Hola Luis, pues nada me imagino que igual que tú, dándole vueltas a lo mismo —respondió Cacín casi sin ganas.

—Pues yo creo que nos va a costar continuar a partir de ahora, no hay muchas pistas y casi todo son hipótesis, aunque yo también estoy dándole vueltas a todo esto —agregó Dami en un plan más pesimista.

—No lo sé Dami, puedes tener razón, es posible que nos hayamos metido en algo que no nos lleve a nada, pero por lo menos sí hemos descubierto cosas —Se animó Cacín a continuar la conversación—. Yo pienso que hay gato encerrado en todo esto, ¿cómo es posible que nadie se hubiera dado cuenta de las cruces que vimos? Por cierto, de este tema nada de nada a D. Antonio ya habrá tiempo de explicárselo con más calma.

—Tranquilo Cacín, estaremos mudos, aunque con lo listo que es, no tardará mucho en descubrirlo —dijo Luis—. Vámonos para adentro que ya no queda nadie fuera, no sea que al final nos ponga falta y luego mi madre me echa la bronca.

Los tres muchachos iniciaron su semana de estudios con la intención de que pudieran continuar con sus investigaciones.

. . .

D. Antonio comenzó el día con un nerviosismo interno que no se manifestaba en su aspecto serio y profesional. No daba crédito a como sus alumnos habían llegado a sacar unas hipótesis, que a él mismo le hubiera costado aclarar.

Su casa estaba en la parte alta del Albaicín. Heredada de sus padres y a la vez estos de sus abuelos, por lo que la morada era un lugar de antepasados e historia del propio barrio. Su mujer, Ana, dedicaba su vida a ser ama de casa. Su matrimonio era muy sólido y familiar. Tenían dos hijos que, tras estudiar la carrera, se marcharon a Madrid a trabajar, aunque se veían algunos fines de semana. De momento no tenía nietos, pero sabía que le harían abuelo más pronto que tarde. Era muy conocido en el barrio, ya que todos los residentes habían sido sus amigos de la infancia, por lo que se había creado un clima muy cordial en el vecindario.

Quizás, el haber vivido allí, con tanta historia, fue una de las causas que le llevaron a la docencia, que ejercía desde hace mucho tiempo en el mismo instituto en el que Cacín, Dami y Luis estaban estudiando.

Dejar su trabajo era algo que pronto llegaría por jubilación, para lo cual se estaba preparando mentalmente ante tan duro trance laboral, aun así, tenía claro que necesitaba disfrutar con su esposa de un retiro más tranquilo, a lo mejor fuera incluso de su Granada querida.

La mañana en el instituto fue tan monótona como todos los lunes del año. Las miradas entre los tres alumnos y su profesor fueron mucho más directas que otras veces. Entre ellos casi ya no hacía falta hablar para saber lo que estaba pensando cada uno.

Al acabar la clase, D. Antonio cogió su teléfono para llamar a una persona muy especial.

—Hola, Eva, ¿cómo estás?

—Hola, Tío, pues nada aquí trabajando como siempre.

—¿Dónde estás hoy?

—Hoy me han mandado al Palacio de Carlos V.

—Al final te haces una experta en la restauración Renacentista más que en la Nazarí —le dijo D. Antonio con humor a su sobrina.

—Pues sí, tío, como hice el máster de recuperación del patrimonio renacentista, estos me ponen rápido a trabajar en esta zona, es lo que hay.

—Tú lo has dicho, es lo que hay. Bueno, perdona que te haya llamado en tu hora de trabajo, pero tengo que contarte una cosa para ver cómo me puedes ayudar.

—Uy tío, ¿qué estarás tramando a estas alturas para que me llames de esa manera?, mira que te conozco y cuando se te mete algo en la mollera no hay quien te la saque —le contestó ella.

—Vaya, que bien me conoces, pero creo que esto es algo más que una intuición mía.

—Tío, si quieres voy luego a tu casa y con un café me cuentas lo que quieras y así veo a la tía que hace tiempo que no hablamos.

—Perfecto sobrina, mejor lo hacemos así, pues esta tarde te espero. Un beso —Se despidió D. Antonio.

Al acabar la llamada se quedó algo pensativo de no haberle dicho nada por teléfono, pero verse en persona era una elección más correcta.

Por otro lado, su sobrina se quedó algo mosqueada por la insistencia en verse. No obstante, la reunión tenía un único fin, el poder llegar hasta la parte del escudo sin que nadie sospechara nada.

Eran las cinco de la tarde y entre la gente que bajaba y subía la cuesta de Gomérez en dirección a la Alhambra estaban los tres amigos parados bajo el arco de la Puerta que diseñó Machuca. Allí, embelesados, miraban el almohadillado de sus sillares, repasando uno a uno los sitios por donde escalar para ver el casco del escudo, sin saber aún, que D. Antonio ya había contactado con su sobrina para informarle de sus intenciones.

De vez en cuando veían llegar a uno de los guardias de seguridad que la Alhambra tenía contratados para evitar cualquier daño al patrimonio. Eso les ponía más nerviosos porque no veían claro en qué momento podrían hacer el asalto al escudo.

—Cacín, con la gente que hay y con los de seguridad, esto va a estar complicado —dijo Dami algo asustado.

—Vamos a esperar lo que nos dicen los adultos y si no tenemos ayuda ya veremos cómo lo hacemos nosotros —le respondió su amigo mientras veía como Luis había sacado su cuaderno para dibujar el entorno.

En ese momento y por la espalda, se adosó la figura alta de Javier.

—Hombre, ¿qué hacéis por aquí?

—Hola Javier, contestaron los tres.

—Pues nada, viendo cómo podemos llegar allí arriba sin levantar sospechas —le dijo Cacín.

—Jesús, ten paciencia que tu profesor y yo nos encargamos de eso, no cometáis un error que pueda llevar al traste todo lo que hemos avanzado.

—Ya Javier, pero estamos impacientes por subir y no queremos que esto se retrase mucho

—Lo sé Jesús, pero no podemos hacer otra cosa que esperar.

En ese momento el teléfono móvil de Javier empezó a sonar. En la pantalla le apareció el número de D. Antonio.

—Buenas tardes, Antonio —Saludó con afecto Javier.

—Hola Javier, perdona que te moleste, ¿puedes hablar?

—Claro Antonio, ¿qué pasa?

—Mira, esta tarde sobre las seis, viene mi sobrina a casa y me gustaría que acudieras para que entre los dos podamos explicarle lo que queremos hacer.

—Sin problema Antonio, en media hora estoy en tu casa, ¿dime la dirección?

D. Antonio le explicó dónde quedaba su casa para que este no tardara mucho en llegar.

—Buenos chicos, tengo que irme vuestro profesor me reclama en su casa para ver qué podemos hacer con esto —Señaló con el dedo al escudo.

Luis, que acababa de dejar de dibujar, le preguntó si podían acompañarlo, pero este prefirió que se quedaran al margen por ahora.

Javier dejó a los muchachos en el lugar donde los encontró y se marchó calle abajo. Cacín frunció el ceño en señal de descontento por no poder acompañarle, pero ya habría más momentos para reunirse.

Javier subió a la parte alta del Albaicín, en busca de la casa de D. Antonio, con una rapidez inusual para cualquiera menos para alguien que todavía era un deportista nato. Ya en la zona dónde el profesor vivía, buscó su casa esperando haber llegado antes que Eva. Con un par de leves golpes de nudillo en la puerta aguardó a que alguien le abriera. Pocos segundos después, el profesor apareció y le invitó a que pasara.

—Buenas, Javier, ¿le ha costado encontrar la casa?

—No, la verdad que no, con las indicaciones que me dio he llegado sin problema.

—Perfecto, pues entonces sentémonos antes de que llegue mi sobrina para que, entre los dos, podamos decirle lo que queremos hacer sin darle demasiadas explicaciones.

—Pues creo que eso va a ser complicado, porque la operativa deberá tener un argumento muy sólido y, a no ser que su sobrina sea una despistada, lo tendremos difícil —Quiso advertirle Javier.

—Hombre, mi sobrina, obviamente, no es tonta, pero suele ser fácil de convencer, déjeme a mí que yo empiece y vamos viendo como transcurre la conversación.

—*Ok*, sin problema Antonio.

Ana entró en el salón ofreciendo un humeante café que ninguno de los dos pudo rechazar y que hizo más amena la espera de Eva.

A los pocos minutos, sonó el timbre de la casa. Ana fue a abrir sabiendo ya quién era. Mientras, su tío y Javier se preparaban para el recibimiento.

Tras saludarla en la puerta entraron al salón de la casa donde se sorprendió de ver a su tío con Javier.

—Hola Eva, pasa, mira, este es Javier, un amigo.

Eva saludó con afecto a su tío a la vez que mostraba también su saludo a Javier.

—Bueno tío, que es eso que tienes que contarme que llevo todo el día dándole vueltas.

—Mira Eva, lo que te voy a contar es algo muy confidencial y necesito el máximo secreto, porque hay en juego una operación policial muy importante.

En ese momento, Javier quedó un poco contrariado ante lo que D. Antonio acababa de decirle a su sobrina.

—Claro tío, pero me estas asustando un poco, dime como te puedo ayudar

—Pues mira —comenzó D. Antonio a explicarle—. Javier es un guía turístico y antiguo policía de la brigada de delitos arqueológicos que en la actualidad está colaborando de incógnito con sus antiguos compañeros, ya que han descubierto en Granada una posible organización mafiosa que intenta robar algunos elementos, tales como obras de arte y objetos de un alto valor.

Javier, no daba crédito a la bola que D. Antonio estaba metiéndole a su sobrina y más aún ver a Eva embelesada y dispuesta a colaborar.

—Vaya tío, pues sí que es preocupante.

—Sí que lo es Eva, pero déjame que te diga lo que vas a hacer, ya que han contactado conmigo para hacer de intermediario contigo y no levantar sospechas. Este fin de semana tienen indicios de que pueden cometer dichos delitos, con lo que la policía necesita que Javier, que no lo tienen fichado, pueda estar vigilando cerca de la Alhambra y hemos pensado que el lugar sea la Puerta de las Granadas. Y… —continuó el maestro—. ¿Cómo hemos pensado hacerlo? Pues necesitamos que montéis unos andamios para que una persona se suba encima y se haga pasar por un restaurador del monumento. Creo que eso no levantará sospechas, porque tengo entendido que se iban a realizar algunos arreglos en la parte alta.

—¡Ostras, tío!, pues es buena idea. Eso no levantaría ninguna sospecha porque como dices tenemos programado una restauración en breve, además yo misma puedo estar acompañándolo.

—No, Eva, estas operaciones son para gente profesional y no quiero correr riesgos contigo, solo necesito que te pongas manos a la obra y mañana empecéis a montar los andamios. ¿Crees que tendrás algún problema? —le preguntó a su sobrina sin saber su respuesta.

—Que va tío, en eso mando yo y tengo potestad para montar andamios o lo que sea sin que tenga que pedir permiso.

La cara de Javier era a la vez de satisfacción y de preocupación, ya que, si se descubría la mentira, ambos podrían tener más que problemas con la verdadera policía.

—Muchas gracias, Eva, tu colaboración será fundamental para esta operación, que como ha dicho tu tío es de incógnito y nadie debe saber nada —Quiso agradecerle Javier su disposición a colaborar.

—No se preocupe Javier, soy una tumba y mañana mismo estamos montando los andamios.

—¡Esa es mi sobrina favorita! —exclamó D. Antonio con alegría.

Viendo Eva que todo estaba ya planificado, se despidió de sus tíos y de Javier para abandonar de inmediato la casa. Una vez solos, se quedaron un rato más para trazar un plan lo más perfecto posible. Sabían que lo más difícil lo habían conseguido, ahora eran ellos los que no tenían que fallar.

. . .

Junto a la Puerta de las Granada, los tres muchachos decidieron bajar la calle hacia la plaza Nueva. Seguían pensando en la reunión de Javier en casa del profesor. Cacín no dejaba de darle vueltas a la cabeza a tantas incógnitas, a veces Dami tenía que darle un palmetazo en la espalda para que le escuchara, ya que se quedaba embelesado, incluso andando por la calle.

—¿Creéis que habrán encontrado la solución para subir al escudo?

—No lo sé Cacín, pero sea lo que sea es mejor que los adultos lleven este tema, no quiero pensar lo que diría mi madre si nos pillan haciendo algo y sale mal.

—¿Tu madre Dami?, pues anda que la mía no hace más que preguntarme que estamos haciendo los tres —dijo Luis.

—¿No le contarás nada? —Saltó de inmediato Cacín.

—Para nada tío, soy una tumba, de todas maneras, creo que ni lo entendería porque está siempre muy liada —le respondió Luis.

Los tres se miraron y con paso firme continuaron la conversación mientras atravesaban el centro de la ciudad de regreso a sus casas.

. . .

La mañana había salido igual de bulliciosa que todos los días en las zonas turísticas de la ciudad. Con el sol todavía bajo en el cielo, la mayoría de las calles permanecían con la sombra que les daban sus edificios. Cerca de la zona andaba paseando el profesor en busca de su sobrina.

—Buenos días, Eva.

—Hola tío, ¿qué temprano has venido?

—Bueno, hoy me he cogido el día libre porque iba al médico y de paso me he acercado a verte y al llegar aquí me he quedado sorprendido de lo rápido que estás montando los andamios.

Su sobrina se acercó con sigilo para que nadie escuchara lo que tenía que hablar con él.

—Sí, tío, entre antes lo hagamos mejor, ya que nos iremos a otra zona y vosotros mañana podréis usarlo.

—Gracias Eva, no sabes lo agradecido y orgulloso que estoy de ti.

Una sonrisa inundó la cara de su sobrina a la vez que su tío le daba un cariñoso beso en la mejilla.

—En fin, te dejo trabajar —le dijo su tío—. Me voy para casa que tengo muchas cosas que hacer. Por cierto, mañana intentaremos venir, avisa a los de seguridad que habrá gente trabajando en los andamios, para que no nos molesten.

—Vale tío, si hay cualquier inconveniente yo te llamo, si no mañana podéis subir por la esquina derecha del andamio, dejaré una lona tapándolo, solo tienes que abrirla un poco y subir por el lateral —terminó diciéndole Eva.

De nuevo le agradeció su ayuda mientras se alejaba del lugar. Ya en la distancia sacó su teléfono móvil para llamar a Javier.

—Dígame.

—Javier, buenos días.

—Hola Antonio, dime.

—Nada, he estado aquí con mi sobrina y va todo viento en popa, ya están montando el andamio y no sospecha nada de nada.

—Vaya que rapidez, me da un poco de pena no poder contarle realmente para que la estamos utilizando —dijo Javier.

—No te preocupes, algún día se lo contaré, pero algún día lejano —Le recalcó el maestro

—Bueno, eso es un trago en el que yo no quisiera estar presente, pero lo que sí es verdad es que tiene una sobrina fantástica.

—Gracias Javier, lo sé.

Ahí D. Antonio respiró un segundo casi arrepentido de haber utilizado a su sobrina, aunque la necesidad de búsqueda podía en ese momento más que su pudor.

—Antonio, entiendo que me ha llamado porque mañana estará todo listo para que podamos subir —continuó la conversación Javier.

—En efecto, Javier, salvo que ocurra algo. Si te parece, mañana nos vemos en la plaza de Colón sobre las diez.

—Vale sin problema, ¿quién avisa a los chicos? —preguntó el guía.

—Yo me encargo, no te preocupes —le contestó D. Antonio—. Lo que necesito es que te traigas un chaleco amarillo para que parezcas un empleado de la obra.

—Sí, buscaré uno que tengo en el coche —dijo Javier.

—Bueno, pues, hasta mañana a las diez y reza para que todo salga bien.

—Claro que saldrá bien Antonio, venga mañana nos vemos —terminó despidiéndose Javier.

Nada más colgar, el profesor llamó a Cacín para informarle de la intención mañana de subir a inspeccionar el escudo.

. . .

La céntrica plaza de Colón ya soportaba por la mañana gran cantidad de turistas y por ende de guías. El sonido del agua de la fuente del imponente monumento a Isabel la Católica, se mezclaba con el ruido del tráfico que atravesaba el centro. D. Antonio, siempre más que puntual, ya esperaba mientras observaba el ir y venir de la gente por la calle Gran Vía. Acercándose por la calle Reyes aparecía la silueta de Javier y sus tres alumnos.

—Buenos días, D. Antonio —dijo Javier al llegar a la altura del profesor.

—Buenas, Javier, buenas, chicos —contestó el profesor—. ¿Qué tal estáis?

—Bien, deseando empezar cuanto antes —dijo Luis.

—No te impacientes, la paciencia es la madre de la ciencia.

—Es normal Antonio, los chicos están muy ilusionados —dijo Javier

—Lo entiendo, pero antes tenemos que repasar lo que vamos a hacer, porque un paso en falso nos llevaría a dar muchas explicaciones. Mejor vamos andando y os voy contando un poco —Quiso aclarar D. Antonio.

Todos comenzaron a dirigirse hacia la plaza Nueva mientras D. Antonio daba unas instrucciones básicas de lo que iban a hacer.

—¿Queda todo claro, chicos?

—Sí, D. Antonio, entonces subimos nosotros y Javier mientras usted se queda abajo, digamos que vigilando por si alguien se acerca —Quiso confirmar Cacín.

—Correcto Jesús, lo que debemos tener claro es que hay que ser rápidos y hacer lo que tengamos que hacer, primero sin dañar nada del monumento y después sacando toda la información que podamos. Cualquier cosa por pequeña que sea puede ser interesante, así que todas las fotografías que hagáis serán bienvenidas —Volvió D. Antonio a dejar claro ciertos movimientos.

Todos asintieron y se dispusieron a subir la empinada cuesta de Gomérez en busca de los andamios.

La Cuesta se les hizo más empinada que nunca y parecía no tener fin. El aliento empezó a ser el único sonido que salía por la garganta. El andamio se veía instalado y con unas lonas que no dejaban siquiera ver el monumento, lo que alegró al profesor.

Nada más llegar, los muchachos y Javier se enfundaron los chalecos amarillos y con un gesto de D. Antonio accedieron al andamio por el hueco que Eva había dejado entre las lonas. El nerviosismo hizo que Dami resbalara en el primer escalón, llevándose la primera reprimenda de Cacín que le seguía detrás. Todos consiguieron alzarse a la parte superior, mientras desde abajo se comprobaba que la lona les cubría sin que nadie pudiera sospechar nada.

—Chicos, ya estamos aquí, vamos a darnos prisa y revisar el escudo —dijo Javier

Dami, sacó su teléfono móvil, y tal como habían hablado, empezó a realizar fotografías.

La primera inspección del casco empezó a llevarla a cabo Javier. Sus manos fueron recorriéndolo con suavidad por la parte delantera. Cacín, que no tenía paciencia, se atrevió a revisarlo por detrás.

—Mire Javier, aquí detrás hay como unos escudos grabados, y...—Se quedó un momento en suspense—. Parece que hay como una cruz patada igual a las que hemos visto antes.

De inmediato el guía se interesó por lo que dijo Cacín.

—Déjame que mire Jesús.

El expolicía apartó con delicadeza a Cacín para observar con sus propios ojos los escudos y la cruz, a la vez que hacía señas a Dami para que fotografiara todo el conjunto.

Luis, que se había quedado fuera de la escena, quiso ser también participe de lo que habían descubierto.

—Cacín, déjame que lo vea, por favor.

El muchacho se apartó a un lado para que su amigo también pudiera verlo.

En ese momento, Luis empezó a tocar con sus manos los escudos y sin querer, al acariciar la cruz, esta se movió.

—Javier, mire, creo que la cruz se mueve.

—A ver Luis, déjame a mí, vaya que la liemos.

El guía procedió a tocarla muy suave, pero con la intención de valorar si aquello podía tener algún tipo de movimiento.

—Chicos, dejadme la espátula que hemos traído —Les requirió el guía a los muchachos.

Cacín le acercó la herramienta mientras le preguntaba en voz baja que es lo que pasaba.

—De momento no lo sé Jesús, pero ahora te digo —le respondió Javier.

Este introdujo la espátula por la parte trasera de la cruz con la intención de moverla. Un leve giro hizo que un poco de tierra cayera sobre el suelo del andamio sin producir excesivo ruido, pero sí alertando a D Antonio que estaba casi debajo. Javier, viendo que aquello no se había tallado en conjunto, imprimió un poco más de fuerza y de un tirón sacó la cruz del casco. Todos quedaron mudos y asustados sin saber si aquello se había roto.

Con la mano le indicó a Luis que abriera su pequeña mochila para guardar la pieza. Cacín, con voz asustada, le preguntó que hacían ahora, cuya respuesta se transformó en una señal para que todos bajaran del andamio de inmediato.

Al ver salir al grupo detrás de la lona, el maestro se acercó para recibir explicaciones de lo que habían visto allí arriba.

—Antonio, vámonos de aquí con tranquilidad, ahora le explico todo, pero vámonos antes de que venga alguien —le dijo Javier algo nervioso.

El profesor, sin rechistar, le obedeció y se alejaron del lugar con el máximo sigilo posible para no despertar sospechas.

Hizo pasar por delante de ellos a los tres muchachos para que pudieran hablar sin que ellos los escucharan.

—Antonio, necesito que vayamos a algún sitio para poder hablar y explicarle todo sin que nos molesten.

—Claro Javier, te parece que vayamos a mi casa, creo que estaremos todos más a gusto.

—Me parece bien, si no molestamos a su mujer.

—Por ella no te preocupes, al revés estará encantada de que estemos allí.

Javier se acercó a los chicos y les indicó la dirección de la casa de D. Antonio para que llegaran antes que ellos. Prefería que fueran por separado y evitar cualquier tipo de seguimiento. Estos pasos de precaución los tenía todavía presente de su pasado policial. Todavía no estaba seguro de que alguien pudiera estar vigilándolos.

Viendo Luis que iban a recorrer parte del barrio del Albaicín para llegar a casa de su profesor, le cedió la mochila a su amigo.

—Cacín, ¿quieres llevarme la mochila?

—Claro Luis, sin problema, ¿qué pasa?, ¿qué pesa? —Quiso saber Cacín el motivo de que se la cediera.

—No que va, es que me gusta dibujar cuando voy por estas zonas —le contestó Luis

El muchacho sacó su cuaderno y antes de dibujar se puso a observar el paisaje del río Darro.

—Qué raro es este Luis, no Cacín —le comentó Dami—. Se pone ahora a dibujar después de lo que hemos hecho.

—A lo mejor le relaja —respondió Cacín.

Su amigo empezó a dibujar con gran agilidad. En aquel momento no lo hizo por diversión, sino para aplacar su nerviosismo.

Los tres llegaron cerca de la casa de su profesor. Tal como les había dicho le esperaron sentados en uno de los bancos de obra que estaban en la acera.

Al poco rato aparecieron Javier y D. Antonio. Con una señal los muchachos se levantaron y les siguieron hasta la casa.

—¡Ana¡, ¡ya estoy en casa y tenemos visita! —gritó el profesor.

—Pero Antonio, ¿cómo no me has llamado? Hubiera preparado algo para comer —respondió con educación su esposa.

—No te preocupes, no creo que estemos mucho tiempo.

Todos se acomodaron en el salón de la vivienda, mientras Ana continuó con sus labores de la casa.

—Bueno, vamos a recapitular todo lo que tenemos y hemos visto esta mañana—empezó diciendo el profesor.

—Mira Antonio, hay dos cosas que nos han parecido raras, por un lado, la parte trasera del casco tenía como unos escudos grabados de los que hemos sacado algunas fotos. ¡Dami pásame el móvil para que veamos las fotos que has sacado!

—Ahora mismo, Javier, espera que las busque.

—Mira, aquí están los escudos que te he dicho, aunque ahora no se ven muy bien por el desgaste —Le enseño el guía las fotos al maestro.

Este, que ya se había colocado las gafas, agarró el móvil para intentar descifrar las fotografías que Dami había realizado.

—La verdad que no los veo bien, creo que deberíamos llevarlos a algún ordenador para que la pudiéramos ver en pantalla —dijo D. Antonio.

En ese momento tanto Cacín como Luis se acercaron a su profesor para ver también las fotografías, cuando Luis hizo una afirmación.

—Esos escudos los he visto yo.

De forma inmediata todas las miradas se dirigieron hacia el muchacho.

—¿Dónde los has visto Luis? —preguntó de inmediato su profesor

Antes de responderle sacó su cuaderno y sin decir nada les enseño su último dibujo. Este mostraba una portada eclesiástica. En la parte superior de la misma se representaban dos escudos que se asemejaban mucho a los de la fotografía del casco, dos escudos que se correspondían sin lugar a duda a una de las casas más célebres de la toma de Granada.

—La casa de Zafra —afirmó con total rotundidad Javier, antes de que nadie pudiera siquiera responder.

—En efecto, pero en concreto la portada del convento de Santa Catalina de Zafra, ya que es el único sitio donde los escudos de la familia están juntos —añadió D. Antonio.

—Entonces eso, ¿qué quiere decir? —Tomó voz Cacín en la conversación para no quedarse atrás.

Ante la pregunta del muchacho, el profesor se levantó y mientras pensaba paseando por el salón, creyó que era el momento oportuno para revelarles algo.

—Tengo que deciros algo muy importante que solo cuatro personas conocemos en la actualidad, ni siquiera mis hijos tienen constancia de esto. En esta casa solo mi mujer y yo lo sabemos, las otras dos personas tienen que saber lo que está pasando porque les afecta directamente. Así que hablaré con ellos y os los presentaré.

—Antonio, ¿Qué es lo que pasa? —preguntó muy preocupado Javier.

—Mira Javier, hace bastantes años en un rutinario trabajo educativo sobre descendencias y árboles genealógicos, para conocer nuestros antepasados, de casualidad y después de muchas investigaciones, de las que no voy a entrar en detalles, descubrí que mi árbol genealógico tiene su principio justo tras la toma de Granada y más concretamente relacionado con la familia Zafra.

—¿Con la familia Zafra?, ¿Qué nos quiere decir? —le interrumpió Javier.

—Déjame un momento, ahora te explico —le dijo D. Antonio para continuar con su historia—. Hernando de Zafra, como muchos nobles de la época, no era lo que se dice muy fiel a su matrimonio, vamos que tuvo más de un escarceo amoroso con algunas mujeres, no de las nobles, sino más bien de las del servicio. Bien, de uno de esos amoríos nacieron algunos hijos de esos que llamamos bastardos, pues yo soy, que sepamos, descendiente de uno de esos hijos que nacieron fuera del matrimonio Zafra —terminó rematando el profesor.

La sorpresa dejó por un momento a todos boquiabiertos, no se esperaban ni mucho menos aquellas afirmaciones. Javier no daba crédito a lo que estaba escuchando. Un descendiente vivo de la estirpe Zafra estaba junto a él, no era un libro antiguo, ni una escultura, ni ningún otro vestigio arqueológico, era una realidad presente, una de aquellas cosas que cualquier persona a la que le gustara la historia querría siempre descubrir, un descendiente de un linaje noble y encima bastardo, que más se podía pedir.

—Pero Antonio, eso que nos está diciendo es una pasada, es usted un trozo de la historia de nuestra ciudad, que digo de nuestra ciudad, de nuestro país.

—Javier entiendo que para ti sea algo extraordinario, pero la ocultación de mi linaje durante tantos años es algo que no se puede airear, ya que sería muy peligroso para muchos buscadores de oportunidades —dijo el profesor.

—Entonces, las otras dos personas que lo saben, ¿también son descendientes como tú?, Es decir, si son…—En ese momento Javier no supo cómo terminar la frase para que el profesor no se molestara, pero fue este mismo el que la terminó por él.

—¿Bastardos? ¿Quieres decir? —Le allanó el camino D. Antonio

—Sé que la palabra bastardo suena mal, pero sí, esa era mi curiosidad.

—No te preocupes, el léxico me denomina así, no es culpa tuya. Pues mira, los otros dos son descendientes de los Zafra, pero al contrario que yo, ellos son legítimos.

Si la primera noticia que les dio sobre su descendencia fue una sorpresa, esta nueva revelación los dejó descolocados.

—¿Quieres decir que conoces a descendientes legítimos de los Zafra y están en Granada? No me lo puedo creer. ¿Cómo es posible que eso se haya ocultado? —dijo Javier algo alterado.

—Sé que para ti es algo que debería de conocerse, pero para nosotros es una acción de respeto por aquellos que estuvieron en uno de los momentos más gloriosos de nuestra historia, más aún, cuando por descendencia somos protectores de los designios, documentos y últimas voluntades de nuestra Reina Isabel la católica —volvió a aclarar el asunto D. Antonio.

—¿De Isabel La Católica? Yo y perdóneme la expresión Antonio, estoy flipando. No entiendo nada, hasta hace unas horas era un profesor de historia y ahora descubro que es la historia viva lo que tengo enfrente y encima tiene algo que ver con Isabel la Católica —dijo Javier—. Creo que somos todo oídos. ¿Verdad, chicos?

Los muchachos asintieron sin decir palabra, ya que, aunque no entendían algunas cosas, sí habían notado que aquello era muy importante.

—Supongo que esto va a ir para rato y es mejor que estemos todos los «Zafra» porque vuestras averiguaciones también han sido una sorpresa para nosotros. Si os parece les voy a llamar para que vengan y comemos aquí para que podamos sacar entre todos algunas conclusiones.

—Me parece bien Antonio. Chicos, tenéis que llamar a vuestros padres y decidles que hoy coméis aquí, es importante que estemos todos —les dijo Javier.

—Sí, será mejor que llamemos, antes de nada —le respondió Cacín.

A continuación, los tres muchachos salieron de la vivienda para llamar a sus padres y así evitar algún que otro castigo por no avisar.

D. Antonio también aprovechó para llamar a las dos personas descendientes de los Zafra. Su mujer, que había estado escuchando, sin decir nada, se afanó para tener la comida terminada.

Antes de volver a entrar en la vivienda, Cacín, Dami y Luis tuvieron una pequeña charla entre ellos.

—Tú cómo la has visto Cacín —le preguntó Luis.

—Yo la verdad he querido entender algunas cosas, pero tampoco sé muy bien que es lo que D. Antonio esconde de verdad —respondió con sinceridad Cacín.

—Pues que va a esconder, lo que tenía que habernos dicho es la verdad desde el principio —añadió Dami un poco cabreado.

—Está claro que nuestros descubrimientos le han dejado descolocado y todavía no le hemos dicho nada de las cruces, que eso será también de traca —volvió a decir Cacín con algo de sensatez.

—Es verdad, ¿cómo le contamos lo de las cruces?

—Pues no lo sé Luis, todavía no le hemos dicho nada de la que sacamos del casco, creo que será mejor que Javier sea el que se lo diga—respondió Cacín.

—Estoy de acuerdo, que sea él quien se lo diga —afirmó Dami.

—Pues aclarado, ya hablo yo con Javier —dijo Cacín antes de volver a entrar en la vivienda.

D. Antonio dejó algunas bebidas a sus invitados en el salón, mientras ayudaba a su mujer a preparar la comida. A ambos les gustaba cocinar y realizar platos clásicos, pero con distintos sabores, aunque Ana era la que tenía un toque especial a la hora de prepararlos.

Poco antes de las dos de la tarde, sonó el timbre. D Antonio salió de la cocina para abrir. Casi sin preguntar ya sabía quienes estaban llamando.

—Buenas, Juan, buenas, Emilio.

—Hola Antonio, ¿cómo estás?

—Bien Emilio, ya sabes, como siempre liado, pero pasad al salón os espera una sorpresa —Les hizo un gesto D. Antonio con la mano para que entraran—. Javier, chicos, estos son Emilio y Juan, las dos personas que os he comentado antes.

Un «buenas» general, casi en estéreo, se escuchó en el salón.

Mientras todos se saludaban, el ambiente era algo extraño. Juan y Emilio, aparte de lo que históricamente representaban, eran dos personas de la vida empresarial granadina, de buena reputación y buen nivel económico, pero con una personalidad afable y siempre negociadora que los había llevado a ser reconocidos más por su simpatía que por sus negocios.

—Bueno, así que vosotros habéis conseguido que Antonio se movilice —comentó Juan mientras se sentaba.

—¿Qué me movilice, Juan? Más que eso han hecho que os movilice a vosotros también.

Emilio soltó un par de carcajadas ante la respuesta del profesor.

—Cierto Antonio, también nos has movilizado a nosotros, pero lo que en realidad estoy es impaciente por conocer vuestras investigaciones —dijo Emilio esperando que le contasen todo lo que sabían.

Dicho eso, comenzaron a relatar sus andanzas. La conversación era fluida, con muchos detalles por parte de todos. Juan y Emilio no daban crédito a cada una de las afirmaciones. En algunos casos el "no me lo puedo creer" salía de su boca en señal de sorpresa.

Aunque seguían escondiendo la verdad sobre las cruces, fue Cacín el que hizo un gesto al guía para que de una vez por todas contaran toda la verdad. Cuando estaba tentado a decirlo llegó Ana y les interrumpió para que dejaran la charla y le ayudaran a poner la mesa, que con mucho gusto aceptaron todos.

La comida se desarrolló en un clima de cordialidad y de algún que otro chascarrillo humorístico. Todos entendieron que no era el momento de seguir con la conversación, así que, lo dejaron para después.

Una vez hubieron terminado de comer, todos, incluida Ana, se quedaron relajados en el salón esperando que Antonio continuara con la explicación.

—Como ya sabemos un poco toda la historia, tenemos que ver qué conclusiones sacamos de esto.

En ese momento Javier se levantó interrumpiendo al profesor, que lo miró extrañado, aunque sospechando que algo tenía que decir.

—Disculpe que le interrumpa, pero no veo necesario continuar sin que le hablemos de algo más que los chicos descubrieron.

Los tres de Zafra y Ana quedaron perplejos por las palabras de Javier. Sin perder tiempo le instaron a que continuara con lo que tuviera que decirles.

—Quiero que quede claro que estos tres muchachos que ustedes ven aquí son los verdaderos descubridores e iniciadores de todo en los que estamos metidos —comenzó diciendo Javier—. Ellos, sin ni siquiera saber nada, vieron varios símbolos en los que ni yo mismo había reparado en toda mi carrera profesional, tanto policial como de guía. Esos símbolos son varias cruces patadas que han localizado en distintos lugares tanto de Granada como de la Alhambra.

D. Antonio quiso interrumpir a Javier, pero este con un gesto le indicó que le dejara acabar.

—Una de esas cruces —Siguió Javier—. Aparece en el lateral de la Iglesia de Santa Ana, que todos hemos visto en nuestros paseos por el Darro.

Cacín, pensando que no le escuchaban, apuntó.

—Pues yo creía que la habíamos visto solo nosotros.

—No Jesús, esa cruz la conocemos todos los guías y por supuesto tu profesor, Juan y Emilio, entiendo que también. Lo curioso es que esas cruces aparecen en varios lugares más.

En ese momento el murmullo fue de nuevo sofocado por Javier, que volvió a pedir un poco más de paciencia.

—Bien, ellos han visto tres, una en el Pilar de Carlos V, otra en el retablo de la virgen en la Puerta de la Justicia y la tercera la tenemos aquí —En ese momento sacó de la mochila de Dami, la cruz que habían extraído para explicarles de donde procedía—. Justo arrancada del mismo casco que corona el escudo del emperador en la Puerta de las Granadas.

Eso le sentó mal a D. Antonio, que no podía entender como no le habían dicho nada.

—Javier, pero ¿Por qué me lo habéis ocultado? —le preguntó un malhumorado profesor.

—Pues, la verdad me sorprendió tanto encontrarla que lo único que quería era salir de allí lo más rápido posible.

El profesor entendió la reacción que había tenido el guía y suavizó su enfado.

Emilio se acercó con la intención de ver más de cerca la cruz que tan impresionado había dejado a todos.

—Cójala Emilio, creo que todo esto tiene algo que ver con la familia Zafra, y usted es un descendiente vivo, por lo que estas cosas son más suyas que mías.

—Gracias Javier, no sé qué decir, me he quedado impresionado de lo que han descubierto en tan poco tiempo —le dijo con cariño un emocionado Emilio—. Con lo de años que llevo yo estudiando cosas y van ustedes y en un periquete me dan esto, la verdad que por mi parte solo les puedo agradecer su esfuerzo. No es fácil sacar tiempo para hacer estas cosas.

—Se lo agradezco Emilio, mi intención es descubrir que está pasando, pero conociéndolos hoy a ustedes, solo continuaré si cuento con su beneplácito, de lo contrario ni yo ni los muchachos diremos nada —le dijo Javier algo emocionado.

—Lo que acaba usted de decir, habla mucho de la gran persona que debe ser. Pocos son los que teniendo eso en sus manos abandonarían con facilidad —dijo Juan con total sinceridad.

—Javier, ¿y esto dice que estaba incrustado en la parte trasera del casco? —preguntó Emilio.

—Sí, aunque estaba casi soldado al mismo, pudimos moverlo y extraerlo, pero no entendemos por qué esa pieza no es solidaria con el conjunto, supongo que alguien la puso allí para que se pudiera sacar.

—Pues como hace mi padre con las herramientas las clava en cáscaras de sandía, algunas veces hasta las llaves le visto clavarlas —Saltó Dami sin que nadie le preguntara.

Eso que dijo el muchacho, hizo saltar como un resorte de su sillón a D. Antonio.

—¡Déjame la cruz Emilio! —le pidió el profesor.

El silencio volvió por unos segundos al salón, mientras D. Antonio revisaba la cruz con tanta minuciosidad que las miradas desconcertantes recorrieron de derecha a izquierda la estancia.

—Creo que ya sé por qué esta cruz estaba incrustada en el casco —dijo al final el profesor.

—¿Por qué Antonio? —preguntó Emilio.

—Pues mira, creo que esta cruz es una llave.

Esa afirmación sonó como una bomba.

—Antonio se puede explicar mejor —le dijo Javier sorprendido.

—Claro, la idea me la ha dado Damián cuando dijo que su padre clavaba cosas en las sandias, incluso llaves dijiste —comentó el profesor mirando al muchacho—. Pienso que eso hizo alguien en el casco, clavar una llave como hace su padre en las sandías. Además, el final del perno que lo une a la cruz tiene unas muescas oxidadas, pero creo que si las limpiamos puede ser que nos dé la imagen del troquelado de una llave antigua.

—Vamos a suponer que eso es así, pero ¿dónde iría esa llave metida? —Quiso saber Emilio

Antes de que D. Antonio le respondiera, Cacín llamó la atención de los presentes con la intención de poder expresarse.

—¿Puedo decir algo?

—Claro Jesús, di lo que quieras —Le animó Javier

—Nada, viendo que dicen que es una llave y que los escudos de los Zafra están en el casco, creo que hay algo en ese convento que esta llave abre, no sé el que, pero… ¿y si fuera el sitio donde se escondió la segunda parte del Codicilo? —Dejó Cacín la pregunta en el aire.

La palabra Codicilo descolocó a Emilio y a Juan, no porque se sorprendieran de que tuviera dos partes, sino porque habían descubierto que tenía dos partes.

—¿Cómo habéis llegado a saber que el Codicilo tenía dos partes? —preguntó Emilio.

Eso descolocó más aun a Antonio, entendiendo que sus amigos le habían ocultado algo que hasta hace pocos días no se le había siquiera pasado por su mente.

—Emilio, ¿quieres decir que sabías que la Reina hizo dos Codicilos? —preguntó indignado el profesor.

—Solo sabía que podría existir, ya que encontré algo escrito sobre unos documentos antiguos del Conde de Tendilla, y aunque creía creer que existía, nunca hice por buscarlo, pero después de hoy tengo la sensación de que no solo existe, sino que estamos en el camino para encontrarlo.

—Bueno, eso de encontrarlo, pienso que no está tan fácil —dijo Luis.

—Tenemos que atar cabos y lo primero es que nos contéis todo desde el principio, sin dejaros ni una coma —terminó diciendo el profesor con voz amable pero autoritaria.

Javier, entendiendo su metedura de pata, cedió la palabra a los muchachos para que explicaran todo con pelos y señales.

La narración, por parte de Cacín, era muy coherente y cuanto más contaba más seguro se sentían todos de encontrar el documento perdido de la Reina Isabel, sus últimas voluntades de las que nadie conocía y que tan importante podrían resultar para la historia real de Granada y por supuesto de España.

La reunión se alargó toda la tarde hasta la caída del sol. Todos quedaron impresionados por lo que habían descubierto, los agasajos fueron sobre todo para Cacín, Luis y Dami que tanta perspicacia habían demostrado.

Viendo ya lo tarde que era, D. Antonio invitó a terminar para descansar un poco, el día había sido muy intenso y la edad no perdonaba tantas emociones. Propuso que se volvieran a juntar en unos días para aclarar y sacar más conclusiones. El grupo lo entendió y esperó reunirse la próxima semana.

CAPITULO VII
LA CASA ZAFRA

Cacín se levantaba esa mañana para acudir a su instituto con tal energía que hasta su madre estaba alucinada de verlo. Su emoción, tras la reunión en casa de D. Antonio, era evidente, quería saber más. Aquello tenía que acabar en algo espectacular, su necesidad de seguir lo tenía realmente alterado, muy en contacto con sus dos amigos que estaban en situación parecida.

En la casa de este sonó el portero automático, su madre, algo extrañada, se dispuso a contestar.

—Jesús, son tus amigos, ¿que si bajas ya? —le preguntó su madre.

—Sí, mamá, diles que ya bajo.

Con la mochila sobre el hombro y despidiéndose de su madre, Cacín cerró la puerta de su casa y bajó la escalera a toda prisa para encontrarse con Luis y Dami.

—Vamos Cacín que eres un lento.

—¿Qué pasa Dami?, no habrás visto a un tío más rápido que yo.

—Bueno, eso habrá que verlo —le dijo Luis.

—Cuándo quieras —respondió Cacín.

Los tres cogieron camino hacia la escuela como todas las mañanas, con el mismo tema de conversación desde hacía varios días, aunque aquel era especial porque iban a volver a juntarse todos para ver la evolución de sus descubrimientos.

—Estoy deseando vernos esta tarde —dijo Luis.

—Yo también —respondió Cacín.

—Dijo el profe, que en la Biblioteca a las cinco.

—Si Dami, no te vayas a ir al fútbol.

—Cómo para fútbol estoy hoy yo, Luis.

Antes de entrar al centro, Cacín volvió a transmitir su ilusión a sus amigos y se conjuraron para estar a la altura de los acontecimientos fueran los que fueran. Aquello era un equipo del primero al último y cualquier descubrimiento sería de todos. Luis y Dami extendieron sus manos al estilo mosquetero y los tres cerraron el pacto.

El día fue también de impaciencia para Javier, Emilio, Juan y por supuesto para D. Antonio, quienes llevaban días tras documentos, libros y reuniones que pudiesen darles alguna pista más.

Las campanas más cercanas al instituto tocaban las cinco de la tarde, y dentro del mismo hacía ya algunos minutos que el grupo esperaba al maestro para que los guiara hasta la biblioteca. El encuentro parecía una reunión de esas familias que se ven de año en año, cuando tan solo hacía algunos días que habían estado reunidos. La conversación giraba siempre hacia aquel día de descubrimientos y sorpresas que dejó a Javier muy impresionado.

—Buenas tardes a todos y disculpad el retraso, tuve que dejar unas cosas en la tintorería y son menos puntuales que vosotros abriendo —Se disculpó D. Antonio al llegar.

Una disculpa general le devolvió el saludo mientras atravesaban la primera puerta para acceder a los pasillos que llevaban a la biblioteca. Aquel lugar ya empezaba a parecer el centro de operaciones para un Cacín que recordaba con alegría la última visita en la que estuvieron juntos.

En una mesa larga se acomodaron lo más cerca posible uno de otros, nadie quería perderse ningún detalle por más ínfimo que fuera. La situación había llegado a ser de tal importancia que era imprescindible hacer piña para intentar aportar todo lo posible.

El profesor tomó la palabra para empezar a explicar lo que en estos días había investigado, sin lograr encontrar nada que pudiese darle alguna pista sobre la llave. En ese momento la sacó de su bolso para ponerla encima de la mesa. Aquella llave oxidada aparecía reluciente y con su troquelado en perfecto estado que no dejaba duda de que aquella pieza se hizo para abrir algo.

—Qué maravilla Antonio, lo que has hecho con la llave. Ahora queda descubrir de dónde es.

—Para eso estamos hoy aquí Javier, para valorar si tenemos alguna pista para poder empezar a buscar —aclaró el profesor.

Antes de que nadie dijera nada, dos forzadas toses por parte de Emilio hicieron que todas las miradas se dirigieran hacia él

—Emilio tienes algo que decir.

—Sí, Juan, tengo algo que decir. En estos días he conseguido hablar con Sor María de Luz, la madre superiora del Convento de Zafra, y no es fácil hacerlo. Ella sabe que Juan y yo tenemos algo que ver con la familia Zafra, aunque no le hemos dicho nunca que somos los parientes más cercanos, aun así, es muy reacia a hablar, pero quiero daros una primicia —dijo Emilio generando expectación en la sala.

El nerviosismo con que le miraban hizo que se apresurara a contarles lo que fuera.

—Quiero deciros —continuó el descendiente de los Zafra— que, tras muchos ruegos, Sor María de Luz nos va a permitir pasar un fin de semana en el convento.

El nerviosismo se transformó en una euforia contenida entre la alegría y la incertidumbre de la noticia. Solo Javier mantuvo el tipo, aunque su sangre hervía de curiosidad.

—Después de la reunión que tuvimos, estuve dándole vueltas a la relación entre la Casa Zafra, el convento y la llave que sacasteis del casco, y he de confesar que no encontré ninguna —Siguió su explicación Emilio—. Miré muchos de los documentos que tengo en mi poder, pero no hallé nada, aunque de alguna forma tengo la sensación de que allí dentro hay algo que lo vincula todo, por eso me tomé la molestia de pedirle a las monjas que nos dejaran entrar.

—Entonces Emilio, ¿en qué condiciones podemos ir? —preguntó Javier.

—Te explico Javier, bueno, os explico a todos. Le he comentado a Sor María que estamos llevando un programa junto con los alumnos del instituto para que puedan conocer más nuestra historia conventual y que las dudas de los chicos siempre han venido por conocer qué vida se lleva dentro. Le he comentado si era posible que los muchachos y nosotros pudiésemos pasar un momento para conocer su labor y la de todas las hermanas que lo componen. Mi sorpresa fue mayor cuando la propia madre superiora, no solo nos dejaba entrar, sino que nos invitaba un fin de semana entero a conocer el convento, durmiendo allí mismo —comentó Emilio.

—¡La leche!, ¿no me diga que vamos a dormir con las monjas? —dijo Luis.

—Tú lo has dicho, solo nos queda saber qué fin de semana podemos todos para comentárselo.

—Emilio no sé cómo agradecerte lo que has conseguido. Empiezo a ver algo extraordinario en la búsqueda que estamos realizando.

—Gracias Antonio, creo que yo era el único que podía intentar esto.

La tarde ya solo tuvo un tema principal, «¿cuándo sería ese fin de semana?» Quizás lo más complicado fuera que los tres muchachos tuvieran la autorización de sus padres y para ello el profesor trazó un plan que no hiciera sospechar nada a los progenitores.

—Por vosotros no os preocupéis, voy a escribirles una carta a vuestros padres para que me autoricen a que paséis el fin de semana en el convento con la excusa de que habéis sido seleccionados para un estudio de la Granada cristiana y que supone una oportunidad única para los estudios. —argumentó D. Antonio.

Eso dejó mucho más tranquilos a los alumnos que veían factible ausentarse de sus casas tantos días.

Javier, que seguía la charla muy callado, tal vez por las noticias tan positivas que se iban produciendo, quiso dejar cerrado el fin de semana en el calendario.

—Creo que debemos definir ya el día, retrasarlo mucho puede hacer que se arrepientan nuestras «monjitas».

—Tienes razón, vamos a ver el calendario —dijo Juan.

Tras una lectura de los fines de semana, al final señalaron el día para la pernoctación.

—El viernes de la semana que viene me parece una buena fecha —comentó Javier

—Perfecto, pues, mañana hablo con Sor María y le confirmo la cita. Una cosa quiero dejar clara que, aunque no le he dicho nada de nuestras averiguaciones —dijo Emilio—. Ella es una persona muy sabia, por lo que debemos tener mucho cuidado de lo que decimos cuando estemos dentro.

Un «claro» en conjunto dejó a Emilio más tranquilo.

Mientras la biblioteca se convertía en el espacio oficial del grupo, todos continuaron la tarde trazando el plan para la pernoctación en el convento, aprovechando que el lugar disponía de muchos libros, entre los cuales estaban algunos estudios sobre el convento fundado por la familia de Zafra.

Pasadas las siete de la tarde no quedó más remedio que abandonar el instituto porque la empresa de limpieza empezaba a realizar sus tareas. D. Antonio agradeció la implicación para la consecución de los objetivos y quedaron citados para el segundo viernes del mes en la mismísima plaza Nueva para acudir todos juntos al convento.

—Pues hasta el viernes, espero que en estos días os dé tiempo a repasar las instrucciones que hemos redactado, de todas formas, estaremos en contacto por si sucede algún imprevisto. Emilio ya te encargas de hablar con Sor María de la Luz y cerrar la cita.

—Sin problema Antonio, ya os comunico cuando este todo *ok*.

—Chicos, vosotros habéis sido pieza fundamental para que esto esté sucediendo y quiero que seáis tan partícipes como nosotros. Me habéis demostrado vuestra inteligencia e implicación y estoy muy orgulloso de ser vuestro maestro, vamos a ver cosas que ni yo hubiera visto nunca, por lo que tomaros esto como una aventura que creo nunca olvidaréis —terminó diciendo su profesor.

Los tres muchachos, un poco sorprendidos por las palabras de agradecimiento, se limitaron a asentir sin decir nada, mientras Javier, que había escuchado todo, también tuvo un gesto de aprobación por las palabras del veterano maestro.

. . .

Los días fueron pasando con un cosquilleo continuo por los nervios en el estómago, pero sin ningún movimiento en particular que pudiera dar al traste la operación. Emilio confirmó que Sor María había aceptado la fecha de visita al convento y cada uno se dedicó esa semana a sus tareas cotidianas laborales o escolares.

La llegada del viernes se hacía cada día más largo, un sentimiento que suele pasar cuando deseas algo con ganas, pero aquella tarde, de un sol espléndido en la ciudad, llegó. En la plaza Nueva, junto a una de las fuentes más pintorescas y antiguas de la ciudad conocida como el Pilar del Toro, estaba todo el equipo ya reunido y puntual.

—Buenas tardes, que mejor lugar para empezar esto, que este sitio. Sabéis muchachos que esta fuente fue obra del gran escultor Diego de Siloé y que su ubicación original no era esta, sino el final de la calle Elvira —Señaló Juan con el dedo la situación aproximada de esa calle en el lado opuesto a la plaza.

—Pues la verdad pensábamos que siempre estuvo aquí —dijo Cacín con total convencimiento

Una leve risa salió de los adultos, viendo la todavía inocencia de los alumnos.

—Jesús, ya has aprendido algo hoy para empezar —le dijo su profesor

Sin más dilación y con un gesto de Javier, todos comenzaron la marcha para llegar al convento de Zafra. Los nervios y la ansiedad eran patentes a cada paso que daban por el adoquinado que formaba la Carrera del Darro. El tranquilizador ruido del agua del río era ajeno a todos, no había un cambio de mirada que no fuera el frente. Los magníficos edificios del siglo XVI que componían el antiguo barrio de los Axares eran ahora espectadores de acontecimientos, ya que todo giraba en torno a un único punto. «El Convento de Santa Catalina de Zafra».

La caminata se detuvo frente a la portada de este. En ella estaban grabados los escudos de la familia Zafra. Juan y Emilio dieron una breve explicación de los componentes de esta y de la creación del convento, comentarios que a Javier y a D. Antonio nos les pillaba de nuevas, aunque siempre les gustaba escuchar a alguien hablar de historia y de arte.

—Perdone Juan —Interrumpió Cacín—, y la cruz que hay encima de todo.

—Esa cruz refleja la cristiandad del edificio —apuntilló Juan.

—Pues se parece a una que le regaló mi padre a mi madre por su cumpleaños, creo que le dijo que era una réplica de la que llevaba la Reina Isabel colgada en el cuello.

Aquella puntualización de Cacín, provocó entre los adultos un terremoto cultural en un segundo que dejó a los muchachos descolocados. Cómo no se habían dado cuenta después de tantos siglos que una simple cruz era claramente una señal inequívoca de que aquel convento tenía algo que ver con la Reina.

—Eres una máquina de observación, Jesús —le dijo Javier con la envidia sana de reconocer como un muchacho iba dando claves sin darse ni siquiera cuenta de lo que contaba.

—Gracias, yo solo la he visto y me pareció igual que la de mi madre.

—Lo sé Jesús, para ti es algo normal, pero nos has dado una pista que nos hace pensar que ahí dentro puede que encontremos algo que lleva siglos perdido —aclaró Juan.

Cacín asintió con la cabeza sin entender que lo que había dicho era muy importante.

—Bueno, después de esta nueva sorpresa, creo que tenemos que entrar —indicó Emilio al grupo.

Con un gesto de este, pasaron por la pequeña puerta que había junto a la principal. De pronto se encontraron en una antesala, sin ninguna decoración, que servía para que la gente pudiera comprar los típicos dulces conventuales. Enfrente había otra puerta algo más grande que daba acceso al interior.

Con un leve toque de nudillos, Juan la golpeó esperando una respuesta. Tras unos segundos, se abrió con lentitud y fue Emilio el que la empujó para que todos pudieran acceder, por fin, al convento.

Uno a uno fueron atravesando el dintel sin que nadie apareciera en el rellano. Este era un poco oscuro, decorado con algunos cuadros representativos de la vida de la Virgen y con algunas macetas de carácter artesanal que le daban un toque místico e intrigante. Los suelos grises, de pequeñas baldosas, estaban muy limpios. Las paredes y techos relucían de un blanco encalado y la poca luz natural provenía de unas pequeñas vidrieras laterales.

Todos permanecieron juntos, mientras desde el fondo se divisaba una figura que les hizo varias señas con la intención de que la siguieran. Casi en fila de a uno, el equipo avanzó por los corredores, siempre con muy poca luz, siguiendo a la improvisada guía. De repente, una de las puertas laterales del pasillo se abrió, dejando entrar un haz de luz tan potente que las dilatadas pupilas no pudieron más que cegarse.

Siguiendo las instrucciones de aquella persona continuaron por esa puerta que los llevó hasta un amplio patio. La gran vegetación de macetas que rodeaba el mismo era acorde con la luz que recibía. Todo alrededor se componía de varias arcadas que sostenían los corredores del piso superior. El suelo estaba compuesto de un adoquinado de granito gastado por el paso del tiempo. En el centro, con aspecto tranquilo, las manos entrelazadas y con los hábitos típicos de las Dominicas, aguardaba Sor María de la Luz, una mujer de edad avanzada, aunque de tez muy clara y sin apenas arrugas para su edad. Todos quedaron mudos, más por el silencio interior que por la silueta de la monja, ninguno se atrevió a ser el primero en decir nada, hasta que ella misma rompió el hielo en el que se había convertido aquella absurda confrontación.

—Buenos días, Señores y jóvenes —Bajó la cabeza para referirse a Cacín, Luis y Dami—. Soy Sor María de la Luz, madre superiora de este convento de Santa Catalina de Zafra y os doy la bienvenida a la casa de Dios.

Un «buenos días» se respondió a la vez, mientras Emilio echaba pie al frente para ser el primero en presentarse.

—Buenas, Madre, soy Emilio, con el que usted ha estado hablando estos días.

—Hola Emilio, un placer conocerte —le dijo la monja.

—Le presento a mis amigos —Con voz muy suave fue presentando uno a uno al grupo.

Sor María, muy respetuosa, volvió a darles la bienvenida e intentó que ese primer contacto fuese perdiendo ese rictus serio y disciplinario. Dami fue el primero en entender que el tono se estaba relajando y con el desconocimiento de un niño pequeño, quiso saber más de la priora.

—Perdone Sor María, ¿Lleva usted mucho tiempo aquí? —preguntó un inocente Dami.

En ese momento la vieja monja soltó una leve carcajada ante la primera pregunta de alguien que visitaba su convento desde hacía mucho tiempo.

—Sí, llevo aquí sesenta años —le contestó Sor María—, mi vocación me trajo cuando cumplí los dieciocho.

—Toda una vida «madre» —argumentó Juan.

—El amor a Dios era lo que dictaba y dicta mi corazón, aunque entiendo que haya gente que no lo comprenda, pero es así de sencillo.

Tras este breve encuentro, la priora junto con su ayudante, Sor Teresa, acompañaron al grupo a sus respectivas habitaciones en la primera planta del patio. Estas eran humildes cuartos, con su cama, una mesita baja y un antiguo armario de madera. Todo relucía de limpio, incluso el viejo suelo desgastado parecía recién colocado. Su intención era que sus huéspedes estuvieran cómodos y se integraran en el convento como unos dominicos más.

Tras dejar en la última habitación a Emilio quiso dar unas sencillas, pero reglamentarias instrucciones sobre horarios que tenían tanto de comida, silencio, oración, despertar... algo que entendió todo el grupo y de lo que mostraron el máximo respeto. Antes de que Emilio se quedara solo hizo una última pregunta a Sor María.

—Disculpe, dentro de las zonas que me ha comentado en las que podemos movernos, no he escuchado que podamos visitar la capilla.

—Mire Emilio, la capilla es un lugar de oración sagrado muy íntimo y no me gusta que se use como zona para distraerse, no obstante, si la utilizan con el fin que le he comentado no tengo problema en que la visiten— le contestó la priora.

—Gracias, así lo haremos, espero estar a la altura de su estilo de vida —dijo Emilio.

—Somos gente humilde de clausura y solo queremos que la sociedad entienda por qué vivimos así. Espero que disfruten de la estancia y para cualquier cosa no dude en decírmelo. Buenas tardes —terminó Sor María despidiéndose del grupo.

La monja atravesó el largo pasillo de la primera planta y desapareció mientras bajaba las escaleras al patio.

Emilio se desplazó de habitación en habitación para que todos se reunieran en la suya con la intención de comentarles las instrucciones que le habían dado, además del procedimiento de horarios conventuales. Tras escucharle, D. Antonio tomó la palabra y en voz baja dijo.

—Ya estamos dentro, ahora tenemos que movernos con cuidado, pero intentando sacar el máximo de información. Lo mejor será mantenernos unidos para no levantar sospechas, pero que cada uno averigüe lo que pueda. Creo que lo mejor será pedir permiso si queremos entrar a algún sitio, eso les dará la confianza de que no vamos a ir por ahí abriendo puertas.

—Estoy de acuerdo —Ratificó Javier—, aunque pienso que la capilla es un lugar donde podemos sacar mucha de esa información.

Emilio interrumpió al guía para informarle que Sor María no les iba a permitir permanecer allí, solo podrían hacerlo para orar.

—Pues tendremos que rezar —dijo de forma graciosa Juan.

Los muchachos miraban y escuchaban a los adultos sin ni siquiera aportar algún tipo de comentario, ya que el sitio les daba más miedo que respeto.

—Entonces por donde empezamos —Volvió a decir Juan con ansia.

—Mira, lo mejor será llevar la vida conventual de las monjas y seguirlas en su día a día hasta que nos lo permitan.

—Estoy de acuerdo con eso, Javier —comentó D Antonio.

Tras aclarar los movimientos del grupo por el convento, cada uno se dirigió a su habitación con el fin de prepararse para la cena.

Había un solo baño para todos junto a la última habitación. Tenía una pequeña bañera y, por el contrario, un gran lavabo, posiblemente con más de cien años, algo que sorprendía a los jóvenes muchachos cuyo crecimiento había sido siempre con los sanitarios típicos actuales.

Sor Teresa subió las escaleras para acompañar al grupo hasta el comedor. Este era una sala rectangular con suelos barnizados de barro, mesas de aluminio y banquetas de madera de olivo. Las paredes tenían un zócalo alicatado de metro y medio con azulejos coloridos de estilo alhambreño y el resto pintado en blanco hasta el techo. Estaban bastante desnudas de decoración, solo un par de cuadros de la santa cena y la crucifixión con los marcos bastante oscuros por los años transcurridos. Todo era silencio, incluso la vajilla de porcelana blanca parecía estar acostumbrada a no sonar.

El grupo accedió a sentarse siguiendo las instrucciones de Sor Teresa, mientras con rostros incrédulos, pero serios esperaron a que les sirvieran la cena. Aquella noche sustituyeron la habitual sopa por una combinación de pisto manchego y huevos para que sus inquilinos no se salieran mucho de sus hábitos alimentarios.

Tras unos breves rezos, la priora hizo indicación de empezar a comer. Las miradas furtivas entre monjas y huéspedes se hacían patentes, aunque siempre con el máximo respeto. La cena fue lenta, pero provechosa. Pudieron probar los excelentes dulces que elaboraban artesanalmente, incluso Cacín se tomó la decencia de pedir alguno más, cosa que a D. Antonio no le gustó.

Tras comprobar que todos habían terminado, Sor Teresa, tras indicaciones de Sor María, llevó al grupo de nuevo a sus habitaciones con paso lento y silencioso. Desde el exterior no dejaba de escucharse el leve ruido que provenía del gentío que paseaba por la Carrera del Darro. Sor Teresa dejó a cada uno en su habitación y se despidió recordándoles la hora de levantarse y a la que pasaría para llevarlos al desayuno.

La noche fue muy tranquila, algunos ronquidos se escaparon en la madrugada, aun así, el silencio ayudaba al descanso, ya que la ansiedad de que amaneciera acabó derrotando al grupo.

Los primeros rayos de luz empezaban a despertar la oscuridad del convento. Sor Teresa llevaba un buen rato despierta, puesto que sus labores comenzaban antes del alba, aun queriendo subir para despertar a los nuevos inquilinos, entendió que era demasiado temprano, por lo que se paró algunos minutos más bajo las arcadas del patio consiguiendo darles esa pequeña tregua.

Cacín llevaba despierto un buen rato tumbado en la cama sin levantarse para evitar hacer cualquier ruido. Sus pensamientos no habían dejado que durmiera más. Deseaba que le dejaran buscar por todo el convento, vamos, «que se fueran todos a paseo», se decía para sí mismo. En ese momento alguien golpeo su puerta.

—¿Quién es? —preguntó Cacín.

—Abre, soy Luis.

Al escuchar a su amigo, saltó del catre y abrió la fina puerta de madera.

—¿Qué tal Luis?, ¿cómo has pasado la noche?

—Bien, pero no he podido dormir bien, la cabeza me daba vueltas.

—¡Ja,ja,ja!, igual que a mí —le contestó riéndose Cacín.

En ese instante la monja empezó a tocar las puertas una a una para que los huéspedes fuesen despertando. Algún, «¿ya es la hora?», se escuchó en el silencio del corredor, mientras les comentaba en voz alta a la hora que debían ir al desayuno.

En diez minutos todo el grupo se juntó en el corredor para ir a desayunar. Apenas se entablaba conversación, entre otras cosas, por el mismo silencio que inundaba el ambiente. Atravesaron la puerta del comedor, creyendo ser los primeros, pero se sorprendieron de que todo el convento les estaba esperando.

El desayuno no fue muy diferente a la cena, en cuanto al ambiente, un silencio solo roto por el ruido de los cubiertos y poco más. Fueron agasajados con los mejores dulces que realizaban todos los días y por lo que eran reconocidas en la sociedad granadina. Todos desayunaban en la misma mesa, las miradas se cruzaban en el silencio de la sala. Las ganas de soltar alguna frase se aplacaban con los intermitentes rezos de alguna de las novicias, pero la situación era la que era en un convento.

Con dos golpes de bastón, Sor María de Luz hizo que todas se pusieran de pie, cosa que hicieron los invitados casi por inercia. Realizó un gesto con la mano a Sor Teresa para que se acercara y escuchara sobre su oído alguna instrucción.

El grupo esperaba de pie, casi en posición militar de firmes, aguardando directrices sin ni siquiera preguntar. Sor Teresa se acercó a ellos y les invitó a que la siguieran. Cuando atravesaron la puerta, la propia monja, ya con voz clara, les comentó que el voto de silencio solo era para el comedor y que podían hablar, eso sí, en tono comedido. Al escuchar eso, todos se sintieron aliviados mientras cuchicheaban su primera experiencia por dormir esa noche en el convento.

Sor Teresa era una veterana monja, de familia humilde. Su baja estatura y sus kilos de más le hacían andar despacio. Su vocación no le llegó tan pronto como a su superiora, pero de sus sesenta y ocho años, cuarenta ya eran de trabajo religioso, siendo la de más confianza de Sor María de Luz, que le había dado todas las instrucciones para la visita del grupo. Aquella mañana ella fue su guía por todo el edificio, conocía al milímetro cada rincón, cada obra de arte, cada suspiro, algo que impresionaba, sobre todo a Javier. Las preguntas eran respondidas por ella con una seguridad catedrática, aunque no dejaba espacio para que se le pudieran realizar algunas más comprometidas.

Aquel convento iba sorprendiendo, de qué manera, a los alumnos. Luis se permitía el lujo de dibujar incluso con luz tenue, lo que provocaba la admiración de todos. El recorrido no despejaba ninguna duda. No veían ningún indicio que los llevara a descubrir algo nuevo. La arquitectura era muy simple, sin apenas decoración y eso que la experta monja intentaba agradar con sus explicaciones. Viendo que el mediodía se acercaba y que pronto volvería al más que silencioso comedor, Javier quiso saber cuándo podrían ver la capilla y su retablo.

—Disculpe Sor Teresa, ya sé que Sor María de Luz nos ha comentado que la capilla es un lugar sagrado y de oración, pero ¿podemos de alguna forma visitarla? Sobre todo, para que los muchachos luego puedan hacer su trabajo escolar con más precisión.

—Mire —contestó la monja—, entiendo sus ganas de ver, quizás lo que para ustedes es lo más preciado del convento, cosa que para nosotras no lo es. Aun así, tengo autorización para que esta tarde nos acompañen en el rezo de las siete, ahí podrán estar sentados viendo nuestro retablo, pero sin levantarse y en silencio.

La decisión unilateral de la monja no era negociable, pero no había otra forma de poder contemplar la capilla para intentar descubrir algo.

—Me parece perfecto, las acompañaremos esta tarde en el rezo de las siete —le contestó Javier.

La aceptación de Javier no necesitó ningún tipo de voto, ese era el único camino que tenían de acceder por la vía legal.

Poco más dieron las horas restantes. Todos volvieron a comer en el ambiente silencioso del viejo comedor. Ese silencio no era mental porque la impaciencia de entrar en la capilla no dejaba hueco a otros pensamientos. Los adultos, sentados unos enfrente de otros, se hacían leves gestos con la mirada, intentando que cada uno descifrara lo que el otro quería decirle. Parecía un juego de adivinar con mímica que a Javier no le gustaba que se hiciera dentro de la estancia, ya que cualquier mala interpretación por parte de la comunidad religiosa, podía estropear toda la operación.

La comida terminó con el rezo habitual que, de alguna forma, inquietaba a más de uno del equipo. Sor Teresa se levantó la primera para invitar a D. Antonio y sus amigos, a que la acompañaran de regreso a sus estancias hasta que fueran avisados para acudir a la capilla.

Caía el sol y el patio se quedaba en sombra mientras todos reposaban dentro de sus habitaciones. El silencio volvía una y otra vez a ser la música principal del sitio, la imagen era igual para todos: tumbados en sus camas mirando al techo y esperando las siete de la tarde. Luis era el único que tenía trabajo, seguía dibujando, desde su mente, los pasillos y rincones del convento, su afición se mezclaba con su habilidad y eso había sido clave en algunos momentos.

Eran las siete menos cuarto, los pasos lentos, pero constantes de Sor Teresa por el corredor, anunciaron a los visitantes el momento de bajar a la capilla. No le dio tiempo siquiera a la monja a golpear en las puertas cuando apareció casi a la vez todo el equipo, una acción que no le sorprendió.

En rigurosa fila de a uno la siguieron hacia la puerta de entrada a la capilla. Una vez allí esperaron la orden para poder pasar al interior. Abrió la puerta otra de las novicias con la intención de que la siguieran hasta la segunda fila de asientos que habían habilitado para seguir la liturgia.

Una vez sentados, cada uno examinó el espectacular retablo, primero impresionados por su belleza y segundo con la intención de buscar alguna pista, que aún no se había hecho visible en los otros rincones del edificio.

Tras unos minutos de espera, las novicias y Sor María de Luz accedieron a la capilla con leves cantos gregorianos que hacían más lúgubre el lugar. Se colocaron junto al altar con las manos en posición de ruego y los rezos comenzaron a inundar el sitio. A Cacín aquello empezó a asustarle y casi sin querer buscó la protección de Javier, que con amabilidad le echó el brazo por su hombro.

Mientras las plegarias se sucedían una tras otra, los invitados esperaban el momento de encontrar con su inspección alguna pista entre tanto arte, cuestión de lo que no tardó en darse cuenta Luis. Con su dedo índice le chinchó en el brazo a su profesor para indicarle que mirase en la parte superior del techo del retablo. Allí parecían dibujarse, con simetría, dos cruces muy parecidas a las descubiertas en los días anteriores.

D. Antonio hizo lo mismo con todos para que, con disimulo, miraran las cruces pintadas en el techo. La alternancia en las miradas fue observada por Sor Teresa, que, con un gesto poco amable, hizo ver a los invitados que respetasen el momento y el lugar.

Media hora llevaban de oraciones, cuando de repente todas callaron a la vez. En tanto se ponían de rodillas mostrando respeto a las figuras divinas del retablo, los tres amigos también hicieron ademán de arrodillarse, acción que le impidió Juan con un gesto rápido del que ni las monjas se percataron.

Tras unos minutos de silencio, la madre superiora levantó a su congregación, que con orden y sigilo fueron abandonando el sacro lugar. Javier, viendo que aquello había terminado, se dispuso a seguir al cortejo cuando Sor María de Luz se interpuso en su camino.

—Disculpe, ¿me permite una pregunta?, ¿qué le ha parecido nuestro momento de rezos?

Javier, muy sorprendido, quiso ser políticamente correcto.

—Pues madre, la verdad que muy bien, algo impresionado por tener la oportunidad de seguir sus costumbres, pero a la vez agradecido de su hospitalidad.

—Agradezco sus palabras y quiero que continúen ustedes unos minutos más aquí en la capilla, si no les importa, mientras terminamos nuestros quehaceres —dijo Sor María—. Tienen sobre los bancos unas hojas con algunas oraciones, creo que les vendría bien a todos que las leyeran en silencio para encontrar su paz interior.

Javier no quiso dejar pasar la oportunidad de que todos se quedaran solos en la capilla y le contestó de inmediato.

—Por supuesto, aguardaremos en la capilla hasta que nos vengan a avisar.

—Gracias, aprovechen estos momentos, no todos pueden decir que han estado solos en esta capilla junto al señor.

La monja se dio la vuelta y avanzó hasta la salida, quedando al grupo petrificado y deseosos de estar solos. La puerta de la capilla se cerró y se quedó la sala alumbrada por las velas y la débil luz que entraba por las vidrieras. En ese momento se juntaron para hablar en voz baja y decidir qué hacer en el poco tiempo que parecían tener.

—Vamos a ver, hemos visto que hay dos cruces en el techo, pero no sé cómo relacionarlas con el lugar —Empezó D. Antonio diciendo—. Creo que debemos dividirnos e inspeccionar todos los rincones.

—Me parece bien, empecemos a buscar, es el último sitio del convento para encontrar alguna pista —añadió Emilio.

Los muchachos se unieron a Javier, mientras Emilio, Juan y D. Antonio revisaban la capilla. Luis no disponía de papel y boli, pero sí de una mente que registraba todo con escrúpulo. Cacín y Dami no hacían más que revisar el techo y su cúpula sin sacar ninguna conclusión. Javier se dedicó con más esmero a verificar el retablo.

—No veo nada que nos pueda ayudar —Rompió el silencio Juan—. Está claro que tenemos poco tiempo y estoy perdido ahora mismo.

—No desesperes, verás cómo encontramos algo antes de irnos.

—Espero que tengas razón Emilio, pero es que me pongo nervioso.

Javier, continuaba comprobando el retablo intentando sacar algo en claro. Los muchachos le miraban esperando alguna señal que les diera trabajo. Las cruces no le reportaba ninguna pista, pero sabía que algo tenían que ver con lo que buscaban.

Dami, algo aburrido, empezó a tocar el retablo con sus manos. Javier, que lo estaba viendo, quiso recriminárselo, pero el *chavea* se dio cuenta de que entre tantas flores grabadas había algo que no era precisamente floral.

—Mire, aquí hay como una jota mayúscula entre estos grabados —comentó Dami en voz alta.

Cacín, Luis y Javier se acercaron de inmediato junto al chico para ver qué es lo que había dicho.

—Eso no es una jota Dami, es una «i» latina —le dijo Javier—, y si no me equivoco tiene la misma forma que la que grababan como inicial de la Reina Isabel, ¡llámate a los otros Cacín!

En un abrir y cerrar de ojos, el grupo se acercó a dónde estaba el guía.

—¿Qué pasa Javier?

—Mira aquí Antonio, es la «i» de Isabel.

Aunque la letra era visible, el profesor sacó sus gafas para no perderse ningún de detalle

—Cierto, es la inicial de la Reina. ¿Pero, qué hace incrustada en el retablo? —preguntó el profesor.

Javier se encogió de hombros ante la pregunta y no supo contestar. Eso se lo tomó D. Antonio como un «no tengo ni idea».

Todos se arremolinaron junto al retablo intentando aportar alguna idea que aclarara aquella incrustación real. Los chichos, aunque se quedaron detrás de los adultos, no dejaban de hablar entre ellos. Cacín en un momento hizo una comparativa con la llave encontrada en el casco de la Puerta de las Granadas. Javier, que escuchó hablar al muchacho, mandó callar con firmeza a sus amigos.

—Jesús, ¿puedes repetir lo que acabas de decir sobre la llave del casco?

—Sí, Javier, he dicho que a lo mejor se gira como la que sacamos de allí el otro día.

Otra vez algo casi dicho sin querer por un joven, dejó pensativo a los más adultos.

—Eso es lo que yo te había escuchado y creo que debemos probar —dijo Javier para después dirigirse al profesor—. Antonio. ¿Por qué no hace los honores e intenta ver si gira?

Con tanta intriga, ninguno se había percatado que unos metros más atrás, Sor María de Luz había vuelto a entrar en la capilla y llevaba algunos minutos observando y escuchando al grupo sin interrumpirlos hasta que el profesor hizo el gesto de girarla.

—Tienen que girarla hacia la derecha —Sorprendió de repente la priora dejando estupefacto a todos—. Eso abrirá una pequeña puerta bajo el sagrario. Por cierto, ¿qué saben del Codicilo de la Reina?, ¿no del primero sino del otro?

La estupefacción pasó al asombro por aquellas manifestaciones de la monja y del conocimiento del segundo codicilo. En ese momento Emilio se levantó y se puso frente a ella sin querer ofenderla, pero con la necesidad de que le contara todo lo que sabía de aquello.

—Sor María, creo que debemos ser todos claros y dejarnos de tapujos. Usted ya sabe que no estamos aquí por un trabajo de instituto. Lo primero, por mi parte, es pedirle perdón en nombre de todos por no haberle dicho la verdad —Se disculpó Emilio—, aunque con lo que nos acaba de decir opino que también es justo que nos dé una explicación, porque detecto que el que nos hayan dejado tan solos en la capilla tenía algún fin, ¿No cree Madre?

Unos segundos de silencio se apoderó de la estancia con la esperanza que la respuesta no los llevara de vuelta a la calle. Dejándoles sin conocer siquiera que pasaría tras girar aquella «i».

—Mire Emilio tiene usted razón, ninguno de los dos hemos sido claro. Ahora sé que ustedes conocen algo que ha sido un secreto durante más de quinientos años. Créame que lo que más me apetecía era enviarles fuera de mi convento y ¿sabe qué es lo que me hace no hacerlo? —dejó la pregunta Sor María en el aire—. Pues que se hayan involucrado estos tres muchachos, que su interés sea casi mayor que el suyo o el mío. Porque hoy en día nadie tan joven se preocupa de conocer algo de historia. Todos se afanan en divertirse con las nuevas tecnologías, estudiar lo justo y ser tan egoístas como puedan. Pero en ellos veo algo diferente, algo que me ha tenido entretenida desde que entraron por esa puerta y tengo la sensación de que son ellos los que ven las cosas de distinta manera.

La breve charla les dejó más que mudos. La certeza de la monja era casi perfecta, aunque el haberles descubierto podía significar que les dejaran revisar la capilla sin prisas.

D. Antonio, viendo que no tenía sentido seguir perdiendo el tiempo, pidió a Sor María que fuera ella misma la que girara la inicial del retablo.

—Sor María quiere hacer los honores de girar la insignia.

—Claro, Antonio, ya lo he hecho más veces.

La priora la cogió con sus dedos y en un gesto rápido y seco hizo el giro. Un leve chasquido entreabrió una puerta bajo el sagrario. Sor María invitó a Javier, que estaba más cerca, a que la abriera con cuidado por ser un elemento unido al retablo. La pequeña puerta rechinó y la oscuridad se hizo tras ella, de inmediato la linterna del móvil de Cacín alumbró un corto y estrecho pasillo.

—Joven, ya que tiene la luz encendida, sea el primero en pasar —le dijo la priora—. Verás que el pasillo es corto y bajo, pero que después te puedes poner de pie.

Cacín no acabó de escuchar a la monja, cuando ya casi estaba poniéndose de pie tras el altar de la capilla. Después uno a uno fueron pasando, casi todos con su propia luz encendida del móvil, quedándose D. Antonio el último tras Sor María.

Una vez el grupo de pie y alumbrando el espacio tras el propio retablo, las expresiones de asombro recorrieron el eco que generaba el lugar, «¿Qué era aquello? ¿Qué sabía Sor María de aquel lugar? ¿Qué quería de ellos?». Todas esas preguntas mentales rondaban la cabeza del grupo en espera del siguiente movimiento de la monja.

Fue Luis, con la inmadurez de un joven, el que se atrevió a realizar la pregunta clave.

—Disculpe Sor María. ¿Esto qué es?

Unas leves carcajadas sacaron a la monja del silencio.

—Es curioso que el primero que se atreve a preguntar es el que menos sentimiento de vergüenza tiene. Pues te lo voy a explicar, te llamas Luis, ¿verdad?

El muchacho asintió con la cabeza a la vez que se acercaba a ella.

—Mira Luis, como alguno ya sabe, este convento sufrió un incendio hace ya muchos años. Todo el mundo cree que se tiró el viejo retablo y se sustituyó por uno nuevo, bueno, pues no fue así, el viejo retablo es lo que ves quemado y destartalado. —Le señaló con el dedo Sor María.

Las luces se dirigieron al unísono contra la pared que manifestaba una destrucción evidente.

—La decisión de dejarlo y construir el nuevo delante tiene una explicación —La monja se abrió paso entre el grupo e indicó a Cacín que le alumbrara—. Lo que vais a ver es algo único.

Con un golpe de mano tiró de una vieja tela que dejó al descubierto una hermosa caja dorada, finamente decorada y en perfecto estado, que estaba encajada en el viejo retablo quemado. Aquella caja tenía en su puerta el símbolo de Isabel, su «i» grabada.

—¡La leche! —Se le escapó a Dami en medio del silencio— ¿Eso qué es?

—Parece el sagrario del retablo, ¿no, sor María? —preguntó Javier.

—No lo sabemos ninguna de nosotras, todas tenemos dudas. Algunas creen que sí, pero yo creo que no. Por desgracia no hemos podido abrirlo porque no tenemos la llave y tampoco queremos que se fuerce ya que podríamos romperlo —aclaró la monja—, por lo que nuestra curiosidad la hemos interiorizado para que no nos dé quebraderos de cabeza.

La forma curiosa de decir las cosas de la madre superiora hacía sonreír a los muchachos.

—Pero sor María, creo que tendríamos que intentar abrirlo, aunque haya que forzarlo un poco o déjenos que lo llevemos a algún cerrajero.

—Eso no es posible Emilio, moverlo es casi imposible porque está encajado y no sé las consecuencias que tendría sacarlo de ahí. Además, es mi decisión o tenemos la llave o hasta aquí hemos llegado todos —les dijo con firmeza.

En ese momento de incomodidad, Cacín sacó de su bolsa la llave extraída en la Puerta de las Granadas y se dirigió a la caja mientras todos estaban intentando convencer a Sor María. La introdujo con miedo, pero con decisión en la cerradura y giró un cuarto de vuelta a la derecha. El crujir del cerrojo no evitó que el cofre se abriera. Ese momento los dejó helado. No se habían percatado de la acción del muchacho. La priora se acercó y con admiración le premió con un tierno beso en su frente.

—Eres un chico muy inteligente —Aprovechó D. Antonio para resaltar la capacidad que tenía para resolver aquellas situaciones—. Solo tú has sido capaz de ligar la llave a la cerradura y acabas de abrir lo que alguien guardó bajo custodia del convento durante tantos siglos.

Emilio cedió los honores a la Dominica para que fuera la primera en averiguar que escondieron allí. Esta abrió con nervios la puerta y luz de los teléfonos móviles alumbraron el interior. Dentro estaba depositada una caja de nácar blanco sin decorar. Con sus ancianas manos la sacó del cofre. La respiración era lenta y ansiosa. La escena no daba lugar a decir nada, solo a ver que escondía aquella caja. Sor María extendió los brazos hacia Emilio para que este procediera a abrirla en un gesto de agradecimiento.

—Proceda Emilio, descúbranos que lleva escondido tantos años.

Emilio dejó la caja en el suelo, quitó el broche y levantó la tapa. Sus dedos cogieron de dentro un pergamino enrollado y lacrado. En una primera inspección vio que aquella lacra provenía del mismísimo sello de la Reina. Las sospechas empezaron a indicar que aquello podría ser el segundo documento de Isabel, aquel Codicilo oculto a la luz de todos, aquellas últimas voluntades reales modificadas del primer testamento.

—Es maravilloso —dijo Javier con los ojos llorosos—. Creo que hemos encontrado el segundo Codicilo.

El asombro se hizo impaciencia. Emilio quiso salir hacia la capilla para examinarlo, pero Sor María se lo impidió.

—Emilio sé que para ustedes es un descubrimiento histórico extraordinario y tengo que confesar que para mí también, pero no puedo dejar que se lo lleven. Alguien lo confió al convento para que nunca viera la luz y así debe seguir guardado y custodiado —dijo Sor María.

—Pero, esto podría decirnos mucho sobre Isabel la Católica —replicó Emilio.

—Le entiendo, pero la decisión está tomada. El documento volverá a su lugar. Pero no les voy a dejar con la miel en la boca. Quiero que lo estudien y por eso les voy a dejar que lo fotografíen con la promesa de que nunca revelaran su contenido a nadie en el exterior, irá con ustedes y conmigo a la tumba. Sé que son hombres de palabra y espero que no la rompan —terminó diciendo la priora del convento.

D. Antonio entendió las palabras de la monja y fue el primero en hacer su voto de silencio sobre aquel documento. Uno tras otro fueron dando el silencio como aprobado con más o menos decisión, hasta terminar con Javier, lo que dejo a la priora mucho más tranquila.

Sin apenas tiempo, eligieron el móvil de Luis porque era el que mejor resolución tenía para hacer las fotos. Javier se erigió como el fotógrafo improvisado de uno de los escritos más importantes del mundo histórico occidental. Él aproximó con firmeza la cámara al documento, que se mantenía alumbrado por los móviles de Cacín y Emilio, mientras la priora observaba todo el acontecimiento como guardiana de aquellos secretos. El guía apretó el botón una y otra vez, aun siendo las fotos muy buenas, no quiso arriesgarse y prefirió tener de sobra. Con la última foto, empezó una pena a inundar el estrecho pasillo que había quedado entre los dos retablos. Juan, que no había participado mucho, cogió de las manos de Javier el documento, lo enrolló con suavidad, lo introdujo de nuevo en la caja de nácar y en un gesto de amabilidad se lo dio a Cacín para que volviera a depositarlo dentro del cofre dorado. La puerta se cerró con parsimonia en un momento solemne y triste, para terminar Sor María, volvió a taparlo con la vieja tela que lo escondía.

Poco más se podía hacer allí, el consuelo por no poder llevárselo ahora estaba dentro de un teléfono móvil. La más nueva de las tecnologías escondía en su interior lo más intrigante de la católica Reina. Fue D. Antonio, ansioso de ver las fotos, el que empezó a dirigir al grupo para que salieran de allí. Javier quedó el último y con un golpe seco cerró la pequeña puerta de acceso al viejo retablo.

Ya en la capilla una pequeña reunión valió para recordar por parte de la anciana monja la promesa de silencio sobre aquel documento. Algo que todos volvieron a refrendar mientras caminaban casi en fila de a uno para salir al patio interior del convento. Una vez allí el profesor se interesó por la informática de las dominicas.

—Madre, ¿puedo pedirle una cosa? —le preguntó D. Antonio.

—Claro, dígame —le contestó Sor María.

—¿Tienen ustedes algún sistema informático donde podamos estudiar el documento?

La pregunta dejó muy intrigados a Cacín, Dami y Luis, ya que todo lo que habían visto dentro era muy antiguo y poco tecnológico.

—Síganme por favor.

Sor María junto con Sor Teresa encabezaron la breve comitiva hacia una de las puertas inferiores del patio. Sacaron una llave de aquellas forjadas en hierro que más valía como martillo que como instrumento para cerrar puertas. Con un golpe certero la introdujo en su agujero y la giró dos veces para que aquella puerta de madera se abriera. Buscó el interruptor de la luz con su mano derecha y la estancia se iluminó.

Aquel lugar, que desde el exterior más parecía un almacén que otra cosa, dejó sorprendido al grupo. Allí había más tecnología que en muchos de los colegios escolares, hasta el profesor la hubiera deseado para su instituto. No solo tenían un ordenador, sino dos y de última generación, junto a una impresora que también hacía de escáner. Por el suelo se apreciaban los cables que se unían al *router* de internet. Aquello supuso para el grupo más que un milagro, una aparición divina, podría decirse, la alegría se veía en cada rostro. Luis casi tenía ganas de llorar, mientras que Emilio y Juan fueron a agradecer que permitieran dejarles usar la *celda de los ordenadores,* lugar ya bautizado por Javier.

Todos pasaron al interior, donde el frescor era notable. Ambas monjas se habían adelantado para encender los equipos y en pocos minutos empezaron a funcionar. Esperaron el pistoletazo de salida para ponerse manos a la obra y antes de que alguno les pidiera permiso, ambas dominicas ya se lo habían dado.

—En fin, familia, aquí tenéis nuestros recursos. Sé que los vais a usar con el máximo esmero, incluso entiendo que hoy pasaréis por alto la cena, pero como sabéis aquí a las diez es hora de recogimiento, por lo que hasta esa hora nadie os molestará. Sor Teresa pasará para cerrar la sala, lo demás es cosa de ustedes. —dijo Sor María con total confianza.

Varios, «¡Muchas Gracias!», salieron de la boca de los adultos del grupo mientras las monjas abandonaban y entornaban la puerta de la sala.

En un instante Javier junto con Cacín se apropió de uno de los equipos, siendo Emilio y D, Antonio los que usarían el otro. La conexión del móvil fue rápida en uno de los equipos, quedando el otro ordenador para la búsqueda de información.

Una vez descargadas las fotos, la atención se centró en la pantalla de Javier. La primera descargada estaba algo borrosa, por lo que pasaron a ver las siguientes. Una de ellas estaba perfecta, se veían las letras y demás símbolos a la perfección con lo que dejaron guardadas las demás. Aquella foto todavía ponía los pelos de punta, saber que decía era algo más que una lectura, era un placer histórico como nunca habían soñado. El guía expandió, aclaró y centró la foto en la pantalla para que todos pudieran participar.

—Aquí lo tenemos, creo que se ve claro. Necesito que alguien pilote el otro ordenador porque es seguro que tengamos que traducir este castellano antiguo.

—Yo me encargó —dijo Juan mientras se sentaba en el otro aparato.

Javier, con la ayuda del profesor y Emilio, comenzaron a leer el documento. Las palabras eran traspasadas a viva voz para que Juan pudiera ir traduciendo las más raras. Después de varios minutos el documento estaba listo para ser escuchado en la lengua actual, no obstante D. Antonio casi lo tenía ya memorizado gracias a sus estudios de lenguas antiguas.

—Juan, ¿has enlazado todas las frases y palabras?

—Sí Javier, creo que estoy listo para que escuchéis las últimas palabras que escribió Isabel antes de fallecer. Así que allá voy:

YO ISABEL REINA DE CASTILLA Y LEÓN
MANIFIESTO MIS ÚLTIMAS VOLUNTADES
Desde que mi cuerpo abandone este terrenal y cristiano mundo
quiero expresar mi deseo en este de mis últimos alientos
ante mis únicos dos fieles súbditos y compañeros de batallas,
D. Íñigo López de Mendoza y Quiñones, Conde de Tendilla y
D. Hernando de Zafra, secretario de la mía corona,
que ellos guarden mis secretos en gloria y no permitan
que otros tantos cristianos como moros sepan de estas andanzas
que vuestra Reina quiere confiaros sobre la verdad de la fe
de mi vida y hechos ocultos en mi corazón, de los que
vos tendréis conocimiento y custodia.
Solo el documento unido tendrá valor de certeza y
la guarda será repartida bajo promesa de silencio

en clave de que solo ambos señores fijen lugar para
que en siglos venideros mi verdad pueda ser escuchada
por los descendientes de estos reinos.
Quiero aventurar en esta primera parte dejar como acertijo de mi vida
que con perdón de dios amé a cristianos y a moro de mis suspiros
siendo fruto de mi razón aquel que vio corto cielo y pronta tierra
Yo la Reina, doy fe de realidad y certeza.

Yo D. Hernando de Zafra en cumplimiento de la voluntad
de mi Reina formulo voto de silencio sobre estos documentos
y fijo clave de guarda y custodia que revele esta primera parte.

Yo D. Íñigo de Mendoza y Quiñones en cumplimiento de la voluntad
de mi Reina formulo voto de silencio sobre estos documentos y fijo sobre
este mismo papel la clave que revele la segunda parte.

Junto al agua cristalina y cristiana de mis dominios de morería
entre la segunda y la cuarta quedará fundido en batallas del más
grande Capitán que vio dios defender en sus murallas.

Firmamos que ambos documentos serán la última de las voluntades
de la Reina
Medina del Campo, 19 noviembre 1504

Aquellas últimas palabras de Juan volvieron a dejar la sala en silencio con el único sonido de los equipos informáticos. Ya no dejaba duda de que era el segundo Codicilo y tal como habían entendido, la Reina lo dividió a su vez en otras dos partes. Lo que escribió sobre ellos quería revelar algo tan importante que solo dos personas de su confianza eran los portadores de que no saliera a la luz hasta pasados muchos años. Esa primera información en base de clave descrita por la Reina dejaba poco claro sus secretos, aunque era evidente que ella hubiera querido que la verdad se supiera. Solo descubriendo el segundo documento podrían dar con lo que la ella escondió y por suerte el Conde de Tendilla dejaba clave para descubrirlo, algo que no era fácil, pero daba esperanza.

El grupo quedó confundido, pero contento porque eso no acababa ahí y algo muy espectacular estaba por descubrirse. La Reina era astuta y no dejó tampoco muy claro a sus súbditos aquellos secretos de su vida.

Javier volvió a leer la traducción por si podía encontrar alguna pista más que no le dejara tan desconcertado, aunque las palabras de Juan eran las que eran. No había nada más escrito, no había ningún símbolo que pudiera orientarlos. Ahora tocaba trabajar en descifrar o más bien en buscar el segundo documento en el que seguro habría más secretos o claves para encontrarlos. Tras unos minutos de reflexión D. Antonio se dirigió en primer lugar a Emilio.

—Oye, necesitamos tu ayuda, si hay alguien que sepa en este mundo algo de la vida del Conde de Tendilla, eres tú.

Esa afirmación alegró la sala, los alumnos cuchichearon entre sí, pero fueron recriminados por su maestro, que con un gesto de dedo índice les invitó a guardar silencio.

—Creo que exageras Antonio, he estudiado mucho su vida, pero la verdad ahora mismo estoy tan perdidos como vosotros.

Emilio tenía una especial pasión por D. Íñigo López de Mendoza. De él poseía algunos documentos muy particulares, de los que ni siquiera eran conocedores, muchos de los más estudiosos de esa etapa histórica. D. Antonio sabía que era su mejor baza y quiso que fuera quien capitaneara aquellas nuevas revelaciones.

—Emilio, ¿qué crees que quiere decir el Conde en su clave de custodia? —le preguntó Javier.

—Pues, en principio, opino que, aunque firmaron el documento en Medina del Campo, este finalmente, al igual que esta primera parte, se guardó en Granada. Porque habla de sus *dominios de morería* y que yo sepa su principal dominio de morería fue la Ciudad Palatina de la Alhambra, de la que era su alcalde, con lo que nuestro principal foco lo tenemos que poner ahí.

Un casi silencioso «¡bravo ¡» salió de la boca de Juan, contagiando el entusiasmo a todo el grupo. Esa afirmación podría corresponder con lo que dijo el Gran Mendoza.

La segunda opción era intentar descubrir en qué lugar se pudo esconder. La Alhambra ha pasado por muchas etapas históricas desde que aquel documento se escondiera. Incluso pudo haber sido destruido en algún momento. Eran tantas las elucubraciones mentales que el pesimismo también era amigo del momento.

Emilio empezó a repetir una y otra vez las primeras palabras de la clave, «*el agua cristalina y cristiana*, ¿qué quiso decir con ello?» La Alhambra era conocida por sus acequias y el correr de las aguas, aunque todas de construcción Nazarí. En ese momento sus pensamientos quedaron suspendidos una y otra vez con lo de construcción Nazarí, «¿qué había de agua en la Alhambra que no fuera de construcción Nazarí?».

—¡Creo que lo tengo ¡—Despertó Emilio de su letargo al grupo y concentró todas las miradas en él.

—Dinos, ¿qué tienes? —le preguntó Javier.

—Eso, ¿qué tienes Emilio? —repitió Cacín.

—Mirad, cuando Íñigo de Mendoza, dice lo del agua cristalina y cristiana, se refiere al agua que bebieron los cristianos con la conquista de la ciudad. Y, ¿de dónde bebían el agua? —El suspense se quedó en el aire mientras todos esperaban la respuesta—. Pues de una construcción que no era Nazarí, sino cristiana. Algo que no existía en la Alhambra, algo que mandó construir el alcalde en aquellos momentos, el gran aljibe entre la alcazaba y los palacios donde se almacenó el agua cristiana.

—¡Pues claro! —afirmó D. Antonio—. Tiene todo el sentido Emilio.

—Pero espere Antonio, lo mejor es que algo que yo pensaba que era una leyenda puede que no la sea —continuó Emilio—.

Ya que hace algún tiempo descubrí en unos documentos de la guardia de la Alhambra, que varios soldados en las tardes calurosas de verano habían visto bajar al Conde de Tendilla al aljibe. Posiblemente con la intención de refrescarse. Pero cuentan que uno de estos quiso también refrescarse bajando al aljibe y descubrió al noble atravesando una puerta oculta. Parece ser que el Conde se dio cuenta y lo mandó apresar y ajusticiar. Ese relato nunca tuvo fundamento porque se han hecho muchos estudios de ese aljibe sin que apareciera ninguna puerta, a lo mejor porque no sabíamos dónde buscar.

—Y ahora, ¿sabes dónde buscar Emilio?

—Creo que sí, Javier. Las palabras nos dan una pista de la ubicación de aquella puerta. Ya que dice, *«entre la segunda y la cuarta»*, y aquí no hay duda, vino a decir entre la segunda y la cuarta arcada. ¿Cómo no había caído antes? En la tercera debe estar la puerta que nos dé acceso al escondite al que D. Íñigo bajaba en verano. —terminó diciendo ilusionado Emilio.

La euforia ya fue desmedida, pero alguien puso cordura y les recordó el lugar donde todavía estaban. A Emilio se le saltaron varias lágrimas de alegría, de alguien que llevaba tantos años estudiando al mayor de los Tendilla. En aquel momento las prisas por salir del convento eran la prioridad. Quedaba todavía una noche de pernoctación, una noche que con toda probabilidad se haría muy larga.

CAPITULO VIII
EL ALJIBE DE LOS MENDOZA

Todavía el sol no se había despertado en Granada, cuando sor Teresa ya recorría los silenciosos pasillos del convento. Con leves toques de puño iba llamando a las puertas de las novicias para que fueran despertando. Desde el pasillo superior accedió al corredor dónde dormían los invitados. Procedió de igual forma a llamar con suavidad en cada puerta para que los inquilinos se levantaran. Al llegar a la última, esta se abrió sola, a sor Teresa le pareció raro y en un acto de cotilleo quiso mirar por el hueco que quedaba entre la puerta y el cerco. Su mirada se acentuó más cuando le pareció que la habitación estaba vacía y sin más la empujó para que esta se abriera por completo. Vio una habitación con las camas desechas, pero vacías. Sin pensárselo salió de allí con la intención de avisar a la madre superiora, pero eso no llegó a ocurrir porque su sorpresa estaba abajo en el patio. El grupo perfectamente vestido y alineado esperaba la ansiosa hora de salir.

Dami con gesto cariñoso saludó brazo en alto a la desconcertada monja, que con celeridad se dispuso a bajar las escaleras. Ya junto a todos fue Emilio quien, pidiéndole perdón por no haberle avisado, le solicitó salir antes del lugar.

Sor Teresa, un poco extrañada y queriendo entender la precipitada prisa, no tuvo más que acompañarlos a la salida. Mientras andaban hacia el final del pasillo del convento, D.

Antonio sintió nostalgia de abandonarlo porque aquel fin de semana era algo que con seguridad no se fuera a repetir nunca. Antes de que la religiosa abriera la última puerta hacia el mundo urbano, Emilio quiso agradecer a ella y a Sor María de Luz su acogida.

—Bueno sor Teresa, me hubiera gustado despedirme también de sor María, pero entienda que ahora nos debemos a la historia y no podemos dejar que pase más el tiempo.

—Lo entendemos Emilio —Salió una voz tras las cortinas del corredor izquierdo a la vez que sor María de Luz aparecía como una imagen mariana.

—Buenos días, Madre Superiora —La saludó Emilio—. Le pido disculpas si nos hemos precipitado, pero no queríamos molestarles tan temprano.

Un gesto de aprobación amable de la monja hizo entender a todos que no estaba molesta, más bien se la veía alegre y reconfortante de que aquel fin de semana se hubiera producido en las circunstancias en las que se produjo.

Sor Teresa abrió la puerta cuando su «jefa» se lo indicó. Los primeros rayos de luz del zaguán entraron en el oscuro pasillo. Uno a uno con paso lento y nostálgico salieron a la calle. Javier quiso quedarse el último. Fue en ese momento cuando Sor María se le acercó y con una voz suave le vino a susurrar unas palabras.

—Recuerde a nuestra Reina Católica y usen sus últimas palabras como bien para la humanidad y no como enfrentamiento entre pueblos.

—¿Pero…? —Javier, sorprendido por lo que acababa de escuchar, quiso preguntar cómo podía saber lo que se escribió en la primera parte del Codicilo.

—No pregunte, solo haga bueno lo que se escribió para que fuese bueno. En mi convento el silencio es mensajero de las palabras —Fue lo último que escucho de la superiora.

El guía atravesó la puerta sin dejar de ver como las monjas desaparecían en la penumbra de los pasillos.

En el bullicio tempranero de la calle, el grupo se detuvo a respirar el aire urbano que proporcionaba el río Darro a su paso por allí. Tres o cuatro minutos pasaron en meditación hasta que Javier quiso dar el primer paso hacia el siguiente movimiento.

—Tengo que confesaros que dentro de esos muros que acabamos de dejar, pocos secretos se pueden guardar. Las monjas tenían muy claro a que veníamos y les dimos lo que les faltaba. Tontos nosotros que pensamos que no se iban a enterar de nada, pues vaya si se han enterado, saben mucho, pero callan todo, supongo que esa es la vida de clausura.

Aquellas primeras palabras no fueron entendidas por Cacín, Dami y Luis, que lo único que ahora les preocupaba era seguir averiguando más cosas.

El grupo se movió en dirección a plaza Nueva. Dejar atrás el convento les había vuelto casi mudos. Algunos leves silbidos era el sonido al andar por las piedras que tapizaban la calle. Dentro de su mente, cada uno montaba su propia historia del fin de semana que habían disfrutado.

Emilio y Juan andaban de a dos, igual que Javier y D. Antonio, mientras que los chicos revisaban sus teléfonos móviles huérfanos durante dos días.

Casi entrando en la plaza, Emilio agrupó a todos para despedirse y valorar cuando volverían a reunirse.

—Creo que debemos también descansar un poco. Ha sido todo muy intenso, pero reconfortante, aun así, debemos parar un par de días a reflexionar y si os parece bien nos volvemos a ver el miércoles.

—Me parece perfecto —respondió Javier—. Opino que un par de días nos vendrán bien a todos. Si os parece, como dice Emilio, nos vemos el miércoles por la tarde en los jardines del

Palacio de los Córdoba, por si tenemos que echar mano de los archivos de Granada.

—Sí, buena idea, quedamos por la tarde para que puedan venir mis alumnos y de paso matamos dos pájaros de un tiro, ¿qué os parece, chicos? —le preguntó D. Antonio.

—Por nosotros perfecto —contestó Cacín.

—Pues lo dicho, nos vemos allí sobre las cinco. Solo quiero agradeceros a todos la implicación que estáis teniendo. Veréis como al final esto va a suponer un hito histórico sin precedentes —terminó diciendo el profesor.

Con un «hasta luego», el grupo se disolvió, perdiéndose cada uno por las calles de la ciudad con las ganas puestas en volver a reunirse.

Camino de sus casas, los jóvenes, se atropellaban hablando de lo bien que lo habían pasado dentro del convento, algo que ni por asomo se imaginaban. Cacín intentaba sacar las pistas a la luz. Luis para recordar en su mente el lugar para poder dibujarlo y Dami quizás un poco más despegado, pero más inquieto. Porque lo que se había descubierto no le dejaba muy claro que tenían que ver aquellas cruces vistas en días anteriores.

—¿Vosotros creéis que las cruces que vimos en la iglesia y en la Alhambra fueron colocadas ahí para llevarnos hasta el convento?

Esa pregunta sacó del letargo a Cacín y algo menos a Luis, ya que el fin de semana se había dedicado a buscar el Codicilo de la Reina. Pero, en efecto, «¿eran las cruces una señal de aquello o tenían otro significado?» Esa pregunta volvió a meter en el juego a los tres amigos. No era de recibo que todo acabara allí. Sus cruces estaban en sitios algo posteriores a Isabel la Católica, además con estos nuevos descubrimientos, los adultos ya no se referían a ellas, algo que todavía no había sido aclarado. Cacín no quiso esperar al miércoles y convino con Luis y Dami en verse esa misma tarde en su casa para aclarar este tema, idea que todos aprobaron.

—Vale, pues, si estamos de acuerdo, a las seis nos vemos en mi casa. Ya también le digo a mi madre que nos prepare algo de merienda —apostillaba Cacín sabiendo de la glotonería de Dami.

—Perfecto —reafirmaron Dami y Luis, mientras se iban acercando a sus respectivos domicilios.

. . .

Emilio y Juan, viendo la ausencia de los muchachos, volvieron a reunirse con Javier y D. Antonio mientras caminaban, para entablar una conversación más adulta con el maestro y el guía.

—Antonio, sé que nuestro siguiente paso es el aljibe de los Mendoza y como bien sabes soy un estudioso de ese tema. En el convento os comenté que ahora podíamos saber dónde buscar dentro del aljibe, lo que nos os dije es que entre la segunda y la cuarta arcada hay un arco que une las dos naves —Empezó Emilio a darles algunas explicaciones—. Bien, pues hay algo que siempre me inquietó y fue el grosor que tiene ese muro, no tenía sentido que fuera tan grueso para soportar las bóvedas. Tengo el presentimiento que ese muro esconde algún tipo de estancia, en la que el Conde guardaba algo. Lo que no sé si será la otra parte del Codicilo.

Aquella reflexión de Emilio les dejó pensativos. Eso tenía mucho sentido, siempre y cuando pudiesen acceder a la imaginaria estancia del aljibe, porque si aquello no existía, continuar sin nuevas pistas podría ser el fin de la historia.

Emilio continuó explicando todo lo que sabía de aquella construcción. Al igual que habían hecho los muchachos de forma unilateral, estos también decidieron reunirse antes del miércoles y sin que estuvieran los alumnos. Necesitaban revisar varios documentos sin la intervención de los chicos.

. . .

No eran ni las cinco y media, cuando Dami y Luis estaban junto al portal de la casa de Cacín. La impaciencia había hecho que adelantaran la cita sin avisarle. El portero automático sonó en el pasillo, Ana, la madre de Cacín se levantó refunfuñando del sillón. Descolgó el telefonillo y escuchó la voz de Luis al otro lado pidiéndole con amabilidad que le abriera. Ana le abrió mientras avisaba a Cacín de que sus amigos estaban subiendo. Dejó que su hijo fuera el que los recibiera mientras ella volvía al sillón para continuar viendo una de esas películas amorosas con trama dramática típica de la tarde en la televisión.

Cacín hizo pasar a sus amigos a la habitación, cerró la puerta y le hubiera echado hasta el pestillo, pero no lo tenía. Sin perder tiempo, los tres se juntaron junto a la mesa de estudio que había en la esquina del cuarto. Luis se había traído su cuaderno de dibujo y Dami algunos rotuladores. La pantalla del ordenador llevaba ya rato encendida con algunas páginas webs abiertas, todas con relación a la búsqueda que estaban llevando.

Lo primero fue destacar los dibujos donde aparecían las cruces, incluidas la del casco de la Puerta de las Granada, que no fue dibujada in situ, pero que realizó Luis después de retenerla en su mente. En principio los tres miraban aquellos trazos, pero sin poder sacar ninguna conclusión. Cacín tenía la sensación de que la ayuda de Javier podría haber sido eficaz. Por otro lado, quería ser él y sus amigos los que avanzaran en los descubrimientos, pasos que hasta ahora se les había dado bien.

Los minutos pasaban entre página y página *web* sin colocar las cruces en ningún contexto. Eso ponía nervioso a Cacín y Luis, mientras Dami empezaba a aburrirse. En un momento de bloqueo vieron conveniente poner todo en orden y empezar desde el comienzo.

—Vamos a ver. La primera cruz que apareció fue la de la iglesia de Santa Ana, la segunda la vimos en el Pilar de Carlos V, la tercera en el retablo interior de la Puerta de la Justicia y la cuarta estaba ensamblada en el Casco de la Puerta de las Granadas, con esto, ¿qué conclusiones podemos sacar?

Esa pregunta de Luis mantuvo el silencio en el cuarto, la espera impacientó al grupo y fue Dami el que decidió decir algo.

—No sé si tendrá valor lo que pienso, pero según hemos visto, las cruces vienen descendiendo desde la Alhambra hacia el río Darro. Entiendo que de alguna forma alguien quiso que se siguiera su rastro, posiblemente para después encontrar algo que se ocultó.

—Puedes tener razón Dami, pero ¿crees que la entrada en el convento no siguió el camino de las cruces?

—Yo pienso que no, Cacín, porque no vimos siguiera algún indicio que nos llevara allí por las cruces. Fuimos por otras pistas, supongo que en algún lugar siguieron poniendo cruces. Lo que no sé es si esas cruces todavía existen o con el tiempo se eliminaron —dijo Dami.

—Buena reflexión. Entiendo que debemos valorar el seguir buscando más pistas en torno a esas cruces —añadió Luis

—Me parece bien, tenemos que saber de quién pudieron ser esas cruces —dijo Cacín.

Empezaron a buscar información en los buscadores de internet. Al principio todo eran referencias a cruces relacionadas con los templarios y órdenes similares de la edad media. Pero su insistencia dio frutos. En una de las imágenes vieron una cruz similar a la incrustada en el muro de la iglesia de Santa Ana. De inmediato entraron a la web para coger información. Todos los comentarios iban dirigidos hacia la hermandad de los Trinitarios Calzados, una congregación que fundó su convento allá por el 1517. Tenían la sensación de que habían encontrado información más acorde a la realidad. A partir de ahí se pusieron manos a la obra para averiguar todo lo posible sobre esa orden. Ahora creían saber quién pudo poner aquellas cruces, aunque estaban muy lejos de conocer por qué lo hicieron.

La tarde continuó en la habitación de Cacín en busca de más datos de los trinitarios hasta que casi cayó la noche. Ana, viendo lo tarde que era, cortó la reunión con cuatro simples palabras.

—¡Jesús a la ducha!

Ese fue el punto final de la tarde. Los muchachos se despidieron y abandonaron la casa de Cacín.

. . .

Después de acabar las clases, D. Antonio se encaminó hacia la casa de Emilio, en el céntrico barrio del boquerón, muy cerca del antiguo convento de Santa Paula. Era uno de esos edificios que nació con la construcción de la calle Gran Vía a principios del siglo XX. Poco antes de llegar coincidió en el camino con Javier, el cual portaba algunos libros y libretas usadas de su colección personal sobre la historia de Granada. Mientras caminaban, la sensación de tener a los chicos fuera de esa reunión les parecía un poco desafortunado, ya que su astucia e intuición les tenía en aquella situación. Junto al portal del antiguo edificio fue el propio Emilio el que les abrió la puerta, porque los había visto venir desde el pequeño balcón de su casa. Al entrar, Javier, que tenía un gran interés por todo lo antiguo, hizo su pequeña evaluación del edificio.

Tenía las típicas escaleras anchas que subían en círculo alrededor del céntrico ascensor que, aunque ahora era moderno, era posible que ese hueco hubiera tenido uno de aquellos elevadores antiguos en los que se abría su puerta manualmente. Los pasamanos de madera eran auténticos, con rejería en color negro, bastante repintada por el tiempo y con el desgaste típico, pero suave al tacto por el que tantas manos habrían pasado en más de un siglo de historia. Los escalones de mármol aguantaban sin problema el uso centenario, y los altos techos daban la sensación de libertad.

El piso era una tercera planta y ambos prefirieron las escaleras al ascensor. Al llegar al rellano, Emilio les había dejado la puerta entreabierta. Una puerta grande de madera con magníficos labrados de alegorías y flores y con un gran rosetón central como mirilla. Javier la empujó con cautela, como el que quiere pedir permiso para entrar. Tras ella, Emilio les invitó a pasar hacia su enorme salón. El interior de la vivienda seguía la norma del edificio, con techos altos y largos ventanales de madera, aunque en este caso no eran de la época. Una gran lámpara de cristal presidía el techo y la decoración parecía sacada del mismísimo palacio real, muy sobrecargada, con las paredes enriquecidas de cuadros con grandes marcos, la mayoría con paisajes y personajes de la ciudad. Cerca del balcón había una gran mesa color caoba muy brillante y limpia. Sobre ella un montón de libros y carpetas bien ordenados, preparados para no perder tiempo. La descripción del lugar terminaba con el anfitrión y Juan sentados esperando que las dos sillas vacías se ocuparan de inmediato.

—Buenas tardes a todos —Saludó D. Antonio.

—Buenas, sentaros por favor —Señaló Emilio con su mano ambas sillas vacías.

La mesa ahora estaba completa, más cuando se incorporaron libros y cuadernos del guía y del profesor.

Quiso Emilio que D. Antonio revisase los antiguos pergaminos sobre el Conde de Tendilla que, desde hacía tiempo, consiguió de la cesión de una gran señora castellana en una de las conferencias en las que participaba con motivo de distintas exposiciones por Castilla y León. Algunos de aquellos documentos eran auténticos diarios de personas que convivieron en la Alhambra con el Tendilla: soldados de guardia, amas de llaves, mayordomos y un largo etcétera de su séquito, que escribieron su vida sin pensar en la gran repercusión que podría tener hoy.

—Mira Antonio, aquí es donde aparece escrito lo que os comenté sobre los soldados que veían entrar al Conde en el aljibe, léelo si lo entiendes —Le hizo la invitación Emilio.

El profesor ajustó más sus gafas de cerca para intentar leerlo con más claridad.

—Según este documento, dice que el soldado, Hurtado de Mies, fue visto bajar al aljibe tras haberlo hecho el Conde, no para seguirlo, sino para refrescarse en las noches calurosas y que ya no se supo más de él, dándole explicación a su familia de deserción sin destino —Resumió el profesor.

La narración de los hechos no le hizo pensar en que el Conde pudo tener allí alguna habitación secreta, porque solo se hablaba de la desaparición de un soldado, al parecer cuando el Conde también estaba en el aljibe. En ese momento Emilio le dio otro pergamino para que también lo leyera.

—Vamos a ver que pone aquí. Dice que la Duquesa de Sessa vino a cenar sola con el Conde en el mes de agosto de 1504, en una cita rápida y con poca tertulia. En cuanto la duquesa abandonó la Alhambra, el Conde fue al aljibe y permaneció media noche en el lugar. Llevaba algún tipo de porta documentos con el que no volvió a salir. Regresó a sus estancias y permaneció en ellas todo el día siguiente.

D. Antonio volvió a mirar a Emilio con la incertidumbre de no entender que tenían que ver esos documentos con lo que venían buscando.

—Mira Antonio, está claro que el Conde de Tendilla bajaba al aljibe a esconder algo, creo que papeles. Pienso también —continuó Emilio—, que la desaparición del soldado pudo ser porque descubrió su secreto. Además, la Duquesa de Sessa, mujer del Gran Capitán, le llevó algún documento para que lo custodiara, como si no se fiara de que estuviera en otro lugar y que fuera el mismo Conde la mejor caja fuerte del momento. También sabemos que los muros centrales del aljibe son demasiado gruesos para su estructura y si a eso le sumamos que D. Íñigo de Mendoza, dejó escrito que nadie podría bajar al aljibe un año después de su muerte, excepto su alarife de confianza, entiendo que aquello tenía algo más que agua.

—Tu reflexión puede tener sentido Emilio, pero ¿qué pruebas tenemos de que su alarife hizo caso al Conde? -

Ante la pregunta de Javier, este se levantó y fue a uno de los armarios que amueblaban el salón, lo abrió con la llave que estaba dentro de un bonito joyero de madera y sacó una especie de papiro cerrado con cuerdas. Volvió a cerrar el armario y de nuevo se sentó en la mesa mientras se ponía unos guantes de seda blancos. La parafernalia tenía más que intrigados a Javier, D. Antonio y Juan, que permanecían inmóviles esperando que Emilio les desvelara aquello.

Con mucho sigilo quitó el plástico del pergamino y lo depositó abierto sobre el tapete verde que había sobre la mesa. Solo permitió que D. Antonio se acercara para leer su contenido sin tocar para nada el papel.

—En fin, vamos a ver que pone aquí —Suspiró D. Antonio mientras leía el documento mentalmente.

Los pensamientos fueron de enorme sorpresa, según iba traduciendo. Poco antes de terminar de leerlo por completo quiso desvelar en voz alta lo que iba interpretando, para ello le pidió permiso a Emilio, que aceptó sin reparo.

—Escuchad atentamente porque voy a traducir exactamente lo que dice:

Yo Martín del Prior alarife general de esta ciudad palatina tras orden y decisión de nuestro alcalde que en gloria esté. Cedo y permito la entrada a este gran aljibe de la cristiandad mandado hacer por nuestro señor D. Íñigo López de Mendoza y Quiñones y ordenado reformar durante un año tras sus exequias y solo con el único acceso de la mía persona al lugar hasta la fecha de hoy. Tal como se me confió durante un año sería de mi cuenta guardar secreto de la reforma solo visible a los ojos de dios. El lugar quedará custodiado por guardia alhambreña cuyo ingreso será exclusivo a la familia Mendoza y los míos descendientes En el día del señor de 20 de julio de 1516

Unos segundos de silencio recorrieron la vivienda, incluso el ruido de la calle pareció detenerse. Lo que acaba de leerse eran las propias palabras del alarife al cual el Conde de Tendilla confió su más preciado secreto. Esas palabras daban fe de que se reformó el aljibe, probablemente para dejar oculta algún tipo de sala o cuarto que no quisieron hacerlo visible al resto de la familia. Estaba claro que un aljibe tan moderno no debió reformarse. Las teorías de Emilio podrían ahora tener fundamento, siempre con la incertidumbre que genera una teoría.

—Entonces, tú tienes aún más la certeza de que allí abajo tapiaron algo con la intención de ocultarlo —le dijo Juan a Emilio.

—Por ahora lo pienso así. Sé que no tenemos más documentos que nos den pistas, pero creo con firmeza que escondieron algo —ratificó Emilio.

—Yo ahora también lo pienso. Sabéis que en mi etapa de policía fui un defensor del patrimonio y ahora tengo la responsabilidad de que ese patrimonio nos devuelva la verdad de aquellos tiempos —Se unió Javier a la creencia de Emilio.

Los cuatro estaban convencidísimos de que bajar al aljibe era la siguiente etapa. No había otra elección. Sus mentes rebosaban felicidad y a la vez preocupación por ver como llegaban hasta allí sin ser vistos por otros. D. Antonio no podía ya utilizar a su sobrina, sospecharía demasiado. Bajar al aljibe necesitaba de un permiso especial para abrir el candado de la trampilla, llaves que solo tenían en las propias oficinas del monumento y en la empresa de seguridad.

—Creo que tenemos una opción de bajar sin problema.

Las miradas hacia Juan fueron más de esperanza que de pedir que se explicara.

—Os aclaro, antes de nada —Siguió diciendo Juan—. Mi primo Miguel es el encargado de seguridad desde hace un año. Siempre que viene a casa bromeamos con la facilidad que tiene de recorrer los pasadizos y habitaciones ocultas al público con la envidia que me da. No hace mucho en una de estas charlas salió el tema del aljibe y él mismo me dijo que cuando hace un poco de calor se baja un rato para aliviarse. Allí nunca hay nadie ni tampoco hay nada valioso, con lo que pasa desapercibido. Pienso que si hablo con él no nos pondrá problemas para que bajemos, lo que no sé es si nos acompañará o nos dejará solos.

—¡Espectacular Juan!, a lo mejor contigo tenemos la solución, vendrá bien llamarlo cuanto antes —dijo Emilio, muy eufórico.

—Espera, antes tendremos que trazar un plan para que el primo de Juan no sospeche —Puso cordura Javier.

—Tienes razón, la euforia me ha hecho pasar esto por alto —Se disculpó Emilio.

—Es lógico, yo también estoy ansioso, en fin, por mi parte creo que debemos utilizar otra vez a los muchachos como excusa para que tu primo nos abra la puerta.

—¿Y qué excusa ponemos Javier?

—Un momento Antonio déjame acabar y te explico. Aquí somos cuatro personas y tres alumnos, lo que quiero decir es que tenemos: un profesor, un primo, un historiador y un guía oficial que soy yo. Con todo esto lo que quiero decir es que sigamos un poco lo que hicimos en el convento. Hay que decirle a tu primo que se trata de un trabajo científico sobre el agua de Granada en el que colaboran alumnos del instituto, además de nosotros. Queremos que vean el aljibe cuando no haya gente en la Alhambra y se les pueda dar una clase histórica allí abajo con la intención de que sientan el lugar. Sé que puede parecer un poco ridículo —Siguió Javier—, pero intenta que tu primo vea en ti la confianza de que no vamos a hacer nada malo, y que a él no lo interesa estar. Tenemos que quedarnos solos como sea.

—La exposición la veo correcta. No os preocupéis, este fin de semana quedo a comer con él e intento explicarle.

—Perfecto Juan, eres nuestra única esperanza.

—No te preocupes Emilio, creo que no tendré problema para convencerle, somos como hermanos.

Viendo que poco más se podía hacer, la tarde dio para un poco de relajación. Sabían que tendrían una única oportunidad de buscar la habitación secreta de los Tendilla. Podrían incluso dañar el monumento, con lo que toda precaución y planificación era poca. No tenían ni idea de lo que podrían encontrarse. El trabajo en equipo sería fundamental.

. . .

El miércoles en Granada era de esos días de paseo con la familia. Los carritos con los bebés inundaban el Paseo de los Tristes a los pies de la Alhambra. Solo el trino de los pájaros junto al discurrir del agua del Río Darro rompían el silencio al caminar. Las pocas bicicletas que bajaban de la parte alta del Albaicín hacían una breve parada para inmortalizar la majestuosa imagen de los Palacios Nazaríes sobre la colina de la Sabika.

Tres muchachos mochila en la espalda llegaban hasta la zona tras una jornada de instituto. No parecían cansados ni aburridos, al contrario, su cara mostraba felicidad cuando se acercaban a los jardines que custodiaban el reconstruido Palacio de los Córdoba, sede de los archivos municipales. Sus pasos eran rápidos, pero su ansiedad lo era más. Al llegar a la entrada del palacio su marcha se detuvo, no eran ni las seis menos cuarto y habían quedado a las seis, pero ellos querían ser los primeros, ser los héroes de todas las batallas. Su puntualidad era una muestra de su compromiso y ni Cacín, Luis y Dami querían quedarse atrás en aquella aventura.

—Vaya, parece que hemos llegado los primeros.

—Sí, Dami, vamos a esperarlos aquí fuera —le dijo Cacín.

—Será lo mejor, de todas formas, a nosotros no nos van a dejar pasar ahí dentro —añadió Luis. La respuesta era acertada, sin los adultos poco tenían que hacer por allí.

No mucho más tarde, por el fondo de los jardines se divisaba la silueta de los cuatro adultos. Venían charlando con paso tranquilo como si la espera fuera para ellos algo normal. Desde lo lejos los tres muchachos levantaron la mano para saludar, incluso Dami le mandó un silbido. El gesto fue correspondido cuando les devolvieron el saludo con el brazo en alto. En unos segundos la reunión se completó. Javier entró en el palacio para solicitar el acceso que su amigo Germán había dejado por escrito en la recepción. Sin más dilación y con un gesto del expolicía todos pasaron. Para los muchachos volvía a repetirse aquel día magnífico, que junto a Javier supuso un gran avance en los hechos. Dami se adelantó subiendo las escaleras hacia la puerta del archivo en la que esperaba uno de los ujieres. Con un breve saludo todos entraron a la sala, siempre con el mensaje de tener cuidado con lo que se tocaba. El funcionario cerró la puerta y el grupo se quedó aislado en aquella espectacular habitación con el ordenador encendido sobre la misma mesa que días antes había querido sacar a la luz el segundo Codicilo de la Reina Isabel La Católica. Con rapidez se pusieron manos a la obra. Unos sacaron libros y cuadernos, otros ya navegaban con el ordenador por los archivos municipales y algunos como Dami daba vueltas a la sala un poco enfadado porque era el único que no tenía silla donde sentarse.

Quiso D. Antonio tomar la palabra para explicar a los alumnos sus nuevos descubrimientos ocurridos en la casa de Emilio y de cómo tendrían que entrar en el aljibe. La argumentación del profesor fue hecha con tono de arrepentimiento, pensando que pudieran reprocharles que nos les hubieran invitado aquel día, hecho que a Cacín ni siquiera se le pasó por la cabeza, al revés se alegró de la magnífica noticia. De forma continuada el muchacho quiso contarle el tema de las cruces Trinitarias.

—Claro Jesús, como no había caído antes, no eran cruces templarias, eran «Trinitarias». Eso tiene más sentido en Granada porque esta orden fue muy importante durante los siglos siguientes a la conquista, ¡bravo, muchachos! Sois una fuente de inspiración —dijo con alabanza D. Antonio. El reconocimiento de su profesor les hizo sonreír y creer que todavía seguían siendo útiles.

El equipo continuaba revisando en el ordenador todos los archivos que tuvieran relación con los Tendilla y la Alhambra. Las páginas pasaban y la desesperación por encontrar algo era más que evidente. Los documentos encontrados no daban ni una pista para poder seguir. En ese momento el sonido del teléfono de Juan interrumpió la búsqueda.

—Sí, dime —La llamada provenía de su primo Miguel—. Perfecto entonces, pues se lo comento a mis amigos y ya te llamo. Venga un beso, hasta luego—le dijo Juan antes de colgar el teléfono.

Todos habían parado por un momento esperando las noticias que su primo le había dado. En un alarde de nerviosismo, Emilio se levantó de la silla y le indicó con amabilidad qué es lo que le había dicho.

—Pues creo que tenemos buenas noticias —Se arrancó a decir Juan—. El domingo por la tarde se cierra el monumento porque hay una procesión de no sé qué centenario de la cofradía de la Alhambra. Dice que va a ver mucha gente por la parte de la iglesia y que con el ruido y el bullicio es el mejor momento para bajar al aljibe.

El tiempo se paró en el palacio. La suerte les había vuelto a ser favorable. El regocijo y alguna que otra palabrota salió un poco más alta de lo normal por la euforia. Esto provocó un leve toque exterior de nudillos por parte del ujier para que mantuvieran la compostura, que con educación fue contestado con un «perdón» por parte de D. Antonio.

Aquella noticia propiciaba que tenían que sacar algo positivo esa misma tarde, porque otra oportunidad como esa no se les presentaría. Javier volvió de inmediato a las teclas del ordenador con la mirada puesta en la pantalla. Emilio no dejaba de revisar el plano que tenía de aquel aljibe sin poder encontrar nada. Por un momento la desidia se apoderaba del grupo, mientras Luis y Dami no tiraban la toalla y revisaban con escrúpulo cada documento.

Javier y Cacín seguían en la pantalla del ordenador, siempre con la vista puesta en alguna pista que uniera sus teorías. Llegaron a los últimos documentos digitalizados, en estos que parecían pertenecer a una época posterior a la construcción, salió el nombre de aquel alarife en el que Íñigo de Mendoza depositó su confianza tras su muerte. Javier siguió pasando planos antiguos, casi desganado, pero Cacín que no pasaba una por alto, le quitó con amabilidad el ratón del ordenador. Pasó hacia atrás algunos y se detuvo en uno que representaba la transversalidad del aljibe.

—Dami déjame el plano que tienes ahí —Le pidió Cacín.

Su amigo le acercó otro plano transversal del mismo aljibe, pero realizado a posteriori. Cacín comparó ambos bajo la mirada de Javier. Los minutos pasaban sin que hubiera ninguna explicación hasta que el muchacho habló.

—¿Qué raro? —dijo el joven mientras las alarmas se encendieron y el grupo se reunió en torno a él esperando que siguiera hablando.

—Jesús, ¿qué has visto?

—Mire D. Antonio, en el plano que ha traído Emilio hay como seis cubos colgando de una cuerda.

—Sí, eso son los seis brocales que hicieron para subir agua a la superficie —le aclaró D. Antonio.

—Entonces, profesor, ¿por qué en este plano más antiguo hay siete cubos con cuerdas, vamos, siete brocales?

Esas palabras de Cacín fueron un halo de esperanza entre tanta desesperación. Con premura revisaron los planos. En efecto, en el que pudo ser el plano del alarife aparecían como siete brocales, no seis como hasta ahora se había dicho. Pero qué sentido tendría el séptimo y ¿por qué se escondió su construcción?

—Un momento —Levantó la mano Javier—. Según el Codicilo se habla de entre la segunda y la cuarta, pues el séptimo brocal está entre la segunda y la cuarta. Tengo la sospecha que eso no fue un brocal, sino una señal para saber dónde se encontraba el supuesto cuarto secreto y que de alguna forma su entrada se tapanó en el muro del arco. A lo mejor —continuó el guía—, se dejó pista para poder acceder por la parte superior que es desde donde parte este dibujo del brocal. Porque lo que se supone la cuerda del cubo no está dibujaba como las otras hasta el mismo techo.

La conclusión de Javier no fue reprochada por ninguno, ya que podía ser válida dentro de las pocas pistas de las que disponían.

Todos volvieron a revisar ambos planos para corroborar algo a lo que agarrarse a última hora. Estaba claro que ahí pasaba algo. Lo que no sabían es en qué condiciones estaba el arco, porque romper el muro para acceder a buscar una habitación podría ser una misión incluso de delito al patrimonio.

Con el tiempo casi terminado y sin posibilidad de encontrar nada más, el grupo se dispuso a salir de la sala, no sin antes avisar al ujier para que les abriera. Fuera de la sala, D. Antonio volvió a pedirle perdón por si en algún momento hubiesen hecho más ruido de la cuenta, algo que aceptó el funcionario de buen grado.

Una vez en el exterior del Palacio y mientras andaban hacia la salida, se planificó la entrada al aljibe, tal como le había indicado el primo de Juan. La reunión se propuso para el domingo después de comer a la entrada de la Puerta de la Justicia de la Alhambra. Allí se encontrarán con Miguel para adentrarlos en el monumento sin necesidad de pase, ya que los acontecimientos litúrgicos que se sucederían aquella tarde precisaban de dicha autorización de acceso.

Aprovechando el paso lento del regreso por la Carrera del Darro en dirección al centro de Granada, Cacín quiso retomar el tema de las cruces y que podrían hacer para investigarlas más a fondo, algo que a Javier también le interesó.

—Mira Jesús, sé que el tema de las cruces puede llevarnos a otros hechos, pero entiendo que ahora lo más importante es lo del aljibe. De todas formas, en estos días hasta que llegue el domingo, voy a revisar algunos documentos que tengo en casa para ver si me aclaran algo ¿Te parece bien?

—Sí, Javier, es que no lo quiero dejar de lado porque tengo la sensación de que algo raro pasa con ellas —le respondió agradecido Cacín.

Tras llegar al cruce de la calle Gran Vía con la calle Reyes Católicos, el grupo se disolvió y en este caso no hubo ningún comentario posterior. Cada uno se dirigió a su domicilio a esperar que la semana fuera corta porque el domingo volvía a ser un día señalado para ellos.

. . .

El bullicio de domingo en las calles era más que palpable y una gran muchedumbre empezaba la subida hacia la Alhambra para posicionarse lo mejor posible ante los acontecimientos religiosos que allí iban a realizarse dentro del monumento.

La comida en la casa de Cacín se puso con algo de antelación por la necesidad que tenía de salir pitando con sus amigos. Una actitud que a su madre ya le empezaba a molestar.

No muy diferente estaba el panorama en la casa de Luis y Dami e incluso en las casas de los adultos del grupo. Todo estaba preparado y nadie quería llegar tarde a la función. Cada uno abandonó su domicilio. Casi a la vez y en solitario se dirigieron al lugar de encuentro que habían planificado.

Aunque la subida a la Alhambra ya sea por su acceso desde la plaza Nueva o por el barrio del Realejo, era siempre muy empinada y fatigosa, aquella tarde el cansancio se quedó atrás. Las piernas parecían tener batería eléctrica como las bicicletas y solo los mayores llegaban a lo alto con la respiración más acentuada.

La Puerta de la Justicia emergía imponente ante la plaza que le daba acceso. Allí estaba desde hacía ya algunos minutos Miguel, el primo de Juan, esperando al grupo.

Miguel, como la mayoría que trabajan en esa profesión, era robusto, aunque no muy alto. Portaba el traje de la empresa que más que ayudarle, aquella tarde tuvo que ser un tormento de calor. Del lado derecho colgaba la porra y unos grilletes, mientras que en el lado izquierdo tenía la funda vacía donde solía llevar su arma reglamentaria. El parecido con Juan era bastante coincidente para ser primos, más bien podrían pasar por hermanos, algo que para ellos era así.

—Hola Miguel, ¿llevas mucho aquí?

—Hola Juan, no cinco minutillos de nada, pero no quiero que se haga más tarde, ya que también tengo que estar pendiente de esto —Miguel señalaba la cantidad de gente que ya aparecía por el lugar.

Con un gesto hizo que el grupo le siguiera hacia el interior mientras conversaba cosas familiares con su primo Juan. Una vez dentro, la plaza del aljibe permanecía desierta. Incluso el pintoresco quiosco central estaba cerrado, algo difícil para un domingo por la tarde. La algarabía procedía del lado contrario junto a la iglesia de Santa María de la Alhambra (una de las parroquias construidas sobre la antigua mezquita musulmana), eso permitía a Miguel sentirse tranquilo de que nadie vería la maniobra de bajar al aljibe. Dispuestos alrededor de la trampilla, esperaron a que abriera el candado para levantarla. El hueco era bastante amplio y se divisaban los primeros escalones de acceso. Javier hizo que se encendieran las linternas a la vez que empezaban a descender. El último fue Juan, que con un abrazo volvió a agradecer a Miguel su ayuda, no antes de que este le comentara algo imprevisto.

—Mira, cuando estéis abajo, en la que creo es la tercera arcada entre las dos naves, hay una trampilla en la parte superior. Si la abres verás que hay un hueco donde se aprecian los ladrillos con los que se hizo el aljibe. Te lo digo por si queréis profundizar más en la realización del estudio con los muchachos. Pero abridla con cuidado que se puede caer. Tenéis al fondo una escalera y una fregona que usamos para limpiar de vez en cuando por si os hace falta —dijo Miguel antes de irse del lugar.

Con un «gracias» muy contento, quiso agradecerle la ayuda que les estaba prestando, siempre por el bien del estudiante claro. Juan bajó unos peldaños y la trampilla se cerró mientras le recordaba que tendrían como hora y media, después tendrían que salir de allí.

Ya en el fondo, junto con el grupo, quiso explicarles lo que su primo le acababa de comentar. Al oírlo no daban crédito a lo que acababan de escuchar. Le había servido en bandeja de plata la entrada al posible cuarto del Conde. Ese sería el primer sitio en buscar antes de tener que picar en cualquiera de los muros. Solo faltaba que sus teorías se hiciesen realidad.

Emilio tomó las riendas y se encaminó en la búsqueda de la arcada. Javier, por su parte, se desplazó a la otra nave para coger la escalera y la fregona que les permitiera empujar la trampilla si fuese necesario.

El viejo aljibe se mantenía limpio de desechos y de olores. Una leve capa fina de agua por algunas partes era el único testimonio híbrido de aquella construcción. El único brocal existente que partía del quiosco de la plaza tenía todavía el cubo y la cuerda en suspensión. La obra en su conjunto era enorme y el eco también se hizo compañero de andanzas. Por una hora y media tendría inquilinos, algo de lo que siempre careció en tantos siglos de vida.

El grupo se reunió junto a Emilio en la tercera arcada con todas las linternas apuntando al mismo sitio. En la parte superior del arco se distinguía a la perfección una tapa cuadrada de unos sesenta o setenta centímetros. Javier acercó la escalera y la abrió mientras D. Antonio le ayudaba a asentarla en el suelo. El eco de colocarla se hizo estruendoso, aunque eso poco les importó. Una vez colocada en posición, Emilio le indicó a Javier que fuera él quien se subiera, ya que con su altura no necesitarían el palo de la fregona. Con paso tembloroso, pero decidido, fue subiendo cada peldaño hacia su destino, el más ansiado en aquel momento, algo que le ponía un poco nervioso. Sin llegar a utilizar todos los escalones, tenía la distancia correcta para poder abrir la tapa. Antes de hacerlo se tomó unos segundos para revisar el contorno para no dañar el patrimonio.

Desde abajo un impaciente Emilio le preguntaba en voz baja si podía abrirla. Javier le hizo un gesto de tranquilidad con sus manos antes de proceder. El momento había llegado, todo lo que habían hecho estaba a su alcance. Eran segundos de sudor y emoción, de recuerdos y trabajo, de nuestra propia historia y de la de muchos. Así que, con firmeza, apoyó las manos en la tapa y esta se levantó como si se hubiera colocado ayer. La sacó con suavidad y comprobó que estaba realizada en madera pintada, eso le dio la sensación de que pudiera no ser la original. Con la mano derecha se la acercó a D. Antonio para que la sostuviera mientras pedía una de las linternas. Cacín le dio la suya casi con la intención de subirse también a la escalera, algo que vio poco probable. Las manos iluminadas de Javier se introdujeron por el hueco alumbrando el interior del arco. Avanzó los dos últimos escalones que estaban libres para poder meter medio cuerpo en la construcción. Desde abajo empezaron a preguntarle qué es lo que estaba viendo. Este volvió a recogerse hacia atrás y se dispuso a informar.

—Esto es una maravilla, se ve el enladrillado perfectamente colocado y en muy buen estado. Hacia la parte izquierda, que es donde el arco más se ensancha, hay una especie de corredor, pero necesito que suba alguno de los muchachos y se meta por ahí para investigar.

—Yo subo Javier —Se adelantó Cacín a sus amigos.

El guía se bajó un momento para explicarle al muchacho lo que tenía que hacer.

—Jesús, no sé qué te vas a encontrar ahí dentro, pero no quiero que corras ningún riesgo. Si no lo ves claro aborta y te sacamos, lo primero es tu seguridad y no quiero que te vayas a hacer daño. Para que estemos más tranquilos te vamos a atar a la cintura una cuerda, si ves que necesitas ayuda tira de ella fuerte. ¿Has comprendido lo que te he dicho?

—Sí —le contestó a Javier—. Venga atadme la cuerda que voy para arriba.

Cacín subió la escalera. Una vez arriba le pasaron una de las linternas más potentes. Los de abajo, que estaban mucho más nerviosos que él, le animaron con un gesto de pulgar hacia arriba.

De un salto se introdujo en el arco. La cuerda empezó a deslizarse mientras la luz de la linterna iba menguando cuanto más avanzaba. Varias veces Javier le preguntó si estaba bien y con voz de ultratumba, Cacín respondía afirmativamente. El estrecho pasadizo no descendía en curva, sino que se adentraba de forma horizontal en el muro. Tras recorrer unos diez metros, este terminaba cerrado por un muro, aspecto que le desconcertó.

—¿Me oís ahí atrás? —preguntó Cacín.

—Sí, Jesús, te oigo de maravilla —respondió Javier con medio cuerpo metido en el hueco.

—Vale, mira, esto se acaba aquí. Hay un muro y no veo marcas de ninguna puerta de acceso ni nada.

Durante unos segundos el guía se quedó pensativo y se dispuso a informar al resto. Emilio fue el primero en pensar alguna otra posibilidad y así quiso decírselo.

—Digo yo. Nosotros suponemos que ese pasillo debería llevarnos a algún tipo de habitación. Pero si era algo oculto, ¿por qué está todo tan a la vista? Aquí hay algo que no me cuadra. No será, como pasa en muchas casas antiguas, que ese corredor esté por encima del techo de alguna habitación.

Esa teoría les gustó bastante y decidieron cambiar de estrategia. Javier se volvió de nuevo hacia el interior del hueco para dar nuevas instrucciones a Cacín.

—Jesús, busca por el suelo algún tipo de tapa o trampilla que destaque de los ladrillos.

El muchacho se dio la vuelta y empezó a iluminar el sitio en busca de lo que le habían comentado. Mientras retrocedía y limpiaba el suelo de polvo con sus manos, algo se le trabó entre los dedos. De inmediato se iluminó y empezó a sacar la arenilla que rellenaba aquella oquedad. Sus ojos se agrandaron como un búho en la noche, no salía de su asombro, allí habían grabado algo, una insignia muy conocida por él.

—Javier en el suelo hay algo grabado y no te vas a creer lo que es.

Al escuchar aquello, este se introdujo como un águila en el pasillo para acompañar al muchacho, mientras dejaba sorprendido al grupo que permanecía abajo sin recibir ninguna noticia. Se arrastró con bastante más facilidad de la que él pensaba y en unos segundos estaba junto al muchacho.

—Vamos a ver Jesús, ya estoy aquí, dime, ¿qué has visto?

La linterna fue iluminando el suelo y la insignia apareció ante los ojos de Javier, que con gesto de sorpresa no pudo más que decir.

—Eso, si no me equivoco, es una cruz Trinitaria como la que vosotros habéis estado viendo por ahí.

—Es lo que quería decirte antes, pero veo que no tuviste paciencia.

Una carcajada recorrió con eco el pasillo y salió por el hueco de la trampilla, poniendo todavía más nerviosos a los que estaban allí.

—Tenemos la teoría de que estamos en el techo de una posible habitación oculta y tengo la sensación de que esta cruz puede indicarnos la entrada al mismo. Así que, busca por los bordes por si esto fuera algún tipo de tapadera —dijo Javier.

Los dedos de ambos empezaron a limpiar cada llaga de los ladrillos en busca de alguna señal. La perfección de la obra no permitía distinguir ningún tipo de borde. Mientras Javier seguía limpiando y buscando alrededor, Cacín seguía sacando la tierra que quedaba en el grabado de la cruz. Tanta limpieza dio como resultado que asomara en el centro una especie argolla algo oxidada. El guía y expolicía, que también se había dado cuenta, introdujo los dedos para ayudar a quitar todo el polvo restante. Cuando aquello quedó limpio tras varios soplidos, ambos se pararon a observar el aro.

—Javier tiene la pinta de que está ahí para que tiremos de ella.

—Es posible Jesús, pero no veo alrededor nada que me indique que hay una tapa.

—Ya, pero o tiramos o no lo sabremos —Le instó Cacín.

—Tienes razón, apártate un poco más para allá que voy.

Javier introdujo su robusto dedo índice en la argolla y con un conteo mental tiró de ella con suavidad hacia arriba. La acción no produjo ningún resultado, quizás porque la fuerza no fue la suficiente. Miró de nuevo al muchacho y con gesto de rabia puso ahora todas sus fuerzas. El tirón tuvo resultado y la argolla salió dos o tres centímetros hacia arriba. Un crujido se escuchó bajo las rodillas de Cacín y en menos que canta un gallo desapareció del pasillo ante la sorpresa de Javier, que sin tiempo que perder alumbró la zona. Un enorme agujero se había hecho en el suelo del que solo aparecían los dedos de Cacín sujetándose. Sin más dilación, Javier tomó sus manos con fuerza y tiró del muchacho hacia arriba con tanta rabia que consiguió volver a ponerlo sobre el mismo pasillo. Mientras salían del susto y cogían aire, a lo lejos se escuchaban las voces de sus amigos pidiéndoles algún tipo de información, pero antes de eso Javier y Cacín se pusieron de rodillas y se asomaron al agujero creado al tirar de la argolla. La luz de la linterna entró en aquella oquedad y el asombro de ver lo que allí había dejó sin palabra a ambos. Ante ellos apareció una habitación de unos cuatro metros por cuatro metros, escondida en el arco. El polvo estaba por todos los sitios, pero dejaba ver una cantidad de pergaminos y libros antiguos sobre algunos estantes de madera. En el centro se divisaba una mesa redonda muy sencilla y típica de la época. Las paredes parecían revestidas del mismo mortero que tenían las del aljibe. No se apreciaba ningún tipo de puerta o hueco lateral de acceso, lo que dejaba claro que la única entrada era por el techo donde ellos estaban. Esa forma de acceder sí estaba realizada con la intención de que pocos conocieran su existencia, quizás por decisión del propio Conde de Tendilla. Aunque dejar grabada la cruz pudo ser para que algún día alguien lo descubriera.

Cacín tocó en el hombro a Javier mientras le señalaba una escalera de madera apoyada en la parte interior del agujero. A primera vista parecía tener buen aspecto, aunque prefirieron tener prudencia. Visto aquello, el guía retrocedió para informar al grupo mientras Cacín se quedaba allí.

Los pies de Javier aparecieron por el agujero del arco buscando los peldaños de la escalera. En ese momento Emilio y el profesor se dispusieron a sujetarla para que pudiera bajar con más seguridad. Con precaución inició el descenso entre silencio, eco y nerviosismo. Una vez que llegó al suelo empezó a explicarles lo sucedido y de como habían encontrado una habitación secreta casi por casualidad. La alegría fue total, incluso a D. Antonio se le escapó alguna lágrima mientras Emilio se decía así mismo «lo sabía, lo sabía».

—Ahora tenemos que ver quienes pueden subir conmigo para inspeccionar la habitación. Acceder es un poco complicado, ya lo habéis visto y sé que todos no podemos entrar.

—Yo me quedo —afirmó D. Antonio—. Mi edad no me va a permitir subir, aunque quiera. Así que prefiero esperaros aquí.

—Necesito que tú sí subas Emilio —Le señaló Javier—. Eres gran conocedor de los Tendilla y nos hará falta que estés allí.

—Sin problema, yo subo, aunque tenga que sacar todas las fuerzas que me quedan para ver la habitación.

—Yo me quedo para acompañar a Antonio —confirmó Juan.

—Vale, te lo agradezco, y de vosotros, ¿quién sube?, los dos no podéis —preguntó Javier a Dami y Luis.

Ambos se miraron como queriendo echarlo a suertes, pero por presencia física, Dami quedó descartado cediendo el privilegio a su amigo.

—Perfecto, pues ya tenemos configurado el equipo, ahora subimos y cogemos un pasillo que hay hacia la izquierda, allí nos espera Jesús. Debemos ir casi a gatas o arrastrándonos hasta llegar a la trampilla. No es muy largo, así que no sufriréis mucho, de todas formas, nos vamos a llevar las cuerdas por si la escalera que hay dentro no aguantara.

Dicho eso, fue Luis el que primero subió la escalera y con gran agilidad se coló por el agujero del arco. Le siguieron Javier y Emilio, que necesitó algo de ayuda. Una vez todos en el pasillo, vieron al fondo la linterna de Cacín que les ayudaba a alumbrarse. El rastrear de las rodillas asemejaba el sonido del andar de los costaleros en semana santa. El primero que llegó fue Luis y en pocos minutos el resto. En esos momentos el equipo estaba unido preparado para bajar a aquella habitación que ocultó el Conde de Tendilla.

Sin ni siquiera preguntar, Cacín, se erigió como el primero en bajar. A Javier no le pareció mal, ya que la juventud y agilidad del muchacho eran idóneas para aquella acción. De todas formas, antes de nada, Emilio le acercó la cuerda para que se la atara a la cintura como medida de precaución porque una escalera de madera con tantos años podría deshacerse al pisarla. Con la cuerda atada y sentado en el filo del agujero, posó con tacto el primer pie en el peldaño superior. Poco a poco fue haciendo más presión sobre el mismo para ver el aguante que tenía. Un gesto de aprobación fue suficiente para que iniciara el descenso, eso sí, con la cuerda siempre sujetada y en consonancia con los pasos que le marcaba Javier. Con lentitud, pero con iniciativa, fue bajando uno a uno los peldaños.

Aunque las linternas alumbraban casi todo, desde arriba no se llegaba a apreciar bien el fondo de la habitación. El muchacho poco a poco veía con claridad su contenido. La escalera se acababa y él lo sabía, era el primero en mucho tiempo que pisaría aquella estancia única de la época cristiana. Los dos pies se asentaron en el suelo, muy parecido al del aljibe. De inmediato se desató la cuerda y con dos tirones indicó a Javier que el siguiente podía empezar a bajar. Sin tomar todas las precauciones del muchacho, el guía se plantó junto a Cacín en un abrir y cerrar de ojos. Emilio y Luis hicieron el mismo recorrido y en unos segundos los cuatro estaban en el centro de la habitación, donde el movimiento había levantado polvo y provocaba alguna tos que otra.

Sin perder tiempo, las linternas se distribuyeron con estrategia para alumbrar bien el sitio. El panorama dejaba ver muchos más libros y pergaminos de los que creían haber visto desde arriba. Las estanterías se habían mantenido fuertes durante siglos. La decoración del lugar era nula. Era obvio que el motivo por el cual se construyó dejaba de lado el estilo arquitectónico. Antes de moverse, Emilio quiso hacer ver a todos que los materiales había que tratarlos con la máxima cautela porque cualquier mala manipulación podría destruirlos. El grupo se puso a observar primero los pergaminos, siempre bajo la vigilancia de Emilio, que les indicaba la forma de abrirlos sin romperlos. Los primeros que se desplegaron eran algunas órdenes sobre la vigilancia de la ciudad, así como normativas de uso de aguas y parcelas en el Albaicín. También algunos ascensos dentro de la guardia personal del Conde, concesiones de viviendas, terrenos de labor y alguna comunicación de los actos litúrgicos. Todos muy relevantes para la historia, pero de poco valor para la propia investigación. Javier, cansado de abrirlos, se despegó un poco y se puso a inspeccionar los libros que llenaban dos grandes estanterías acopladas a la pared. Aquellos libros, con las tapas de una piel muy gruesa, indicaban turnos de guardia, tesorería, derechos de empleos y alguna cosa más relacionada con el control por parte del alcalde alhambreño. El guía tenía en mente buscar el posible documento que la Duquesa de Sessa le dio al Tendilla y que parece ser que este debió guardar en aquel sitio.

—Todo lo que hay aquí merece un museo —decía Emilio emocionado.

—Sí que lo merece, pero por ahora no nos está valiendo de nada. Son todo documentos de control y de la vida de la ciudad.

—Cierto Javier, aunque estarás conmigo, que muchos pueden darnos una visión distinta de la vida tras la toma de Granada.

—Eso no te lo puedo recriminar Emilio, aunque tenemos que recordar lo que el Codicilo y sor María de Luz nos dijo sobre preservar el silencio por muchas ganas que tengamos de hacerlo público. Ya que eso pondría en nuestro camino a las autoridades gubernamentales.

—Lo sé Javier, por mi parte esto se quedará aquí, no sin antes llevarme alguna que otra fotografía para estudiarlos —aclaró Emilio.

La conversación entre los adultos no había sido seguida por Cacín y Luis, que continuaban revisando la sala en busca de algo más que libros. Esa búsqueda volvió a darles resultado cuando abrieron un pequeño armario empotrado en la parte baja de una de las estanterías.

—Javier, ¡ven, mira lo que hay aquí!

—Voy Jesús, ¿qué has descubierto?

—Pues no lo sé, he abierto estas puertas y parece que dentro hay como una caja.

Javier apartó al muchacho e indicó a Emilio que se acercara junto a él. Ambos sacaron del armario lo que parecía un cofre de unos cuarenta centímetros de lado, todavía en magnífico estado, pero con un montón de polvo alrededor. Con cuidado lo depositaron sobre una de las mesas y con varios soplidos aquello se manifestó como una obra de arte hecha en taracea, (una forma típica granadina de darle majestuosidad a la madera). La tapa estaba cerrada y una cerradura decorada daba seguridad a lo que escondiera en el interior. Emilio volvió a echar un vistazo dentro del armario por si allí hubiera alguna llave. Pero no obtuvieron ningún resultado, por lo que abrirlo allí era destruirlo, cosa que el descendiente de *los Zafra* no permitiría.

—Creo que hemos revisado todo y no veo ningún documento que esté relacionado con el Codicilo. Nuestra esperanza es que dentro del cofre pueda estar ese documento, de lo contrario estaremos otra vez bloqueados —dijo Javier.

—Yo pienso como tú, solo abriendo ese cofre podremos quitarnos esta incertidumbre. Así que, necesitamos llevárnoslo e intentar abrirlo en otro sitio sin romperlo —le dijo Emilio

Javier quedó pensativo mientras los muchachos se miraban el uno al otro. Sacar cualquier cosa de allí sería traicionar sus principios y sobre todo traicionar la decisión de la Reina Isabel, no obstante, Emilio tenía razón, aquello se tenía que abrir y aquel lugar no era el más propicio para hacerlo, así que tomó una decisión.

—No queda otra que llevárselo, pero prométeme que solo nosotros sabremos su contenido y que tú serás el guardián de este, para que nadie sepa que existe —Volvió a decir Javier.

Apoyando Emilio la mano en su hombro como gesto de complicidad hizo entenderle que eso se daba por hecho. Luis y Cacín que eran meros espectadores de aquello, también prometieron ayudar y guardar secreto de todo eso, algo que agradó a los dos adultos.

Permanecer en la habitación ya no era imprescindible y además el tiempo empezaba a agotarse, por lo que decidieron volver junto a los que se habían quedado esperando. Salir de allí fue mucho más fácil que entrar. Una vez todos en el pasillo, Javier volvió a cerrar y sellar la sala. Rellenó con el mismo polvo la cruz en la que estaba la argolla que abría la trampilla y poco a poco fueron bajando de allí.

Cuando D. Antonio vio aparecer el primer pie por el agujero del arco, se puso a sujetar junto con Juan la escalera. Al instante Emilio estaba bajando mientras saludaba a sus amigos. Toda la tropa descendió con agilidad, incluido Javier, quien portaba el preciado trofeo al cual D. Antonio ya había echado el ojo.

De inmediato la curiosidad se convirtió en un interrogatorio por parte de Juan y el maestro. Emilio les pidió un poco de calma mientras le daba la correspondiente explicación a la vez que se postulaban para abandonar el viejo aljibe, no sin antes dejar todo como se lo habían encontrado y así evitar que alguien pudiera sospechar de sus movimientos aquella tarde. Mientras subían las escaleras hacia el exterior, todos volvieron la vista atrás con el dolor de abandonar tan histórico lugar. Juan empujó la trampilla de salida y oteó el exterior para cerciorarse que nadie pudiera verlos. Tal como le dijo su primo aquel día la plaza del aljibe estaba desierta por el evento religioso.

Uno a uno salieron de allí y con paso ligero se encaminaron hacia la Puerta de la Justicia. Solo Juan se despegó del grupo para buscar a Miguel y darle las gracias, algo que su primo quitó importancia. Una vez en el exterior del monumento volvieron a agruparse y juntos descendieron la colina de la Sabika en dirección al centro de la ciudad. Los pasos eran a la vez de euforia y de tristeza, aunque la incertidumbre de abrir el cofre era el más poderoso de los deseos.

—¿Os parece que vayamos a mi casa ahora? —preguntó Emilio.

La invitación se dio de inmediato por hecho, no había mejor lugar para juntarse. Aquella tarde no habría disolución como anteriores veces y por una vez el grupo tenía claro el siguiente paso a seguir.

. . .

Emilio abrió el portal de su bloque e invitó a pasar a todos. Sin coger el ascensor, subieron las escaleras hasta el tercer piso. Dami fue el último en entrar y el que cerró la puerta. Todos se sentaron en la mesa redonda que presidía la estancia, permaneciendo el cofre en el centro.

Emilio acompañado de Javier se dedicaron a buscar alguna de las llaves antiguas que este poseía de las muchas compras de antigüedades que había realizado. En la edad media muchas de ellas coincidían para diferentes cerraduras y la esperanza de que tuviera alguna que valiera era algo que no se perdía.

Ya en la sala, vació el contenido de un viejo tarro sobre la mesa. Decenas de pequeñas llaves se esparcieron. Con la ayuda de los muchachos las empujaron para agruparlas. La actuación era la siguiente, por cada llave introducida se devolvería al bote si esta no valía. El valor de ellas era muy sentimental, por lo que Emilio vigilaba que ninguna se perdiera. Una tras otras se iban introduciendo y acto seguido se guardaban las que no ofrecían ningún resultado positivo. Juan quiso que intentaran forzar un poco el giro dentro de la cerradura para descartarlas con más seguridad, mientras D. Antonio y los muchachos permanecían de espectadores. Algunas daban la sensación de servir por como entraban en el orificio, pero no conseguían mover la cerradura. El montón se iba acabando sin tener todavía abierta la caja. A Emilio no se le pasaba por la cabeza tener que forzarla con algún tipo de herramienta que la rompiera y por eso puso más empeño. Luis, que vio el panorama, quiso intervenir para ayudar.

—Perdonad un momento, yo tengo un tío que es cerrajero y desde muy pequeño me enseñó a abrir cerraduras con llaves distintas, lo digo por si puedo probar.

En ese momento Javier y Emilio se miraron y sin decir nada accedieron a que el chico probara con algunas, no sin antes advertirle de lo que estaba manipulando. El muchacho revisó las pocas llaves que aún quedaban sin probar encima de la mesa.

Apartando con los dedos, desechó las que veía inválidas. Al final tomó entre sus manos cuatro llaves y antes de introducirlas en la cerradura levantó la cabeza para decirles al grupo.

—Creo que solo pueden valer una de estas, las demás no son útiles y creedme que sé lo que digo, por lo tanto, voy a probar para ver si tenemos suerte —dijo Luis.

Con esa afirmación tan contundente y profesional dejó a los demás algo desconcertados pero confiados. Cogió la primera de las llaves y la introdujo en el orificio. Antes de hacer el giro osciló la misma como intentando comprender lo que allí dentro estaba pasando. Sin ni siquiera girarla la sacó y la echó al tarro de las demás, algo que sorprendió más todavía a sus amigos, que no quisieron ni reprocharle la acción. Ahora tenía en sus manos la segunda, era una llave de color bronce un poco envejecida, las muescas eran varias y el grosor perfecto para la cerradura del cofre. Con suma precisión repitió el mismo ritual, su concentración era absoluta con la llave introducida y cuando todo parecía que iba a desecharla, dio un giro seco y brusco hacia la derecha que hizo saltar el pestillo que cerraba la tapa del cofre. La alegría no se pudo contener, los halagos hacia el muchacho fueron de traca. D. Antonio se sintió muy orgulloso de aquel alumno al que desde hacía algunos años daba clase. Las palmaditas en la espalda fueron un regalo a su gran habilidad no solo para abrir el cofre, sino también por sus magníficos dibujos.

Pasado el momento de euforia y antes de abrirlo, Emilio quiso decir algunas palabras.

—Compañeros, si estamos en lo cierto, podemos descubrir algo impensable hasta hoy día. Quiero daros las gracias por haber contado conmigo para esta aventura. En fin, sin más y si me lo permitís, voy a levantar la tapa.

En el salón el tiempo se detuvo. La respiración era lenta pero ansiosa. El aliento apenas existía. Se enorgullecían de la ocasión que estaban viviendo y que sería el futuro de sus andanzas.

Levantó la tapa con lentitud, pero sin dejar que ninguno viese todavía el interior. Quería ser él quien diera la primicia, él, que tanto había dedicado a la vida de D. Íñigo López de Mendoza y su estirpe. Por último, dejó que la tapa se abriera por completo y se pudiera visibilizar el interior. Un interior muy decorado por el grabado de sus paredes, que por ahora solo mostraba un paquete envuelto en una vieja tela de lino rojo cerrado por un lazo de fina seda, lo que magnificaba más el tesoro que guardaba. Solo algo tan preciado se podría envolver en algo tan sutil. Emilio lo sacó y lo depositó sobre un trozo de moqueta fina que estaba desplegada encima de la mesa. Ya tenía colocado los guantes blancos y se dispuso a quitar la cinta para poder destapar aquel hatillo. La cinta todavía permanecía suave, pero firme, y se deslizó sobre el lino con el pequeño tirón que se había permitido darle Javier. A continuación, fue desenvolviendo el delicado lino. Ante sus ojos aparecieron un par de libros con una espectacular encuadernación de la época, algunos papiros y tres grabados. El cuadro en aquel momento hubiera sido digno de pintar por el gran Velázquez. El asombro era absoluto, incluso antes de revisar cualquier papel. D. Antonio tomó el primero de los tomos, un libro de casi un kilo con fuerte encuadernación y extraordinario papel. En la tapa solo había grabado un par de espadas cruzadas sobre lo que parecía el mapa del antiguo reino de Nápoles. Eso hizo sospechar a todos que aquello podría ser el documento que la Duquesa de Sessa dio al Conde aquella noche. Sin más dilación lo abrió. En primer lugar, apareció un enunciado, que de inmediato se dispuso a traducir el profesor con el permiso de su amigo Emilio.

—Voy a traduciros lo que dice aquí sobre la marcha. Es una especie de latín antiguo, pero se puede leer. —informó el profesor.

En el año del señor de 1504
En nombre de mi amor y Capitán de los más
preciados ejércitos de nuestros Reyes

escribo de mi puño y letra testamento
de D. Gonzalo Fernández de Córdoba
mío esposo y amado,
que por su orden obedezco de su propia voz.
Que dios le guarde en su gloria en el momento
en que el altísimo le llame junto a él.

—Además, aquí están lo que parecen las firmas del Gran Capitán y de su esposa, la Duquesa de Sessa —aclaró D. Antonio.

Lo que acababan de escuchar quería decir que también había un segundo testamento de Gonzalo Fernández de Córdoba, pero cuál sería la intención de aquello por parte del matrimonio y por qué confiaron en el Conde para ocultarlo. Bien era sabido que el Rey Fernando y el Gran Capitán no terminaron muy amigos después de la muerte de la Reina. Le llevaron a obedecer varias órdenes injustas, algo que pudiera ser motivo para realizar un testamento oculto que pudiera proteger a sus descendientes en caso de que el Rey le quisiera desposeer de lo suyo.

D. Antonio siguió pasando hojas mientras leía en voz alta lo que iba traduciendo. Todo relacionado con su herencia y legado a sus descendientes que corroboraban más la hipótesis anterior. El libro acabó de nuevo con la firma de ambos estampada en la última hoja sin que aquello diera más de sí. Entendieron en principio que aquel impresionante documento no era lo que estaban buscando y continuaron con el segundo libro. Este contaba la historia del alcalde de la Alhambra desde el mismo día de la toma. Era como un diario. Para Emilio era el documento más importante que por ahora había visto del Tendilla. Sus memorias escritas por él mismo, su vida en aquellos años tan convulsos. Eso no tenía precio, sobre todo para un Emilio que en aquel momento estaba algo más que emocionado de verlo y además tenerlo entre sus manos. Con reticencia se lo dejó a D. Antonio para que también fuera traduciéndolo. La lectura del maestro dejaba claro los hechos de su vida en aquellos momentos, sin que hubiera ninguno que fuera relevante para la investigación. Con lo que fue devuelto a Emilio para su custodia.

Javier se dispuso a revisar los tres grabados que también habían aparecido. En ellos se mostraban el interior del aljibe con los famosos siete brocales, un tipo de cueva de forma redonda y una fuente central dentro de un claustro, dibujos que en principio no le daban ninguna pista, más bien lo contrario.

Juan también quería participar y revisó los papiros sueltos en los que la tinta había quedado algo borrosa con el paso del tiempo, aun así, era posible leerlos. El profesor también se erigió como traductor. Según iba traduciendo, dejó de hablar en voz alta para continuar concentrándose en la lectura, lo que dejó al grupo intrigado. Tras acabar con el último papiro, la mirada del profesor fue cadavérica, su expresión parecía más de no entender nada que de asombro.

—Señores, lo que acabo de leer es un documento mandado dictar por la mismísima Reina Isabel. No de su puño y letra, creo, pero pondría la mano en el fuego que es de ella casi seguro. Tampoco es la segunda parte del Codicilo que estamos buscando, es algo muy raro, pero no nos sirve de nada —terminó diciendo el maestro.

Esa afirmación les puso en alerta, ya que había aparecido otro manifiesto de la Reina, aunque con más claves ocultas.

—¿Puedes decirnos que dice Antonio? —preguntó Javier.

—Claro, ahora mismo. En este documento nuestra Reina deja en poder del Conde de Tendilla la creación de una orden que guarde, honre y proteja a los deshonestos, tanto vivos como ya fallecidos, tras su muerte, y que solo el Conde sea el que la dirija con los secretos para futuras generaciones. Eso es más o menos lo que dice, pero no nos aclara nada más.

Sin acabar de reponerse a la lectura del maestro, Emilio, que había sacado más documentos de su armario, no pudo más que decir con bastante seguridad.

—¡La Orden del Visir!, no me lo puedo creer, todo lo que parecía perdido ahora sale a la luz.

Javier, bastante sorprendido por lo que su amigo acababa de decir, quiso saber más.

—Emilio explícate con eso de la Orden del Visir.

—Mira —continuó Emilio—. Hace ya tiempo tuvimos en nuestras manos un pergamino que hablaba de la vida de la orden Trinitaria y de sus normas. Lo curioso es que ese pergamino estaba firmado por una tal Orden del Visir. En principio pensamos que se firmó como seudónimo para despistar. Ahora veo que además de que parece que existió, fue creada por mandato de la Reina, pero no sé con qué intención lo pudo hacer—dijo Emilio.

—Y ese pergamino, ¿dónde está? —Volvió a preguntar Javier.

—Pues, hace ya algunos años los presté para una exposición en Madrid y alguien los robó sin que todavía la policía los haya encontrado. De todas formas, sé más o menos lo que ponía y no tiene relación con lo que estamos buscando.

Cacín que había estado atento a la conversación, quiso intervenir para aclarar términos.

—Entonces hemos encontrado otros documentos, pero no tenemos nada de la segunda parte del Codicilo. Yo creo que debemos repasar las claves de la primera parte por si podemos encajarla con lo que tenemos en la mesa.

Una vez más un joven muchacho había puesto un poco de cordura en la reunión.

—Jesús tiene razón, no puede ser que escondieran aquí esto y no pusiera lo más preciado que era la otra parte del Codicilo.

Esa afirmación de Javier puso a D. Antonio a trabajar otra vez sobre lo encontrado en el convento de Zafra. Una y otra vez repasaba las palabras de la clave que dijo el Gran Mendoza.

Junto al agua cristalina y cristiana de mis dominios de morería

entre la segunda y la cuarta quedará fundido en batallas del más grande Capitán que vio dios defender en sus murallas.

—Está claro que las primeras frases nos llevaron al aljibe, pero lo de batallas del Gran Capitán no lo veo, ¿nos estará indicando algo de donde está enterrado?

—No lo creo Antonio, porque el monasterio donde está su tumba se hizo mucho después —dijo Juan.

—Yo opino como Juan — Apoyó la afirmación Emilio.

Javier quiso que todos se concentraran en las últimas palabras.

—¿Qué batallas fueron las más importantes de Gonzalo Fernández de Córdoba?

—Alguna de Nápoles, supongo —sugirió D. Antonio.

—¿Y si sus últimas batallas no fueron campestres y fueron contra el propio Rey Fernando? Tenían miedo de que dejase a sus descendientes en la mismísima ruina. Una ruina que podría subsanarse con un testamento oculto pero legal. Un testamento que la propia Duquesa de Sessa tuvo que entregar en secreto aquí en la Alhambra. Un documento que solo saldría a la luz si el propio Rey se metiera con los Córdoba. Un documento que, por otro lado, era ultrasecreto y que podría guardar, que digo guardar, que podría fundir algo más valioso que un testamento, algo como el Codicilo.

—Puede tener sentido eso que dices Javier, y ¿dónde se solían esconder documentos en aquella época? —La pregunta al aire de Juan fue de inmediato contestada por D. Antonio.

—En las tapas de los grandes libros.

—En efecto, creo que este libro tiene unas tapas bastante gruesas y me da la impresión de que ocultan algo —dijo Emilio.

Sin vacilar, empezó a inspeccionar el encuadernado en busca de señales que le permitieran corroborar aquellas teorías. Con un pequeño abrecartas levantó con suavidad el forro interior de la tapa principal, pero antes de continuar el profesor le hizo un comentario.

—Emilio, si yo tengo que guardar algo tan crucial, a lo mejor no lo guardaría donde lo hace todo el mundo, que es la primera tapa. Pienso que deberías empezar por la tapa trasera, he tenido el libro entre mis manos y la de atrás tenía más peso que la principal.

Haciendo caso a Antonio, empezó con la tapa trasera. Esta tenía algo más de peso y grosor, además el forro era más fuerte y distinto. Otra vez con sigilo deslizó el brillante abrecartas por debajo del papel, que fue levantándose con bastante facilidad. Pasó por todo el filo para que quedara totalmente suelto mientras, Juan tenía agarrada una de las esquinas esperando las instrucciones de Emilio. La tensión volvió al comedor y el deseo de no haberse equivocado era patente. Con una leve señal indicó a Juan que levantara el forro, tras él aparecieron ocultos documentos que estaban plegados y lacrados. Javier metió la mano y los sacó. Inspeccionando la lacra alguna que otra palabrota de victoria se le escapó provocando que los muchachos se rieran. Aquella lacra llevaba nada más y nada menos que el propio sello de la Reina, sus manos la retiraron sin romper la cinta. Emilio lo tomó con los guantes puestos y lo depositó en el tapete de la mesa. Con tranquilidad y cautela empezó a abrirlo para evitar romperlo, el último pliegue quedó al descubierto y el papel quedó desplegado. D. Antonio, que se había acercado a Emilio, comenzó sin hablar a descifrar aquellas palabras escritas en un castellano muy antiguo. Mientras leía, las preguntas le volaban de un lado a otro, intentando que le confirmaran si era el otro Codicilo. Sin levantar la cabeza, alzó la mano y con gesto afirmativo quiso dejar claro que habían encontrado lo que con tanta ansia habían buscado.

Ante ellos tenían la segunda parte del otro Codicilo. El júbilo y la alegría inundaron la casa de tal manera que el propio Emilio tuvo que indicarles que fueran más comedidos en su vivienda. Cuando el profesor terminó de leerlo se dispuso a informarles:

—Señores y muchachos, en efecto esta es la segunda parte que se escribió junto a la primera. En ella la Reina hace la misma introducción que en el otro y todo cambia cuando ella misma da el segundo acertijo que dice así:

Quiero aventurar en esta segunda parte dejar como acertijo de mi vida
que mantuve palabra de fe de deshonestos e infieles y que
permanecerían en tierra ganada bajo sombra de mazmorra
en custodio de nuevos siervos de dios
Yo la Reina, doy fe de realidad y certeza.

—Esto es lo que se escribió de diferente al primero. Aparte de que ambos testigos firman lo mismo como custodia de secreto y ahí Hernando de Zafra da la clave para encontrar la primera parte, que ya tenemos —dijo D. Antonio.

La nueva adivinanza era menos clara que la primera, no obstante, tenían las dos claves descubiertas pero encriptadas de alguna forma. Sabían que no podrían irse a dormir sin sacar algo en claro, así que todos se pusieron manos a la obra para intentar dar teorías que pudiesen encajar el puzle.

El comedor de Emilio se había convertido en una sala de investigación improvisada. Todo lo que en su casa había referente a aquellos hechos había sido puesto encima de la mesa. D. Antonio quiso que sus alumnos se implicaran buscando en el sitio que mejor se les daba, *internet,* por supuesto. Una vez más el equipo trabajaba al unísono. Las primeras teorías de los adultos eran poco efectivas y se descartaban con facilidad, pero como había ocurrido hasta ahora, las claves vinieron de los más jóvenes.

—D. Antonio.

—Dime Jesús.

—Leyendo otra vez la segunda clave he metido algunas palabras en el buscador y el resultado es el siguiente. Los infieles aquí en *internet* nombran mucho a los musulmanes y como mazmorra de Granada se nombran muchas, pero hay una a la que le dan más cobertura y que parece ser después pasó a ser un gran Silo, ¿no sé si tiene eso valor para usted?

La cara del profesor de nuevo fue de sorpresa. Cogió de nuevo el Codicilo y traspasó las definiciones de Cacín a la Clave.

—Un momento de atención, señores —dijo D. Antonio—. Creo que una vez más nuestros muchachos son más inteligentes de lo que pensamos. Jesús me ha dado una pista sobre algunas palabras que aparecen aquí y lo sorprendente es que tienen sentido esas traducciones, me explico. Donde la Reina dice infieles, quiere decir musulmanes y en concreto los de la época, los Nazaríes. Sobre la mazmorra, ¿cuál es la más importante de la Alhambra?

—Si no me equivoco Antonio, es la que conocemos actualmente como el silo del secano —dijo Emilio sin tenerlo muy claro.

—En efecto —le contestó el profesor—. Ese silo fue la gran mazmorra, pero cuando se tomó Granada dejó de serla y puede que su uso fuera dedicado a otra cosa antes que almacén de grano. ¿Y si hubiera contenido La Rauda Nazarí? Vamos, el cementerio que se supone se llevó Boabdil.

Esa reflexión de D. Antonio dejo una sensación rara en la sala. La teoría tenía algo de sentido, ya que la Reina decía que los infieles, los reyes nazaritas, permanecerían en su tierra ganada enterrados en la gran mazmorra, esa conjetura dejaba como incierto que Boabdil se llevará la antigua Rauda con él y los mantuvieron escondidos en un lugar tan recóndito como ese.

—Entonces, ¿cuál es el siguiente paso que tenemos que dar? —preguntó intrigado Cacín

—Pues no nos queda otra que volver a la Alhambra para bajar a ese silo —le contestó su profesor.

La cara de Cacín y los muchachos quedó de nuevo petrificada ante la intención de colarse otra vez en el monumento, ya que pedir más favores empezaba a ser difícil.

CAPITULO IX
EL SILO DE LA ALHAMBRA

Algunos días habían pasado desde la última reunión. El instituto estaba desierto desde las tres de la tarde. Solo una persona permanecía en el interior esperando la llegada del grupo. D. Antonio no se había marchado a comer para aprovechar y corregir algunos trabajos de los alumnos sobre su asignatura principal, que no era otra que la historia de España. Con varios la indignación era más que evidente, «qué poco estudian algunos con la cantidad de recursos que hoy en día da la educación, si con mirar en internet estaba todo hecho» se decía así mismo. El teléfono sonó de repente. El viejo profesor sabía de sobra de quién era la llamada.

—Esperad que os abro ahora mismo —le contestó a Emilio mientras se levantaba—. Buenas tardes a todos, pasad que cierro.

—Buenas, Antonio —respondió Javier en primera instancia.

—Seguidme, vamos a mi aula, ya que la biblioteca la están pintando.

La cuadrilla le siguió sin rechistar mientras caminaban en dirección a su clase.

—Sentaros donde podáis, yo voy a poner esta mesa aquí en el centro para que podamos apoyarnos.

—Perfecto Antonio, así estamos más juntos —comentó Juan.

La mesa se llenó en un abrir y cerrar de ojos de varios documentos y libros. Entre ellos estaban los encontrados en el aljibe. El cofre que los contenía ya era propiedad de Emilio, que lo tenía custodiado en su propia casa.

Volvieron a leer la clave del Codicilo para confirmar que la teoría del silo era por ahora su única pista, no obstante; Dami quiso hacer una pregunta sobre esa misma clave que entendía todavía no se había resuelto.

—Quiero saber una cosa D. Antonio.

—Dinos Damián, ¿qué quieres saber?

—Pues, el otro día creo que la última frase del Codicilo no me quedó clara.

—Vamos a ver, quieres decir esta, donde pone *en custodio de nuevos siervos de dios*.

—Si esa, maestro.

Antes de que D. Antonio dijera nada, Emilio se le adelantó para decir que la euforia dejó incompleta la resolución de la clave. Esa misma noche tuvo la sensación de que ese custodio debió deberse a la creación de la ya comentada Orden del Visir. Pero no disponía de ningún documento más que avalase esa teoría.

—Emilio, yo pienso que lo que dices tiene sentido, puede que se creara para salvaguardar que esto no saliera a la luz.

—Estoy de acuerdo Javier, seguiremos esa teoría mientras no tengamos otra —reafirmó Juan.

El tema se quedó ahí, porque lo importante aquella tarde era valorar cómo narices iban a bajar al silo. Sabían que eso y los pasadizos secretos eran exclusivos de los arqueólogos del monumento y que su acceso tendría que ser con una autorización basada en un tema coherente, porque de lo contrario la negativa sería inmediata. De todos, solo Javier había tenido la suerte de estar en ese lugar y no fue más de media hora en la que no observó más que vegetación y roca.

D. Antonio tomó la palabra e hizo una breve interpretación del tema, dejando claro, que, si de alguna forma conseguían bajar, tendría que ser sin nadie más que pudiera descubrir lo que hasta ahora llevaban visto. Las cartas estaban sobre la mesa y ahora se necesitaba la colaboración de todos para ver que se les ocurría. Mientras pensaban, Cacín estaba mirando los grabados que encontraron también en el cofre. Se paró a observar el del silo. Javier, que lo estaba siguiendo, quiso hacer un alto en la reunión para preguntarle.

—Jesús, ¿qué estás mirando?

—Pues, el grabado este del silo, por si veo algo. Es raro que junto a los documentos aparecieran estos dibujos, creo que tienen que darnos alguna pista.

Otra vez el grupo se volcó hacia el muchacho y su perspicacia para sacar conclusiones donde otros no se habían percatado. El grabado a primera vista no revelaba nada raro, pero solo el hecho de que estuviera indicaba que alguien quiso dejar claro que allí pasaba algo. Sin hasta el momento ninguna idea para bajar, Javier quiso interesarse más por el grabado y junto a Cacín se pusieron a revisarlo con más detenimiento. Sacó de su bolso una lupa y la pasaron varias veces por encima, la vista aumentada tampoco daba ninguna señal, aunque cada vez tenían más claro que ese grabado escondía algo.

—Yo opino que ese grabado solo indica que nuestra teoría tiene algo de sentido, porque yo no veo nada que nos diga otra cosa —comentó Emilio.

En ese mismo momento, Javier se detuvo sobre una parte del dibujo. La lupa subía y bajaba como queriendo enfocar los trazos. Invitó a Cacín para que también le ayudara a descifrar algo diferente y fue entonces cuando el muchacho vio lo que ninguno había visto.

—Creo que ahí hay pintada otra de las cruces Javier.

La palabra cruces recorrió la sala y todos se arremolinaron junto al guía que tenía la lupa quieta en un punto del dibujo, a la vez que el muchacho señalaba con el dedo la pequeñísima cruz patada que allí se había grabado.

—Ahora la veo Jesús. Pasa muy desapercibida, pero estoy seguro de que es otra cruz —dijo Emilio.

De los demás, los que mejor visión tenían, corroboraron el descubrimiento, que por desgracia a D. Antonio y a Juan les era imposible ver por sus dioptrías. Emilio tomó la lupa y realizó una pequeña señal roja en el grabado sin que este se estropeara. La cruz estaba señalando la parte inferior derecha del silo, pero sin dejar claro a que se refería. De todos modos, ese sería el primer lugar en donde buscar si conseguían colarse allí.

Una vez quedó claro el tema del grabado, la reunión volvió a continuar con el problema de ver como bajaban. Muchas fueron las ideas, pero ninguna podía confirmar que aquello se siguiese manteniendo en secreto. Como última solución, Javier optó por hablar con su buen amigo Germán, al que tantos favores había pedido en tan poco tiempo. Él sabía que necesitaba darle alguna revelación para poder seguir contando con su ayuda y de momento era la única esperanza de meterse en aquella antigua mazmorra.

—Tal como os he contado, Germán puede ser la solución, ¿si queréis le llamo?, pero me temo que tengo que contarle por qué queremos bajar allí.

—Vamos a ver Javier, también puedes contarle lo que nos interese y ocultarle todo lo que llevamos andado.

—Me parece bien Juan, voy a llamarle ahora mismo y vemos que nos dice.

—Estupendo Javier, será lo mejor —respondió Emilio a la propuesta del guía.

Mientras sacaba su teléfono móvil del bolsillo, su mente empezó maquinar qué le contaría a su amigo, pero sin llegar a desvelarle todo.

—Muy buenas, Germán, ¿cómo estás?

—Hombre Javier, pues ya ves esperando que alguien como tú me traiga una buena noticia.

—Pues, me has leído el pensamiento amigo. Tengo que contarte una cosa y tiene que ser ahora mismo porque necesito tu ayuda y si todo va como yo creo tendrás en primicia algo muy pero que muy importante.

—¡Ostras Javier! Me acabas de dejar de una pieza, pero dime ¿qué te hace falta?

—Verás Germán, no me voy a andar con rodeos. Necesito bajar al silo del Secano de la Alhambra, bueno yo y unos amigos, ¿tú podrías conseguir eso?

—Vaya, no te conformas con cualquier sitio, en fin, es probable que pueda conseguirlo, tengo que mover muchos hilos, pero ¿por qué quieres bajar allí?

En ese momento y con el altavoz manos libres encendido, Javier empezó a comentarle a Germán que cierto documento había llegado a su poder respecto a un enterramiento Nazarí en aquel lugar. Aunque era una teoría, esta tenía bastante sentido, pero que solo entrando allí podría confirmarse o no.

Las palabras de Javier fueron tan medidas y con tanta firmeza que convenció a Germán de inmediato.

—Vale Javier, supongamos que tienes razón y allí está lo que dices, ¿cuántos sois los que queréis ir?

—Pues en total somos siete, cuatro adultos y tres jóvenes estudiantes que nos están ayudando.

—Perfecto, pues echa bocadillos para ocho que yo bajo con vosotros. Eso no me lo quiero perder, además si allí aparece algo debo tener tu palabra de que me dejarás sacarlo a la luz y de esta forma cancelas tu deuda conmigo.

Por un momento, el grupo se miró, sabiendo que aquello podría dar al traste con todo lo que habían descubierto. Javier les aseguró que, si aparecía algo, solo eso sería revelado.

—De acuerdo Germán, ponte a trabajar y dime fecha y hora. Eso sí, mejor por la tarde, ya que por la mañana algunos trabajamos.

Un, *ok,* por parte del funcionario de los archivos en el Palacio de los Córdoba dio por terminada la conversación.

Nada más colgar el teléfono, todos se quedaron algo confusos entre la esperanza de bajar y la incertidumbre de que podría Germán descubrir. Javier quiso tomar otra vez la palabra para tranquilizarlos y dejarles claro que antes de que su amigo dijera algo esto sería con la aceptación de todo el grupo.

Ya la tarde empezaba a perder el sol. Los largos pasillos del instituto dejaron atrás los pasos de sus inquilinos. Solo a la salida, Javier tomó todos los documentos y se los llevó a su casa para estudiarlos. Mientras se despedían, les pidió también un poco de paciencia en la respuesta de Germán, ya que él sabía que tener permiso para entrar en el silo no era tarea fácil.

Los días pasaban sin que Javier tuviese noticias de su amigo. Su teléfono recibía todos los días la llamada de D. Antonio para preguntar, con la respuesta de siempre, de tranquilidad y paciencia, lo que tuviera que llegar llegaría, pero no era fácil.

El guía pasaba la mayor parte del tiempo revisando una y otra vez los grabados, los documentos y los libros del aljibe. Al igual que se había dado cuenta Cacín, él tenía seguro que el último de los grabados de una fuente en un claustro tendría también su sentido, pero no era capaz de adivinarlo, posiblemente porque catorce ojos ven más que dos. Repasaba una y otra vez todas las cruces encontradas, donde algunas tenían algo escondido, como la del casco o la del convento, y otras en principio solo aparecían grabadas, como la de la iglesia de Santa Ana, la del Pilar de Carlos V y la del retablo de la Puerta de la Justicia, además de la que grabaron para ocultar la argolla en el aljibe de la Alhambra, algo que también le despistaba. «¿Quién puso eso en cada lugar y con qué intención?» Se decía. Ahora tendrían que valorar si en el silo había marcas de alguna cruz que les siguiera indicando el camino a seguir o aquello se acababa allí. De una forma o de otra, Javier estaba más que satisfecho con todo lo que habían encontrado y cualquier atisbo de fin no sería ningún fracaso.

Poco antes de la cena, un par de mensajes llegaron a su teléfono. Lo cogió casi sin ganas, pero enseguida vio que estos provenían de Germán, así que desbloqueo la pantalla y los revisó de inmediato:

«Buenas, chaval. El próximo miércoles a las cinco en la Puerta de Carros.

Sed puntuales. Un saludo»

Ese mensaje fue música para sus oídos, lo había conseguido y en un tiempo récord, la felicidad inundó su habitación y antes de contárselo a los demás respondió al mensaje con un:

«Gracias amigo, allí estaremos sin falta»

Tras ello, llamó a D. Antonio para contarle la noticia y que la hiciera extensible al grupo. Según la fecha quedaban un par de días para prepararlo todo. No debía haber fallo porque sería la única ocasión en la que pudieran ver el silo.

Una vez que todo el grupo lo sabía, se cruzaron bastantes mensajes para la preparación, sin olvidar que Javier sería en todo momento el interlocutor con Germán para no meter la pata. Todos los posibles documentos habían sido escaneados en alta definición, ya que no debían seguir paseándose por la ciudad con el perjuicio de estropearlos. Fue de nuevo Emilio el que se designó como hombre custodio. Poco más podía hacerse, la espera ya tenía cuenta atrás mientras los pensamientos del grupo dejaban paso a cualquier imaginación.

La sombra de los bosques alhambreños ayudaban a sofocar el sudor que provocaba la subida al monumento. Esta vez no era la Puerta de la Justicia el lugar de la reunión, sino otra puerta que fue abierta en las murallas para el paso de los carruajes con materiales de construcción para hacer el Palacio de Carlos V.

Allí estaba ya esperando Germán a que todos estuviesen. Toda la ilusión estaba puesta en aquel silo, no solo por lo que pudiesen encontrar, sino porque muy poca gente había logrado bajar para verlo.

Daban las cinco y la puntualidad fue inglesa. Varios saludos se dispensaron antes de que se pusieran en marcha hacia el secano de la Alhambra. Germán junto con Javier abrían la comitiva. Las preguntas de este eran capeadas por Javier de cualquier manera, pero con mucha cabeza.

La subida por la calle Real fue tranquila. A cada uno se le dio una especie de pase para presentarlo junto a la taquilla de acceso, «esos pases de gloria», vino a decir D. Antonio. En la misma taquilla le dieron las llaves a Germán, lo que indicó al grupo que nadie más iba a acompañarlos, eso fue una alegría, ya que no tendrían que dar más explicaciones de querer entrar en aquel lugar. A pocos metros se encontraron con la trampilla que tapaba la boca de la mayor de las mazmorras encontradas. Se dispusieron turnos para descender por las escaleras metálicas. Con seguridad fueron bajando al foso. La luz que entraba por la apertura era suficiente para iluminar la cavidad, no obstante; cada uno portaba su correspondiente linterna. Una vez abajo, y tal como habían convenido los adultos, serían Javier y Emilio los que buscarían junto a Germán por un sitio distinto al que se dibujaba en el grabado, con el propósito de despistarlo. Eso dejaría tiempo a los demás para buscar por el sitio correcto.

Al principio empezaron por revisar el suelo en busca de alguna señal, pero aquello era solo roca con vegetación, que dejaba pocos indicios. Por el otro lado, Cacín, D. Antonio y Luis se afanaron en comprobar la zona reflejada en el grabado. Juan y Dami se quedaron vigilando que no se acercase Germán.

—Vamos a ver Jesús, según viste tu dibujado, parece que esta es la zona señalada.

—Yo creo que sí D. Antonio, pero aquí no veo nada raro.

—Eso es lo que estaba yo pensando. No debiera haber nada diferente, porque considero que aquí no trataron de ocultar mucho lo que hicieron, más bien debieron cerrarlo con alguna inscripción, aunque con tanta roca cualquier cosa puede pasar desapercibida.

Las explicaciones del maestro a Cacín no le convencían mucho. Su ansia por encontrar algo le impedía pensar en la retirada.

Por su parte, Luis, estaba memorizando en su mente lo que a posteriori dibujaría en su casa, porque bajar con el cuaderno era molesto. Dando vueltas por esa parte del silo, el muchacho sin darse cuenta pisó la vegetación que parecía nacer de la roca. Viendo Cacín el daño que pudiera ocasionar a las plantas, se acercó con sigilo a su amigo y le invitó a que no pisara las plantas. Luis, que siempre era defensor de esas cosas, levantó el pie del matojo de hierbas que estaba en suelo. En momento notó como algo debajo de la misma hierba se había movido.

—Cacín, al quitar el pie esto se ha movido.

—Vale, no te muevas, voy a avisar a D. Antonio.

Con sigilo se acercó a su profesor y le comentó lo que Luis había sentido en suelo. El maestro de inmediato se acercó con tranquilidad para hablar con su alumno.

—Déjame un momento Luis, que revise donde has pisado.

Se agachó y fue apartando la vegetación hasta llegar a la misma piedra. Palpó con sus manos el frescor de esta y algo le pareció sospechoso. Un tipo de relieve estaba grabado, aunque entre la poca luz y la vegetación no llegaba a distinguir de qué se trataba.

—¡Jesús ven! Aparta más estos matojos de hierbas, creo que hay algo en la roca, pero no lo puedo ver.

Cacín se inclinó y ayudó a su maestro, mientras tanto Luis ya preparaba la linterna para iluminarles. Una vez todo estuvo despejado, el profesor tomó la linterna, la acercó al suelo y la sorpresa volvió a ponerse de su parte. Aquel grabado ya era familiar, no había duda, aquí volvieron a esculpir otra cruz para señalar el sitio. El descubrimiento no pasó desapercibido para Germán, que se dio cuenta de que allí pasaba algo y en un par de zancadas se puso junto a ellos.

—Antonio, ¿qué ha visto? —le preguntó primero Javier

—¡Mira! Aquí tenemos una cruz grabada en la piedra.

En ese momento, Germán, muy sorprendido, se dedicó a registrar con fotos el hallazgo sin pronunciar ni una palabra.

Continuaron apartando toda la vegetación. Una gran piedra cuadrada con la cruz grabada en el centro se apareció ante sus ojos. Aquello no daba la sensación de que perteneciera a la misma roca, por lo que pusieron todo su empeño en valorar si se podía mover de alguna manera.

—Chicos, tenéis que echarnos una mano que estáis más jóvenes, vamos a intentar levantar este pedrusco. Tened cuidado con las espaldas que es lo primero que se resiente —dijo un D. Antonio algo cansado.

Todos empezaron a zarandear la piedra con la intención de levantarla del suelo. La tarea no era fácil. Al peso del pedrusco se le sumaban los años que había permanecido allí entre agua y tierra y que lo habían solidificado junto a la roca autóctona. Por desgracia no contaban con ningún tipo de palanca que pudiera ayudarles. Con algunos meneos más fuertes, el pedrusco se empezó a moverse con más soltura, lo que permitió agarrarlo mejor por sus filos. Todos sabían que tenían que echar el resto, de lo contrario había pocas posibilidades de victoria. Fue Dami quien alentó un último esfuerzo y al grito de «¡por la Reina!», las fuerzas se aunaron y la piedra salió de su lugar desplazándose lo justo para poder ver lo que escondía.

Pasados un par de segundos de suspiros, los ojos fueron de lleno al hueco. La acción dejó al descubierto varios ladrillos tapiando algún tipo de agujero. Sin pensárselo mucho, fueron quitándolos hasta que un túnel apareció tras ellos. El hueco no era muy grande, quizás solo para los muchachos, Javier y tal vez Emilio.

170

Germán seguía anonadado, «¿cómo era posible que aquello no hubiera sido descubierto?». Esa reflexión que sin querer hizo en voz alta, tuvo respuesta de D. Antonio:

—Mire Germán, esto fue mazmorra, silo, almacén y no sé qué más cosas, con lo que buscar algo que estuviera tapado por tierra y vegetación no fue la preocupación de nadie. Sin la pista que nosotros teníamos y que te ha contado Javier, esto hubiera aparecido en otro momento y no ahora. Habrá tiempo de sacar conclusiones, lo importante ahora es ver donde lleva ese túnel.

Con una palmada en la espalda por parte de Germán, hizo comprender al profesor que entendía su reflexión y que debía tener paciencia porque lo que sí era claro es que aquello ya era un magnífico descubrimiento.

Javier, al igual que en el aljibe, tomó las riendas de los siguientes movimientos y de igual manera se los explicó al grupo.

—Señores, creo que en primer lugar tenemos que ser sensatos y no volvernos locos. Entiendo que todos queramos ver a donde nos lleva esto, pero hay que ser consciente de los peligros que pueden aparecer. Propongo que Jesús y yo bajemos con una cuerda en la cintura por si tenéis que sacarnos. Inspeccionamos lo que hay y tomamos una decisión, ¿os parece?

Las miradas se produjeron para ver quién daba el visto bueno a esa acción. Fue el mismo Germán el que se manifestó apoyando la decisión de su amigo Javier. Con tranquilidad cogieron las linternas y ataron la cuerda a la cintura de Cacín. Javier se sentó en el agujero y con un saludo un poco guasón, se introdujo en el mismo. A continuación, Cacín hizo lo mismo, dejando a todo el grupo entre preocupado y esperanzado.

Ya en el estrecho túnel, Javier iba una y otra vez preguntando al muchacho si se encontraba bien. Este le respondía siempre que sí. El túnel tenía los primeros cuatro metros más estrechos, pero a partir de ahí permitía casi avanzar en cuclillas. La luz no dejaba ver el final, pero se agradecía la anchura. Aquello había sido excavado en la propia roca, con lo que su derrumbe era casi imposible. Eso les tranquilizaba. Pocos metros más adelante, el guía quiso divisar que aquello se acababa e invitó a Cacín a acercarse más junto a él para que ambas linternas alumbraran mejor el lugar. Tal como predijo, una pared tapiaba el túnel, pero no era de roca, sino de unos ladrillos muy bien colocados. En su parte central había una inscripción en letra arábiga que todavía le puso más valor al momento.

—Mira Javier, en este ladrillo central han grabado letras como en árabe.

—Cierto Jesús. Creo que detrás de ellos vamos a llevarnos una gran sorpresa.

—y ¿qué crees que es Javier?

—Paciencia Jesús, vamos a echarle unas fotos antes de nada y se las enseñamos al profesor, supongo que entiende algo de árabe y puede que nos diga que pone.

Una vez realizadas las fotografías, ambos retrocedieron para salir de allí. Cacín salió con algo más de facilidad, ya que tenía la cuerda como ventaja, Javier tardó algunos minutos, porque, aunque era un tipo muy atlético, su robustez le impedía ir más rápido por la parte más estrecha. Una vez fuera fue Javier el que explicó la largura del túnel, como era el acceso y que al final habían tapiado la entrada, pero no mencionó para nada los grabados que había en los ladrillos, con la intención de que solo D. Antonio los conociera y pudiera traducirlos sin que Germán tuviera conocimiento.

—Necesito que preparemos por lo menos las espátulas que hemos traído. Para tirar el muro nuestras manos no van a ser suficientes—dijo Javier para entretener al personal en lo que él le enseñaba a D. Antonio la foto con los grabados en árabe.

El maestro afinó la vista y pudo descifrar lo que ponía:

—Javier, sé lo que pone y si estoy en lo cierto hay que entrar allí sea como sea.

El expolicía se quedó casi mudo y en voz muy baja quiso preguntarle a su amigo

—¿Qué es lo que pone ahí?

— *Wisam Alwazir.*

—¡*Wisam Alwazir*!, eso ¿qué significa Antonio?

—«La Orden del Visir» —le respondió el maestro con firmeza.

Los ojos del guía se abrieron como una persiana, quedó en silencio, pero estupefacto por lo que había escuchado. La primera prueba de la existencia de La Orden del Visir estaba allí abajo. Con un gesto le hizo saber que de momento todo quedara en secreto y se dispuso junto con Cacín y con Luis a bajar por aquel túnel.

El ansia ahora era mucho más extraordinaria. Las palabras del maestro tenían a Javier en tensión. Sin perder tiempo volvieron al estrecho túnel con la intención de tirar aquello como fuera. Antes de hacerlo convenció al resto para que tuvieran paciencia. En el momento que averiguaran que había serían informados.

En el primer tramo del túnel, más estrecho, se escucharon algunos soplidos por parte de Luis e incluso algún grito de claustrofobia, pero al llegar a la parte más ancha las cosas volvieron a su lugar. Junto a los ladrillos empezaron a utilizar las espátulas sobre las zonas que Javier iba indicando. La masa de barro que los pegaba empezaba a salir con facilidad y uno a uno se fueron desmontando. Aquel que tenía los grabados fue custodiado por parte el guía que lo introdujo en una pequeña mochila de tela para ocultárselo a su amigo Germán.

Con agilidad fueron quitando también la tierra que se acumulaba en el suelo y que no dejaba espacio para avanzar. Con el último ladrillo los tres se miraron antes de avanzar. Las linternas alumbraron lo que existía detrás del muro. Lo primero que vieron fue unos pequeños escalones excavados en la propia roca. Javier atravesó el hueco y empezó a bajar. A pocos centímetros la altura del túnel permitía ponerse casi de pie. Dirigiendo la luz hacia el frente, apareció ante él una gran caverna. En un primer vistazo distinguió unos huecos rectangulares alrededor de la misma. Enseguida avanzó para permitir que los muchachos también accedieran. El espectáculo era digno de ilusión para todos aquellos que amaban la arqueología, una cueva secreta realizada por el hombre. Cacín que había avanzado más por el interior, se acercó a la pared frontal y allí mismo vio un hueco sobre el muro. Sin avisar a los demás apartó una cortina de vegetación para ver qué había dentro y la sorpresa fue mayúscula, allí aparecieron unas planchas de metal. Con rapidez avisó a Javier, que se acercó junto con Luis.

—Mira Javier, estas planchas estaban aquí ocultas.

Javier las cogió en sus manos y revisando los grabados de estas, los músculos de su cara se paralizaron por la impresión. Tenía la certeza que significaban y el futuro de su expedición dependería de que su amigo Germán no las viera. Así que sin preguntar se las guardó también en su mochila ante la mirada atónita de los muchachos.

—Chicos, necesito que esto quede en secreto hasta que salgamos de aquí. No debéis decirle a nadie que hemos encontrado esto, cuando estemos en un lugar más seguro hablaremos de ello.

—Pero Javier, ¿qué crees que es? —le preguntó Luis.

—Prefiero no decírtelo ahora y esperar a que las estudiemos con tranquilidad. Tened un poco de paciencia, no quiero que Germán lo sepa.

Los muchachos comprendieron y prometieron no decir nada confiando en el guía. De nuevo, con algo de complicación, Javier salió el último del túnel con cara de alegría. Empezó a explicar al grupo lo que habían descubierto. Los gestos de aprobación fueron unánimes, todos estaban alucinando con el relato y más aún Germán al que solo se le pasaba por la cabeza como sería la presentación de estos restos a la sociedad. Javier quiso que todos accedieran a la caverna. Aun sabiendo las dificultades que podría tener D. Antonio para deslizarse por el túnel, le instó a que hiciera un esfuerzo por bajar. A los pocos minutos habían conseguido entrar y reunirse en el centro de la gruta. Aquel descubrimiento les dejó con la boca abierta. Germán junto con Juan se acercaron a las fosas rectangulares que había alrededor. Los agujeros tenían toda la impresión de haberse realizado como enterramiento, pero «¿de quién?», se preguntaban.

Fue el propio profesor el que despejó la duda mientras comprobaba las excavaciones. Estas tenían en su cabecera unos grabados con la cruz patada trinitaria y otras inscripciones en árabe. Revisando una a una y tras pedirle a Luis que las fotografiara, llamó la atención del grupo para que le escucharan.

—Señores, parece ser que estábamos en lo cierto. Aunque en un primer momento nos quisieron convencer de que la rauda de la Alhambra fue vaciada por su último Rey, ahora estoy convencido de que aquello no sucedió así. De alguna forma esa Rauda se trasladó a este mismo lugar.

—Y ¿cómo puedes saberlo Antonio? —preguntó Emilio.

—Mira, ¿habéis visto los grabados de cada tumba? Pues en cada uno está escrito el nombre de la mayoría de los reyes Nazaríes y su familia. Así que, lo más probable es que los que estuvieron enterrados en la Rauda de la Alhambra fueron trasladados aquí durante algún tiempo. Después, parece ser, que alguien se encargó de sacarlos para llevárselos a otro lugar.

—Antonio, eso que dices sería perfecto si tuviéramos más pruebas. Unos simples grabados no certifican lo que dices.

—Cierto Germán, pero esto es lo que hay y estoy convencido de que eso fue así. Boabdil levantó la Rauda, pero no la sacó de la Alhambra y me temo que alguien se lo permitió.

—Y, ¿quién crees que se lo permitió Antonio?

—No lo sé Germán, no tengo ninguna pista de eso, pero para mí tuvo que ser alguien muy importante y cercano a los que negociaron la toma de Granada.

Al final, Germán dio por válidas las explicaciones del maestro y valoró que aquel descubrimiento por sí mismo era lo más valioso ocurrido en la Alhambra desde hacía muchos años.

El grupo inspeccionó con más escrúpulos el sitio sin llegar a encontrar nada relevante que estuviera a la vista. Después de varias fotografías, decidieron abandonarlo y dejar que, en el futuro, fuesen los especialistas del monumento los que continuaran con la investigación.

La salida del túnel fue rápida y silenciosa. En el silo se dieron las últimas instrucciones para la comunicación del descubrimiento de la caverna a los dirigentes del monumento. Sin mucha discusión, Javier dejó todo en manos de Germán con el compromiso que sus nombres no fueran, de momento, revelados. No les interesaba ahora que nadie les pudiera seguir o investigar.

Cuando quedó todo claro, empezaron a ascender por la escalera hacia la boca de salida. Una vez en el exterior de las murallas y agradeciendo a Germán su ayuda, el grupo se despidió con la intención de que Emilio decidiera el día para volver a reunirse.

Mientras iban caminando, D. Antonio se acercó a Javier y con voz baja le dijo algo al oído que no pudo más que hacerle gracia.

—Javier, espero que no tardes mucho en enseñarnos eso que llevas en la mochila.

—Ya tenía la sensación de que a ti no puedo esconderte nada —le dijo con gracia Javier—, pero vamos a esperar un poco y cuando nos llame Emilio lo vemos. Tengo la sensación de que nos va a permitir descubrir algunas cosas más.

Con un gesto amable, el profesor entendió el mensaje y continuó con el grupo charlando sobre aquel maravilloso y fructífero día.

CAPITULO X
LA ORDEN DEL VISIR

—Buenos días, Antonio. Hace ya algo más de una semana que no nos vemos. Deberíamos volver a quedar aquí en mi casa para valorar lo del otro día en el silo. Además, mañana, el amigo de Javier va a comunicar a los dirigentes de la Alhambra todo el descubrimiento —le dijo Emilio a través del teléfono.

—Sí, estoy de acuerdo, de hecho, estábamos esperando que nos llamaras para cerrar un nuevo encuentro. Así que, si te parece bien, este mismo sábado, podemos ir a tu casa.

—Perfecto, pues aquí os espero, dile a Javier que no se le olvide traer eso que encontró.

Una leve risa se le escapó al profesor mientras le preguntaba:

— ¿Tú también lo sabías?

—Pues claro, pero he preferido esperar a que lo veamos todos juntos. Lo dicho nos vemos el sábado, un saludo, Antonio.

— Vale Emilio, hasta el sábado —terminó diciendo el profesor.

Nada más colgar el teléfono, D. Antonio tuvo la preocupación de saber si Germán también se habría dado cuenta de que Javier sacó algo de allí. No tenía claro si alguien más del grupo estaría enterado, de todas formas, el sábado tendríamos la respuesta.

. . .

En su casa, Javier llevaba toda la semana mirando la mochila donde estaba guardado el ladrillo y las planchas. No se había decidido ni siquiera a abrirla, pensaba que si lo hacía estaba traicionando a sus amigos. Aunque, por otro lado, su sed de averiguar, qué demonios eran aquellas planchas, le tenía la ansiedad por las nubes, pero se había prometido que las verían todos a la vez. En ese momento recibió la llamada de D. Antonio para informarle de la reunión pactada para el próximo sábado en la casa de Emilio. También le indicó que avisara a los muchachos, algo que con amabilidad se comprometió a hacer.

Aun cuando la semana había pasado sin que el grupo se juntase, Cacín, Dami y Luis sí se habían reunido para comentar las cosas que pasaron en el silo. En principio se concentraron en valorar las cruces que allí había. Unas cruces patadas sobre las inscripciones árabes de las supuestas fosas nazaríes, que además Cacín vio en las planchas que tenía Javier en su poder. Su mente intentaba una y otra vez cerrar el cerco al misterio de la colocación de esas cruces. Qué patrón eran el que seguían y porque algunas estaban visibles y otras ocultas. Las conclusiones eran todavía muy escasas y necesitaba más información para desvelar el secreto.

Luis, había incluido en un cuaderno todas las pistas y situación de estas para no perder el hilo de las que habían ido descubriendo. Los comentarios de Dami sobre ellas eran bastante utópicos, pero sabía que al final tendrían su explicación. De todas formas, Cacín propuso recapitular todo lo que sabían de nuevo, para ver si podían dar con alguna explicación.

—Vamos a ver, la primera cruz fue la que dibujaste tú en la pared de la iglesia de Santa Ana. La segunda está en el Pilar de Carlos V. La tercera la vimos en el retablo de la Puerta de la Justicia. La cuarta era la llave que había en el casco de la Puerta de las Granadas. La quinta apareció en el aljibe. La sexta en el grabado del silo que correspondía con la que había en la piedra que daba entrada a la caverna. La séptima se vio en las fosas de los reyes y la octava la vi yo en las planchas que encontré en la pared. Vamos a pensar como enlazarlo—acabó diciendo el muchacho.

Durante unos minutos se pusieron a reflexionar. Mientras Luis revisaba el cuaderno, Cacín, de pie, daba vueltas en su habitación con los nudillos metidos en la boca. Con gesto de concentración dejó la mirada fija en su estantería, donde varios libros, incluidos algunos de sus padres, estaban perfectamente colocados. Entre estos uno le llamó la atención, «guía y mapas de carreteras», su mente empezó a repetir constantemente la palabra «guía y mapas» y de pronto soltó:

—Creo que lo tengo—mientras cogía la vieja guía de su padre. La puso sobre la mesa y entendió que ese era el motivo de las cruces.

Dami y Luis en principio no entendieron nada y con cara de ignorancia le preguntaron.

—Pero ¿qué tiene que ver una guía de carreteras con las cruces, Cacín?

—Tú lo acabas de decir Luis, una guía, es decir, un mapa grabado, unos indicios para seguir algo hacia algún lugar. Por eso están ahí.

Sus dos amigos lo miraron sin comprender todavía lo que quería decir y volvieron a preguntarle por lo mismo. Cacín viendo que aún no entendían su postura, se lo explicó con más detenimiento.

—Vamos a ver, tiene toda la pinta que alguien de los Trinitarios quiso dejar un rastro para buscar algo que todavía no tengo claro. Las pusieron a conciencia para encontrar lo que escondieron, aunque creo que solo ellos lo sabían. Puede ser que nos dejaran las cruces como un camino de pistas a seguir. A lo mejor las planchas del silo nos revelan más cosas.

Ahora Dami y Luis entendieron el mensaje y confirmaron que esa teoría tenía fundamento, pero veían todavía lejos resolver el acertijo sin otras pistas más contundentes. Anotaron las conclusiones en su cuaderno y esperaron a comunicarlo una vez que estuviesen de nuevo reunidos.

Pasadas las seis de la tarde, los chicos recibieron la llamada de Javier para volver a juntarse el sábado en casa de Emilio, obviamente el sí por respuesta fue unánime.

La semana pasó entre el instituto y reuniones en casa de Cacín, ya que su madre era la que aceptaba de buen grado tenerlos allí, «prefiero tenerlos encerraditos en el cuarto que tirados por ahí en un parque» solía decir. Era protección materna por su parte.

. . .

Una vez más era sábado. El barrio de Emilio, aun estando cerca de una de las calles más transitadas de Granada, era tranquilo, con escasa circulación de coches y sobre todo de motos. Este llevaba ya algunos años divorciado y tanto su exmujer como su hijo vivían en el área metropolitana de la ciudad. Tenían una relación bastante normal, pero solían verse poco, así que su casa era el lugar perfecto para mantener las reuniones del grupo. Se había levantado bastante temprano para dejar la casa recogida y poder dedicar el tiempo a montar un estudio tipo biblioteca en su salón. Sacó todos y cada uno de los documentos que pudieran ser de ayuda. Esa semana se le hizo más larga por el misterio que tenía que desvelarles Javier. Revisando documentos, sonó el timbre de la puerta, miró la hora y se extrañó que alguno de sus amigos se hubiera adelantado tanto. Al acercarse por el pasillo, observó cómo por debajo de la puerta aparecía un sobre blanco impulsado desde fuera. Con intriga se apresuró a abrir para ver quién había sido, pero fuera en la escalera no vio a nadie. Bajó de inmediato por si de alguna forma podía cogerle en la calle, pero esta también estaba desierta. Volvió al interior del portal, cogió el ascensor y subió hasta la última planta por si se hubiera podido refugiar en alguna de las de arriba. Fue bajando una a una, pero de forma extraña aquella persona había desaparecido del mapa, no obstante; se acordó del sobre y regresó a su vivienda para revisarlo.

El sobre no tenía ninguna inscripción exterior, se dispuso a abrirlo para ver que contenía y sacó medio folio en el que se podía leer

Los secretos deben permanecer en secreto.
Si reveláis alguno de ellos, pondréis en peligro
la historia de este país
O.V.

Tras leer el panfleto, volvió a salir al pasillo con la esperanza de encontrar al mensajero oculto, algo que tampoco ocurrió. La persona había sido bastante escurridiza y Emilio precisamente no era un alarde de agilidad. De nuevo con el papel en sus manos y mientras lo releía una y otra vez, se sentó en la mesa de su salón, le sacó una foto, que se la envió con una explicación de lo sucedido a D. Antonio antes de que se reunieran. El profesor solo se limitó a contestarle que en un rato se pasaría, ya que su mujer había salido a comprar y no tenía la comida hecha, en cuanto terminara de comer iba para allá. Con resignación, Emilio dejó el papel en la mesa y se propuso tener paciencia, aunque con el regomello de aquella oscura circunstancia.

. . .

D. Antonio, permanecía en su casa esperando a que Ana llegara, para terminar de hacer el guiso. Mientras tanto repasaba la foto, que Emilio le había enviado y en las circunstancias que habían sucedido. Eso le venía a decir que alguien sabía lo que estaban haciendo y lo que estaban descubriendo, pero quién podía ser. Desechaba a cualquier componente del grupo, no había lugar a sospecha, ya que todos se implicaban y buscaban ideas para continuar con la expedición. No se había producido en ningún momento cualquier hecho que hiciese desconfiar de ellos. Por otro lado, se acordaba de Sor María de la Luz que, aunque, se descubrió como una persona muy inteligente, no era el perfil para hacer este tipo de cosas. Del que más dudó era de Germán, pero era casi imposible que supiese mucho más de lo que encontramos en el silo. En definitiva, se encontraba en un callejón sin salida y antes de seguir calentándose la cabeza, quiso esperar a contar sus conclusiones al grupo, para ver si se podía conseguir alguna pista.

—Antonio, ya estoy en casa, que me ha parado la vecina de la Lona para contarme si vamos a hacer algo con la gente que ocupa las casas en el barrio —Entró Ana saludando a su marido.

—Y ¿tú que las has dicho?

—Nada, que eso lo lleva la asociación de vecinos y que nosotros ya nos postulamos.

—Perfecto, pues, que se encarguen ellos.

Tras ayudar a su mujer con el puchero, se apresuró a poner la mesa para comer lo más rápido posible. Su ansia por encontrarse con Emilio empezaba a crecer y quería estar allí antes de que llegara nadie. Terminada la comida le dio un beso a Ana y se dirigió a la casa de su amigo.

Una vez en el domicilio, ambos se sentaron a revisar el extraño mensaje que estaba escrito en letra de imprenta. Para D. Antonio era curioso que el peligro iba destinado a algo por lo que él había luchado y defendido toda su vida, que era la historia de su país.

—Ves aquí, Antonio, acaba siendo firmado por «OV» —Le indicó Emilio.

En principio aquellas iniciales no les decían nada. Empezaron probando distintas palabras, pero ninguna tenía sentido, hasta que recordó los documentos de los Tendilla. Quiso decir las palabras que lo componían, pero el profesor también había adivinado el acertijo.

En ese momento los dos se miraron y al unísono soltaron «¡La Orden del Visir!».

Estaba claro que esas iniciales coincidían, pero que alguien en la actualidad las usara solo podían significar dos cosas: que la Orden seguía funcionando hoy en día o que alguien quería meterles miedo simulando su existencia.

—Emilio, supongamos que la orden no solo existió, sino que en la actualidad de alguna forma todavía existe o alguien la protege. Además, tengo claro que sabe lo que hemos descubierto. Desconfía de que lo propaguemos a los cuatro vientos, aunque desconoce que nosotros somos los primeros en ocultarlo de momento.

—Tú los has dicho Antonio, el mensaje es de desconfianza, pero lo que no logro entender es porque no nos lo dice a la cara. Creo que si sabe quiénes somos debería tener en cuenta, que los historiadores y amantes del patrimonio son los primeros en conservarlo —aclaró Emilio.

—Lo que parece seguro es que nos sigue de alguna forma y no creo que podamos despistarlo mucho. Por lo pronto, vamos a exponerlo al grupo y ya decidimos. De todas formas, si te parece bien, deberíamos cambiar nuestro sitio de reunión, pienso que tu casa ya no es fiable para guardar secretos.

—Tienes razón, si ya sabe dónde vivo, es posible que nos esté observando. ¿Qué sitio propones? —le preguntó Emilio.

—Pues, se me ocurre ir a la universidad. Yo tengo acceso como docente a una especie de biblioteca privada que se usa muy poco. Podemos ir cualquier día de la semana, allí no creo que nos siga, si lo hacemos con disimulo —respondió el maestro.

—Me parece bien, voy a llamar al grupo y le voy a comentar que cambiamos de ubicación.

Aclarado un poco el tema, se informó al resto del nuevo lugar de reunión. Aunque al principio les pareció extraño, no debatieron mucho el asunto.

En poco más una hora se fueron reuniendo en la puerta del edificio central de la universidad. Cuando estuvieron todos, el profesor les hizo pasar con su acceso de docente. El día y la hora eran perfectos, la universidad estaba desierta y solo las cámaras de vigilancia eran testigo de aquella reunión.

Pasaron a la sala del centro. Esta no era muy grande, con un par de mesas y algunas estanterías con libros. Sobre una de las mesas reposaba un flamante y nuevo ordenador conectado a una impresora. Todos se sentaron en la mesa más grande. Emilio y D. Antonio sacaron todos los documentos y libros que se habían traído del domicilio. Solo quedaba que el guía pusiera también las cartas sobre la mesa.

—Javier, creo que ya es hora de que veamos lo que sacaste del silo —le dijo Emilio dejando descolocados a los que no sabían nada.

—¿Qué es lo que sacaste de allí? —preguntó extrañado Juan.

Javier cogió su mochila, la abrió con tranquilidad mientras les explicaba que desde aquel día no había vuelto a abrirla. La expectación era máxima mientras iba depositando cada objeto sobre la oscura mesa. Primero sacó el ladrillo con el grabado que había en el muro de entrada a la caverna y después lo más esperado, las planchas metálicas que Cacín encontró en el hueco de la pared. Los ojos se abrieron como platos ante tal magnitud de objetos y Javier dio la primera explicación de cada uno.

—Mirad, este ladrillo estaba en el muro de entrada a la caverna y tenía un grabado del que solo D. Antonio tenía constancia, entre otras cosas, porque me lo tradujo allí mismo.

—Y, ¿qué pone Javier? —preguntó Luis.

—Según nuestro profesor, está escrita la palabra «*Wisam Alwazir*», eso traducido a nuestro idioma quiere decir «*La Orden del Visir*».

Un aire de asombro recorrió la estancia. Estaba claro que de nuevo se había revelado algo de la verdad de esa orden que parecía de leyenda. La conclusión dejó patente la posibilidad de que aquella caverna fuese sellada por la mismísima «Orden» y que ellos sacaron los restos nazaríes, que se suponen se enterraron allí.

Sin dejar de mirar el ladrillo, D. Antonio tomó entre sus manos las planchas metálicas. Era curioso que aquellas fueran de plomo, al igual que los famosos *Libros Plúmbeos de la Abadía del Sacromonte*, quizás por la durabilidad y baja oxidación de ese metal. En la primera se representaba una vez más una de las cruces patadas y en latín las palabras *Ordo Vizier*.

—Veis en esta primera plancha la cruz otra vez y estas palabras en latín que se traducen por La Orden del Visir. Es la primera que veo, pero entiendo que estarán en latín lo que nos beneficia para traducirlo sin problema.

Juan le dijo al maestro que hiciera los honores y como hasta ahora les tradujera todo al pie de la letra. Este continuó con las siguientes planchas y fue traduciéndolas primero en su mente, después le dijo a Emilio que se preparara para escribir en el ordenador.

—Emilio dale a las teclas que te voy a ir diciendo sin parar lo que pone aquí.

El profesor tomó un poco de aire y después de mirar al grupo, se puso a decir lo que había traducido:

Carlos, Rey de Castilla, Aragón y demás territorios reconocidos
por descendencia de reyes y ante los ojos divinos de dios, formulo
y ordeno la creación de esta Orden bajo mi mandato en nombre
de mi Reina Isabel, que fue heredera de moros y cristianos,
bajo promesa de silencio de las más estrictas de las clausuras,
que seguirán los descendientes nombrados por derecho o
por asignación con el compromiso de salvaguardar los
secretos de aquella cristiana que dios guarda en su gloria.
Serán custodiados en entierros solemnes y con honores
de reyes los que bajo mandato del primer alcalde de la Alhambra
fueron depositados en la tierra ganada por nuestros ejércitos,
con el fin de que sus almas reposen a perpetuidad en la ciudad de
Granada, como así ordenó la Reina y que yo cumplo fielmente.
No podrán ser desterrados de esta tierra sin ninguna autorización
de la orden, que mantendrá guarda de silencio sobre su designio
final en el lugar que reposen en conjunto los reyes y nobles

infieles que aquí reposan. Solo el último de ellos tendrá el
honor de tener su alma junto al más grande de los mausoleos cristianos
y que otrora fue lugar de rezos y oratorias y en el que se permitirá
cripta para su reposo por siglos venideros, más junto a la Reina
reposará fruto de morería con escudo de cristiano en dicho lugar,
ordenado por mí su continuidad que fue concedida por obra de
Isabel y Fernando bajo promesa de sepultura Real.
Quedarán los escritos, mapas y grabados de estos hechos
bajo custodia de muros Trinitarios con la intención de
preservar la memoria de aquellos que levantaron esta ciudad
y que con dignidad quiso reconocer nuestra Reina.
Se nombra por mi decisión real, a Martín del Prior primer Visir
de la orden que tendrá potestad para formar sus caballeros cumpliendo
todos y cada uno de los requisitos aquí expuestos bajo ajusticiamiento
si las normas y leyes no se cumplieran por cualquiera de sus miembros.
Será también de su mano la creación de estatutos que rijan la Orden en
su vida personal de presente y futuro
En Granada en el año del señor de 1517
Carlos Rey

Terminada la traducción, quiso Emilio repasarla unas cuantas veces para valorar que todo lo dicho había quedado escrito. Tras ello, Javier, antes de que comenzara la tertulia, pidió cinco minutos de reflexión en silencio sobre lo que allí había escrito. Pasado ese tiempo ninguno se decidió a iniciar la conversación, hasta que al final fue Cacín el que rompió el hielo con una inocente pregunta en la que quería saber qué es lo que el Rey Carlos V quiso constituir. Eso provocó la primera respuesta de su maestro.

—Mira Jesús, según hemos leído, parece ser que la Orden del Visir, creada por el mismo Rey, tuvo la finalidad, según entiendo yo, de salvaguardar un hecho como el más que probable enterramiento Nazarí en Granada y no permitir que nadie pudiera descubrirlo. Por eso el otro día vimos las fosas en el silo indicándonos que su primer descanso fue allí —dijo D. Antonio para después seguir aclarando términos—. La Orden los sacó para enterrarlo en algún lugar de Granada que todavía no se ha encontrado, y creo yo que nos va a costar. Lo más seguro que su localización quedó para los propios componentes de la Orden, así que, vamos a trabajar todos en lo que dicen las planchas, por si alguno puede dar con una pista oculta.

La teoría fue bastante firme y no tuvo contra respuesta por parte de sus amigos. Javier, mientras tanto, organizaba la lectura para ir poniendo ideas encima de la mesa.

—Si empezamos por el principio, está claro que el Rey sabía lo de los enterramientos Nazaríes y que eso fuera así, fue orden de la misma Reina Isabel, muy cerca del Convento de San Francisco, donde fue primero enterrada. Por otro lado, y si seguimos leyendo, está claro que deja en manos de la Orden el lugar de los nuevos enterramientos. Tengo la certeza que debe existir algún tipo de documento que nos lleve hacia ellos. Serían los primeros interesados en que sus descendientes supieran del sitio para que no fuera profanado, ¿quieres continuar? —Le cedió Javier el testigo al profesor.

—Vale sin problema —le contestó este—. Lo siguiente que nos dice es que: el último de ellos, creo traducirlo como el último rey Nazarí, es decir, Boabdil, sería enterrado en otro lugar y aquí creo que tenemos la primera pista por lo menos de este rey. Dice que reposará en el más grande mausoleo, ¿cuál pensáis que sería el más grande mausoleo de aquella época para Carlos V?

Las miradas se cruzaban para ver quién tenía la respuesta que por supuesto el profesor ya sabía. Las contestaciones eran variadas y muchas relacionadas con distintas iglesias e incluso la catedral, aunque el premio fue para Juan.

—Antonio, si no me equivoco, sería el sitio donde reposarían como última voluntad nuestros Reyes Católicos. Porque en esa época el mausoleo, o por decirlo de otra forma, el lugar más espectacular y grandioso sería la mismísima Capilla Real.

—Correcto Juan. Entiendo que por algún motivo la Reina quiso darle un enterramiento especial a lo que creemos fue el Rey Boabdil. Si estoy en lo cierto, mis sospechas dicen que de alguna forma allí deben de estar todavía sus restos, lo que no sé es por dónde empezar a buscarlo. Sabéis que conozco al detalle ese lugar y no hay, que yo sepa, ninguna cripta más que la propia de los enterrados. Este es un primer punto para empezar a pensar —dijo el profesor.

—Si eso es así, ¿estás afirmando que Boabdil lo enterraron allí o cerca?

—En efecto Emilio, eso es lo que pienso y entiendo, que nadie lo buscara, porque hasta hoy que lo estamos leyendo, nadie lo sabía. Todos suponíamos que salió de España hacia Marruecos poco después de la muerte de su mujer y que allí falleció. Además, hay un mausoleo de él en el país vecino.

—Pero, lo que parece claro es que sí se marchó poco después de morir su mujer.

—Eso es probable Javier, pero alguien trajo su cuerpo para cumplir los deseos de la Reina —dijo el profesor

—Y ¿Quién crees que lo pudo traer? —preguntó de nuevo Javier.

—Pues yo pienso que fue la propia Orden, ya que eran los únicos que seguían las instrucciones reales al dedillo —le volvió a contestar D. Antonio.

Esas primeras teorías parecían tener sentido. Aunque los muchachos no intervenían, Cacín tenía guardada una bala en la recámara sobre las misteriosas cruces. Hasta ese momento todos tenían claro la probabilidad de que Boabdil y todos sus antepasados seguían enterrados en Granada, dejaron esto apuntado y continuaron con la lectura de las planchas.

—Bueno, sigo con esto. Aquí también hay algo raro que no entiendo, ¿cómo lo ves tú, Javier?

—Antonio, si te refieres donde dice, «*reposará junto a la Reina fruto de morería con escudo de cristiano*», a mí me indica lo mismo de antes, que Boabdil estará enterrado cerca de la Reina. Cuando se refiere a un escudo, creo que viene a decir, en forma de comparación, que protege o que oculta algo, por lo que sigo entendiendo que, bajo apariencia cristiana, como es la Capilla Real, hay escondido algo moro.

En ese momento, Cacín y Luis, algo aburridos de escuchar a los mayores hablar de posibilidades, empezaron a repasar los distintos documentos encontrados hasta la fecha. Vieron algo que podría cuadrar con lo que decían las planchas.

—¿Puedo decir una cosa?

—Claro Jesús, dinos —Le cedió la palabra Javier.

—He visto algo que puede tener parecido con el documento que encontramos en el convento.

—¿Qué quieres decir Jesús? —preguntó intrigado D. Antonio.

—Pues mire, en la primera parte del Codicilo hay unas frases que usted tradujo como:

con perdón de dios amé a cristianos y a moro de mis suspiros
siendo fruto de mi razón aquel que vio corto cielo y pronta tierra

Tras recordarlas, permaneció en silencio un momento esperando alguna respuesta por parte del grupo, que lo único que hacían era mirarle. Finalmente, D. Antonio le instó a continuar, ya que no comprendían muy bien que es lo que quería revelarles.

—Yo lo que quiero decir, es que aquí también la Reina habla de fruto y recuerdo que mi madre siempre decía para defenderme que yo era el fruto de sus entrañas y no había nadie por encima de mí, así que, entiendo que la Reina también tuvo un fruto como yo.

Otra vez la sala quedó muda. Cacín había puesto la pica en Flandes. Había interpretado algo que podía encajar. Un fruto o mejor dicho un hijo, pero «¿de quién?, ¿y cómo?». Las preguntas internas revoloteaban de una mente a otra, aquello había encendido una nueva mecha de búsqueda. D. Antonio quiso felicitar a su alumno.

—Bravo Jesús, nos has dado una pista más que no habíamos visto, algo que puede interpretarse como tú lo has interpretado. ¿Sería posible que nuestra Reina tuviera algún hijo más que no sepamos y que, por otro lado, lo debe tener enterrado cerca? —reflexionó el profesor.

—Un momento, Antonio, repasemos los enterramientos de la Capilla. Tenemos a los dos Reyes, a Juana, Felipe y el pequeño ataúd del príncipe Miguel, hasta ahí está claro. Mi teoría puede ser que lo mismo que enterraron a Boabdil pudieron enterrar en otro lugar a ese fruto que por alguna razón la Reina no quiso que nadie supiera de su existencia.

—Me apunto a esa reflexión de Javier —comentó Emilio.

Los demás, sin otra hipótesis, también apoyaron de momento esa teoría. Había que agarrarse a cualquier clavo ardiendo y mientras no tuvieran otros hechos, aquellos eran los más sensatos. Aceptaron esto y pasaron a leer algunos puntos más, que dieran sentido a lo descubierto hasta ahora.

—Continuo —dijo D. Antonio—. Después, nos comenta el Rey que todos los documentos, que seguro él tuvo para afirmar estas cosas, se guardarán bajo los muros Trinitarios y, que, además, Martín del Prior será, por decirlo de alguna forma, «el jefe» de todo esto. Aparte, le dio potestad para hacer sus propios estatutos, ¿quién nos da alguna pista de esto?

Otra vez el grupo quedó pensativo mientras el profesor se reía en tono bajo para no molestar a nadie. Su risa ya indicaba que tenía claro lo que quería decir todo lo que acababa de leer. Sin obtener respuesta, tomó otra vez la palabra para exponer su más que certera teoría.

—Veo que estamos hoy un poco *espesitos*, en fin, os digo lo que yo pienso de esto. Parece ser, que hubo documentos que probaban todo esto de Boabdil y de los demás. Según dice, fueron custodiados por la Orden, pero esta estaba basada en los Trinitarios y, ¿qué muros los guardó? —Dejó el profesor otra vez la pregunta en el aire.

—Sé por dónde vas, Antonio —Se atrevió a responder Javier—. Si hay muros Trinitarios en Granada, esos fueron los de su propio convento. Uno que ya no existe y que se encontraba en la plaza que hoy se conoce como de la Trinidad.

—¡Bravo, Javier! Coincido contigo, que mejor sitio para guardarlos que un convento y en aquellas épocas.

—Pero, el convento ya no está, porque lo derribaron. Lo que veo difícil es que no encontraran algo —dijo Juan.

—Eso es cierto, bien porque no lo encontraron, se destruyó o alguien siguió ocultándolo en otro sitio —le contestó el profesor.

En ese momento, Emilio sacó el panfleto que alguien dejó debajo de su puerta. Mientras explicaba el suceso, las caras de los demás se volvieron de extrañeza pensando, que alguien más sabía de sus andanzas y más aún, que les estaban siguiendo. La preocupación empezó a inundar el ambiente y las preguntas también empezaron a surgir.

—¿Quién creéis que puede saberlo, Emilio? —preguntó Javier.

—Pues no sabemos. Lo que sí tenemos claro, es que conoce todos los pasos que hemos dado.

Antonio interrumpió a ambos para dar su propia opinión.

—Mirad, desde que el otro día pasó esto, empecé a darle vueltas y saqué la siguiente conclusión: La Orden del Visir sigue latente. Estaba oculta y nosotros la hemos despertado y su intención es que nada salga a la luz ni ahora ni nunca. Entiendo que descendientes de aquellos que comenzaron siglos atrás, siguen hoy en día entre nosotros y no van a permitirnos que rompamos las instrucciones de Carlos V.

—Por tus palabras entiendo que sabían lo de las planchas del silo, con lo que el círculo es muy estrecho —dijo Javier—. Allí estábamos nosotros y Germán. Lo que no sé si Germán le contó a alguien que bajamos al silo y esa persona nos esté siguiendo.

—Javier, eso tendría sentido si Germán supiera algo de las planchas, pero creo que no se enteró de que las encontraste.

—Puedes tener razón Emilio. Entonces, o entre nosotros hay un topo o hemos contado algo a alguien sin darnos cuenta y ese alguien coincide con la persona que nos sigue.

A esta afirmación de Javier, se sucedieron de forma simultánea varios «—yo no soy—», lo que dejaba muy poco claro quién sabía de sus hazañas. Con preocupación dejaron de momento ese tema con la promesa de mantener en silencio sus movimientos. Debían cerrar el cerco para evitar filtraciones innecesarias. Sus aventuras estaban en riesgo de poder continuar o incluso en riesgo de ser atacados de alguna forma.

La tarde no había acabado todavía para el grupo. Tras volver a recopilar todas las teorías, tenían claro que les faltaban pistas para retomar el asunto y ahí, Cacín, tenía algo que decir. Sin vacilar mucho calló a todos y se dispuso a soltar lo que él pensaba de las cruces.

—El otro día, en casa, los tres sacamos una conclusión que os queremos decir.

Las sorpresas que daban los alumnos ya eran casi como de la familia, pero eso ponía más atención a sus palabras.

—Viendo de nuevo el tema de las cruces y por qué habían aparecido en distintos lugares, creemos que son una guía o mapa que aquellos hombres dejaron impresos como señal. Por si algunos documentos se perdían o destruían.

Javier quiso intervenir, pero el propio Cacín le indicó que le dejara terminar.

—La primera que vi, fue en la iglesia de Santa Ana, pero todas las demás vienen desde el monumento hasta esa misma cruz. Pensamos que eso indicaba la dirección hacia el convento de Zafra, pero lo descartamos por su construcción. Entendemos los tres, que uniendo el recorrido de las cruces llegaremos a algún lugar. Sabiendo ahora lo de la Orden del Visir, creo que fueron ellos los que las pusieron para no perder, quizás, el enterramiento nazarí.

D. Antonio se levantó de la silla y con gran devoción aplaudió a sus alumnos al grito de «¡Brillante!». La explicación del muchacho fue tan firme y con tanto contenido que ni él mismo lo hubiera hecho mejor. Aquel chico se había convertido por unos momentos en un adulto muy aventajado. El grupo le agradecía sus aportaciones. Era espectacular como sacaba teorías de la nada y con todo el sentido. Sobre la mesa pusieron uno de los planos de Granada que Emilio había impreso para realizar cualquier apunte. Cogiendo el rotulador señalaron los puntos donde habían aparecido cruces y trazaron una línea que las uniera. En él se veía a la perfección la ruta a seguir. La probabilidad de que algo salió de la Alhambra hacia el Albaicín tenía su aquel, «¿serían los reyes nazaríes?», se preguntaba Javier. Estaba claro que había que intentar localizar más cruces por esa zona, aunque solo el tiempo y la destrucción podrían haberlas borrado.

Siguiendo con lo que Cacín había manifestado, a Emilio se le pasó por la cabeza tener información del antiguo convento Trinitario. Sin preguntar la miró por *internet*. La búsqueda daba resultados muy superfluos y con poco valor histórico. Viendo que no aparecía nada, intentó apoyarse en D. Antonio. Este le comentó que existía un libro que fue escrito a principio del Siglo XX tras la creación de la calle Gran Vía, que supuso la destrucción de muchos edificios catalogados como patrimoniales, donde el autor recapituló todos los que en aquella época y en el siglo anterior fueron pastos de la urbanización de la ciudad. Lo mejor de todo es que aquel día lo había echado en su mochila. Con sigilo lo sacó y se lo dio a Emilio para que lo estudiara. Este empezó a buscar información del convento derruido. Una vez encontrada vio que aquella sí era un estudio mucho más condensado: se hablaba de su desamortización, cómo llegó a ser incluso almacén y de su destrucción final. En su lectura aparecieron muchos nombres relacionados con el edificio y uno de ellos lo puso en alerta.

—Mira Antonio, quién fue el que catalogó los restos del convento con el abandono de la primera desamortización.

El profesor clavó los ojos en el libro y soltó un «¡ostras!», que despertó al grupo de su letargo. En aquella frase aparecía un nombre con sus apellidos, la persona que estuvo presente en aquellos momentos, Indalecio Rodríguez del Prior. El nombre no decía nada, pero su segundo apellido coincidía con el del fundador de la Orden del Visir, Miguel del Prior. La coincidencia era rara y a la vez con fundamento, ya que, si algo había que ocultar del convento, sería todo lo relacionado con la Orden. El profesor, que estaba totalmente concentrado, quiso sacar una nueva teoría. Estaba ya más claro que por lo menos hasta el siglo XVIII la Orden estaba viva y se atrevió a asegurar que hoy en día de alguna forma seguía funcionando.

Acabada la lectura de la vida del convento Trinitario, el siguiente paso era lógico.

—Creo que viendo esto, lo que tenemos que investigar quién era y qué hacía en aquellos tiempos ese tal Indalecio —dijo Javier.

—Estoy de acuerdo, pero ¿dónde podemos sacar información de esa persona? —preguntó Juan.

—Pues, el único sitio que se me ocurre son los archivos históricos y de personajes que tiene la Universidad de Granada.

—¿Y cómo accedemos a ellos, Antonio?

—Pues, muy fácil Javier, con mi usuario y mi clave, ya que ahora están digitalizados y de acceso restringido a los docentes.

De nuevo volvieron las caras de esperanza a verse entre el equipo. Seguir la pista de ese señor podría dar luz a muchas cosas.

Sin más dilación, el profesor se puso a los mandos del ordenador. Buscó el acceso a los archivos digitales y entró a los mismos con sus claves. Los muchachos quedaron muy sorprendidos de verlo manejar con tanta agilidad la computadora, ya que siempre se había manifestado en contra de tanta tecnología, que había hecho desaparecer la lectura tradicional, sobre todo en los jóvenes.

La búsqueda de documentos era lenta y las palabras seleccionadas no daban ningún resultado, en ese momento Juan, viendo la desesperación, quiso que buscaran un término más amplio.

—Perdona Antonio que me meta, ¿por qué no buscas por desamortización? Este hombre apareció con aquellos hechos de Mendizábal.

Le miró y aceptó su recomendación. La palabra desamortización dio como resultado miles de documentos, algunos fotocopiados de los originales que no habían sido traducidos digitalmente, con lo que la búsqueda de Indalecio solo sería factible leyéndolos uno a uno. La pantalla se convirtió en un foco de miradas que buscaban alguna reseña que les diera alguna información del derribo del convento. Después de una hora de mirar la pantalla, los ojos estaban enrojecidos y cansados, no encontraban nada que relacionase su búsqueda. La desesperación hacía acto de presencia y el tiempo de permanencia en la universidad se iba acabando sin poder sacar más conclusiones. Revisando los últimos de estos textos, Luis, que era un gran observador, reparó, que en uno de ellos aparecía en cada esquina un tipo de aspa y entre ellas unas letras algo borrosas.

—D. Antonio, eche para atrás la página que quiero ver una cosa —Le pidió Luis.

El maestro accedió y señalando con su dedo índice, Luis le indicó aquello que le había parecido ver. Al mismo tiempo, Javier procedió a aumentar el documento digitalizado para verlo mucho mejor. En el mismo aparecían cuatro aspas de trazos rectos y las letras borrosas.

—Mire D. Antonio, creo que las letras que hay escritas son una especie de «O» y esta de aquí abajo parece que es una «V» — le indicó de nuevo Luis.

Otra vez la Orden del Visir aparecía en un documento, pero esta vez parecía que habían camuflado su insignia de la cruz por las aspas, tal vez para que solo sus miembros supieran descifrarlo.

Visto esto se pusieron a revisar todos los textos que englobaban, para ello prefirieron usar la impresora con la máxima definición. El papel salió uno tras otro por la tronera. Aquel documento se componía de siete folios con una letra grande y clara, por lo que su lectura sería algo más fácil. Una vez todos estuvieron impresos, D. Antonio volvió a tomar la iniciativa para traducirlos, ya que también estaban escritos en latín, que parecía ser el idioma que la Orden utilizaba. Ahí quiso leer en voz alta haciendo partícipe a todo el grupo, no pretendía interpretar escritos de otras épocas porque la redacción que tendría sería más contemporánea y entendible.

El texto comenzaba con una breve explicación sobre la construcción del convento trinitario y referencias a dicha orden: cuál fue su fundación, que es lo que hicieron por la ciudad de Granada desde su establecimiento en el Siglo XVI hasta el mismo día de su desamortización. Era curioso que en ese texto se explica la designación de Indalecio Rodríguez del Prior, responsable en ese momento de patrimonio de la circunscripción de Andalucía Oriental, como catalogador de todos los enseres y documentos para su guarda, estudio y custodia. Aquí D. Antonio hizo un alto para reflexionar antes de seguir.

—Según veo hasta esa fecha, la Orden de alguna forma coló a alguno de sus miembros en puestos relevantes del patrimonio granadino, previendo que las actuaciones de Mendizábal pudieran encontrar algún documento secreto.

Hecha la aclaración siguió leyendo. Cada vez tenía más claro que fue el propio Indalecio quien los redactó. Después de varios párrafos sobre inventario, órdenes arquitectónicos y vida conventual, la lectura se convirtió más retórica y poco clara, con símiles a la historia de la ciudad, pero sin aclarar nada. También aparecieron referencias a exigencias dadas por el propio patrimonio local sobre la conservación y usos posteriores de la edificación. Concretamente, el maestro se centró en un párrafo que le resultó algo extraño.

—Mirad lo que pone aquí, es curioso y vamos a ver si entre todos lo aclaramos —A ese comentario respondió el grupo en silencio y con clara intención de escuchar con detenimiento:

Son voluntad de la ciudad de Granada y de sus habitantes, que el uso del convento trinitario beneficie a los más desfavorecidos creando grupos de ayuda y cobijo en sus instalaciones y que estas no sean aprovechadas por ricos adinerados para su propio enriquecimiento. La custodia y vigilancia será realizada por la asociación patrimonial de desamortizaciones, que no permitirá abandono y dejadez.

Se nombra a D. Indalecio Rodríguez del Prior su presidente y máximo decisor. Se indica como mandato principal, que quede siempre en su lugar la fuente que permitió y permitirá aliviar la sed de la población y que tantos secretos bajos sus aguas guardó en vista de la Orden que la tuvo en su seno como Visir principal tuvo la Alhambra, los que entendieren de su importancia velarán años venideros que eso se cumpla bajo cualquier mandato o gobierno, sea de agradecer el esfuerzo de eruditos y ....

A partir de ahí la lectura continuaba con los distintos responsables que firmarían la desamortización, entre otros: Indalecio, el responsable estatal de cultura del gobierno y un tal Pedro De Valribera Sanz, que no explicaba su profesión o cargo público. El documento acababa firmado y lacrado con las mismas aspas y letras de las esquinas. Teniendo clara la Orden en aquel momento que sería posible proteger los secretos reales que tantos siglos habían custodiado los Trinitarios.

Terminada la lectura se hizo un parón espontáneo que alentó a empezar a especular con lo leído. Fue Javier quien quiso comenzar.

—Está claro que este documento indica que la Orden tenía miedo de que ciertos escritos o indicios salieran a la luz y de alguna forma tengo la sensación de que no salieron de ahí.

—Estoy de acuerdo contigo en todo menos en que no salieron de ahí, porque de ese convento no queda nada. Pienso que fueron para otro sitio o con el derribo se destruyeron.

Las palabras de Emilio hicieron despertar en Dami su vena preguntona, pues, aunque parecía siempre distraído en realidad, su mente analizaba mucho más de lo que parecía.

—Emilio ha dicho que no queda nada del convento, pero la fuente que hay en la plaza sí que era de allí, ¿no?

Otra vez uno de los muchachos dejaba a los adultos pensativos, su afirmación era correcta, lo único que quedaba allí era la fuente.

—Antonio lee otra vez la parte esa donde se manda que la fuente no se toque nunca.

El maestro volvió sobre sus pasos y repasó la lectura que Javier le había indicado, tras varias veces de releerla el guía pasó a la acción.

—Creo que tengo una teoría que nos puede ayudar.

—¡Suéltala!, somos todo oídos —respondió Juan.

—¡Mirad! En el texto se manda de manera explícita que la fuente del convento no se toque porque fue testigo de los secretos de la Orden, pero ¿y si no fue testigo de los trinitarios y se refiere que guarda los secretos de otra Orden? Más cuando nos da una pista diciendo, *como Visir de la Alhambra* —expuso Javier.

—Quieres decir que si esa fuente no se movió nunca de su lugar es lo único del convento que pudo mantenerse al margen de curiosos. Creo que nos indica Indalecio que si tuvieron que esconder algo lo hicieron donde está la fuente.

—Más diría yo Emilio, ¿qué sitio sería tan bueno que nadie en siglos miraría, si tenían orden de no tocarla?

—Antonio, pues el mejor sitio sería debajo de ella, si no me equivoco.

—¡Claro Emilio! Debajo de ella. Por eso fue lo único que ha permanecido en su sitio siglo tras siglo y los protectores de la Orden se han encargado de que así fuera —Le vanaglorió D. Antonio.

Las palabras tenían sentido, ya que lo que decía el texto escrito por aquel hombre podía coincidir con esa teoría. De todas formas, antes de seguir, quisieron cerciorarse que jamás se movió por motivos de obras. Repasaron varios grabados y fotos de la plaza y comprobaron que siempre había estado en el mismo sitio. En los documentos definitivos de la creación de la propia plaza, se expresa con claridad que será un espacio público y abierto alrededor de la antigua fuente del convento. Esta no será desplazada ni quitada, dicho por mandato gubernamental. Hasta ese momento no tuvieron la sensación del poder que tenía la Orden del Visir dentro de las instituciones, así que es probable que en la actualidad alguien también poderoso sea vigilante de sus secretos.

La tarde se hacía noche en la sala de la Universidad. Debían adoptar nuevas medidas para los siguientes movimientos muy orientados a la fuente trinitaria de la plaza. El único problema es que era un lugar tan céntrico y público, que cualquier actuación levantaría muchas sospechas. Cualquier intervención policial podía ser nefasta para ellos.

Javier quiso determinar los pasos a seguir para ir avanzando y manifestó que los que no levantarían sospechas si se quisiera revisar el exterior de la fuente, serían los tres alumnos. Así que, con el visto bueno de los tres, se limitó a quedar con ellos en su casa para concretar que acción llevarían a cabo en la plaza. El cansancio empezaba a aparecer, sobre todo en los más viejos. De inmediato tomaron la salida hacia la calle y sin mediar muchas más palabras, cada uno se dirigió a su domicilio.

. . .

Las clases del instituto llegaban ese día a su fin. Antes de que la sirena tocase por última vez, las tres mochilas de Cacín, Dami y Luis estaban recogidas para salir corriendo. Habían quedado en casa de Javier y la impaciencia los tenía medio nerviosos. La sirena sonó al fin y salieron como motos del aula sin ni siquiera despedirse de la profesora de inglés, que les recriminaba su aptitud, eso sí, en el idioma anglosajón.

Fuera del centro marcharon a paso rápido para que no se les hiciera muy tarde llegar luego a sus casas. En menos tiempo del normal se plantaron en el portal del expolicía. Cacín tocó el portero automático y la voz de este les indicó que subieran. Una vez dentro de la casa, observaron como varios libros sobre los trinitarios estaban sobre la mesa, eso dejaba claro que Javier había estado indagando todo lo posible sobre aquella orden que se instaló en Granada muchos siglos atrás. Era muy importante no dejar sin revisar ni el más mínimo documento, porque en alguno podría estar la pista que les diera por fin luz a los secretos que la Reina Isabel quiso ocultar.

De inmediato les invitó a sentarse alrededor de la mesa, mientras él sacaba su nuevo ordenador portátil para cedérselo a Cacín como conocedor de todo lo relacionado con búsquedas en la web. Antes de nada, hizo una breve introducción para memorizar que es lo que tenían que buscar. Recordó a los muchachos que la fuente fue el único vestigio del convento que no se tocó para nada. Además, la lectura en los libros y textos que poseía daban por seguro que solo se le habría colocado la taza superior y no parecía que se hubiera desmontado para cualquier arreglo o limpieza, no obstante; si descubrió que la llegada del agua se había canalizado por otro lugar con unas conexiones nuevas, pero sin llegar a excavar ni levantarla de su posición. La conclusión era que: bajo ella estaría, si eso fuera cierto, algo escondido, quizás por la propia Orden del Visir. Una vez acabada la introducción comenzaron a sacar teorías que pudiesen resolver alguna incógnita. La lectura del documento que encontraron en los archivos de la universidad se repetía una y otra vez deteniéndose en el párrafo que señalaba una relación de la fuente con la Orden del Visir.

La fuente que permitió y permitirá aliviar la sed de la población y que tantos secretos bajos sus aguas guardó en vista de la Orden que la tuvo en su seno como Visir principal tuvo la Alhambra

Javier tenía claro que aquellas palabras estaban indicando algo de aquel lugar. «¿por qué había tres palabras claves?: fuente, orden y visir, dando a entender que bajo ella se habrían ocultado secretos». Viendo que estaba lejos de encontrar algo, quiso hacerle una pregunta a Cacín.

—Jesús, ¿si tuvieras que esconder algo rápido en tu casa donde lo harías?

Por unos segundos el muchacho permaneció pensativo y extrañado por la consulta.

—Pues yo cuando estoy en mi cuarto ojeando alguna que otra revista de esas que vienen las chicas con poca ropa suelo dejarlas debajo de la alfombra. Porque la tengo cogida con las patas de la cama, por un lado, y con el armario por otro, así que tengo claro que cuando mi madre quiere limpiarla, me llama antes para que le mueva los muebles.

El guía aplaudió entre carcajadas forzadas la confesión del muchacho por ver aquel tipo de revistas. La risa dejó a los muchachos con cara de incredulidad sin entender a qué venía aquello.

—Eso es lo que quería oír, que lo mismo que tú haces también fue lo que con seguridad hicieron Indalecio y compañía, levantar la fuente para esconder algo.

—Pero… ¿qué escondieron? —preguntó Dami.

—Esa es la pregunta del millón y quiero que hoy entre los cuatro veamos si podemos saber si bajo ella hay algo o no —aclaró Javier.

—Creo entenderte, aunque no sé cómo quieres que miremos allí sin que nadie nos diga nada —le dijo Luis.

El guía se levantó de la mesa para acercarse a la chaqueta que tenía colgada detrás de la puerta. Sacó un folleto de su bolsillo y con elegancia se lo dejó al muchacho.

—Mirad lo que va a suceder el próximo fin de semana en Granada: «La Noche en Blanco». Pienso que ahí tendremos nuestra oportunidad.

Otra vez los muchachos se miraron sin entender nada de lo que les estaba explicando, así que las preguntas volvieron a aparecer.

—Javier, no entendemos nada.

—A ver, os lo explico con más detalle. Está claro que no podemos levantar sospechas para ver el lugar. Cuando se organiza «La Noche en Blanco», en la ciudad se hacen varios eventos, como conciertos en las plazas, comercios que cierran más tarde y no sé si algún tipo de representación teatral, todo al aire libre. Y eso, ¿qué genera Jesús?

—Pues, no lo sé Javier, lo que veo es que van a estar las calles abarrotadas.

—Eso es lo que nos interesa que haya mucha gente, mucho ruido y además que esté entretenida. Es decir, que nuestra oportunidad pasa porque ese día los que anden por la calle no van a fijarse en que estemos inspeccionando la fuente, porque estarán pendientes de otra cosa.

La reflexión de Javier ahora sí fue entendida por los muchachos, que veían factible hacerlo de la forma que pretendía.

De inmediato se pusieron a trazar un plan. El día y la hora estaba fijada con el evento que dijo Javier, pero quedaba por valorar cómo lo harían y que tendrían que buscar, porque las dos cosas sería algo improvisado. No había ninguna pista ni documento que les indicaran algún tipo de acceso visible. Dejaron todo lo más atado posible para que solo quedara inspeccionar el lugar. Primero sería Javier el que estuviera pendiente de que por la plaza no apareciera la policía. Cacín y Luis irían a inspeccionar la zona de la fuente, mientras Dami haría de mensajero entre el guía y los muchachos. Prefirieron que la comunicación fuera más directa sin usar los teléfonos móviles que podrían alertar a alguna persona que pasara por allí. Se conjuraron para que tuvieran suerte y pudieran sacar alguna pista que les permitiera seguir con la aventura de estos días. Sabían que tenían esa oportunidad de hacerlo, pero también tenían claro que podrían no encontrar nada. Solo la unión para conseguir el fin era la poca esperanza que les quedaba. Tras concretarlo todo, Javier llamó a D. Antonio para explicarle el plan. A este le pareció correcto y accedió a que ni él ni Juan ni Emilio estarían esa noche por la zona. Prefirió que fueran solo ellos los únicos que investigaran, siempre con el compromiso de informarles si algo nuevo aparecía. Tras confirmarle que así se haría, colgó el teléfono y sin mucho más que hacer, se desearon entre los cuatro la mayor de las suertes para este nuevo reto.

Con poca luz natural por la calle, Cacín, Luis y Dami caminaban hacia sus respectivas casas con la mente puesta en el próximo fin de semana. Repasaban varias veces el cometido de cada uno, pero esta vez se les veía con algo menos de esperanza, ya que no contaban con algún documento que por lo menos les diera una pista un poco más certera. Sin querer, volvió a salir la conversación sobre las cruces, un descubrimiento que hacían como suyos y que tanto movimiento les habían proporcionado. Pensando en todo lo que habían visto de ellas, sacaron una conclusión. Si la Orden del Visir pudo dejar varias como señal para que sirvieran de ruta a sus descendientes y que en algunos de los sitios donde las encontraron les supuso descubrir algún tipo de lugar o documento. «*¿No habría una posibilidad que dejaran alguna cerca o en la misma fuente?*» Esa suposición tenía bastante peso, por lo que acordaron buscar primero la propia señal de «La Orden».

Fue una semana en los que los días pasaron muy lentos, no había momento en el que no se mirara el reloj. Solo había una fecha en la cabeza del grupo, esa era el sábado por la noche. Pocas conversaciones tuvieron entre ellos y aunque siguieron buscando información, poco más apareció de lo que ya se sabía.

D. Antonio llevaba desde la última reunión dándole vueltas en su cabeza a uno de los nombres que estuvieron en la desamortización del convento, el tal Pedro De Valribera. En concreto a su apellido tan raro e inusual en nuestros días. Un apellido que le era muy familiar y cercano del que no conocía a nadie más en Granada y del que había hablado de su procedencia una y mil veces con la persona que compartía su vida desde hacía muchísimos años, su querida mujer Ana Díaz De Valribera.

El viejo maestro estaba contrariado entre hablarle a Ana del descubrimiento, de aquel apellido, o a callarse por miedo a que sin querer ella pudiera contarlo entre sus amigos y vecinos. Hecho que podría propagarse y llegar a oídos del descendiente oculto de la Orden que andaba tras de ellos. Con esa incertidumbre prefirió seguir en silencio hasta que todo se resolviera para no poner en peligro al equipo, no obstante; ya tenía un hilo de dónde tirar para poder sacar el posible árbol genealógico de su mujer, que sin ella saberlo podría estar ligado al algún pariente de aquellos que exclaustraron el convento.

Javier repasaba el pequeño plan acordado para prevenir cualquier imprevisto. Sabía que todo dependía de los muchachos. Tenía gran confianza en ellos, puesto que habían sabido resolver o dar pistas en muchas de las reuniones en las que se juntaron, aun así, prefirió quedar con ellos en su casa después de comer para que no hubiera ningún retraso. En su mente pasaban muchas imágenes de lo que se podrían encontrar bajo la antigua fuente trinitaria, sin tener siquiera idea que a lo mejor no había nada. Pero como decía una y otra vez, cuando era miembro de la patrulla de delitos arqueológicos de la policía, la esperanza es lo único que no se pierde. El portero automático de su casa sonó sobre las cuatro de la tarde, sin preguntar lo descolgó y abrió la puerta del edificio con la confianza de que los muchachos acababan de llegar. Un pitido de la lavadora le avisaba de la necesidad de echar suavizante, pero antes de hacerlo, dejó la puerta de su casa entreabierta para que los tres alumnos entraran sin llamar. Los minutos pasaban y era raro que no hubieran subido ya las escaleras, por lo que fue hacia la puerta de entrada al piso. La primera impresión desde lejos fue verla más abierta de la que él mismo la había dejado, a lo mejor por alguna corriente de aire pensó en ese momento, pero su sorpresa estaba en el suelo. Un gran sobre blanco yacía en el lugar, lo cogió contrariado entre sus manos a la vez que salía al rellano del pasillo para ver quién era el mensajero de aquello. Con la extrañeza de que no había nadie volvió a entrar en su piso para ver que contenía. Lo depositó en la mesa con la mirada pensativa puesta en la solapa entreabierta del mismo. Con decisión metió la mano y sacó un folio con las siguientes palabras escritas:

No continuéis con esto, podréis hacer daño a mucha gente
Es el segundo aviso que os damos, por favor dejadlo
O. V.

La mirada de Javier era preocupante, al igual que el primer aviso en casa de Emilio, este se hizo en la suya. Sabían quién era y donde vivía, quizás también estuvieran al tanto de lo que iban a hacer esa noche y empezó a tener dudas de continuar o no. Poner en riesgo a los muchachos no entraba en los planes, solo necesitaba un consejo de alguien con experiencia, tomó el teléfono y llamó a D. Antonio. Nada más descolgar le explicó los hechos acaecidos en su casa y la dificultad que le suponía continuar con la operación. La voz del maestro le tranquilizó y le hizo ver que el que andaba tras sus pasos no parecía tener intención de hacer daño, sino de asustarles para que abandonasen la búsqueda.

—Tranquilo, yo creo que debemos continuar, de todas formas, en cuanto llegue mi mujer, que ha ido a la peluquería, me acerco y os echo una mano.

—Gracias Antonio, nos vendrán bien tus consejos y te pido por ahora que no se lo digas a Emilio y a Juan, ya se lo contaré yo.

—Vale sin problema, en un rato estoy por ahí —le dijo el maestro.

Tras colgar el teléfono, el portero automático volvió a sonar. Esta vez Javier sí preguntó quién era y una voz juvenil le respondió identificándose como Cacín. La puerta del bloque se abrió y los muchachos subieron las escaleras, con el guía esperándoles en el rellano. Justo cuando llegaron les hizo pasar al interior de su piso, cerró la puerta no sin antes volver a echar una ojeada al pasillo.

—Buenas chicos, os habéis retrasado un poco.

—Si perdona Javier, es que no hemos encontrado a la mujer del profesor que salía de la peluquería y hemos estado hablando un rato.

—No hay problema Jesús, solo era curiosidad.

Tras la bienvenida, se sentaron en la mesa para volver a repasar el plan. Luis quiso explicarle a Javier la posibilidad de buscar los símbolos trinitarios, que hasta ahora les habían servido para descubrir algunas cosas. Obviamente, este les indicó que era una idea perfecta, de todas formas, no tenían otra cosa con la que empezar a buscar.

Nada les comentó sobre el suceso del sobre en su casa para que no hubiera ninguna preocupación. Él sabía, como expolicía, que ahora era el momento de estar más concentrado para protegerlos de cualquier ataque que pudieran sufrir. La responsabilidad sobre ellos era máxima, más cuando para él se habían convertido en una especie de sobrinos a los que cuidar. Al poco de estar allí llegó D. Antonio con la excusa de ayudar en el plan para que los muchachos no sospecharan que su visita tenía la intención de apoyar a Javier y no dejarle solo en estos momentos. Él sabía que todas las personas necesitan ayuda, aunque esas personas sean las que por norma nos protegen. En el poco rato que permaneció allí no hizo ninguna intervención. Su confianza en el plan era total. Solo tenía pena de no poder participar, sabía que andar hoy por la plaza de la trinidad podría ser perjudicial, así que les deseó suerte y se marchó de nuevo para su casa, no sin antes recordarles que les tuvieran informados de todo.

La impaciencia porque llegara la noche se hacía evidente en los bostezos de aburrimiento que una y otra vez salían de Dami. Desde hace unas semanas eran muchos los fines de semana que no hacían otra cosa que buscar información o desplazarse a algún lugar. Este era otra vez un sábado parecido, pero con algo más de incertidumbre.

Todavía no era hora de cenar cuando Javier les insinuó comer algo antes de salir. Dami se apuntó a la invitación, pero a Cacín se le vino una idea que quiso compartir.

—Un momento, Dami, creo que la cena puede ser una buena excusa para estar por la plaza sin despertar sospechas.

—¡Explícate, Jesús!

—Mira Javier, podemos simular que nos vamos a comer unos bocadillos sentados junto a la fuente y así de esa manera la gente sospechará menos del porqué estamos allí.

—Me parece buena idea, voy a haceros unos bocatas mientras os preparáis para que nos vayamos —les dijo el guía.

La idea del muchacho era una oportunidad muy buena para pasar desapercibidos y así lo valoraba Javier mientras preparaba el menú.

Todo estaba en marcha. Los cuatro caminaban por las transitadas calles de Granada con la festividad propia de «La Noche en Blanco». La propia plaza de la Trinidad tenía el aspecto perfecto para ejecutar la acción, ni mucha ni poca gente, ni muy ruidosa ni muy en silencio, algo que Javier llevaba pidiendo varios días. Con no mucho disimulo, el grupo se separó, quedando el expolicía en una de las esquinas de la misma plaza. Dami se situó a pocos metros de la fuente y como planearon, Cacín y Jesús saltaron el bonito seto de aligustre que rodeaba la fuente para sentarse apoyados en la misma. Mientras sacaban los bocadillos preparados en casa de su amigo, con la intensión de que su estancia en ese lugar no despertara ninguna sospecha, aun así, los bocadillos fueron devorándose con ansiedad ante la mirada envidiosa de Dami.

Javier se dedicaba a dar vueltas como el que pasea por una alameda, pero sin dejar de observar a los muchachos. Cacín sabía que el momento era propicio y entre los dos empezaros a revisar palmo a palmo el recinto de la fuente. En principio no veían ningún indicio de marca sobre la propia piedra de la que estaba hecha. La taza tampoco les daba ninguna pista y en poco más de diez minutos la desesperación se hacía patente. Cacín tocó el hombro de Luis y le indicó que se sentaran apoyados contra la fuente. Su amigo algo extrañado le hizo caso.

—Vamos a ver Luis. Estamos aquí dándole vueltas a esto. Creo que si alguien quisiera dejarnos alguna señal esta ya sería visible, aunque también pienso que pudo haberse borrado.

—Sí, Cacín, puedes tener razón, pero ¿qué hacemos?

—En primer lugar, pienso que debemos pararnos a reflexionar e intentar pensar como lo hicieron en aquella época.

Los dos muchachos se concentraron en darle vueltas a lo que habían visto en los libros de historia. Desde fuera ni Javier ni Dami entendían qué estaba pasando y por un momento quisieron acercarse a preguntarles qué ocurría, pero esperaron con paciencia alguna noticia. Tras unos minutos, Cacín había tramado en su mente algunas posibilidades que quiso compartir con Luis.

—A ver qué te parece esto. Tenemos aquí frente a nosotros una arqueta por la que se le da agua a la fuente. Según nos dijeron, parece ser que esta, en su origen, se alimentaba del agua del río Darro. La que pusieron nueva está justo al contrario a la que se supone la entrada original del agua del río —Señaló el chico hacia el lado opuesto—. Si aquí hay una arqueta, ¿no puede ser que hubiera otra en el otro lado?

—Quieres decir que la fuente puede seguir teniendo la entrada original del mismo río, pero ¿dónde Cacín?

—Pues, lo más lógico es que esté en el lado contrario y si tenemos suerte esas canales deben de seguir ahí.

—Vale Cacín, supongamos que están ahí, ¿qué tiene eso que ver con lo que estamos buscando?

—No lo sé Luis, por ahora no se me ha ocurrido nada más y antes de abandonar podemos ver si por ese lado hay algo que nos pueda ayudar, de lo contrario no veo más opciones.

La reflexión, aunque no le convenció mucho, era lo único que tenían hasta el momento y las corazonadas de Cacín habían dado muchos frutos.

—Vale, investiguemos lo que dices, de todas formas, o eso o nada. —le apuntilló Luis.

Ambos se levantaron y rodearon la fuente hasta el posible lugar que ellos creían podía ser la dirección de los antiguos canales de agua. Javier y Dami, que los vieron, seguían sin entender nada y la desesperación empezaba a ponerles nerviosos. De nuevo los dos muchachos volvieron a sentarse con mucho disimulo. Con un gesto de cabeza, Cacín le indicó a Luis que levantara un poco de tierra para buscar algo enterrado. Este le hizo caso y empezó a rascar el suelo junto a las piedras que hacían la base. Por fortuna la tierra no estaba muy prensada y se removía con facilidad. Poco a poco las piedras, donde posaba la fuente, iban descubriendo sus cantos más profundos. Unos minutos despúes los dedos de Luis tocaron algo duro.

—Cacín, aquí hay algo y parece de tipo metálico.

—Déjame que vea, Luis.

Apartando a su amigo, sacó del bolsillo un pequeño destornillador, lo aproximó y con un par de movimientos empezó a arañar el suelo. De inmediato salió un brillo plateado de aquel objeto, dejando a ambos estupefactos y pensando que habían encontrado las viejas canales de agua. Un segundo de euforia les rodeó, mientras, sin darse cuenta, por detrás se había acercado Dami para ver qué pasaba. Con descaro observó lo que habían excavado y sin pararse a pensar les dijo a ambos.

—Cacín, Luis, ¡ahí está!

Los dos miraron a Dami algo enfadados por descubrir su posición, pero deseosos de que repitiera lo que había dicho.

—Pero no lo veis zoquetes. Ahí en el borde de la piedra parece que hay alguna marca grabada. —les recriminó Dami.

Ante esa afirmación, los cuellos se giraron a la vez que sus manos tocaban la piedra. El mismo tacto les descubrió lo que tantas veces habían visto ya por distintos sitios. Una nueva cruz estaba grabada en el propio canto y además no parecía tener mucho desgaste. Un par de vítores y palabrotas se escaparon un poco más alto de lo normal que llegaron al oído de Javier al otro lado de la plaza, algo que no le sentó muy bien.

Cacín le dijo a Dami que informara a Javier para ver que hacían ahora. Antes de que el muchacho se diera media vuelta, una voz conocida salió detrás de uno de los árboles, mientras les repetía con mucha serenidad «tapadlo, tapadlo de inmediato y marcharos de ahí».

Los muchachos vieron la figura de un hombre en la penumbra del que solo se apreciaba una especie de sombrero. Este se empezó a acercar a ellos indicándoles otra vez que taparan eso y se marcharan. Javier, que vio desde lo lejos la figura, se aproximó con rapidez, pero con cautela. En principio con la intención de defender a sus muchachos ante aquella persona que los estaba instigando. Casi a la altura de la fuente reconoció la silueta del personaje y no pudo más que decir.

—¡Antonio! ¿Qué hace usted aquí?

El viejo maestro había sido descubierto y eso, por una parte, les tranquilizó. Pensaron que aquel que estaba siguiendo sus andanzas como protector de la Orden del Visir podría haberlos descubierto.

De nuevo, el profesor, azuzó a todos para abandonar el lugar después de lo que él mismo había visto. Creía que no era el momento de seguir allí y despertar sospechas. Ya habría tiempo de planear algo para continuar, porque lo que estaba claro es que la cruz ya les había dado otra vez una pista para seguir. Javier, que había entendido perfectamente el mensaje, tomó la iniciativa y salieron en dirección hacia la parte baja del barrio con la euforia de saber que habían encontrado otra cruz y eso suponía que la aventura no había terminado.

CAPITULO XI
PASANDO A LA ACCION

Una noche más, nadie pudo conciliar el sueño. Tenían muy cerca volver a engancharse a la aventura, pero había que tener precaución. Sabían que los posibles descendientes de *La Orden* estaban pisándoles los talones y eso les hacía ser más cautos a la hora de tomar alguna decisión. La cordura puesta por D. Antonio, que abandonó el lugar sin dejar siquiera que hubiera un mínimo de investigación, fue una decisión acertada. Aquella misma noche se produjeron altercados con la policía en la misma plaza, con lo que no hubieran podido hacer nada. Emilio y Juan ya estaban al corriente de lo que se había descubierto y al igual que el maestro prefirieron dejar pasar unos días y tener algo más de paciencia antes de continuar. Las reuniones ya no eran tan seguras y tenían claro que moverse en grupo era demasiado fácil para los que les perseguían. Las decisiones se tomarían desde la distancia, estableciendo un código de silencio para evitar filtraciones. De alguna forma sabían sus pasos y era el momento de despistarlos. El profesor sería el portavoz del grupo y a quien le llegarían todas las propuestas y teorías para trazar un plan. Luego lo pondría en común para valorar su aceptación o modificación.

La siguiente semana a la aparición de la cruz en el pedestal de la fuente, D. Antonio empezó a mandar algunas ideas para poder actuar en el lugar. Javier frecuentaba un día y otro la zona con la esperanza de poder tener claro como continuar. Lo que suponían todos, es que aquella piedra estaba escondiendo algún acceso debajo de la fuente. Tal como leyeron en el documento de desamortización, se dejaba entrever que los secretos se guardaron bajo ella, así que la misión tenía un único fin, levantar aquella piedra.

Una de las mañanas que Javier permanecía sentado observando la plaza, vio una cuadrilla de jardineros y barrenderos, que llegaron para realizar las labores de limpieza y mantenimiento. Tal fue el ímpetu de los operarios que obligaron al guía a salir de allí si no quería ser empapado por el agua de las mangueras que limpiaban el suelo. Justo cuando ya empezaba a embocar una de las calles contiguas, se paró de repente, volvió la vista hacia atrás y mentalmente exclamo, «¡lo tengo!». De inmediato tomó el teléfono móvil y llamó a D. Antonio.

—Antonio, buenos días.

—Buenos días, Javier, dime en que te puedo ayudar. Tengo solo cinco minutos, que entro en el aula.

—Ya sé cómo vamos a alzar la piedra de la fuente sin levantar sospechas.

—Soy todo oídos, Javier.

—Hoy he tenido la casualidad de estar allí cuando han llegado los de la limpieza y eso me ha dado la idea. Por un día seremos todos barrenderos.

—No te entiendo bien Javier.

—Te explico. Lo que necesitamos es hacernos pasar por personal de la limpieza y por jardineros, de esa forma no levantaremos sospechas. He visto como la gente se ha tenido que ir de la plaza, vamos yo mismo que estaba allí, he tenido que salir pitando y lo mejor de todo pasaremos desapercibidos porque la gente lo ve normal. Solo me queda saber qué días son los que no van a limpiar para intentar nosotros hacernos pasar por ellos. ¿Cómo lo ves?

—Pues no lo veo mal Javier, de todas formas, no tenemos por ahora nada y si crees que nos permitirá pasar inadvertidos, yo por mi parte lo veo factible. Cuando termine la clase se lo comunicaré a los demás para ver que dicen y después te llamo.

—No te preocupes, yo me pongo en contacto con ellos. —terminó diciendo el expolicía.

El maestro, tras colgar el teléfono, entró en el aula con la mirada perdida. Lo que le había comentado Javier podía ser la solución, merodear por la zona y más de día sería muy descarado. Tal fue el embelesamiento en el que estaba, que hasta Cacín y Luis tuvieron que recordarle el saludo de buenos días. Eso hizo pensar a los muchachos que algo estaba sucediendo.

Unas horas más tarde, Javier comunicó sus intenciones a Juan y a Emilio, confirmándole que la idea podía ser factible. Poco quedaba ya por decir, solo que el maestro se lo dijera a sus alumnos.

Con el visto bueno de los muchachos se comunicó de nuevo con Javier para indicarle que podía proceder. Lo único complicado era sacar los trajes para disfrazarse igual que los empleados de la limpieza. Sabían que estos solo eran proporcionados por la propia empresa y con el logo del ayuntamiento, por lo que era cosa difícil de encontrar, excepto si te llamas Cacín y estás pendiente de todo.

—D. Antonio, creo que lo de los trajes tiene solución.

El maestro se quedó otra vez alucinando por lo que dijo su alumno. De forma expresiva le incitó a hablar de inmediato.

—Pues, mire, el año pasado tuvimos unas jornadas de concienciación ambiental, ¿no sé si se acuerda?

—Ahora no caigo Jesús.

—No pasa nada. Fue con la profesora Mari Carmen, creo que usted por esas fechas estaba enfermo.

—Puede ser, pero sigue.

—Bueno, recuerdo que varios de nosotros salimos voluntarios para realizar unas prácticas en distintos jardines de Granada y lo mejor de todo es que nos dieron a cada uno un uniforme igual que el que visten hoy los jardineros.

—Y esos uniformes, ¿se devolvieron? —preguntó el profesor angustiado.

—No, si mal no recuerdo, los bajamos al sótano donde guardan todos los cachivaches de las representaciones teatrales de fin de curso.

—Pues, no perdamos tiempo Jesús, vamos al sótano. Avisa a Damián y a Luis para que vengan también.

Se encaminaron los cuatro con paso rápido a las plantas bajas del colegio. La suerte es que el maestro disponía de todas las llaves y eso le permitía llevar la acción mucho más en secreto.

Una vez abierta la puerta, Cacín le indicó, que en los armarios del fondo fue donde dejaron los uniformes. Luis, con agilidad, pasó por encima de un montón de trastos y sin preguntar los abrió mientras rezaban para que siguieran allí. No hubo mucha sorpresa, Cacín estaba en lo cierto, aquellos uniformes estaban colgados. Contaron más de diez y de talla única. Eran suficientes para que el grupo pudiera camuflarse y acceder a la fuente sin problemas, porque hasta los uniformes tenían serigrafiados el logo actual del propio ayuntamiento de Granada. Sin pararse mucho, los sacaron y los introdujeron en un par de grandes bolsas de basura. La alegría era manifiesta en el maestro, que de inmediato informó a Javier para que este fuera preparando el día y la hora, porque lo demás solo dependería del destino. Allí mismo los muchachos se llevaron sus propios trajes y el maestro abandonó el instituto con los otros, camino de su casa.

D. Antonio llegó algo fatigado por el peso de los uniformes. Nada más abrir saludó a Ana y soltó la gran bolsa de basura en el lavadero de la cocina ante el asombro de su mujer, que no dudó en preguntarle.

—¿Qué es eso Antonio?

—Unos trajes de jardinero que había en el colegio.

— ¿Y los tengo que lavar?

—No Ana, solo los he traído a casa para que Emilio, Juan y Javier pasen a por ellos.

—Vale, entonces ponlos en aquella esquina para que no tropecemos, no sé qué estarás tramando, pero cada día me sorprendes más.

—Pues, ya sabes estamos con el tema este del Codicilo y creemos que hemos descubierto algo importante en la fuente de la plaza de la Trinidad, por eso nos vamos a disfrazar.

—En fin, vosotros sabréis lo que hacéis, pero como os pillen vais a tener que dar muchas explicaciones.

—No te preocupes, Ana. Está todo controlado.

La conversación terminó ahí, ya que su mujer se fue hacia la cocina para ver cómo iba el guiso que estaba preparando. En ese momento su marido se quedó con las ganas de informarle del apellido que había aparecido en los documentos de desamortización y que coincidía con el de ella. Su mujer siempre lo tachaba de raro, porque no había conocido a nadie que también lo llevara, que no fuera de su familia. Sin darle más vueltas avisó al resto del grupo para que esa misma tarde se pasaran a recoger las prendas y de paso ver si Javier había conseguido ponerle fecha al tema de la fuente.

Eran cerca de las cuatro y media cuando sonó el timbre. Casi desperezándose, D. Antonio se levantó para ver quién era. Iba un poco adormilado por la cabezadita que se estaba echando en el sillón. Sin preguntar abrió la puerta de su casa, fuera acababa de llegar Javier para recoger su uniforme. Además, quiso informar del día en concreto para hacer lo de la fuente. El maestro le hizo pasa al salón, allí estaba también Ana viendo su telenovela favorita, esta se levantó y con confianza le saludó con dos besos mientras le invitaba a sentarse.

—¿Quieres un café, Javier?

—No, gracias, Ana, ya me he tomado uno antes de venir.

—Vale, como quieras, de todas formas, estás en tu casa, así que si necesitas algo no tienes más que pedirlo.

Javier volvió a agradecerle su hospitalidad, le parecía una persona muy sensata e ideal como compañera del profesor. Era de esa gente con las que se podía entablar una amistad con mucha facilidad.

—Dice mi marido, que estáis liados con eso de la Reina que habéis encontrado.

—Sí, la verdad es que estamos descubriendo muchas cosas impresionantes, pero aún nos queda por resolver un tema.

—Pues, ¿sí que tienen que ser impresionantes?, porque mi marido no para de un lado para otro y, además, como es un enamorado de la historia y de Granada en particular, lo veo muy ilusionado.

—Su marido es una gran persona, además de gran profesional y nos está ayudando mucho.

—Eso me consta. Cuando quiere algo, no hay quien le pare. Va siempre hasta el final de la cuestión.

Una sonrisa salió espontáneamente de Javier, que se sentía un poco incómodo al no ver a su amigo en el salón y tener que darle conversación a su mujer.

—Me ha dicho que tenéis que hacer algo en la plaza de la Trinidad y que os vais a disfrazar de jardineros.

En ese momento Javier se sintió acosado. Ana sabía mucho de lo que iban a hacer, y aunque era una persona de gran confianza para D. Antonio, eso no era lo que habían hablado en los días anteriores. Cualquier cosa que su mujer contara en el barrio podía llegar a oídos de aquel o aquellos que les seguían. No obstante, Javier quiso parecer cortés y la respondió con amabilidad.

—Sí, ahí estamos viendo que podemos hacer, aunque no las tenemos todas con nosotros porque es difícil pasar desapercibidos.

La respuesta había sido en un tono indiferente y desganado que fue interpretado por ella como un «ya no preguntes más». Al fin, D. Antonio entró en el salón con una bolsa pequeña en la mano. Sin ni siquiera hablar se la dio a Javier mientras le indicaba que ese era el suyo. El timbre de la casa volvió a sonar, en este caso fue Ana quien se levantó para abrir. Tras la puerta se escuchaban las voces de Emilio y Juan, lo que permitió abrirles sin preguntar. Con amabilidad les invitó a pasar. Una vez dentro sorprendieron a Javier probándose el uniforme que le había tocado, le quedaba algo grande pero suficiente para poder moverse sin problema. Sin ni siquiera sentarse, D. Antonio le indicó que ahora traía los suyos. Ana ya no quiso ser partícipe de más reuniones y se excusó con el hecho de recoger la cocina. El salón se había convertido en una especie de asamblea con la ausencia de los muchachos, situación que a Javier no le gustaba mucho, porque no quería dejar a los chicos fuera, pero entendió que había sido algo imprevisto juntarse allí. El profesor volvió al salón con los otros uniformes que faltaban y sugirió a los nuevos invitados que se los probasen, pero Emilio y Juan declinaron el ofrecimiento, ya que preferían hacerlo en su casa.

Una vez entregados, Javier empezó a comentar las mejores fechas y horas para poder estar por la fuente. Según sus averiguaciones, todos los días aparecían barrenderos casi hasta mediodía. Los jardineros lo hacían los martes y jueves, excepto el último miércoles de cada mes, que la plaza no tenía día de mantenimiento, o sea, ni barrenderos ni jardineros. Ese era el día elegido por el guía. Lo mejor es que el mes se acababa y el último miércoles estaba cerca, por lo que no había tiempo que perder. La idea sería juntarse en una calle cercana, allí ponerse los trajes para acercarse todos juntos y empezar no más tarde de las ocho de la mañana. Solo quedaba ver como los alumnos y D. Antonio no aparecían ese día por el instituto, asunto que el maestro le quitó importancia. Él informó a la junta escolar que tanto él como los tres alumnos estaban en un proceso de creación de un trabajo de fin de curso histórico. Eso les permitía tomarse algunas libertades en cuanto a horarios y asistencia a clase, siempre y cuando no interfiriera en el propio trabajo educativo. Aclarado todo el tema, quedaba informar a Cacín, Dami y Luis.

Pasaban los días para los tres jóvenes que no sabían cómo entretenerse para que fuera todo más ameno. Hasta Cacín participaba en los partidillos de fútbol sala que se organizaban en el instituto, aunque su aportación deportiva era bastante nula. Por otro lado, Luis seguía con su afición por los grabados y dibujos. Dejó reflejado a la perfección lo encontrado el otro día en la fuente. Su memoria era prodigiosa para recordar todo lo que quería hacer a posteriori. Además, le gustaba que sus amigos pudieran ser partícipes de sus trabajos. Dami había perdido un poco de ilusión, quizás cansado de tener que estar investigando y reuniéndose cada dos por tres en casa de uno o de otros. Los tres sabían que estaban muy cerca de ver algo importarte y esa incógnita le ataban al grupo. Tenían claro que ya habían descubierto muchas cosas espectaculares, pero querían más y solo participando junto a su profesor podrían llegar a sacar a la luz alguna verdad oculta.

En otra parte de la ciudad, en su pequeño, pero acogedor apartamento, Javier repasaba todos los libros y archivos que tuvieran relación con lo que estaban buscando. La reunión en la plaza le tenía desconcertado ante la falta de información que había de la época, lógico por otro lado, ya que, lo que la Orden quería era mantener lo que fuera en secreto. Al igual que Cacín, empezó a centrarse mucho en los símbolos de las cruces y su colocación estratégica, que no llegaban a comprender, pero que sospechaba tenían algún tipo de significado. Se preguntaba una y otra vez, ¿por qué se veían hacia la parte del Albaicín, y solo habían encontrado una en la propia fuente Trinitaria que quedó del antiguo convento? Esas preguntas todavía no tenían respuesta y su esperanza es que la tuvieran en breve.

Juan y Emilio llevaban varios días desconectados, en parte por su actividad laboral. Tenían confianza en lo que sus amigos estaban tramando y se dedicaban a seguir instrucciones sin ni siquiera discutirlas. Pensaban que el círculo se estaba cerrando, aunque siempre con algo de suerte, porque las pistas cada vez eran más escasas. Su aportación hasta ese momento había sido espectacular, más sabiéndose descendientes de la gran familia de Zafra. Su intención no era sacar a la luz los descubrimientos, propósito que desconocía el personaje misterioso que les dejaba mensajes. Esto empezaba a preocuparles cada día que pasaba, por si aquellos mensajes se pudieran convertir en amenazas.

Por último, estaba D. Antonio. Siempre pendiente de todo lo que pasaba. Su ayuda era inestimable, no solo por sus conocimientos, sino por sus contactos para poder investigar. Aquellos días quiso desconectar también un poco, ya que su labor como maestro también le requería un tiempo para sus alumnos. Desde hacía varios días le rondaba por la cabeza, de qué manera podría decirle a su mujer que existió alguien más o menos importante que llevaba el mismo apellido singular que ella no había conseguido encontrar fuera de su entorno familiar, si bien, su compromiso de secreto con el grupo le tenía un poco cohibido en ese sentido. También sabía que el tiempo se les estaba acabando. La investigación cada vez era más complicada y solo las pequeñas acciones conseguían mantenerlo alerta.

Ya daban las seis de la mañana. La oscuridad todavía era la sombra de las calles mientras la ciudad empezaba a despertarse. Entre los callejones cercanos a la plaza, un grupo de seis personas con mucho orden y en silencio se enfundaban varios trajes de mantenimiento del ayuntamiento. No podían ser otros, de nuevo el grupo estaba junto y preparado para la acción. Habían hecho todo con el máximo sigilo y disimulo. Nadie estaba pendiente de ellos, solo algún gato despistado que los miraba con extrañeza. La comunicación se hacía por señales o en voz muy baja, no querían espectadores junto a ellos.

Una vez uniformados se dirigieron hacia el lugar. Consigo llevaban algunas palas y picos, que también habían tomado prestados del instituto. El caminar era decidido y firme con el rechineo típico de las botas de agua sobre las aceras. Se encontraron con dos o tres personas por el camino, que con amabilidad les saludaron, incluso alguno se atrevió a desearles que tuvieran un buen día. Todavía no había hecho el sol acto de presencia, cuando llegaron junto a la fuente. Sin perder tiempo se desplegaron tal y como Javier había planeado. Cacín, D. Antonio y él mismo fueron de inmediato hacia el pedestal. Los demás se quedaron cerca disimulando hacer trabajos de mantenimiento de jardines, pero sin perder de vista a sus amigos.

Cacín y Javier removieron de nuevo la tierra para dejar a la vista el lateral de la base que contenía el grabado de la cruz. Mientras, el profesor revisaba con esmero alrededor de la misma para intentar encontrar algún indicio que le permitiera saber cómo actuar. Javier, que desde el principio tenía las cosas más claras, le indicó que de alguna forma debían remover aquella piedra. Su intuición le decía que bajo ella se debía esconder algo. Viendo la insistencia de su amigo, el profesor accedió a removerla del sitio. El plan era claro, quitar el máximo de tierra e intentar levantarla usando los picos como palanca, tarea de la que se encargarían Javier y Cacín. Juan se acercó a los tres para recordarles que el sol empezaba a aparecer y el movimiento de gente por el lugar era ya importante, con lo que debían actuar lo más rápido posible. Siendo conscientes de lo que Juan les había dicho y sin mediar cautela, el guía introdujo la punta de su pico bajo la piedra, a continuación, Cacín hizo lo mismo y con leves movimientos de ambos empezaron a zarandearla. Esta en primera instancia se mantuvo firme, eran muchos los años en el mismo lugar, así que, Javier hizo una señal a Dami para que se acercara ayudarles con el otro pico. Ya eran tres los intervinientes que a la vez aunaban sus fuerzas. La piedra cedió y se despegó de sus hermanas, aun así, era muy pesada y moverla no iba a ser fácil. Un gesto fue suficiente para que Luis también se acercara a ayudarles. Ahora los cuatro eran más poderosos y el viejo sillar tuvo que rendirse ante la fuerza que imprimieron. Dándole unos leves toques, fueron sacándola fuera de su emplazamiento. Su magnitud era mucho mayor de lo que se apreciaba desde lejos, ya que se introducía algunos centímetros por debajo de la fuente. Con el, «¡todos a una!», cada vez conseguían desplazarla más, hasta que por fin salió de la ubicación en la que tantos siglos estuvo.

Aunque ya amanecía, D Antonio encendió una de sus linternas para ver que había quedado al quitarla. Su luz no pudo más que alumbrar una base de tierra sin otra misión aparente que haber servido de base para la colocación correcta del pedrusco. La desilusión de ver aquello dejó a los presentes heridos en su orgullo, el silencio y las miradas de fracaso hizo que hasta Emilio y Juan abandonaran sus trabajos de disimulo para acercarse y corroborar el desastre. La piedra tampoco arrojaba ninguna inscripción en su parte oculta. El maestro, algo contrariado, deambulaba pensativo por la plaza. Con la mirada cansada y perdida apenas se daba cuenta de que la gente le iba esquivando, aun así, a lo lejos, tras algunos árboles le pareció reconocer una figura que le estaba mirando. La primera impresión le dio la sensación de que la conocía. Apresuró el paso para acercarse, momento en el cual esta se daba la vuelta y se escabullía por las cercanas callejuelas, no obstante; aceleró más el paso para intentar alcanzarla, pero le fue imposible. Había desaparecido sin dejar rastro.

Con la incertidumbre en su mente, volvió junto al grupo, sabiendo que sus movimientos eran vigilados por la misma persona que mandó los anónimos, aun así, no quiso decirle nada a los demás. Tuvo la sensación de que la operación estaba expuesta a que alguien les descubriera. Sin darse cuenta, el grupo había perdido la concentración y se les veía desde lo lejos, no como unos jardineros sino como lo que eran. Todavía la gente caminaba por el lugar sin fijarse, pero se estaban extralimitando en lo que habían tramado, por lo que se apresuró para poner orden.

—Javier, ¡tened cuidado!, estáis armando más alboroto de la cuenta y pueden descubrirnos.

Tras esas palabras, se dio cuenta de la falta de orden y con un par de *chisteos*, llamó la atención al grupo para que cada uno mantuviera su puesto tal como se acordó. Cacín, que veía esfumarse su aventura, reaccionó con un gesto de rabia. Cogió el pico y lo clavó con fuerza sobre la tierra que quedo expuesta al mover la piedra. Tal fue la magnitud del golpe, que este se clavó por completo provocando un ruido seco y agrietado. Notó el propio muchacho la vibración en sus propias manos. Javier se percató de lo que había pasado al clavar el pico. Sin más, intentó sacarlo, pero estaba firmemente clavado sobre alguna superficie que no era la propia tierra. La mirada a Cacín y a Luis fue suficiente para que los tres se tiraran al suelo y empezaran a excavar. Las manos no daban a vasto para sacar la tierra. Aquel pico clavado volvía a darles un halo de esperanza y sin querer había tenido la culpa de nuevo uno de los muchachos.

La tierra no estaba muy compactada y se removía con facilidad incluso después de tantos siglos. De vez en cuando, D. Antonio preguntaba cómo iba la tarea, pero no era el momento de recibir respuestas, ya que el ansia por seguir excavando hacía oídos sordos a sus palabras. Las capas empezaban a llegar a su fin, sabían que algo estaba oculto. Las uñas de Luis tocaron algo duro pero poroso. Despejaron la zona y cuál fue la sorpresa que el tino del muchacho hizo que el pico quedara clavado sobre el mejor de los grabados que hubieran podido encontrar.

—No me lo puedo creer Jesús, mira donde has clavado el pico —le dijo Javier.

Cacín se acercó, y con gran asombro, se abrazó a Javier bajo la mirada externa del profesor, que no entendía nada.

—Antonio, venga deprisa —le indicó el guía.

Oyendo a su amigo, dio unos cuantos pasos, saltó por encima de los setos y se aproximó hasta donde le estaba indicando que mirara.

—Madre del amor hermoso, esto es impresionante. Jesús tienes la suerte de tu lado —le dijo D. Antonio sorprendido.

Cacín se ruborizó un poco al sentir tanto halago. Él no había hecho nada aposta, solo un golpe del azar le hacía héroe del momento.

A Juan y a Emilio no hizo falta llamarlos. Ellos mismos intuyeron que algo había pasado. Cuando llegaron se les escapó un par de leves palabrotas al ver aquel pico clavado sobre la madera grabada de uno de los símbolos más buscados últimamente.

Dami, algo más iluso fue el único que preguntó por aquello. Fue su amigo Cacín el que se extrañó de que no reconociera la imagen que estaba presente en el suelo.

—Dami, ¿has mirado bien?, ¿no ves lo que hay ahí?

—Es que no lo distingo bien desde aquí Cacín.

Antes de que nadie le dijera nada, Javier se giró hacia el muchacho y le dijo lo que todos veían con claridad.

—Mira Dami, gracias a Cacín y un poco a la fortuna. El pico se ha clavado sobre una madera que estaba debajo de la tierra y como ves aquí, la casualidad ha tenido por iluminarnos y que apareciera uno de los símbolos que vosotros mismos habéis descubierto en el trascurso de lo que llevamos.

Dami, rascándose la cabeza y casi sin inmutarse, respondió con voz pausada.

—Javier, ¿me estás diciendo que hemos encontrado otra Cruz?

—Eso es Dami, pero es la cruz que la Orden del Visir reflejó en los propios documentos de desamortización, con sus propias iniciales grabadas.

—Entonces, ¿qué tenemos que hacer Javier? —Quiso saber el siguiente paso Emilio.

—Pues muy sencillo, creo que esta madera es como una trampilla, así que, vamos a quitar toda la tierra. Pero por favor, dispersarse antes, que al final vamos a tener algún problema.

La sugerencia del guía fue asimilada y cada uno volvió a su «puesto de trabajo».

Otra vez en el suelo, comenzaron a buscar los bordes de aquella tabla. Ahora las manos trabajaban con más alegría y tal como vaticinaba Javier, los bordes aparecieron dejando al descubierto lo que parecía en efecto una trampilla. Sin permitir que los demás se volvieran a acercar, Cacín cogió otra vez el pico para hacer palanca sobre la madera. Con un leve golpe, él y Javier consiguieron que se removiera. Dejando el pico de lado, metieron sus manos y la arrastraron fuera de su ubicación. Lo que apareció tenía sentido. Un oscuro agujero se mostró ante sus ojos. A Javier se le hizo un nudo de alegría en la garganta que casi llegó a las lágrimas. El pensamiento de bajar era inmediato, pero la cordura era mejor consejera.

—Luis, ¿tienes la linterna a mano?

—Sí Javier, aquí la tienes.

Aquel experimentado expolicía y ahora guía de patrimonio, cogió la linterna con las manos temblorosas, algo que a Cacín le resultó extraño. La encendió y con un gesto lento, pero decidido, llevó la luz hacia el interior. Lo que en principio parecía un estrecho hoyo, se mostraba más abajo como un túnel algo amplio y bien rematado. Desde el primer tramo se habían construido escalones para acceder, algo que daba sentido a que fue realizado para usarse con asiduidad. Estuvo varios minutos inspeccionándolo mientras movía la luz de un lado para otro. Con un gesto le indicó al profesor que se acercara. Su intención era bajar de inmediato, pero también tenía claro que todos no debían ir, por varias razones, una de ellas era evidente, si llegaba a pasarles algo, alguien tendría que pedir ayuda.

Lo que quedaba por discutir era quienes serían los expedicionarios. Allí mismo hicieron un pequeño conclave. En primer lugar, D. Antonio se descartó y aunque su estado físico era bueno, su edad le mermaba facultades para estar por ahí debajo de la tierra, de todas formas, quiso incidir en que Javier y Cacín tenían que estar. El muchacho les insinuó que Luis también debía venir, su juventud y facultad para luego poder dibujar podría serles útil. Además de ellos, solo una persona más sería agraciada. A Dami se le descartó por su forma física, así que, quedaba la baza de Juan o Emilio.

D. Antonio se dispuso a hablar con ellos para ver quién de los dos sería elegido. Tras una breve charla fue Emilio el que le cedió el sitio a Juan. Él prefería ayudar desde la superficie. Una vez formado el grupo que accedería al túnel, fue un poco entre todos acordar que la seguridad era lo primero. Era posible que la telefonía móvil no funcionara correctamente bajo tierra, pero no había otra forma de comunicarse. Se acordó que cada cincuenta metros habría un intento de enlace. Si por algún motivo este no se pudiera producir, seguirían probando hasta conseguirlo. Sabían que tendrían que pedir ayuda ante cualquier muestra de peligro, lo que también sacaría a la luz sus descubrimientos, por lo que la prudencia y sensatez era la mejor consejera.

Con todo ya visto, se les dotó de todas las linternas, pequeñas provisiones y los líquidos que tenían encima. La mañana pasaba rápida y no quedaba otra que comenzar. Poco a poco fueron bajando por el agujero. El último fue Javier, que le indicó a Emilio que cerrase la tapa y la cubriera, no con mucha tierra, por si tuvieran que retroceder. Deseándose suerte, la madera volvió a cubrir el agujero, mientras la rellenaban con un poco de la tierra excavada.

El túnel era bastante alto y ancho, eso les permitía ponerse de pie. Solo una de las linternas permanecería encendida con el fin de ahorrar la carga de las demás. En principio la cobertura de los teléfonos móviles era perfecta, lo que les dio más tranquilidad a los cuatro. Javier se ubicó al principio para guiarlos, sus años de experiencia le indicaban que había que tener mucha precaución al caminar por este tipo de sitios. Cualquier filtración de agua podía hacer inestable la construcción. Sin apenas haber iniciado el recorrido, Juan quiso comentar algo.

—Mirad en el techo, se ve como una especie de canal que parece viene de lo lejos.

La linterna de Javier lo alumbró para certificar que aquello era un antiguo conducto de agua que llegaba a la fuente. Lo más probable que fuera el suministro de agua que provenía de alguna acequia, arroyo o incluso del propio río que pasa por la Alhambra. La marcha era lenta pero firme. La perfección de la construcción asombraba al equipo y tal como habían quedado en los primeros cincuenta metros, Javier hizo la llamada.

—Antonio, ¿se me oye bien?

—Perfectamente Javier.

—Vale, de momento no vemos nada anormal. El túnel sigue casi una línea recta un poco en subida. Creo que puedo mandaros la ubicación por la aplicación de mapas.

Javier le dio el teléfono a Cacín para que le enviara su posición. El profesor la vio con la ayuda de Dami, algo más ducho en las tecnologías. Una vez revisada quisieron responder de su situación real.

—Javier, estáis andando bastante recto hacia arriba, aunque con una dirección un poco inclinada hacia la derecha. Nosotros vamos a estar más o menos por encima de vosotros para ir teniendo conciencia de hacia dónde os dirige el túnel.

—Vale, recibido, en unos metros volvemos a contactar.

Los dos teléfonos se colgaron. El profesor, mientras tanto, empezaba a realizar especulaciones sobre la dirección del túnel.

Los pasos abajo seguían lentos y el aire empezaba a ser con olor a humedad, aunque sin molestar a la respiración. Javier sacó un pañuelo y con un gesto les indicó, que en el caso de falta de respiración se lo pusiesen mojado en la nariz. Lo primordial era estar bien y ante cualquier mínimo motivo de salud, se retrocedería a la salida. La contestación con el pulgar hacia arriba por sus amigos fue suficiente para continuar.

En el exterior, los tres seguían por intuición la posible dirección del túnel, aunque era el maestro quien de verdad los guiaba por las calles del centro de Granada. Atrás había quedado la vieja fuente Trinitaria que con tanto acierto quisieron mantener en su lugar los descendientes de la Orden del Visir, algo que internamente, agradecía el profesor.

Abajo, los cuatro continuaban andando cada vez más impresionados por la perfección de la construcción. No había ninguna señal en sus paredes, solo el desteñido producido por la propia humedad durante tantos siglos. Cacín comprobaba una y otra vez la cobertura del teléfono móvil e iba informando a Javier. Después de los metros recorridos tenían claro que se realizó en una leve pendiente, que daba a entender su recorrido desde la parte alta de la ciudad, aunque bajo tierra la orientación era muy complicada. Cacín estaba siempre pendiente del teléfono, la cobertura era buena por lo que decidió hacer un nuevo contacto con el profesor en el exterior.

—Que tal vais Javier —contestó al descolgar el teléfono D. Antonio.

—Bien Antonio, de momento no hemos visto nada. La humedad todavía nos permite respirar y creemos que estamos subiendo hacia algún lugar de la ciudad.

—Vale, podéis mandarme la ubicación como antes.

—Sí, Jesús te la envía ahora mismo.

Pasaron unos segundos mientras el joven alumno manipulaba su teléfono para volver a mandarle su posición.

—Ya os la hemos enviado, Antonio.

—Perfecto, ahora te digo en cuanto la veamos.

De nuevo fue Dami quien tomó el teléfono para abrir la aplicación. Con ella abierta se la enseñó a D. Antonio, este reconoció el sitio y la dirección aproximada que estaba tomando el túnel, por lo que procedió a informarles.

—Javier, según lo que veo, continuáis andando hacia arriba como hacia la zona de la Catedral.

—Antonio, eso tiene lógica. Puede que comunicara el convento con la seo, de todas formas, vamos a seguir, pero os avisaremos cuando hayamos recorrido algo más, ¿si te parece?

—Vale, pero vigilad siempre el tema de la cobertura para no quedaros incomunicados.

—Sin problema, Jesús está pendiente. Continuamos a ver que sucede —Se despidieron deseándose suerte y colgaron el teléfono.

Tal como había dicho, parecía que la catedral sería el destino del túnel, aunque todavía quedaban muchos metros para llegar a ella. Sabía que ese día tenían que aprovechar al máximo sus disfraces de jardineros, ya que les podría dar acceso a algunas zonas sin levantar sospechas. Según la última ubicación que mandaron, estos se encontraban sobre la plaza de la Pescadería, ya muy cerca de la Catedral. El profesor creyó intuir el destino y se adelantó junto con sus amigos a la entrada principal de la misma, mientras les explicaba su teoría, discurso que los demás aceptaron sin discrepar.

En el túnel, se empezaban a escuchar los primeros resoplidos y no por cansancio, sino porque aquello no tenía final. El estar bajo tierra producía algo de claustrofobia, aunque sabían, que lo que estaban haciendo debía tener su recompensa. Cacín seguía vigilando la cobertura, que en algunos tramos casi desaparecía para volver a retomarse con fuerza, eso le suponía un alivio. Juan, que siempre se había mantenido optimista, empezó a tener dudas sobre la expedición y el resultado final.

—Javier, ¿crees que esto nos va a llevar a algún sitio?

—Yo pienso que tiene que llevarnos a algún sitio, Juan. Lo que no tiene sentido es que hicieran este túnel y que no fuera a ningún lugar. Entiendo que estemos un poco cansados de estar bajo tierra, pero vamos a tener fe, ya veréis como al final esto nos va a dar alguna satisfacción. De todas formas, si alguno se siente mal que lo diga para retroceder y sacarlo de aquí.

Ante la tranquilidad de las palabras de Javier, el grupo volvió a concentrarse en la tarea y con un gesto de unión continuaron andando.

Arriba, el equipo del exterior había llegado a la puerta de la Catedral. Para no quedarse parados y levantar suspicacias, se dispersaron con sus disfraces y trataron de disimular revisando los pocos setos que por allí había. Incluso recogieron algunos desperdicios del suelo para meterse más en el papel. D. Antonio permanecía atento al teléfono móvil, sabía que en breve tendrían que comunicarse con él y que esa comunicación corroborase su teoría. Dami por su parte y como siempre empezaba a aburrirse. La situación no le daba ninguna motivación y en algún momento pensó en dejarlo y volverse a su casa. Emilio era el que más esperanza tenía de ver que les deparaba esta nueva aventura. Haber llegado hasta esa situación era algo extraordinario que jamás nadie hubiera soñado y era él uno de los protagonistas.

Por abajo, en un momento de despiste, Cacín dejó de controlar la cobertura del móvil y esta dejó de existir. Cuando quiso darse cuenta estaban incomunicados y no sabía cuantos metros llevaban así. Se lo comentó a Javier, que, aunque preocupado, no quiso darle mucha importancia.

—No te preocupes, Jesús, sigue pendiente por si en cualquier momento del recorrido volvemos a recuperarla.

—Vale, estaré pendiente, pero si no vuelve, ¿qué hacemos? —preguntó algo asustado Cacín.

—Pues continuar, no nos queda otra. Volver atrás es lo último que haríamos y llegar hasta aquí para no encontrar nada no entra en mis planes.

Otra vez las palabras de Javier impulsaban optimismo al grupo, aunque él mismo sabía que la comunicación con el exterior era fundamental, no solo porque los tuvieran localizados, sino también por no tenerlos preocupados. Tal como habían acordado, cualquier retraso excesivo en el contacto supondría llamar a los servicios de emergencia y eso daría al traste con todas sus investigaciones.

Pocos metros más adelante, la humedad empezaba a hacerse un poco más densa y aunque se respiraba bien, el olor ya empezaba a ser nauseabundo. Por este tramo, en el suelo apareció un pequeño hilo de agua que dio más esperanza a Javier, porque de alguna forma el agua estaba entrando por algún lugar cercano. Cada paso que daban la película de agua era más ancha, aunque sin apenas profundidad. El techo, por su parte, permanecía seco. Una y otra vez, Juan, lo tocaba con sus dedos por si aquel agua era parte de alguna filtración. Cacín que llevaba ya varios metros siendo el primero, se detuvo de repente y con una expresión de alegría se dirigió a Javier.

—¡Mira! Volvemos a tener cobertura en este mismo punto.

—Perfecto Jesús, llama a tu profesor que supongo estará preocupado.

Cacín marcó el número en el teléfono y esperó el tono de llamada. En el exterior D. Antonio llevaba ya varios minutos preocupado por la falta de contacto, que le empezó a replantearse en avisar a emergencias. En ese momento su teléfono empezó a vibrar, era la llamada de la esperanza, la que le quitó de golpe toda la preocupación, su alumno había vuelto a contactar con él.

—Dime Jesús, ¿cómo estáis por ahí abajo? Estaba empezando a preocuparme.

—Estamos bien D. Antonio, lo que pasa es que nos habíamos quedado sin cobertura un buen rato y hasta ahora no la hemos recuperado.

—Vale, pensaba que había sucedido algo, ¿puedes pasarme a Javier?

—Claro, ahora se lo paso.

Javier tomó el teléfono con sus manos. Forzó un leve carraspeo de garganta y con optimismo saludó al profesor.

—Buenas Antonio, ¿cómo vais por ahí arriba?

—Nosotros vamos bien, pero como le he dicho a Jesús, estábamos ya preocupados por vosotros, aunque por tu voz noto que lo lleváis bien.

—Sí, hasta ahora no hemos vuelto a recuperar la cobertura. Lo que sí estamos notando es mucha más humedad y algo de agua en el suelo.

En ese momento Juan notó en ese punto el techo bastante húmedo. El suelo también estaba más encharcado. Anduvo unos metros arriba y comprobó que el túnel volvía a estar seco. Esta circunstancia la transmitió de inmediato al guía mientras hablaba con el exterior.

—Antonio, justo me dice ahora Juan, que en este punto está la filtración de agua. Os vamos a mandar ubicación para que nos podáis indicar donde estamos con exactitud.

Cacín cogió otra vez el teléfono para volver a mandarles su posición. A los pocos segundos era recibido por el maestro que, sin necesidad de Dami, consiguió localizarlos.

Tras revisar la aplicación unos minutos, le dijo a Emilio y Dami que le siguieran. Estos se pusieron en marcha para estar junto a él. La dirección no indicaba el interior de la Catedral, sino un lateral de esta, en concreto la zona cercana a la puerta de la Capilla Real. Los pasos de ambos se aceleraron mientras Dami quedaba algo retrasado. Entraron en la calle según les guiaba la aplicación y de inmediato ralentizaron sus pasos para colocarse en el sitio correcto. El lugar estaba centrado entre ambas paredes de la vía y sus pies posaban sobre una antigua rejilla de alcantarilla. El profesor entonces comprendió de donde podría venir la filtración al subsuelo y así quiso comunicárselo a Javier.

—Estamos justo encima de vosotros. Aquí hay una alcantarilla, por lo que es posible que el agua se filtre por ahí. Lo que no sé es a cuantos metros estáis bajo tierra.

—Entendido Antonio, pensaba que podíamos estar cerca de alguna toma de agua fluvial, pero por lo que me dices puede tener sentido que se filtre por la rejilla de la alcantarilla. En fin, vamos a continuar, aunque esto se está haciendo un poco pesado.

—No desesperéis Javier, sabes que no tendremos otra oportunidad.

—Lo sé y por eso quiero seguir —le dijo el guía—. Bueno, te dejo, que ya llevamos aquí abajo cerca de una hora.

La comunicación volvió a interrumpirse y la expedición tanto del subsuelo como del exterior iniciaron la marcha.

En el túnel la humedad había vuelto a bajar y en pocos metros, este cogía unos centímetros más de anchura que aliviaba un poco la sensación de agobio.

Por su parte D. Antonio entendió que hacer teorías en la dirección subterránea no tenía sentido. Además, habló con Dami y Emilio para quitarse los trajes de jardinero. Por aquella zona quizás daban más la nota vestidos así que de paisano. En una pequeña callejuela cambiaron su vestimenta y la introdujeron en la mochila que llevaba Dami en la espalda. Poco más podían hacer hasta que volvieran a saber de Javier. Un poco de reposo les vendría bien y decidieron sentarse en las escaleras que daban acceso a la calle Gran Vía.

En el túnel, Cacín volvía a estar feliz porque la cobertura móvil era bastante buena. Javier, sabiendo del cansancio que producía estar tanto rato encerrados, iba contando chascarrillos y leyendas conocidas de la época Nazarí, que provocaba una pequeña tertulia entre ellos. El muchacho, sin darse cuenta, se había adelantado unos metros que le llevaron a toparse con otro túnel.

—¡Venid aquí, hay otro pasadizo! —les dijo Cacín con suspense.

Al oír aquello, aceleraron el paso para llegar.

—Déjame un momento Jesús.

Javier se introdujo un par de metros con la linterna en mano para inspeccionarlo. La estructura era la misma, lo que llevó a determinar que posiblemente fue construido a la vez. La luz no llegaba mucho más allá y valorar su longitud era imposible.

—Bueno, ¿qué hacemos, Javier? —preguntó Juan.

—Pues no lo sé, tampoco quiero que nos dividamos. Prefiero que nos mantengamos juntos, pero claro, esto nos puede retrasar mucho. Además, no sabemos siquiera si esta desviación tendrá alguna salida. Lo mismo lo hicieron para llegar a otro tipo de convento, iglesia… o qué sé yo —contestó Javier algo confuso.

Durante unos segundos dejaron que el guía pensara en silencio. Sabían que él era una persona con buenos razonamientos y por ahora todo estaba saliendo bien.

Volvió a adentrarse unos metros más hasta que su figura casi desapareció. Solo se escuchaba el rastrear de sus pasos. De pronto volvió y sin muchos rodeos les explicó sus intenciones.

—Continuar por donde íbamos no nos ha revelado nada y llevamos ya muchos metros. Así que, mi opinión es cambiar y adentrarnos en este nuevo pasadizo, por lo menos tendremos la sensación de modificar la rutina de búsqueda. ¿Qué os parece? —Buscó Javier el consentimiento de sus amigos.

Los tres se miraron en la oscuridad. El argumento de Javier les era válido y así se lo comunicaron. Había que probar por ahí, Sin pensárselo se encaminaron hacia el nuevo túnel con más optimismo que por el anterior. Cacín volvió a tomar la delantera, pero esta vez con menos distancia. El sitio mantenía la anchura del otro, pero su acabado era algo más fino. Según iban ganando metros, el revestimiento estaba mucho más alisado, quizás por la escasez de humedad. No muy lejos la luz de la linterna dejó entrever una especie de arco decorativo. De inmediato, Javier tomó la delantera para inspeccionarlo. Llegando a su altura pasó la luz de arriba abajo y fue de repente cuando soltó un grito de alegría que retumbó por todo el lugar. Sus amigos asustados se apresuraron a llegar junto a él. La pregunta era obvia:

—Javier ¿Qué pasa?

—Juan. ¡Mira lo que hay aquí!

Juan, Cacín y Luis siguieron con sus ojos la luz de Javier. La imagen del arco les sorprendió muchísimo. Habían encontrado algo diferente, algo que el experto guía pasó a explicarles.

—Es un arco de herradura de estilo Nazarí y lo más curioso es que el propio escudo de la dinastía está grabado en su dintel.

—¿Y por qué crees que está esto aquí, Javier?

—La verdad, no lo sé Juan, pero esto tuvo que hacerlo algún alarife musulmán. Los cristianos no sabían construir con esta técnica.

—Entonces, ¿crees que esto se hizo antes de que los Reyes Católicos tomaran Granada? —preguntó Cacín.

—No lo tengo claro Jesús. Porque el túnel sí da la sensación de haberse construido después. Sabemos que tras la toma y durante muchos años los alarifes nazaríes siguieron trabajando para los cristianos. —le contestó Javier.

Juan, que llevaba un rato revisando toda la yesería del arco, pidió un momento para expresar una posible teoría.

—En los estudios que he realizado sobre los nazaríes, estos le daban mucha importancia a su escudo y sus grabados. Como sabéis, este está por todos los lados de la Alhambra e incluso se han encontrado también en algún que otro lugar, como casas antiguas del barrio del Albaicín, pero solo se ponían en el dintel de las puertas o arcos cuando el acceso estaba restringido a la familia real. Esta era la señal para que sus súbditos no lo atravesaran y si alguno lo hacía el castigo era terrible. Así que entiendo que alguien quiso que solo esto fuera atravesado por sangre real.

—¿Quieres decir que es posible que lo hicieran para meter miedo y evitar que alguien descubriera algo que pueda estar por estos túneles?

—Eso no lo había pensado Javier, pero tiene sentido. Hasta los cristianos sabían de esta prohibición.

El guía le indicó a Cacín que hiciera algunas fotos, pero que todavía no le dijera nada a su profesor. Preferían seguir un poco más para ver que podrían encontrar. Juan, en este caso, tomó la iniciativa y fue el primero en atravesar el arco, sus conocimientos sobre la famosa dinastía que gobernó Granada hasta la llegada de los Reyes Católicos eran espectaculares. La luz de la linterna alumbraba las lisas y bien rematadas paredes y techos. Luis y Cacín cerraban el grupo sin prestar mucha atención al túnel. Metros más adelante, la cara de Juan se tornó en sorpresa. Varios símbolos empezaban a aparecer en las paredes y uno de ellos era otra vez el escudo Nazarí con su lema de «*no hay más vencedor que Ala*», lo que le llevó a llamar a Javier.

—Mira lo que tenemos aquí, el escudo y su lema, pero además hay zócalos con azulejos de estilo alhambreño y yeserías en los techos.

—Esto es extraordinario, algo que estaba bajo nuestra ciudad y en tan buen estado que da pena no contarlo. ¿Crees que esto lo pudieron hacer los cristianos? —le preguntó a Juan.

—No lo creo Javier, como te dije, lo que sí es posible es que esto se hiciera en la primera época cristiana, pero los trabajadores fueron musulmanes, esta perfección solo podían hacerla ellos.

—Vale Juan, ¿seguimos entonces?

—Sí, tengo la sensación de que estamos muy cerca de algo y no quiero irme sin descubrirlo.

Juan colocó la linterna en posición vertical y sin dejar de alumbrar sus pasos, iba viendo una y otra vez la misma decoración sobre paredes y techos. El caminar era lento para no perderse ningún detalle, la humedad no existía, no se apreciaba ni una mancha de filtración de agua, eso venía a indicarles, que a lo mejor estaban debajo de los edificios y no de las calles. Javier quiso hacer un alto para informar a D. Antonio sobre lo que estaban viendo, cuando de la boca de Cacín salió una de esas palabras de asombro muy típicas entre los muchachos.

—¡La leche!, ¿qué es eso?

Los dos adultos, que no habían estado pendiente de mirar hacia delante, giraron al unísono sus cabezas en la dirección en la que Cacín señalaba con el dedo. Sus ojos abrieron las pupilas al máximo. No podían creer lo que tenían delante. El paso del túnel estaba cerrado por una gran puerta que se adaptaba al contorno de este. Sin pensárselo se acercaron a ella con todas las luces encendidas. La magnífica puerta se conservaba intacta. La madera mantenía una estructura muy correcta, el embellecimiento con láminas y remaches de bronce era digno de reyes. En cada esquina aparecían varias palabras escritas en árabe y de ellas partían hacia el centro una especie de canal que conformaban entre las cuatro una gran equis. Javier fue el primero en acariciarla con su mano, el tacto todavía era suave aún con el polvo acumulado durante siglos. Su inspección le llevó a buscar la forma de abrirla, pero no se veían huecos de cerraduras ni ningún otro indicio de cerrojo. Juan también la revisaba sin poder tampoco dar con el acceso, por otro lado, los muchachos solo se dedicaban a observarlos. Con todo eso, Javier sabía, que la ayuda debía venir del exterior y ya era hora de volver a conectar con D. Antonio. Hizo un gesto a Cacín y este entendió lo que le indicaba su amigo. Viendo que la cobertura del móvil era aceptable, marcó y espero a que le contestaran desde arriba.

Fuera, hacía ya rato que esperaban algún tipo de contacto y la llamada de Cacín no tardó en tener respuesta.

—Buenas Jesús, ¿cómo estáis?

—Bien D. Antonio, le paso a Javier que le explique.

El guía cogió el teléfono y con voz clara le fue contando detalle por detalle lo que habían descubierto hasta ahora. La cara de asombro del profesor era para enmarcarla.

—Como verás Antonio, esto es algo difícil de controlar. Estamos algo nerviosos y no tenemos claro como abrir la puerta.

—Lo entiendo Javier. Necesito que me pases fotos lo más nítidas posible para poder ayudaros. Os pido por favor que no toquéis nada ni intentéis abrirla, puede que tenga alguna trampa anti ladrones y no quiero que nadie salga herido de ahí.

—De acuerdo, le digo a Jesús que te las envíen ahora mismo.

Cacín tomó otra vez el teléfono y radiografió la puerta. Sobre todo, puso mucho empeño en las palabras que había en cada esquina y que le señalaba Juan con insistencia. Cuando ya tuvo suficientes las envió. Los tres de arriba se habían refugiado en un bar cercano para tener más privacidad que en la calle. Las fotos fueron llegando al teléfono del profesor. Aunque la pantalla era pequeña, se podían distinguir bien. Las palabras árabes fueron traducidas por el profesor, el significado de estas no le decían en principio nada relevante, aun así, se enfocaron en cómo podrían abrir la puerta.

—Javier, viendo las fotos no tengo claro como podéis hacer para entrar. Las palabras que hay en cada esquina, en principio, no son relevantes, pero te digo lo que significan: La de la esquina superior izquierda es la palabra «*rojo*», la del otro lado superior significa «*valiente*», abajo a la izquierda es «*viejo*» y la última la traduzco como «*izquierdo*», ¿te pueden ser útiles? —le preguntó el profesor.

—La verdad es que no me dicen nada, pero lo que sí veo, es que desde cada una parte una especie de carril hacia el centro de la puerta.

Antes de que continuara hablando, Juan, desplazó por el carril la que contenía la palabra rojo. Viendo esto, Cacín hizo lo mismo con la superior derecha y por ende los demás desplazaron las inferiores. Las cuatro palabras se encontraban juntas en el centro, pero la puerta no hizo ningún amago de abrirse. El profesor que había permanecido a la escucha supo en ese momento que esas palabras eran la clave para abrirla.

—Javier, creo que esas palabras son la cerradura para abrir la puerta, pero tenemos que desplazarlas en el orden correcto.

—Puede ser Antonio, pero ¿no sé cómo usarlas ni sé qué combinación siguen?

—Dame un momento que las estudie un poco más y pueda deciros algo. Dejad el teléfono conectado con el altavoz para que todos podamos escuchar lo que decimos.

—De acuerdo Antonio, estamos todos a la escucha. —dijo Juan.

Emilio colocó el teléfono encima de la mesa donde estaban sentados en el bar. Mientras, el profesor cogió una servilleta, hizo una cruz y escribió la transcripción de cada palabra según aparecían en la puerta. Emilio intentaba ayudar con algunas teorías que eran desechadas por el profesor. Dami, aunque estaba atento, se distraía con facilidad. Una y otra vez las repetían para que retumbasen en la cabeza, tanto fue así que hasta el muchacho las cantaba mentalmente, hasta que lo mental pasó a lo vocal y sin darse cuenta la cancioncilla salió de sus cuerdas vocales.

—«El rojo, un viejo con el valiente y el zurdo» «El rojo, un viejo con el valiente y el zurdo» —Canturreaba Dami mientras Emilio le miraba con cara de pocos amigos.

Al maestro se le pegó el estribillo. Unas palabras que empezaron a tener sentido para él, incluso Dami había cambiado su traducción de «*izquierdo*» por la de «*zurdo*». Sin dejar de pensar, cogió el teléfono móvil y lo que le dijo a Javier despertó del letargo a todo el grupo.

—Javier, ¿me oyes?

—Sí, Antonio, ¿dime?

—No estoy seguro, pero creo que puedo tener la combinación que necesitamos y todo gracias a Damián y su cancioncilla. Javier puso cara de no entender nada, pero aun así mostró el máximo interés junto con sus compañeros de túnel.

—No entiendo muy bien lo que nos quieres decir, pero suelta ya lo que tengas. Llevamos ya tiempo aquí abajo y necesitamos algo.

—Perdona Javier. Tengo la sospecha que cada palabra está relacionada con el apodo de un rey nazarita: «El Rojo», «El Viejo», «El Valiente» y lo que traduje por izquierdo pudo ser un error y que su significado sea «El Zurdo», algo que me hizo ver Damián. Si estoy en lo cierto —continuó el profesor—, estos apodos cuadran con sus respectivos reyes y lo más importante, es que la combinación debe ir en el orden tal y como gobernaron.

—No sé si tendrás o no razón —le dijo Javier—, pero tiene sentido y no tenemos otra cosa. Vamos a probar, pero necesito el orden, yo no me acuerdo quién fue primero.

—Para eso tienes ahí a Juan, un erudito en esa materia —le indicó el profesor.

Javier miró a su amigo y sin decir palabra le pasó el testigo para que hiciera los honores. Volvieron a poner cada apodo en su lugar y le dejaron solo ante el peligro.

—Vamos a ver, si no me equivoco —dijo Juan—. El primer rey Nazarí fue conocido como «El Rojo». ¡Jesús!, ¿quieres desplazar esta palabra hacia el centro?

El chico obedeció órdenes e hizo lo que Juan le había mandado. Una vez situada en el centro se hizo un momento de silencio para ver si en la puerta se escuchaba algún ruido, pero esto no sucedió, por lo que Juan continuó con el siguiente.

—Ahora, según el apodo, creo que fue «El viejo». ¡Jesús desplaza este hacia el centro!

Cacín volvió a obedecer y lo desplazó sin que nada ocurriera.

—¡Gracias Jesús! —le agradeció Juan—. El próximo en gobernar fue el conocido como «El Zurdo».

Cacín, sin recibir instrucciones, se adelantó y desplazó el correspondiente hacia el centro. De nuevo pegaron los oídos sin recibir ningún sonido a cambio. Los nervios hicieron acto de presencia, solo quedaba por desplazar el último correspondiente a la palabra «Valiente». En ese momento, quiso Javier que Juan fuera el que lo hiciera. La mano tomó el símbolo con nerviosismo y fue desplazándolo también hacia el centro. Al principio sorprendía la suavidad con la que se movía, pero poco a poco aquello empezó a oponer algo de resistencia, hasta que las dos manos de Juan tuvieron que empujar con fuerza el sistema, que parecía haberse bloqueado. En un acto más de fe que de habilidad, consiguió ponerla en su sitio. Un golpe interior de hierro retumbó por el túnel y dejó a todos perplejos. Sin tiempo para reaccionar, Juan la empujó y esta cedió con un chirrido lógico por los siglos que llevaría cerrada. El guía puso la mano en el hombro de Juan insinuándole que tuviera cuidado. Cualquier trampa anti-cacos podía activarse.

Con mucha precaución inspeccionaron con las linternas el marco, el techo y el suelo. Nada parecía anómalo, así que, Juan empezó a abrirla poco a poco. El chirrido se hizo cada vez más sonoro y el suspense cortaba el ambiente, incluso parecía que las bisagras podían quebrarse. A la mitad de recorrido, Javier le indicó a su amigo que ya había suficiente abertura como para pasar. Este le miró con la intención de entrar primero, algo que aceptó no sin recordarle la máxima precaución.

Los primeros pasos eran lentos y sigilosos. La linterna se movía entre suelo y techo. Esa parte del túnel era continuación del anterior con los mismos grabados y escudos Nazaríes. De momento no se apreciaba nada a lo lejos, aunque la luz no daba para más de tres o cuatro metros de visión. Poco a poco los demás fueron atravesando el dintel siguiendo la batuta de Juan. Javier, viendo que no había sucedido nada, quiso hacer una pequeña reunión de valoración antes de continuar.

—Por ahora todo va bien. Todavía estamos en muy buena situación, no creo que se molestaran en hacer esto para no guardar nada.

—Estoy contigo —le contestó Juan—. No tendría sentido hacerlo, salvo que fuera para despistar a los intrusos. A vosotros, ¿qué os parece? —se dirigió Juan a los dos muchachos que encogieron los hombros sin saber qué respuesta dar—. Entiendo que hay pocas teorías aquí abajo como para pediros consejo —les dijo Juan al final.

Tras este breve parón, quiso Javier retomar la marcha. Sus pensamientos eran positivos, pero también empezaba a estar cansado de vagar por aquellos pasadizos. En unos metros el túnel poco a poco fue menguando en altura hasta el punto de que debían andar medio jorobados. Al poco, este se cerró en forma de embudo, provocando que todo el grupo tuviera que ponerse a gatas.

—Javier, espero que no tengamos que estar muchos metros así, la verdad que me cuesta un poco por las rodillas. —Se quejó Juan.

—Pues no lo sé, para mí tampoco es cómodo. Yo tampoco pretendo que sigamos mucho más allá.

Cacín, que había escuchado el diálogo, quiso aportar, como siempre, su granito de arena.

—Javier, si te parece bien me adelanto yo y lo inspecciono un poco mientras vosotros os quedáis aquí. Así no os cansáis tanto.

—Vale Jesús, pero no te voy a dejar que vayas más de diez o quince metros. Si ves que sigue así, abortamos y retrocedemos, ya veremos después que hacemos.

Entendido el mensaje y con linterna en mano, se adentró solo. En pocos metros el túnel entraba en una semi curva que hacía perder el contacto lumínico entre ambos. Aun así, Cacín, tras unos quince metros de distancia, no tiró la toalla y se dijo así mismo que avanzaría algo más. Los gritos de sus amigos se escuchaban con eco en la lejanía, lo que provocaba un eco indescifrable. Al final su empeño tuvo recompensa. No mucho más allá pareció vislumbrar el final del pasadizo. Su gateo fue rápido y ansioso, sabía que allí se salía a algún sitio más amplio. Sin reparar en nada y todavía agachado, se presentó en una gran sala redonda donde pudo ponerse de pie. Mientras alumbraba toda la estancia, miró hacia el techo, donde una gran cúpula cerraba la estancia. Estaba en tal asombro que no se percató de la magnífica decoración del conjunto, tal era así, que también se había olvidado de que atrás había dejado muy preocupados al resto del grupo. No hizo falta que volviera, en pocos segundos un Javier algo enfadado se había decidido ir en busca del muchacho.

—Jesús, he tenido que venir, pensaba que te había pasado algo.

En ese momento Cacín volvió en sí y mirando al guía le pidió perdón por su olvido.

—¿Qué es esto? —preguntó asombrado el guía.

—No lo sé, pero es maravilloso.

Mientras los dos permanecían de pie, por la bocana del pasadizo aparecieron Juan y Luis también preocupados e impacientes por no haber tenido noticias de sus amigos. La sala tenía a cuatro visitantes y ninguno de ellos era capaz de soltar palabra por lo extraordinario del descubrimiento. Las luces de las linternas iban y venían de un lado a otro hasta que Juan volvió a tomar la iniciativa mientras levantaba la mano.

—Un momento, ¡dejad de alumbrar todos a la vez!, creo que es mejor que sea uno de nosotros el que se tome un instante para revisar esta maravilla.

Javier le respondió de inmediato sin dejar que ninguno de los dos muchachos siquiera se pronunciase.

—Juan, tú eres el más preparado para esto, así que somos todo oídos.

Agradeciéndole su amabilidad, se puso a revisar la sala de arriba abajo empezando por el techo. Este estaba decorado con yeserías que mantenían, intactas, el colorido decorativo típico de la dinastía. Lo que representaba un conjunto de tal belleza que solo podría haberse realizado para los más altos mandatarios Nazaríes. De inmediato interpretó el significado de aquella techumbre. La había visto reflejada en algunas otras construcciones, aunque nunca en yesería, sino en armazones de madera, estaba claro para él y quiso compartirlo con los demás.

—Mirad, en este techo están representados los siete cielos del paraíso islámico, vamos muy parecido al que vemos en la sala de la Torre de Comares de la Alhambra, aunque a menos altura.

—Y eso, ¿qué quiere decir, Juan?

—Te explico Luis. Este tipo de ornamentación solo estaba dedicada a la más alta figura Nazarí de la corte, es decir, el Rey, pero de momento no sé con qué intención se hizo aquí abajo.

La linterna fue bajando de las alturas para examinar las paredes, que también estaban decoradas en yesería con el escudo y el mismo lema Nazarí descubierto más atrás en el túnel, pero algo llamó la atención de Juan, entre esas yeserías había incrustadas una especie de paneles con número romanos y algún tipo de escritura cúfica debajo.

—Aquí hay unas yeserías que tienen números romanos y están ordenadas alrededor de la estancia. El último es el doce.

—Sí, lo veo Juan. Además, se ve también la antigua escritura cúfica musulmana debajo de cada número. Creo que es hora de comunicarnos con los del exterior, esto me da a mí que es algo importante, pero no tengo ni idea de traducirlo.

—Perfecto Javier.

En ese momento, Juan se dirigió a Cacín para que hiciera la conexión pertinente.

En el exterior, todos estaban ansiosos de volver a recibir noticias, el teléfono de D. Antonio estaba encima de la mesa del bar cuando de repente la conexión volvía a hacerse efectiva. Sin tiempo para pensar Emilio le arrebato la llamada al profesor, su ansiedad le permitió ser más rápido que su amigo.

—Dime Jesús.

—Hola, tenemos noticias muy importantes, así que os paso a Javier para que os explique.

Emilio puso el modo manos libres para que todos escucharan al guía, sin percatarse de que el altavoz estaba algo alto de volumen.

El guía junto con Juan fueron relatando todo lo encontrado hasta ahora y de cómo se habían sucedido los hechos. La intriga les tenía sumidos en la conversación sin darse cuenta de que en la barra del bar una persona también estaba escuchándolo todo con gran precisión.

—Me puedes mandar foto de las doce inscripciones. —reflexionaba el profesor sobre el lugar y las indicaciones que le decían sobre los grabados cúficos y romanos—. Tengo que valorar que significan antes de que os vayáis de ahí.

—Sin problema Antonio, ahora te las pasa Jesús.

Una a una las fotos fueron llegando y descargándose en el teléfono móvil. En un principio tenía claro que traducir aquel tipo de escritura árabe tan antigua no iba a ser fácil. Sus conocimientos solo le valían para el árabe más actual, aunque la sorpresa vino de la mano de Emilio.

—Antonio, déjame que los vea bien. Esto lo he contemplado yo más veces y creo que sé lo que pueden significar.

El profesor, algo anonadado, animó a Emilio para que continuara y no le dejara con la intriga.

—Hace tiempo hice un estudio cronológico de los diferentes gobernantes en España desde los romanos. Obviamente también de los nazaríes que estuvieron aquí y es curioso que estos fueron los únicos en cuyas lápidas mezclaban la simbología romana con la cúfica.

—Emilio me estás diciendo que esos símbolos corresponden a reyes nazaríes —El maestro miró a su amigo entre extrañado y sorprendido.

—No estoy del todo seguro, pero vamos a salir de dudas. Tengo todos mis trabajos en un archivo virtual al que puedo acceder desde mi teléfono móvil —Con toda la incertidumbre, se puso a manipular su nuevo Motorola, buscando aquello que podría ser la resolución de aquel asunto.

Abajo, los demás habían escuchado toda la conversación del exterior y con las linternas de brazos caídos esperaban la contestación de Emilio, que no tardó mucho en producirse.

—Aquí lo tengo. Hice algunas fotos de las posibles inscripciones que tendrían los reyes y creo que lo único que nos falta es compararlas con las que nos han enviado.

Ambas pantallas de los teléfonos se juntaron para valorar si en efecto tenían algo que ver los dos documentos gráficos.

—Bueno Antonio, recemos para que esto nos lleve a lo que queremos.

Los ojos de ambos fueron recorriendo los grabados. Sus manos ampliaban y disminuían el *Zoom* de la pantalla a cada instante. De repente exclamaron la misma palabra. «¡Coinciden!». Una alegría, acompañada de abrazos, juntó a ambos. La mirada rara de Dami entendió que algo bueno había sucedido. Ipso facto, D. Antonio quiso transmitir el hallazgo a sus compañeros del subsuelo.

—Javier, ¿me escuchas?

—Alto y claro Antonio, ¿qué ha pasado ahí arriba?

—Pues, que los grabados cúficos coinciden con los de Emilio.

—¿Pero coinciden en qué? —le preguntó sin entender nada, Javier.

Estos se miraron antes de contestarle y le dijeron lo que tantos siglos había estado oculto.

—Son los nombres de los Reyes Nazaríes. Javier, si estoy en lo cierto, creo que acabáis de encontrar la Rauda perdida de la Alhambra.

Aquello sonó en el sótano como la mayor hazaña desde el descubrimiento de América. La alegría fue inmensa, sus aventuras habían dado con algo inesperado. Varias lágrimas recorrieron sus mejillas. La euforia del momento empezaba a ser desmedida y tuvo que ser Cacín con su juventud el que pusiera un poco de cordura. Sabía que les estaban siguiendo y no era el momento de exaltar a viva voz aquellos hechos. Además, mientras todos habían estado celebrándolo, él había descubierto en una pared de la sala otro grabado de estilo cúfico. Era un poco más largo y sin identificación de número romano. Javier al verlo quiso apaciguar los ánimos e hizo un gesto al muchacho para que también le enviara una foto al exterior.

—Antonio, te está mandando Jesús una foto con otro grabado cúfico, pero diferente a los que te mandamos antes. Decidme si podéis ayudarnos con eso.

Esta llegó al móvil del profesor, que la observó junto con Emilio, pero que no supieron darle traducción. Entre tanta algarabía, a D. Antonio se le había olvidado preguntar algo muy importante: La situación concreta de la renombrada sala Rauda.

—Javier, ¿podéis mandarnos la ubicación actual que tenéis? Es muy importante saber sobre qué sitio de la ciudad están enterrados.

—Cierto Antonio, con tanta intriga se me ha pasado, espera que le doy el móvil a Jesús para que os lo envíe.

Cacín usó otra vez la aplicación para enviarles su posición mientras esperaban la respuesta al otro lado.

—Ya la tiene. En cuanto la vea nos informa, por favor. —le suplicó Cacín.

—Descuida Jesús.

Con algo de nervios, el maestro le pasó el teléfono a Dami para que fuera él quien lo manipulase. No quería que cualquier mala acción supusiera perder los datos mandados. Una vez abierto por su alumno, el móvil pasó otra vez a manos de su profesor, que junto con Emilio inspeccionaron el punto exacto que les estaba marcando su posición en el mapa de la ciudad. Entre los tres vieron que la posición estaba clara. D. Antonio la había visto casi sin vacilar, a Emilio y a Dami les costaba pronunciarse por lo que el profesor les comunicó el lugar exacto.

—Por lo que veo, el sitio no se eligió al azar y lo entenderéis en cuanto os lo diga. Además, tengo claro que sois los primeros en entrar ahí desde que se construyó.

Desde el altavoz del teléfono, salió un poco nerviosa la voz de Juan suplicándole que no se entretuviera más y que les dijera ya donde estaban.

—Juan, pues tú mismo lo vas a entender —continuó el maestro—. Alguien quiso que los reyes reposaran bajo la sabiduría islámica más antigua de la ciudad, la escuela más importante del momento.

Sin dejar que acabara, Javier soltó lo que todos querían oír.

—No me lo puedo creer, estamos bajo La Madraza.

—¡Correcto! Si no me equivoco bajo lo que queda de la antigua universidad árabe Nazarí. —aclaró el profesor.

—Tiene mucho sentido como tú has dicho Antonio. Pocos se pondrían a buscar bajo ella y además se les daba su último responso en uno de los lugares culturales más sagrados de su religión —respondió Javier.

Mientras continuaban la conversación, alguien pasó junto a la mesa y con disimulo dejó caer encima de ella un pequeño papel enrollado. Para cuando Dami se dio cuenta, este ya había abandonado el acogedor bar. Con intriga lo tomó entre sus dedos y se lo dio a un D. Antonio que ni siquiera, al igual que Emilio, se habían percatado del suceso.

—¿Qué es esto Damián? —le preguntó D. Antonio.

—Pues un papel que ha dejado aquí un hombre al salir del bar.

La cara de extrañeza de Emilio y D. Antonio fue aún mayor. No comprendían muy bien si el papel se le había caído o si él lo había soltado aposta.

—Vale Damián, pero ¿te ha dicho algo?

—No Emilio, solo lo ha soltado y se ha marchado por la puerta. Tampoco sé si se le ha caído.

—Está bien Damián, vamos a ver que dice este papel.

D. Antonio lo desenrolló con mucho tacto y con la intriga de saber si aquello lo habían dejado para ellos. Cuando estuvo estirado lo puso encima de la mesa. Una inscripción, al parecer, escrito en cúfica y su traducción en la parte inferior era que lo que había escrito. En ese momento Emilio lo leyó en voz baja.

«El silencio perdurará oculto entre los que mayor esplendor dieron a

estas tierras»

«O V.»

Tras esta pequeña frase le pidió a D. Antonio que le dejase ver la última foto que le habían enviado desde abajo. Este accedió sin todavía comprender hacia donde quería ir su amigo. Tras unos segundos de comparación pudo confirmar que aquella frase era la traducción de la inscripción de la sala.

—Antonio, las letras cúficas del papel coinciden con las que nos han enviado desde abajo. Esto quiere decir que la Orden del Visir tenía constancia, por lo menos, de que eso estaba escrito. Tengo la sensación de que es otra advertencia para que nadie revele lo que han encontrado. Fíjate que la frase acaba con las siglas de la Orden y el que lo ha soltado aquí nos ha querido dar un toque de atención —acabó diciendo Emilio.

—Entonces aquí dentro del bar ha tenido que estar uno de ellos. Vaya, qué tontos y descuidados hemos sido. Es posible que haya escuchado nuestras conversaciones. Creo que están más al corriente de lo que hacemos de lo que pensaba.

—Está claro, Antonio, que tenemos que ir con pies de plomo. Vamos a informar a Javier de lo que ha pasado.

Ya con el teléfono sin el altavoz manos libres, Emilio le informó de los acontecimientos. Esto preocupó al equipo del subsuelo, no sabían si allí abajo también estaban vigilándolos y con qué intenciones. Juan no quería tirar la toalla, tantos días de búsqueda para ahora abandonar era injusto. Lo mismo pensaron los muchachos que junto con el guía decidieron seguir adelante aún con la negativa de D. Antonio, que no tuvo más que resignarse a la decisión:

—Está bien, vosotros sabéis lo que hacéis, pero por favor creo que debéis ir un poco más rápido e intentar salir de ahí en el menor tiempo posible.

—De acuerdo Antonio, no queremos preocuparos. Todavía hay una cosa que tenemos que resolver. ¿Cuántos reyes nazaríes hubo? —le preguntó Javier.

—Pues, unos veintitrés, si no me falla la memoria—contestó el profesor—. Muchos duraron nada y otros salieron y entraron del trono en distintos años, pero ¿por qué lo preguntas Javier?

—Por qué aquí solo vemos doce inscripciones, lo que me da a entender que no trajeron todos a este lugar.

—Puede tener su explicación, ya que algunos de ellos fallecieron fuera de España y a lo mejor no los pudieron repatriar. De todas formas, gracias al trabajo de Emilio vamos a saber quiénes de ellos están ahí abajo, ahora te voy diciendo.

—Perfecto Antonio, espero tus noticias.

El profesor dejó el teléfono a un lado y junto con Emilio empezaron a valorar las inscripciones que estaban bajo cada número en romano. La traducción iba sacando a la luz los monarcas nazaritas. Poco a poco todos los grabados fueron traducidos por sus respectivos reyes, unos más importantes que otros. Cuando todos estaban escritos en la libreta de Emilio, este volvió a coger el teléfono para darle las noticias.

—Javier, ya tenemos todas las traducciones. Espero que estéis sentados porque lo que os voy a desvelar no tiene precio.

—Dispara Emilio, que nos tienes en ascuas.

—Cada número romano pertenece a un rey Nazarí, desde Alhamar, pasando por Muhammad V, Yusuf I y terminando con Muley Hacen y su hermano El Zagal, están prácticamente los más importantes.

En ese momento el teléfono quedó en silencio, tanto que Emilio tuvo que despegárselo de la oreja para ver si se había cortado la comunicación. Pocos segundos después la alegría de los de abajo sonó en el altavoz, los vítores iban acompañados de alguna palabra mal sonante, pero acorde al momento, aun así, de nuevo fue Cacín el que hizo la pregunta olvidada.

—Emilio, has dicho que están los más importantes. Entonces, ¿aquí no está Boabdil?

La respuesta fue afirmativa, las inscripciones dejaban claro que el último de los reyes, el más recordado de la historia, no aparecía entre los doce enterrados. Para los demás era un mal menor, el descubrimiento suplía esa carencia con creces, pero para Cacín era un chasco. Pensaba que la Reina Isabel hubiese querido que reposara en la tierra que le vio nacer, de todas formas, su maestro le quiso apuntar algo del porqué ese rey no pudiera estar ahí.

—Jesús, tras la toma de Granada por los cristianos, Boabdil y su mujer se fueron a unas tierras alpujarreñas de la parte de Almería. Allí vivieron hasta que su esposa murió. Con esa pena marchó de España a Marruecos, donde falleció. Parece ser que han encontrado su tumba en la ciudad de Fez, así que es posible que «La Orden» no pudiese repatriarlo.

La argumentación solo fue suficiente para aplacar el enfado momentáneo que el muchacho sentía por no haber encontrado su monarca favorito.

Aclarado un poco el tema, como último favor, el profesor pidió a sus amigos que antes de abandonar el lugar hicieran un reportaje fotográfico lo más definido posible. Más tarde habría de intentar estudiar también las yeserías y su significado. Con agrado Cacín y Luis calcaron la sala con sus teléfonos móviles, mientras Javier y Juan planeaban el siguiente movimiento.

Con un «¡vámonos!» Javier les indicó a los muchachos que abandonasen el lugar por la misma estrecha boca en forma de embudo por la que habían entrado. Uno a uno fueron agachándose y saliendo hacia el túnel. El último fue el propio guía, que echó la vista atrás como hace muchos siglos lo hizo el Rey Chico mirando a Granada desde el Puerto del Suspiro del Moro, y con un par de lágrimas abandonó definitivamente la sala.

El túnel fue poco a poco ganando altura y en pocos metros, Juan estaba esperando a sus amigos en la puerta que dejaba sellada en el silencio una de las dinastías más importantes de *Al Ándalus*. Con fuerza la puerta fue empujada por los cuatro. En ese instante los grabados que hacían de cerradura se desplazaron de forma automática a su posición de cierre. Un sistema que sorprendió al grupo.

252

Con paso lento fueron avanzando con una pena que se hacía cada vez más poderosa. El silencio era profundo e incluso el abatimiento hacía acto de presencia. Javier tomó el teléfono para hablar con D. Antonio e informarle de sus planes.

—Antonio, ya estamos fuera, hemos dejado todo como estaba y la puerta bien cerrada.

La voz derrotada de Javier había sido notada tras el auricular por el maestro, que en un alarde de experiencia quiso infundir ánimo al equipo.

—Javier, sé que es difícil para ti y para todos, que eso vuelva a quedar oculto, pero debes tener la satisfacción que tú eres uno de los privilegiados que los has visto. La Orden se creó también para honrar a aquellos que durante siglos supieron darle lo mejor a esta ciudad. El mejor tributo que podemos hacer es dejarles reposar en paz. Acuérdate de la frase que nos dejaron traducida y que grabaron en la sala «*el silencio perdurará oculto*». Vamos a hacerles caso y que todo perdure como ellos dijeron. También tenemos esa responsabilidad como historiadores.

La reflexión de ayuda fue bien recibida, no solo por Javier, sino por todos los que ahora volvían a caminar por los pasadizos con la intención de buscar la salida.

Una vez en la intersección del túnel principal, se volvieron a reunir con la decisión de continuar. No tenían ni idea de hasta cuando estarían andando, pero para ellos volver sería un fracaso. Viendo que la cobertura era correcta, informaron a los de fuera, que cada cien pasos les irían dando su ubicación. Eso tranquilizó mucho más al maestro.

El túnel continuaba en una dirección ascendente. El grupo exterior iba siguiéndoles según la ubicación que se les mandaban. Tras varios cientos de metros llegaron a la entrada de la actual Carrera del Darro, comienzo del antiguo barrio musulmán del Albaicín. La pesadez en el subsuelo era patente y solo los mensajes de ánimo del exterior les hacía continuar, aunque ya con mucha fatiga.

Javier tiraba del grupo, que estaba cerrado por Juan, para que los muchachos estuvieran más controlados. Parecía no tener fin y las baterías de los teléfonos empezaban a dar síntomas de agotamiento. La salida tenía que estar en pocos metros, de lo contrario no quedaría más remedio que avisar a los servicios de emergencias, con todo lo que aquello podría acarrear.

—Creo que esto se nos está yendo de las manos. Deberíamos avisar a emergencias y que los saquen de ahí —dijo un preocupado Emilio.

D. Antonio miró al cielo suspirando y tras valorar la recomendación de Emilio, le lanzó una última propuesta.

—Tienes razón, pero dame un último apoyo. Si al llegar al convento en el que estuvimos, no aparece nada, llamas a emergencias.

—De acuerdo Antonio. Entiendo que puedas pensar que el Convento de Zafra pueda ser una de las puntas del túnel, pero si no es así, se acabó, llamamos y los sacamos de ahí.

—Perfecto —Aceptó el profesor.

Abajo uno de los teléfonos móviles se apagó por falta de batería. Solo quedaba el de Javier con poco más del diez por ciento, lo que obligó a decirle a Cacín que no enviara la ubicación cada cien pasos, sino cada doscientos para ahorrar energía. Sabían que no podían agotar su única vía de comunicación y dio un margen de batería del cinco por ciento antes de avisar para que los sacaran de allí.

En el exterior el equipo había llegado a la puerta del convento donde estuvieron aquel fin de semana.

—Por la marcha que llevaban, ya deberían habernos informado de su ubicación más o menos a esta altura, ¿no crees Antonio?

—Sí, Emilio, yo creo que algo no va bien abajo. No sé si la cobertura que tienen está fallando o de verdad tienen un problema.

—¿Qué hacemos D. Antonio? —Se apresuró Dami a decirle con algo de nerviosismo.

—No lo sé Damián, la verdad que el tiempo se les acaba a ellos y a nosotros. Vamos a mandarle un último mensaje para ver si contestan y si no se acabó.

El muchacho fue el encargado de enviar ese último mensaje. Los segundos fueron pasando, los nervios se hacían cada vez más patentes. D. Antonio quiso darles un minuto más a sus amigos antes de avisar. La cuenta atrás se acababa. Emilio sacó su propio móvil del bolsillo y desbloqueó la pantalla. El número de emergencias aparecía en primer plano, su dedo índice se dirigía a pulsar el redondel verde de llamada cuando dos pitidos sonaron en el otro teléfono.

—¡Espera Emilio!, ¡son ellos!, ¡nos han respondido!

La mano de Emilio se alejó de la pantalla y con gesto de alivio, guardo de nuevo el móvil en su bolsillo.

—¿Qué dicen Antonio?

—Están bien. Han llegado al final del túnel y ahora nos mandan la ubicación.

Un rato después aparecía el mensaje sobre su posición. Abrieron la aplicación, pero esta tardaba en aparecer, quizás porque también se había contagiado de la incertidumbre del día. Con gesto de alegría, Dami le cedió el móvil a su profesor.

—Ya está aquí, D. Antonio.

—Déjame ver Damián.

Se fijaron en la pantalla para intentar descifrar la ubicación del equipo. En principio el lugar no estaba bajo la misma calle, tal como tenían en mente, sino más a la derecha, justo en el ensanche que había entre la calle y el río. Sin dejar de mirar, Emilio reconoció en seguida el sitio.

—Antonio, sé dónde están.

—¿Dónde Emilio? Yo no logro a adivinarlo.

Levantó el brazo y señaló con el dedo la única construcción que se hizo en aquel ensanche, la iglesia de San Pedro y San Pablo.

—Pero, la iglesia es grande, ¿en qué parte de su sótano se encontrarán? —dijo Antonio

—Pues, si estoy en lo cierto, parece que bajo la torre del campanario —respondió Emilio—. Lo que no sé es como vamos a acceder ahí, porque la iglesia está abierta, pero la puerta de la torre estará cerrada.

—Creo que ese no va a ser el problema, pero antes de nada vamos a informarles para que ellos sepan dónde están. ¡Damián!, mándales un mensaje y les dices su posición actual.

En el teléfono de Javier apareció el mensaje mandado por el muchacho. Sabían ahora hasta donde habían llegado y quedaba claro por qué se había elegido ese sitio. Su salvaguarda religiosa era el mejor de los secretos. El túnel había acabado. Encima de ellos había una trampilla de madera por la que pensaron que se accedía desde el interior de la torre campanario. Esta observación también se la comunicaron al profesor para que tuviera todos los detalles.

Con algo de prisa, D. Antonio indicó a Emilio y Dami que le siguieran al interior del templo.

Una vez dentro se acercó solo a la sacristía. En su interior estaba el párroco, D. José, pero para él era su amigo de la infancia Pepe. Se saludaron con mucho afecto y sin tiempo que perder, le pidió que le dejara la llave de la puerta del campanario. Sabía que explicarle a Pepe todo en ese momento iba a ser algo complicado, por eso se limitó a decirle que no hiciera preguntas y que por favor confiara en él, tiempo habría de darle explicaciones. El párroco entendió el requerimiento de su amigo y sin vacilar la alcanzó la llave antes de abandonar la sacristía en dirección a sus aposentos con las manos en forma de rezo. Esa forma de actuar les indicó que no les molestaría.

Con la llave en la mano se dirigió hacia la puerta, la introdujo en su cerradura y con algo de fuerza la abrió. Una vez en el reducido espacio que daba acceso a las escaleras de la torre, su misión estaba en descubrir cómo acceder a la trampilla del túnel. En la estancia había algunos cuadros y pequeñas esculturas, pero el suelo estaba alicatado de losas rojas de barro en las que no se apreciaba nada que les permitiera llegar a la trampilla del túnel.

Emilio y D. Antonio se desesperaban buscando por todos los sitios mientras Dami se dedicaba a curiosear los distintos objetos del lugar. En medio de la confusión solo se le vino en preguntar a su profesor algo intrascendente en ese momento

—D. Antonio, ¿esto es un trillo?

El profesor miró a su alumno con los ojos encendidos en sangre. No entendía como en esa situación Dami no estuviera pensando en otra cosa que no fuera buscar algún indicio para sacar a sus amigos del túnel. No obstante; quiso relajarse y con algo de desinterés le contestó.

—Sí Damián, es un trillo que se usaba para trillar el trigo en los antiguos campos.

—Es que pensaba que era una puerta porque tiene bisagras y una cerradura igual a la que hay en la entrada.

Esa apreciación hizo volverse a los dos adultos de inmediato. Se acercaron para inspeccionar lo que Dami había descubierto. Estaba en lo cierto, aquel trillo había sido convertido en puerta.

—Emilio, tiene pinta que pueda haber como una doble pared que esconda otra estancia entre esta y el muro exterior.

Dio por válida la reflexión del profesor mientras revisaba el trillo con más precisión.

—Antonio, creo que esto es una puerta y si no me equivoco esa llave que tienes también la abre.

—Pues no queda otra cosa que probar —dijo el maestro.

D. Antonio la introdujo en la cerradura. En primera instancia la llave no giraba y la fuerza del profesor no era suficiente, por lo que dejó paso a su amigo, que tampoco pudo hacerla girar. Parecía bastante atascada hasta que el muchacho quiso otra vez opinar.

—¿Habéis probado girarla hacia el lado contrario?, mi padre lo hace con algunas cerraduras de las puertas de la casa de mi abuela, cuando quiere que nadie entre.

No hubo siquiera discusión, la mano de Emilio movió la llave hacia el lado contrario, tal y como el muchacho había insinuado. La fuerza no fue necesaria, esta giró con una facilidad increíble. Dami se sintió útil en aquel momento después de aburrirse tantas horas.

Las manos de D. Antonio tiraron del trillo con fuerza, porque las oxidadas bisagras sí oponían resistencia. Con algo de rechineo al final se abrió dejando a la vista un pequeño y cuadrado espacio oculto, lleno de telarañas. Al instante encendieron la linterna y alumbraron hacia el suelo. Sobre este había una vieja alfombra de esparto llena de polvo, pero bien entrelazada. Los pensamientos de Emilio estaban bajo ella, si ahí no estaba la trampilla, el problema sería otra vez importante, sus amigos llevaban demasiado tiempo bajo tierra.

Ambos adultos se agacharon y con decisión levantaron la alfombra. Esta inundó la estancia de una niebla de polvo y tierra que les obligó a retroceder para tomar aire. Repuestos y asentado el polvo en el suelo, de nuevo pasaron a la estancia oculta. Emilio se arrodilló mientras D. Antonio le alumbraba. Con las manos apartó la tierra que tantos años se había quedado acumulada, sus dedos anhelaban palpar algo y el deseo se le concedió. Una de sus uñas quedó trabada en una rebaba que la madera había querido dejar libre. Al sentir aquello, todos sus dedos rascaron lo que parecía material leñoso. El profesor también se arrodilló y ayudó para despejar toda la tierra. Estaba claro que aquello era una trampilla de madera que estaba cerrada con un viejo candado muy oxidado por el tiempo.

El trasteo del ruido exterior traspasó la madera y llegó a los oídos del grupo mandado por Javier. Esto fue suficiente para que empezaran a golpear la trampilla con sus nudillos. El ruido indicó al profesor que habían dado en el clavo. Su alegría se transformó casi en lloros de haber llegado al sitio justo a tiempo.

Emilio acercó su cabeza y lanzó varias preguntas con la voz más alta que pudo.

—¿Estáis bien?

Desde el otro lado, la contestación de Javier fue inmediata

—Sí, pero sacadnos de aquí lo más rápido que podáis, estamos muy cansados.

Al oír aquello, D. Antonio salió de la torre en busca de algún utensilio que les permitiese romper aquel candado. Mientras buscaba vio junto a uno de los bancos una antigua, pero pequeña llave que estaba colgando de un papel blanco. Se acercó y sin miedo tomó la llave en su mano y con la otra cogió el papel donde aparecían escritas las palabras:

«Úsala con respeto, solo tú entenderás este mensaje»

Sin pararse a reflexionar, se marchó hacia el cuarto de la torre. Se la dio a Emilio para que la introdujera en el candado, el miedo a que aquello no funcionase volvió a recorrer el ambiente, pero esta vez no había truco, el cierre del candado saltó y el chasquido resonó hasta en la misma nave de la iglesia. Lo quitó de su alojamiento a la vez que hacía fuerza para levantar la tapa. Esta también opuso algo de resistencia, pero la necesidad era más poderosa y consiguió abrirla. Bajo ella estaban sus amigos, la linterna los alumbró. Sus caras estaban ennegrecidas del mismo hollín del túnel, pero la alegría de sus sonrisas dio respiro a tanto sacrificio.

Ayudándose de la mano de Emilio y D. Antonio, fueron saliendo del agujero. Los abrazos y lloros fueron descorazonadores. La gesta era extraordinaria, solo ellos sabían lo que habían visto y sus almas rebosaban felicidad.

El profesor prefirió minimizar el momento y salir de allí cuanto antes. Ofreció su casa como el sitio más cercano para descansar y poder charlar con comodidad. Todos aceptaron no sin antes cerrar y volver a colocar todo tal y como se lo encontraron. La puerta del trillo quedó testigo muda de la hazaña y con un poco de alboroto salieron de la iglesia hacia el exterior.

D. Antonio echó una última mirada hacia la sacristía. Una sombra tras las velas desapareció. Tenía claro que su amigo Pepe sabía más de la cuenta, pero agradeció que le echara una mano con aquella llave del candado.

CAPITULO XII
BUSCANDO RESPUESTAS

Tras la llamada de su marido, Ana se dispuso a recoger un poco mejor la casa. Recibir en tan poco tiempo a tanta gente no entraba en sus planes. Era una mujer muy ordenada y le gustaba que sus invitados se sintiesen como en su casa, por eso también quiso preparar algo de picar y de beber, aun sin saber si se quedarían a disfrutarlo. Antonio no había aparecido todavía por la casa desde que se fue con el amanecer y aunque no le preocupaba que estuviese tanto tiempo por ahí, sí quería, que cuando llegase estuviera cómodo. Una vez comprobó que tenía todo correcto, se sentó en el sofá con la televisión encendida esperando que el grupo llegara.

El sol del barrio se despedía hasta el día siguiente. Las calles se recogían en sombra entre los pasos de turistas y vecinos. El ambiente era como siempre de nostalgia y belleza. D. Antonio, conocedor del lugar, guiaba entre subidas y callejones al grupo en los que se veía el cansancio de un día tan trabajado. Un rato de descanso en la casa del maestro era algo necesario, sobre todo para la expedición del túnel, en los que todavía se reflejaba sus caras ennegrecidas de satisfacción. La subida se hacía interminable hasta para el propio maestro, que dentro su mente, imaginaba el sitio donde Javier y el resto habían estado. Su mayor satisfacción fue conocer, que los que más esplendor dieron durante siglos a Granada seguían de alguna forma entre nosotros, ocultos, pero entre nosotros. Llegaba a sentir incluso alegría por mantener aquello en secreto. Él sabía perfectamente que en el mundillo arqueológico había muy buenos profesionales, pero también algunos malnacidos que solo sabían aprovecharse de las circunstancias para enriquecerse.

A pocos metros de llegar no pudo olvidar a su amigo Pepe, el párroco, y qué conocimientos tendría de sus aventuras. Se preguntaba si sería él la persona enigmática que tantas advertencias y mensajes les había dejado a lo largo de los días. Tenía claro que aquella persona que desapareció mientras la perseguía en las callejuelas cercanas a la plaza de la Trinidad, le resultaba conocida, e incluso interiorizó que podría haber sido el propio párroco. Junto a la puerta y con algo de respiración jadeante, sacó sus llaves para abrirla a la vez que saludaba a su mujer.

—Ana, estamos aquí.

—Hola Antonio, ya era hora de verte, llevas todo el día ausente.

—Lo sé, perdóname, cariño, hoy era un día importante.

—Estás perdonado, sabes que te lo digo en broma.

Mientras la conversación terminaba con un largo beso en la mejilla de su mujer, Cacín y los demás entraron y se tiraron en los sillones sin ni siquiera haber pedido permiso, con la recriminación de Javier por su actitud. Aun así, Ana le quitó importancia y les invitó a que se sintieran como en su casa.

El equipo volvía a estar reunido otra vez en la casa del profesor. Aquel lugar parecía el más seguro para hablar de sus cosas. Sin que hubieran descansado lo suficiente, quiso Javier explicar con todo detalle lo sucedido desde que se introdujeron en los túneles. El privilegio de haber navegado por aquellos lugares tenía que ser compartido con sus amigos de expedición. Con gran claridad y mejores detalles, fue relatando, casi metro por metro, lo sucedido. D. Antonio tomaba notas en una libreta, para no perderse nada, e incluso se atrevió a hacer algún gráfico con la aprobación del mejor alumno en esto del dibujo. Entre tanto, la cara de Cacín reflejaba cansancio y enfado, algo que fue captado por Juan.

—Jesús, ¿estás bien? Te veo un poco raro.

—Estoy bien, algo cansado, pero sobre todo sigo dándole vueltas al porqué Boabdil no estaba allí.

Antes de que su maestro le volviera a recordar lo que le dijo de su enterramiento en Fez, Cacín le insinuó que le dejara terminar.

—Sé lo que me dijo usted, pero aparte de que no lo entiendo, tengo la corazonada de que de alguna forma sigue aquí en Granada. Tal como nos explicó en clase, los Reyes Católicos quisieron mantener las costumbres musulmanas tras la conquista, de hecho, hoy hemos descubierto que lo que se creía perdido sigue aquí abajo. Entonces, ¿por qué le olvidaron? Él depuso la ciudad para que su pueblo pudiera vivir en paz —La madura reflexión de rabia del joven estudiante impresionó a los que estaban allí. Su decepción era la nota negativa a tanta alegría. Emilio se acercó para compartir su pena, le echó el brazo por el hombro y sin ningún reparo tuvo bien decirle.

—Jesús, no te preocupes, vamos a estar aquí hasta el final y si como dices, tu intuición te lleva a pensar eso, yo por mi parte te creo. No sé por qué, pero te creo y haré lo imposible por encontrarlo y si no lo encuentro, te juro que iré yo mismo a Fez para ver con mis propios ojos que sus restos reposaron allí —Aquellas palabras, despertaron de su enojo al muchacho, que recibió también el aliento de Juan.

—Somos un equipo y hemos llegado hasta aquí, gracias, entre otras cosas, a vuestra perspicacia e intuición cuando más perdidos estábamos. Para mí los tres ya sois unos ganadores y como dice Emilio vamos a ir hasta el final.

Las lágrimas de Cacín se hicieron visible y sin vacilar se levantó para abrazarle. Eso provocó un terremoto de emociones que llevó al grupo a unirse en una gran piña.

Viendo el momento tan tierno, Ana aprovechó para sacar unos platos de comida mientras D. Antonio traía algo de bebida: cerveza para los adultos y unos refrescos para los muchachos. Sin querer, el espíritu del hambre se despertó en el grupo al ver la pinta tan buena que tenía ese picoteo que Ana les había preparado. Fue de inmediato agasajada, en primer lugar, por su marido, que se sentía muy orgulloso de tener como esposa una magnífica cocinera. Tras dejarlos todos en la mesa, se excusó con la idea de darse una ducha, sin dejar de recordarle a Antonio que, si necesitaban algo más, fueran a la nevera.

Entre picoteo y picoteo, la conversación seguía enfrascada en la posibilidad de por donde debían seguir buscando. Hasta el momento habían tenido algo de fortuna que, combinada con la sabiduría de los allí presente, los había llevado a descubrir tantas cosas. Pero de nuevo volvían a estar en un punto de estancamiento. Por más que debatían, no encontraban un resquicio de ayuda que los condujera a algún sitio. Tenían claro que no podían pedir ayuda a otros amigos, su acuerdo de silencio era fundamental para no levantar sospechas y evitar que la Orden del Visir pudiera echárseles encima, ya de una manera más violenta. Aun así, Javier quiso animar al grupo intentando levantarles el ánimo para que fueran más participativos.

—Jesús, ¿se te ocurre alguna cosa?

—Que va Javier, ahora estoy como todos, no encuentro nada que pueda ayudarnos.

La misma pregunta y mirada se les hizo a los otros dos jóvenes e incluso con la intención de que los demás adultos también pudieran aportar.

—Pues, sí que estamos estancados. Después de todo lo que tenemos, no conseguimos avanzar.

—Por desgracia es así, Javier. Creo que debemos tomarnos unos días de reflexión para que cada uno pueda darle vueltas a lo descubierto, por si en algún momento se le viene algo positivo a la mente.

—Tienes razón, Antonio, llevamos unos días muy intensos y esto puede llevarnos al bloqueo. ¿Qué os parece si nos tomamos esta semana un poco más tranquila? —Insinuó Emilio.

—Por mi parte lo veo bien. Vamos a darnos un respiro y si antes no hemos visto nada, quedamos en juntarnos aquí mismo, si no te importa —Le pidió permiso Juan al profesor.

Este asintió con la cabeza. Poco más se podía hacer. La reunión se levantó y comenzaron los abrazos de despedida que tan necesarios eran. Fueron hasta la puerta y con pena salieron de la casa. A esa hora el barrio permanecía en silencio, solo iluminado con las luces de las farolas. Desde la puerta, el profesor vio desaparecer calle abajo a sus amigos, sintiendo que, gracias a ellos, era un poquito más feliz. Sin dejar de mirar hacia afuera, cerró la puerta y con pasos cansados se dejó caer en su viejo butacón, donde tantos pensamientos, había compartido. Tomó la libreta entre sus manos y se puso a repasar todos los apuntes anotados durante los días de aventuras. Una y otra vez leía y releía los párrafos levantando varias veces la mirada perdida hacia uno de los cuadros que decoraban su salón. No era ningún tipo de pintura, sino el magnífico mapa que realizó Ambrosio de Vico de la ciudad de Granada a finales del Siglo XVI y que con tanto orgullo lo mantenía en la pared, ya que fue regalo de un viejo amigo.

Ana regresó al salón tras salir del cuarto de baño. Con la toalla enrollada en su pelo y con el albornoz bien ceñido, quiso preguntarle a su marido por algo que ella misma ya sabía

—¿Ya se han marchado, Antonio?

—Sí, Ana, hace rato. Hoy ha sido un día muy duro y creo que todos necesitaban descansar.

—Vale, veo que todavía ha sobrado algo de lo que he sacado de comida. ¿Si quieres cenamos eso mismo?

El profesor miró a su mujer y sin mover siquiera la cabeza dio por válido el menú de la cena. Esta, que detectó un poco de abatimiento, se acercó y sin mediar palabra le dio sobre el pómulo un cariñoso beso acompañado del delicioso perfume que desprendía de su cuello, aroma que le puso en guardia. Ese olor le resultaba familiar, no solo porque su mujer lo usara, sino porque lo había olido en otro lugar. Sin vacilar, su mente empezó a trabajar. Sabía que hoy mismo se lo había cruzado en algún sitio.

Apoyado con una mano en su frente y la otra en su bolsillo, algo rozó sus dedos dentro de él, lo sacó y esperando que su mujer abandonara el salón en dirección a la cocina, se lo llevó a su nariz para olfatearlo. No había duda, era el mismo olor. Estaba impregnado en el pequeño papelito enrollado que alguien dejó caer en la mesa del bar.

De inmediato, empezó a atar cabos: el mismo olor, la misma silueta escondida entre las calles, el apellido Valribera, no podían coincidir tantas cosas, pero además qué persona estaba tan cerca de ellos que podía saber todos sus movimientos para informar a la Orden. Se puso de pie y empezó a dar vueltas por el salón. No quería pensar lo que los hechos le estaban diciendo. Intentó sin conseguirlo que todo tuviera una explicación, pero los indicios eran muy claros. La ansiedad le perseguía, no quería hacer la pregunta, pero era necesario conocer la verdad. Intentó coger el teléfono para llamar a Javier, pero su incertidumbre no le permitió realizar esa llamada. Empezó a tener la sensación que posiblemente tuvo Cervantes cuando escribió el episodio de los molinos de viento. «Aquello no debía de tener sentido, pero tenía mucho de realidad». Cogió aire y sin más rodeo se lanzó al ataque.

—Ana, cariño. ¿Puedes venir un momento?

Desde el fondo de la cocina se escuchó la voz de su esposa, que le contestó afirmativamente.

Al llegar al salón, su marido le indicó que dejara todo y que se sentaran juntos en el sillón más largo bajo el cuadro de Vico. Esa petición la extrañó, aunque hizo lo que le pidió. Entre los cómodos cojines, el profesor tomó la mano de su amada. La posición dejaba claro que el momento era muy importante. Antes de decir nada, Ana se encogió en posición sumisa y esperó a que su marido le dijera que estaba pasando.

—Cariño, la verdad, no sé muy bien por dónde empezar.

—¿Qué pasa Antonio?, me estás preocupando un poco.

—¡Déjame que acabe y lo entenderás! —le dijo—. ¿Tú más o menos sabes en lo que andamos metidos mis amigos y yo?

Ella lo miró y asintió con la cabeza.

—Desde hace ya algunas semanas, alguien nos ha estado siguiendo y dejándonos mensajes de advertencia por varios sitios. Todo empezó en casa de Emilio y a partir de ahí la sensación de vigilancia no se me ha quitado de la cabeza —El profesor se tomó un respiro antes de continuar—. El otro día buscando en unos documentos apareció una persona del siglo XIX en Granada, que firmó con un apellido muy peculiar por esta zona.

—¿Y qué apellido era ese Antonio?

Tomó bastante aire antes de contestar. Él, que sabía cómo hablar a las personas, estaba bloqueado. No quería que aquello se convirtiera en una disputa matrimonial absurda, por lo que, con algo de astucia, intentó que Ana se manifestara.

—Pienso que ya sabes cuál es ese apellido.

—Pues, no sé Antonio, no tengo ni idea de lo que me hablas.

—De acuerdo. Ese en el que has buscado ascendencia en Granada durante toda tu vida.

Ella lo miró entre extrañada y preocupada, más cuando D. Antonio se quedó mirándola en espera de la respuesta.

—Antonio, ¿hablas de mi apellido de Valribera?

—Sí, de ese apellido hablo. Cómo te he dicho antes, lo descubrí en unos documentos. Esa persona fue muy importante para ocultar ciertas cosas, que, por otro lado, hoy hemos descubierto. He tenido la sensación de que alguien nos seguía. En principio creí que era un hombre por como vestía, pero sus andares no eran masculinos. Después de intentar seguirle fue cuando me di cuenta y empecé a atar cabos —Sus manos cada vez apretaban más las de Ana, pero con suavidad. Entendió por un momento que su mujer sabía de qué estaba hablando, pero no quería ser él quien hiciera la pregunta.

Sin más, Ana entendió lo que quería decirle.

—Antonio, debes saber algo. Déjame que te lo cuente y no me interrumpas porque esto va a ser difícil para los dos.

En ese momento se relajó sin dejar de mirar a su mujer y asintió con la cabeza para que ella continuara.

—Desde hace muchos siglos la historia ha querido ser caprichosa en nuestra ciudad. Muchas de las cosas, que nos han explicado, no sucedieron así. Unas veces por falta de información y otras por ocultación e incluso por modificación de la verdad, pero muchas veces para proteger la propia historia. Eres un gran historiador y si alguien puede entender esto, solo puedes ser tú. Lo que ha transcurrido a lo largo de estos siglos —continuó Ana—, ha sido un pacto histórico para que todo fuera políticamente correcto. Para que los ganadores quedaran como ganadores y los perdedores como perdedores, pero tú sabes que no fue así. No hubo ni ganadores ni perdedores, sino momentos por el contexto histórico en el que sucedió y que hoy en día no seríamos capaces de asimilar. Todo lo que habéis conseguido en estos meses nos han hecho despertar y mantenernos alerta —Esta última frase no le sorprendió, la pregunta había sido contestada sin ni siquiera hacerse. Tomó con cariño las manos de su marido para que le dejara terminar—. Sí, Antonio, yo soy parte de la descendencia viva de la Orden del Visir. Perdóname por haberme guardado este secreto tantos años. Nadie más que tú entiende el voto de silencio que tenemos en nuestros estatutos. Jamás pensé que alguien pudiera descubrir lo que vosotros habéis hecho. La Orden ha permanecido en silencio muchísimos años, ya que no había peligro, hasta que vuestra sabiduría ha vuelto a poner la historia en su sitio. Estoy muy orgullosa de ti —le dijo con cariño—, lo que has visto hasta ahora me ha hecho ver que me casé con la persona más inteligente y maravillosa del mundo. Porque si alguien tenía que descubrir esto, ese tenías que ser tú y aunque, como dices, hemos seguido vuestros pasos, tenía fe en que nada importante saldría a la luz. Tus principios están por delante de tus ambiciones y eso es lo que me tiene enamorada de ti desde el primer momento en que te conocí.

Las lágrimas de Ana recorrieron como ríos sus mejillas, mientras que a D. Antonio le costaba contener las suyas. La conversación tuvo un parón largo, donde ninguno de los dos dijo ni una palabra. Solo permanecían abrazados en silencio, con los sollozos intermitentes de Ana, a los que él respondía con suaves caricias sobre su cabello. Al rato, quiso apaciguarla con palabras de consuelo.

—Ana, no tienes la culpa de nada, al contrario. Has sabido llevar con total disciplina algo tan extraordinario. Me hace muy feliz que tú seas una de las personas que posee el conocimiento oculto de nuestra Reina Isabel. Ahora sé que confiáis en nosotros, porque de lo contrario, ya habríais puesto remedio. Sabes que no vamos a hacer nada que no queráis y espero que tú puedas ser la portavoz entre nosotros y tu Orden.

Al escuchar esas palabras, se despegó con suavidad del abrazo de su marido. Con los ojos llorosos, quiso hacerle ver, que todo lo que le había dicho sería transmitido a los demás componentes de la Orden. Pasados unos minutos y aprovechando el momento en el que se relajaron, él necesitó hacerle algunas preguntas a su mujer.

—Ana, necesito algunas respuestas. Entiendo que puedas o no contestármelas, pero no me queda otra. Después de hoy nos hemos quedado bloqueados y cualquier cosa que me puedas decir puede ser una pista para continuar.

—Antonio, no pienses que sé mucho, hay otros que saben más que yo.

—¿Y me los puedes presentar, Ana?

—Eso no está dentro de mis posibilidades, pero sé que ellos contactarán contigo algún día.

—Entonces, ¿entiendo que sois varios? —continuó con el interrogatorio, D. Antonio.

—Sí, somos varios, pero no sigas por ahí cariño, me obligarías a romper mi voto de silencio y poner en peligro a algunas personas.

—No te preocupes, no quiero ponerte en un compromiso. Una última pregunta, ¿de todo lo que hemos descubierto qué es lo que sabíais que ya existía?

—Con sinceridad, lo único que teníamos eran sospechas de que existían varias cosas. Es cierto que conocíamos lo del silo de la Alhambra y los túneles de los Trinitarios, pero de lo demás, vosotros habéis sido los artífices de que nuestras sospechas se hayan hecho realidad —Le reconoció Ana—. Lo más importante es que encontrasteis la Rauda perdida de la Alhambra y lo habéis mantenido en secreto. Quiero ayudaros, si me prometes que continuaréis con la misma discreción.

D. Antonio le prometió a su mujer que nadie revelaría nada de lo que se fuese encontrando.

—Siendo así, tengo permiso para contarte algunas cosas que sabemos, pero que no le damos sentido. Aunque somos guardianes de nuestra Reina, también necesitamos entender por qué se hicieron las cosas así.

Ana se levantó del sillón y se dirigió a su dormitorio. En él, tenían los muebles clásicos de madera oscura. El cabecero de la cama parecía sacado de un anticuario. Encima de la cómoda colgaba un gran espejo enmarcado en estilo barroco y sobre ella reposaban varias cajitas muy decorativas, algunas compradas por ella misma y un par heredadas de su madre. Cogió en su mano una que permanecía casi siempre cerrada y cuya llave colgaba de su cuello junto a una foto de su propia madre. Con ella en la mano, salió del dormitorio hacia el salón. El profesor permanecía de pie con las manos en los bolsillos mientras veía como Ana entraba por la puerta. Al instante se fijó en la caja que traía, esa caja que tantas veces había visto limpiar por su mujer. La decoración de la misma era sorprendente para el poco espacio que tenía. Las perlas incrustadas se combinaban con grabados cristianos de cruces y hojas. En el frente, tenía el agujero de la llave adornado en metal dorado. Jamás preguntó por el contenido, respetó en eso a su mujer, ya que siempre sospechó que tendría algún recuerdo íntimo de su suegra. Pero ahora sabía que dentro había otra cosa, algo que su mujer lo guardaba como un tesoro y que le estaba poniendo muy nervioso.

—Ana, ¿qué traes ahí?

—¡Siéntate un momento, Antonio!

El profesor obedeció de inmediato, no podía perder un segundo en escuchar a su mujer hablar sobre aquel objeto. Una vez los dos sentados en el sillón, empezó la disertación de Ana, con la mente abierta de su marido.

—Antonio, sabes que tengo esta caja como oro en paño. Fue mi madre la que me la dio y nunca me preguntaste que contenía, pero creo que ya es hora de que te diga que hay aquí dentro.

Mientras hablaba, sus manos quitaron del cuello el colgante que contenía la llave. Con ella entre los dedos la introdujo en la pequeña cerradura. Un breve giro hizo que la tapa de la caja se abriera como un resorte. D. Antonio quiso mirar, pero su mujer se lo impidió y con la mano en su pierna le mandó un mensaje de paciencia. Tomó un par de documentos de dentro. El papel era grueso y desgastado y sin ni siquiera desplegarlo ya se veían que eran antiguos. Volvió a cerrar la tapa de la caja y la dejo encima de la mesa de centro que estaba junto a ellos.

El profesor tragaba saliva una y otra vez de impaciencia. Él, que se consideraba un magnífico historiador, ahora veía como su mujer tenía en su poder documentos antiguos. Desde que se casaron su labor fue dedicarse a los hijos y a su casa, aunque él, siempre la animó a que hiciera algún tipo de actividad. Pero no sabía, que su mayor actividad era pertenecer a una Orden creada por el mismísimo emperador Carlos V.

Con los documentos desplegados quiso explicarle de que se trataban:

—Antonio, antes de nada, quiero que solo compartas esto con tu equipo. Sé que no puedo pedirte que te lo guardes para ti, sería injusto para tus compañeros. No sé si te darán alguna pista. Estos han pasado de generación en generación, yo los recibí de mi madre y sé que ella tuvo muchos problemas para ocultarlos, porque en épocas anteriores varios ex miembros de la Orden quisieron hacerse con ellos. Por suerte, hoy en día, los que somos estamos comprometidos con seguir la disciplina.

La impaciencia era tal, que no pudo soportar más segundos de espera y con algo de vehemencia le pidió por favor a su mujer que le dijera, ya que contenían aquellos antiguos papeles.

—Ya va siendo momento que te explique. Este documento es una crónica de alguien que ya conocéis y como está en latín, prefiero que lo leas tú para que lo traduzcas a la perfección.

Ana se lo cedió para que empezara a leerlo. Su latín era fluidísimo y su mente lo traducía con agilidad al castellano actual. Su cara de expresión lo decía todo mientras terminaba de leer, más aún cuando vio quién lo firmaba. Una vez acabado quiso devolvérselo a Ana, pero esta le pidió por favor que se lo tradujera tal como él lo había entendido. Quería oírlo de uno de los mejores traductores que conocía.

—Está bien Ana, voy a ir leyendo y traduciendo sobre la marcha lo que pone aquí:

En la Ciudad Palatina de la Alhambra en el día del señor de 10 de noviembre de 1521. Tengo el honor de dar fe del levantamiento de los míos Reyes Isabel y Fernando según disposición y orden real del Cesar Emperador Carlos presente en el acto. Obligación he de mantener silencio sobre la realidad del traslado con las cuatro cajas Y que la información que se promulgará, solo contarán con el número de tres, las que las gentes y señores del lugar sepan y así transmitan en siglos venideros.

Queda bajo pena capital que cualquiera que informe de algo distinto a lo comentado, por muy certeza que viere en dicho traslado, será privado de vida y de fe.
Lo firmo y lo juro por mi Rey
Martín del Prior O.V.

Acabada la traducción, ambos cónyuges se miraron con la certeza que el documento era auténtico, la escritura y la firma lo corroboraban. D. Antonio estaba perplejo por lo que había leído. Quiso entender que no fueron tres ataúdes los que descendieron a la Capilla Real, tal como la historia cuenta, sino que hubo un cuarto, pero «¿quién estaba también enterrado en el propio convento de San Francisco?, y ¿por qué ocultaron al mundo dicho féretro?», se dijo mentalmente antes de preguntarle a Ana.

—Este documento cambia la historia, otro ataúd se trasladó a la Capilla Real. Según los escritos estaba claro que los tres que hasta ahora sabíamos eran de Isabel, Fernando y el príncipe Miguel, pero ¿de quién era el cuarto?

—En realidad no tenemos la certeza de quién era, pero sospechamos que el que se fue llorando de Granada volvió de alguna forma para ser enterrado en su tierra. —le contestó su mujer.

—¿Boabdil…? Eso tiene poco peso cariño, más cuando en la Capilla solo hay cinco féretros bien identificados.

—Lo sé Antonio, pero recuerda nuestros estatutos en los que se decía:

solamente el último de ellos tendrá el
honor de tener su alma junto al más grande de los mausoleos cristianos
y que otrora fue lugar de rezos y oratorias y en el que se permitirá
cripta para su reposo por siglos venideros

—Si repasas estas líneas verás que…

En ese momento la interrumpió dándole respuesta a aquellas frases

—Ahora lo veo claro, Ana. El último, es decir, Boabdil, tendrá su alma o su entierro junto al gran mausoleo que es la Capilla Real y que anteriormente fue mezquita mayor. Acaba diciendo que se le permitirá hacerlo en una cripta, pero esa cripta no aparece en el monumento.

—Claro Antonio, ese lugar es el que creemos que nuestros antepasados depositaron los restos del rey moro, pero la verdad, no tenemos ni idea de donde se encuentra y hemos buscado muchos años.

—Es posible que el sitio al final no se construyera, aunque se mandara hacerlo. Sabes que conozco bien ese sitio y en ningún documento he encontrado la más mínima pista de lo que dices. —le aclaró a Ana.

—Antonio, hasta ahora habéis tenido fe en lo que hacíais y solo te pido que ahora también la tengas. Necesito que hagas el intento, junto al equipo, de buscar su enterramiento.

—Lo que me pides es lícito y si nos habéis dejado continuar, entiendo que sería para que al final, vosotros también queráis saber la verdad. ¿Puedes dejarme ver el otro documento? —Le pidió D. Antonio.

—Sí, perdona. Este otro es un poco más antiguo y está escrito en árabe. Te lo paso, pero ten un poco de cuidado, está muy desgastado.

Su marido lo tomó entre sus manos. Hizo un primer examen y lo primero que notó es que el papel era algo más grueso que el anterior. También vio que solo estaba escrito por una de las caras y los párrafos en árabe estaban ya algo desgastados, aun así, se podían leer perfectamente. Sin empezar a todavía a leerlo, lo volteó varias veces de una cara a otra. No lo hacía por nada en especial, solo era el nerviosismo de tener entre sus manos tal valioso papel. Miró una vez a su esposa y se puso a traducirlo de nuevo en su mente. Las caras del profesor eran todavía más sorprendentes con este documento que con el otro. Se agradecía varias veces haber estudiado traducción árabe, ya que de lo contrario tendría que haberlo puesto en otras manos con menos confianza. Su mujer veía la cara de satisfacción de su marido, no dejaba de mirarle admirando la inteligencia que tenía. Poco a poco fue terminando y cuando llegó al final y vio de quién era la firma no pudo más que decir.

—¿Es de Aixa?, ¿cómo es posible que tengas un documento de la propia madre de Boabdil? Esto tendría que estar en un museo, aunque pensándolo bien y si no me he equivocado al leerlo, se revelan ciertas cosas que no serían buenas que todo el mundo lo supiera.

—Cierto Antonio, esto no puede leerlo cualquiera. Te pido por favor que me traduzcas lo que tú has entendido al igual que hiciste con el otro.

—De acuerdo, pero déjame unos minutos porque el árabe me cuesta un poco más.

Volvió a leer varias veces los párrafos antes de traducírselo a su mujer. Cuando estuvo listo se giró y con voz firme comenzó la lectura.

—Vamos con el segundo a ver como se me da:

Fueron muy largas las noches de espera.
Entre candiles y hogueras vi pasear las sombras de un lado a otro.
El silencio me hacía el mayor de los daños
mientras el que salió de mis entrañas sufría sin dolor.
El fruto de sus amores ocultos quería ver luz de luna.
Mi sangre volvería a correr por siglos en Granada,
solo le pido a mi dios que de fuerza y valentía a los míos
aun cuando el destierro sea nuestra morada,
que solo ellos lo sepan y que nadie lo promulgue,
excepto aquellos que vengan de parte de dioses
y que revelen tras mis letras el valor de sus amores
La Reina Aixa

Terminada la lectura, de nuevo ambos quedaron unos minutos en silencio, pensando en lo que la madre de Boabdil quiso decir en aquellos momentos. La interpretación era escasa y daba poco juego para descifrarlo, pero como tantas veces había hecho con sus alumnos, quiso reflexionar con su mujer sobre lo leído.

—Ana, ¿es parecido a lo que vosotros teníais traducido?

—Sí, Antonio, es igual a lo que me dijeron.

—En principio tengo poco que interpretar. No da muchas pistas, aunque si profundizamos creo que Aixa escribió esto en un momento en el que algo estaba pasando, y aparte de importante, tendría que ser secreto. Habla de que solo las personas que estuvieran ahí debían conocerlo.

—En eso no había caído, pero puedes tener razón, aquí hay algo que no quisieron que se supiera, pero ¿el qué? —preguntó Ana.

—Pues, no lo sé ahora mismo. El documento no aclara nada sobre eso. ¡Espera! —exclamó el profesor—, me estoy acordando de las palabras de uno de mis alumnos cuando hablaba de lo que le decía su madre sobre el fruto de sus entrañas, y aquí aparece esa palabra que también la vimos en el Codicilo.

—Entonces supones, que cuando hablan de fruto están hablando de la llegada de un hijo.

—Puede ser Ana, esa la traducción, pero un hijo ¿de quién?, y ¿por qué tanto secretismo?

D. Antonio se levantó para ir a por su libreta de apuntes. No quería dejar de anotar todo lo que en ese momento estaban hablando. Cualquier reflexión podría tener un valor que los llevasen a nuevas pistas. En la libreta se encontraban las palabras del Codicilo. Las buscó unas páginas más atrás, releyó lo que tenía escrito y con el dedo índice señaló la palabra mágica mientras se la enseñaba a su esposa. La Reina Isabel decía algo de un «fruto» en sus últimas voluntades, pero no conseguía descifrar que quería decir.

La conversación entre ambos se había extendido hasta altas horas de la madrugada y el cansancio ya no daba para continuar, así que prefirieron dejarlo para mañana, no sin antes volver a colocar los documentos en su caja y cerrar la tapa perlada. Esa noche el matrimonio durmió con el agradecimiento de ser ellos los conocedores de tantos secretos y de aun así poder compaginarlos con su amor.

. . .

En un pequeño, pero acogedor apartamento del centro, una lámpara llevaba ya algunas horas encendida. Sobre una mesa llena de papeles y libros, el olor a café en el interior era el ambientador de la sala. Solo una persona estaba sentada con la cabeza baja apoyada sobre sus manos. De vez en cuando estiraba la espalda para cambiar de postura y relajarse, pero su inquietud le mantenía concentrado para sacar alguna conclusión que no supusiera el fin de la aventura.

El experto guía y antiguo policía era un hombre muy concienzudo y no era la primera noche que no podía pegar ojo. Necesitaba que alguno de sus nuevos amigos pudiera darle alguna pista para comenzar a funcionar. El despertador digital comenzó a soltar sus breves, pero intensos pitidos. Javier casi se reía de él, ese día no había hecho falta que lo despertara, aunque se alegró de que por lo menos funcionara. Una y otra vez miraba su teléfono móvil para ver si alguien se había dignado a enviar algún mensaje, pero también entendía que no eran horas para eso. El portero automático sonó de repente. En un primer momento no le hizo caso, porque como tantas veces había ocurrido, algún gracioso que pasaba por la calle había pulsado en su piso con la intención de molestar, pero aquella mañana iba a ser diferente. El portero automático volvió a sonar y esta vez tres o cuatro veces. Eso ya no parecía una broma. Se levantó de la silla y con una voz un poco tomada por la falta de sueño preguntó quién estaba llamando. Al otro lado se escuchó la voz de D. Antonio, que puso en alerta al guía. Era muy temprano y el profesor había recorrido media Granada para acercarse hasta su casa, eso es que algo había pasado y no podía dejar de venir a contárselo.

Casi a la vez que apretaba el botón del telefonillo, abría la puerta de su casa. Con extrañeza vio como el profesor había dejado de lado el ascensor para subir las escaleras, algo que todavía le dio más emoción al encuentro. Un poco antes de que acabara de subirlas por completo, ya recibió los buenos días de Javier, que le recibió con un abrazo mientras le invitaba a pasar al salón.

—Antonio, qué sorpresa que estés por aquí a estas horas, ¿quieres un café?

—Sí, me vendría bien tomarme uno, gracias.

Mientras Javier se acercaba a la coqueta cocina de estilo americano, D. Antonio se fijaba en la cantidad de papeles y libros que su amigo tenía sobre la mesa. El gorgoteo de la cafetera eléctrica dejaba al descubierto un aroma que inundaba otra vez la estancia después de una noche tan larga. Tal como le había visto tomarlo en varias ocasiones, Javier le echo un pequeño chorro de leche y una cucharada de azúcar y con él, preparado, se lo acercó.

—Aquí tienes Antonio, quema un poco, pero creo que te gusta así.

—Te lo agradezco Javier.

El profesor le dio un par de sorbos bajo la mirada fija del expolicía, que necesitaba saber el porqué estaba allí tan temprano.

—Te preguntarás por qué estoy a estas horas aquí.

—Hombre Antonio, pues la verdad que sí. Como verás llevo toda la noche sin poder dormir pensando en todo lo que nos ha ocurrido y no quiero que esto se acabe así.

—Pues, tengo una buena noticia para ti.

—Antonio soy todo oídos, así que, ¡cuéntame lo que sea! —Javier se puso en modo escucha.

Antes de comenzar, este sacó su cuaderno de notas y lo dejó encima de la mesa. Tiró de la cinta roja que marcaba las páginas y lo dejó abierto, pero fuera del alcance visual de Javier. Una vez hecho el ritual, se dispuso a contarle toda la conversación con su mujer.

Cuanto más avanzaba en el relato, más cara de incredulidad aparecía en el expolicía. Las explicaciones eran tan claras y dinámicas que evitaban cualquier tipo de pregunta. A la vez, Javier iba hilando en su mente los distintos pasajes que iba escuchando. Sabía que aquello era lo que buscaban para continuar y no debían perder nada de tiempo, ya que podían estar muy cerca de encontrar lo que la Orden no pudo.

Una vez terminó, Javier le quiso agradecer que viniera a contárselo y que Ana hubiera tenido el valor de decírselo, más cuando tienen un voto de silencio. La historia de los documentos dejaba claro que algo por ahí quedó oculto. Javier no dio todavía por buena la teoría de Boabdil, tenía en su mente que esos documentos podrían haberse escrito incluso para despistar, pero no había otra cosa de lo que poder tirar, con lo que confió en su amigo para seguir investigando lo que tenían. Antes de acabar le pidió al profesor una última cosa.

—Antonio, entiendo que tu mujer proteja al máximo esos dos documentos, pero creo que tenerlos para que nosotros podamos inspeccionarlos puede ser importante. Sabes que algunas veces aparecen códigos ocultos en los mismos que pueden ayudarnos. Explícale a tu mujer esto e invítala si quieres a venir cuando nos juntemos, para que así esté más tranquila.

El profesor se levantó y con una mano en el hombro de Javier, le insinuó que haría todo lo que pudiera para que permitiera dejárnoslos. Antes de marcharse, le dijo al propio Javier que le comunicara a los demás, lo más resumido posible y que pusiera fecha para volver a reunirse cuanto antes. Si pudiera ser en la casa de Emilio mejor. Sin más que decir se despidió y salió por la puerta escaleras abajo con demasiada prisa.

La mañana se acercaba al mediodía. Emilio estaba en su casa. Se había levantado un poco cansado y prefirió quedarse reposando, pero siempre con un libro en sus manos. Era una persona muy curiosa y le gustaba fisgonear por la literatura histórica. Sentado en su butaca de terciopelo y ensimismado en la lectura, comenzó a sonar su teléfono móvil. Al mirar la pantalla se alegró por quién le llamaba.

—Buenas Javier, me alegro de escucharte.

—Hola Emilio, ¿qué tal estás?

—Hoy he salido un poco cansado y me he quedado aquí en casa, pero no es nada, enseguida me repongo.

—Vaya, pues que te mejores. Te llamaba para contarte algo importante, pero si prefieres lo dejo para cuando estés mejor.

—No, cuéntame. Estoy ansioso de que recibir alguna noticia nueva. —dijo Emilio.

Javier le relató todo el episodio de D. Antonio y su mujer. Las palabras fueron un bálsamo de recuperación. También aceptó que se reuniesen de nuevo en su casa. Sin más que conversar, quedaron en informar al resto y en cuanto tuvieran certeza de tener los documentos cerrarían la fecha y hora de la reunión.

. . .

D. Antonio pasó todo el día dando clase en el instituto, pero con la mente puesta en cómo convencería a su mujer para que le dejase aquellos documentos históricos.

Los muchachos notaron la ausencia mental del profesor en clase. Ellos todavía no sabían nada, pero se percataron de que algo ocurría, no obstante; prefirieron no interrogarle y dejar que se le pasara.

El timbre de salida sonó y esa vez fue el profesor el que abandonó primero la clase. Sus zancadas se escuchaban con eco por el pasillo. Al pasar junto a secretaria no se paró como casi siempre a saludar a la administrativa. Su ansiedad le tenía sumido en una sola cosa: su mujer y cómo reaccionaría cuando le tuviera que pedir la caja de su madre.

En pocos minutos estaba subiendo las empinadas cuestas del barrio. Rezaba una y otra vez para que su mujer se encontrara allí. Necesitaba calmar su sed y no quería perder un minuto. A pocos metros de la puerta y mientras sacaba las llaves del bolsillo, Ana salió para recoger las persianas que tapaban los grandes ventanales a la calle, se giró y vio a su marido llegar con paso firme, pero con la cara fatigada.

—Antonio, te veo un poco cansado, ¿te pasa algo?

—Hola Ana, no, ya sabes que voy para viejo y estas cuestas cada vez me cansan más.

Con un beso en la mejilla, agarró por la cintura a su mujer y ambos entraron en la casa.

Se dirigió a la cocina para tomar un poco de agua fría antes de tener que enfrentarse a lo que le había entretenido su mente toda la mañana. La cocina era el lugar más fresquito de la casa, estaba más al fondo del salón y la única luz que tenía, provenía de una antigua claraboya en el techo. Su clima era parecido al de una cueva y aunque tenía una chimenea en la esquina, esta apenas se utilizaba más que para hacer algún tipo de barbacoa. Con el vaso de agua en la mano se armó de valor y se dirigió a por Ana, que estaba en una de las habitaciones doblando la ropa de la colada.

—Ana, necesito preguntarte una cosa.

Tras escuchar a su marido, se dio la vuelta, sacó de su bolsillo un pequeño paquete de plástico envuelto y sin decir nada se lo dio. Sin preguntar lo cogió con sus manos y lo fue desenvolviendo. Su sorpresa fue mayor que su alegría. Sin ni siquiera preguntarle, ella le había dado lo que quería desde la tarde de ayer.

—Ahí lo tienes Antonio, solo te pido que lo trates como si fuera el mayor tesoro que te dejo tu madre.

—Pero... ¿Cómo sabías que te lo iba a pedir?

—Son muchos años juntos —le contestó Ana—, y algo así no podía negártelo. Sabía que no me lo ibas a coger sin permiso, pero que me instigarías todos los días para que te lo dejara, por eso prefiero que lo tengas. Cuando termines te pido que me lo devuelvas en las mismas condiciones.

El profesor avanzó unos pasos hacia su mujer y con lágrimas en los ojos se fundió en un cariñoso abrazo. En ese momento su esposa le recordó en voz baja:

—Recuerda, tenemos que mantener el voto de silencio y secreto, de lo contrario la historia puede cambiar y con ella faltaríamos a la última voluntad de la Reina Isabel.

—Descuida, sabes que solo lo usaré para que nosotros sepamos la verdad. Después, quedará oculta a los ojos de la sociedad, aunque eso me cueste aceptarlo, pero es mejor eso que nada. —le dijo guiñándole un ojo.

D. Antonio abandonó la habitación para coger su portafolios y depositar en su interior los documentos. Acto seguido llamó muy ilusionado a Javier para que tuviera constancia de que los tenía y cerrara una cita en la casa de Emilio.

. . .

Los sábados por la tarde se habían convertido para tres muchachos de instituto en un ir y venir de reuniones con adultos. Mientras otros chichos de su edad se juntaban en algún parque o realizaban deporte. Para ellos esto era mucho más importante que cualquier cosa, llegaría el día en que sus esfuerzos serían recompensados y quién sabe si ese día estaba cerca.

El paseo hasta la casa de Emilio era largo y aunque habían quedado a las cinco, salieron con bastante antelación para no llegar tarde. Quizás era raro pensar, que tres jóvenes necesitaban estar presentes en cada una de las reuniones donde casi toda la manija era llevada por los adultos. Pero se sentían muy útiles y la mayoría de las veces sus intervenciones habían dado resultado positivo.

Junto al portal se encontraron a Juan, que les saludó mientras tocaba en el portero automático. Sin tiempo para hablar, los cuatro entraron y se encaminaron escaleras arriba. La puerta de la casa estaba entreabierta y tras cruzarla se dirigieron al salón. Allí ya les esperaban Emilio, D. Antonio y Javier, que estaban enzarzados en una conversación y no precisamente histórica, sino de fútbol, deporte que sí les gustaba comentar y estar al día.

Una vez reunidos en el salón, los saludos fueron más de cariño con los chicos, ya que estaban por escuchar algo de lo que tuvo su corazonada el joven Cacín. Sobre la mesa había varios libros antiguos, un trapo y un vaso lleno de vinagre blanco con el que Emilio limpiaba las tapas de los libros. Con cuidado apartó los líquidos a un lado de la mesa para que, entre otras cosas, no estorbaran.

D. Antonio quiso repetir lo que habló con su mujer. Prefirió volver a recordarlo para que también lo supiera los muchachos. La disertación fue otra vez clara y fluida. Cacín y sus amigos también se quedaron sorprendidos por los nuevos descubrimientos. Él seguía teniendo su corazonada y entre más hablaba su profesor, más seguro estaba de lo que dijo.

Una vez acabada la charla, el docente sacó de su portafolio los documentos que su mujer le había prestado. Antes de dejarlos en la mesa, Emilio le puso el tapete de terciopelo y le dejó los guantes blancos para manipularlos, acción que agradeció el maestro aun sabiendo que ni él mismo había tenido ese cuidado.

Con ellos desplegados, los tradujo tal como se lo dijo a su mujer. La admiración de ver aquellas reliquias históricas no les dejaba concentrarse en lo leído, sino en lo visto. Al acabar, los miró esperando algún tipo de comentario, pero notó que sus palabras habían pasado a segundo plano ante tal maravilla. Javier se dio cuenta y fue el primero en hablar.

—Señores, lo que D. Antonio nos ha traído aquí es nuestro pasaporte para seguir descubriendo muchas más cosas. Necesitamos estar todos concentrados para poder ver cómo resolvemos esto.

—Tienes razón Javier, pero lo que tenemos son suposiciones de algo que no está escrito.

—Cierto Emilio, por ahora tenemos que tirar por ahí. Es lo más certero que tenemos. Sé que no hay nada claro, pero menos teníamos hace unos días —le replicó Javier.

El maestro había visto al grupo un poco desanimado por no entender muy bien hacia donde debían de dirigirse. Los documentos daban algunas noticias relevantes, pero no les indicaba que nueva dirección tenían que tomar. Dami, que siempre estaba un poco más ausente, quiso estar más integrado y se dirigió a la otra parte de la mesa para ver mejor los documentos. Sin darse cuenta terminó dando con su codo en el vaso de vinagre blanco que Emilio había apartado. El líquido se esparció al instante por la mesa y, aunque D. Antonio y Javier levantaron a la vez los documentos, estos quedaron empapados para disgusto de todos.

Los ojos de furia se clavaron en el chaval, que, encogido de hombros, no hacía más que pedir perdón. El mal ya estaba hecho, por lo que fue Emilio el que le agarró por los hombros y con buenas palabras quiso tranquilizarle antes de que a alguno se lo recriminase.

—Tranquilo Damián, no ha sido solo culpa tuya. Tenía que haber quitado yo el vaso de aquí. Esto ya no tiene remedio, así que vamos a secarlo para ver si no se ha producido ningún daño.

Dami agradeció las palabras y volvió a pedir disculpas varias veces. Poco más se podía hacer. Emilio le pidió al maestro que dejara los documentos en la pequeña mesa de centro sobre unas hojas de papel de arroz que absorbían muy bien la humedad. La reunión continuó mientras los documentos se secaban. Cacín, que estaba más cerca de ellos, era el que se encargaba de echarles un vistazo a instancias de su maestro, y la sorpresa no tardó en saltar.

—D. Antonio, ¡mire!, parece que en ese papel está apareciendo algo.

El profesor se dio la vuelta pensando que al final el documento se habría estropeado y la tinta se había corroído, pero sus ojos vieron otra cosa. No era lo que suponía. Sin vacilar se levantó a inspeccionarlo desde arriba, a la vez que el grupo hacía lo mismo. El vinagre blanco había hecho aparecer tras el pergamino de Aixa, una especie de mapa oculto.

—¡Espera Jesús, no lo toques! —exclamó el profesor.

A la orden de su maestro, Cacín quedó quieto mientras veía como cogía el escrito y lo depositaba de nuevo sobre el tapiz de la mesa principal. El asombro todavía era incertidumbre, solo las manos del profesor tenían potestad para poder manipularlo, ya que este se encontraba todavía algo húmedo. Hubo de esperar algunos minutos a que secara, de todas formas, parecía que las letras de la otra cara no habían sufrido daño alguno y eso alivió un poco a todos durante la espera.

Pasados esos minutos el papel había revelado lo que durante tantos siglos se quiso ocultar. En efecto, parecía una especie de mapa, pero sin ninguna señal que indicara el lugar del mismo.

—Un momento señores, están apareciendo también algunas letras, creo que, en árabe, ¡míralo tú mejor, Antonio! —dijo Javier.

El profesor se acercó para valorar lo que Javier había visto. Estaba en lo cierto iban apareciendo unas letras en árabe que ya se habían hecho visibles. Parecían un par de frases, que de inmediato se puso a traducirlas.

—Esto me está superando, tanta sorpresa en tan poco tiempo no me lo esperaba, pero puedo leerlas. —comentó el profesor.

Como había hecho hasta ahora, primero las leía mentalmente para tener la certeza de que la traducción era correcta antes de decirlo a viva voz. Esta vez se detuvo más tiempo de la cuenta. Las letras no estaban del todo claras y necesitó de la lupa de Emilio para poder valorar algunas. Viendo la impaciencia del grupo y cuando creyó tenerlo hecho, lanzó un par de suspiros y con la voz algo nerviosa transmitió al resto lo que en aquel documento ponía.

—Esto es lo que veo que pone:

Dentro de la caja del espíritu hallarás la verdad de mi hijo

de su amante y madre que quiso ocultar por siempre su sangre y linaje

Otra vez el silencio era lo más sonoro del salón. Las palabras transcritas dejaban pocas pistas sobre aquel mapa. Nadie se atrevía a decir nada, era preferible no meter la pata a estas alturas. Mientras todos pensaban en aquellas frases, Luis manifestó algo que a la postre fue lo más importante de aquel día.

—¿Puedo decir una cosa?

—Claro Luis, lo que quieras —le dijo Juan.

—Es sobre el dibujo ese que ha salido en el papel. Tengo la sospecha que es el plano de una construcción.

Las miradas se comían a Luis si no continuaba con lo que había empezado a decir. Con algo de ansiedad, Emilio le insinuó que siguiera, cualquier cosa que dijera podría tener un gran valor.

—Yo he dibujado ese sitio —dijo a la vez que sacaba su libreta.

Tras pasar varias páginas hacia atrás, enseñó uno de sus dibujos a los que había puesto nombre y lugar.

—Tengo la sensación de que ese plano corresponde con este «Palacio» que vimos el día de la excursión. Si no me equivoco y tal como nos dijo usted D. Antonio, era el de *Dar- Alhorra*.

Los ojos se movieron del plano antiguo hacia el dibujo de Luis. En principio era difícil asegurar eso, pero el joven muchacho quiso hacerles ver que cuando él dibuja algo, en su mente se guarda la superficie del lugar y aquello lo tenía claro. La estructura plantar del documento era muy similar a la de dicho palacio.

Sin perder tiempo, Juan lo buscó en internet para asegurarse. Los planos actuales tenían algunas modificaciones respecto al antiguo, pero sus muros coincidían casi al cien por cien. Pocas dudas quedaban para concretar que *Dar-Alhorra* era el sitio. Varios agradecimientos se llevó con cariño Luis. Su portentosa memoria para dibujar les había puesto de nuevo en la senda de la aventura. Solo faltaba ver si había algo en el mapa que les diera alguna pista y eso no tardó en aparecer.

—Déjame la lupa otra vez Emilio —le pidió el maestro.

D. Antonio se puso a buscar con más precisión y observó algo diferente. Una señal que posiblemente indicara el lugar de lo que Aixa llamó «la caja de los espíritus». Un escudo Nazarí señalaba un sitio. Parecía que estaba sobre una línea que se interponía de forma perpendicular entre la muralla exterior y los muros interiores de su Palacio. El sitio no se veía reflejado en los planos actuales. No quedaba claro lo que estaba indicando la Reina cuando lo marcaron en el pergamino. Se pusieron a buscar por la red toda la información posible de *Dar-Alhorra*, pero todo era demasiado actual. La información que se proporcionaba era más de tipo turístico.

Sin tener otra salida, a Javier se le ocurrió preguntar a su amigo Germán. Sabía que él era un gran estudioso de los siglos que transcurrieron desde la dinastía Zirí hasta la Nazarí, pero habría que tener cuidado, ya que desde que se descubrió el silo tenía la mosca siempre detrás de la oreja. Vieron en esa llamada una solución y todos estuvieron de acuerdo en que le preguntara, así que, tomó su teléfono y tecleó el número de su amigo.

—Germán, ¿cómo vas compañero?

—Hola Javier, pues muy bien y más después de lo que me dejasteis compartir con vosotros en la Alhambra.

—Espero que eso haya pagado todas las deudas que tenía contigo.

—Vaya que si las ha pagado y con creces. Además, creo que no te lo he agradecido lo suficiente, pero sabes que me tienes para lo que quieras.

—Pues para eso te llamaba. Mañana tengo una visita a la zona de *Dar-Alhorra*. Entre los visitantes hay algunos catedráticos de historia de la universidad Rey Juan Carlos I que está en Fuenlabrada, cerca de Madrid. Parece ser, según me han dicho, que uno es especialista en islamismo y cultura del reino de Granada. Como comprenderás estoy un poco nervioso. No quiero meter la pata cuando tenga que dar una explicación.

—¿Nervioso tú? Si eres la persona con más temple que he conocido.

—Ya, pero si hay algo que me quita el sueño es no estar preparado e informado.

—Te entiendo, ¿dime en que te puedo ayudar?

—Pues he estado estudiando un poco más en profundidad el palacio y no tengo claro cuáles eran sus dominios exactos —comenzó explicándole Javier—. Parece ser que lo que es hoy la plaza del Cristo de las Azucenas perteneció al mismo.

—Sí, eso era parte del palacio, al igual que el actual convento de Santa Isabel. Sus límites lo ponían por la parte norte las actuales murallas Ziríes y por la sur unas que por desgracia ya no están —Germán quiso añadir algo más—. He de comentarte que lo que ahora es el callejón de las Monjas, en sus orígenes era el camino de ronda de los soldados. Por ende, el arco que todavía se ve era parte de la acequia Real que traía el agua a sus dominios.

—Pues eso no lo sabía, me vendrá bien explicárselo, ya que ese arco está fuera de sus muros.

—Claro, entre desamortizaciones y reurbanizaciones, eso se quedó casi como público.

—Muchas gracias de nuevo, Germán. Me has sido de gran ayuda.

—De nada Javier, un saludo y nos vemos.

El teléfono, que había tenido el altavoz manos libres puesto, quedó en silencio. Todos habían escuchado la conversación. Antes de que nadie dijera nada, el dedo índice del profesor estaba marcando el viejo Arco de las Monjas como el lugar donde, posiblemente, Aixa debió de esconder la caja.

—Creo señores, que en alguna parte de ese arco puede que esté escondido nuestro tesoro—comentó D. Antonio sin dejar de quitar el dedo de la zona del mapa.

—Estoy contigo. No tenemos otra pista. Debemos ir allí e inspeccionarlo nosotros mismos —le respondió Emilio.

Poco más se podía hacer. Tomaron la decisión de quedar para ir allí. El arco estaba en una zona pública y accesible. Era un callejón bastante solitario y de poco tránsito de personas por la noche. No dudaron en hacerlo a esas horas de oscuridad.

En ese mismo momento planearon la acción. Javier y Cacín subirían a lo alto del arco, los otros dos muchachos quedarían sentados en su base para ayudar. D. Antonio y Juan se apostarían en cada esquina de la calle para dar algún tipo de aviso o alarma y así evitar ser descubiertos. Con todas las directrices claras, se propusieron no retrasarlo más y hacerlo al día siguiente. Los domingos eran más tranquilos por la noche.

Uno a uno fueron recogiendo sus cosas y abandonando la casa de Emilio, que siguió con su trabajo de limpieza de libros con la mente puesta en el callejón de las Monjas.

. . .

Ana estaba sentada con la televisión encendida, pero con su mente puesta en la llegada de su marido. Sus nervios eran templados, pero su ansiedad le traicionaba. Hacía poco más de dos horas que se había reunido con otro de los componentes de la Orden para explicarle todo lo que habló con D. Antonio. La seguridad y confianza depositada en su cónyuge era lo mejor para que todo se mantuviera como hasta ahora.

El timbre de la casa sonó dos veces. Ella sabía que ese toque solo lo hacía su marido. Le abrió la puerta de inmediato. El matrimonio se sentó en el salón. Ana tenía la espalda erguida y las manos entrelazadas esperando noticias. D. Antonio permanecía escarranchado en su sofá debido, entre otras cosas, al cansancio acumulado de todos estos días. Aun así, entendió a su mujer y no quiso demorar más la tertulia.

—Pues, creo que tenemos alguna pista —dijo el profesor mientras sacaba de su portafolio los documentos que ella misma le había cedido. Sin decir ni una palabra le señaló el mapa que había aparecido tras las letras de Aixa.

—¿Qué es esto Antonio? —preguntó su mujer mientras sostenía los papeles entre sus manos.

—Ana, sin querer, se derramó vinagre blanco sobre el documento. Lo primero que pensé es que ya lo habíamos destruido, pero la sorpresa vino cuando apareció este mapa. El vinagre lo había sacado a la luz.

La cara de sorpresa de Ana fue un poema. De todas formas, no quiso interrumpir a su marido y prefirió que continuara.

—Como ves, es un plano de *Dar-Alhorra* y aquí en concreto, dónde está el escudo Nazarí, la madre de Boabdil parece ser que escondió lo que ella llama la caja del espíritu. Tal y como pone en estas frases que yo he traducido.

Ahí paró de hablar y se quedó mirando a Ana, en espera de alguna respuesta coherente. Esta no pudo más que achucharle para que continuara y no la dejara en ascuas.

—Continuo. Tras algunas averiguaciones por parte de Javier, parece ser que dónde señala el mapa es el viejo Arco de las Monjas.

Aquí Ana le interrumpió para entender lo que estaba diciendo.

—¿El arco que hay antes de entrar al palacio, es dónde creéis que se escondió lo que Aixa dice en el documento?

—Sí, eso es lo que pensamos. Ya hemos organizado mañana una expedición para intentar ver si es verdad o, por el contrario, tenemos que seguir buscando —afirmó el profesor.

—Vale Antonio, si estáis más o menos seguro, tú sabrás lo que haces. Ten cuidado. Cualquier despiste puede provocar que tengas que dar muchas explicaciones a las autoridades.

—Lo sé Ana, pero en sitios peores hemos tenido que lidiar estos días. El que no se arriesga no consigue nada.

Su mujer se levantó y se acercó al sillón de su marido para abrazarlo con cariño. Aprovechó también para decirle que la Orden también había depositado su confianza en ella. Todo lo que hiciera estaba por completo respaldado por ellos.

Sin parecer descortés, le indicó a su esposa que era hora de cenar y acostarse. El cansancio era más poderoso esa noche que la ilusión.

. . .

Cacín permanecía tumbado en su cama viendo como los primeros rayos del día hacían su aparición entre las rendijas de la persiana. Las últimas noches habían sido de insomnio. Su mente le mantenía despierto buscando encajar piezas como en un puzle. Ensimismado en sus pensamientos, el sueño al final le venció.

El reloj digital de su cabecera marcaba las once de la mañana. Un par de golpes sonaron en la puerta de su cuarto mientras esta se abría. Con sigilo, la figura de su madre avanzó hasta su cama para ver si dormía. Cacín se sintió observado, pero fingió seguir dormido. Sin mucho más le dejó una pequeña caja de cartón encima de su mesilla y se marchó. Nada más escuchó el pestillo cerrarse, salió de su actuación y tomó la caja para ver que era eso. Observó que la misma no contenía ningún remite. Lo primero que pensó es que su madre le había comprado algo. Despegó la cinta adhesiva y levantó las solapas para mirar en el interior. Sacó algo envuelto en un trapo de terciopelo. La forma, peso y textura le indicaban con claridad que una especie de libro o libreta estaba dentro.

Quitó el paño y unas tapas grabadas en piel confirmaron, lo que había pensado. Mientras lo observaba y sin darse cuenta, un papel plegado cayó sobre la alfombra. Lo recogió de inmediato y dejando el libro a un lado, se dispuso a verlo. Se preguntaba «¿qué demonios era aquello?, él no había pedido nada a nadie y menos un libro», algo que entendió cuando leyó lo que ponía en aquel papel.

«Jesús me consta que tu inteligencia supera a tu edad,
por ello quiero ayudarte con este libro.
Os dará alguna pista de lo que estáis buscando.
Recuerda que la historia está escrita no es necesario modificarla»

Sin pensarlo, salió en busca de su madre, que hacía ya algún rato que preparaba la comida en la cocina.

—Mamá, ¿quién te ha dado esto?

—Pues, esta mañana ha venido un mensajero y ha preguntado por ti.

—¿Y no te ha dicho nada más?

—No, solo que te lo diera sin abrirlo, ¿pasa algo?

—Nada mamá, solo era curiosidad, gracias.

Dejando a su madre con los fogones, se dirigió otra vez a su habitación para revisar aquel extraño libro que le habían traído. Este tenía una cinta marcando una sección. Lo abrió por ese tramo y empezó a leer lo que parecía le habían indicado. Su ansia volvió su lectura rápida, pero desordenada, por lo que tuvo que pararse. Empezó a releerlo un par de veces más. Aquellos pasajes daban la sensación de una especie de guía de la ciudad, pero escrita en tiempos muy anteriores al actual. Aunque la escritura era algo ambigua, Cacín pudo ir comprendiendo de lo que se trataba. Sus ojos cada vez se abrían con más anchura ante lo que iba descubriendo. Cuando estaba llegando a la segunda cinta que determinaba el fin de la lectura, entendió el mensaje. La persona misteriosa quería ayudarles. Visto el resultado no pudo más que llamar de inmediato a su profesor para explicarle lo sucedido.

—Profesor, soy Cacín, digo… Jesús. Necesito contarle algo.

El profesor extrañado escuchó la historia matutina con la que su alumno se había levantado. Sin dejarle terminar, le indicó que se acercara de inmediato a su casa con el libro para valorarlo. El chico se puso uno de esos chándales que suelen ser la ropa habitual de muchos jóvenes. Sin desayunar, se despidió de su madre para salir pitando dirección a la casa de D. Antonio.

Mientras tanto, Javier, recibió la llamada del profesor. El relato de lo que Cacín le había dicho hizo que cogiera su mochila y abandonara su apartamento para juntarse con ellos.

D. Antonio quiso comentarle a su mujer lo que le había pasado al muchacho. Pensaba que alguien de la Orden podría ser el responsable de pasarle ese libro a Cacín. Su mujer escuchó la historia, pero se sintió extrañada del suceso. No tenía constancia de que alguno de sus amigos de la Orden hubiera hecho eso sin consultar a los demás. De todas formas, le prometió que estuviera tranquilo, ya se enteraría si alguien lo había hecho. Siendo conscientes de que necesitaban ver ese libro, esperaron a que Cacín y Javier se acercaran por allí.

Los domingos por la mañana las calles de Granada eran tanto para los turistas como para paseantes y deportistas. Cacín andaba con paso rápido, pero firme, mientras miraba una y otra vez a su alrededor. Tenía la sospecha que podían estar vigilándolo y a cada pensamiento apretaba más contra su cuerpo la mochila en la que había depositado el libro. De repente, una mano le alcanzó en el hombro. Sin darse la vuelta empezó a correr calle arriba, su fijación no le dejaba escuchar nada, solo salir lo más rápido de ahí. Al final pudo reconocer quién estaba indicándole que parase. Se tranquilizó cuando reconoció a Javier en la distancia. Recuperando el aliento, esperó a que llegara a su altura.

—Buenos días, Jesús, perdona si te he asustado, no era mi intención

—No pasa nada Javier, es que estoy un poco nervioso y cualquier cosa me hace saltar.

Una breve carcajada salió del guía mientras le rascaba la cabeza en señal de confianza. Los nervios del muchacho desaparecieron cuando ambos empezaron a subir las calles del Albaicín.

Al profesor su inquietud no le permitía estar sentado esperándoles. Tenía la sensación de que aquello que empezó como algo poco creíble, se estaba convirtiendo en una carrera por ver quién descubría más cosas. Lo que le había pasado a su alumno esa mañana le tenía muy intrigado, más cuando su propia esposa no sabía nada.

Las siluetas del guía y el alumno asomaban calle abajo. Viéndolos venir, se levantó y con las manos en los bolsillos esperó los segundos para el encuentro. Los saludos fueron afectuosos pero cortos. Pasaron de inmediato a aquel salón ya tan conocido por ellos. La mochila de Cacín seguía agarrada con firmeza entre sus manos aun cuando se sentó en el sofá. Sin ningunos preliminares ambos adultos le apremiaron para que lo sacara. Antes de eso les pasó el papel con aquellas frases en las que dieron por sentado que el libro estaba destinado al muchacho. Lo único que les extrañó era por qué fue el receptor de este. Tan cerca estaba de conocerlo que hasta sabía su nombre. No quisieron darle más importancia y se pusieron a revisar el libro que ya estaba encima de la mesa.

En primer lugar, D. Antonio lo examinó por fuera. Sus tapas eran de cuero fino sin ninguna inscripción. El desgaste ya indicaba que debía tener algo más de cien años. Al abrirlo repasó con sus dedos el grueso papel del que estaba compuesto. Las letras tenían el sello de alguna imprenta no de muy buena calidad, pero que había conseguido mantenerlas impregnadas bastante bien.

Antes de leer el apartado señalado por las cintas y al cual Cacín se refería una y otra vez, quiso empezar por el principio. En las primeras hojas, solo se hacía referencia al porqué se escribió. No se hacía ninguna mención a su autor, algo que a continuación descubrió el profesor al empezar a leer las siguientes páginas. Sin querer continuar levantó la mirada y con estupor y alegría quiso anunciar a su alumno y a Javier de quién era aquello que sostenía en sus manos.

—Viendo las primeras páginas y sin que haya referencia al escritor, puedo asegurar que tenemos ante nosotros la guía de Granada que hizo Gómez Moreno hacia el año 1892.

—¿Seguro Antonio? —le preguntó Javier.

—Y tan seguro. Puede ser el libro que más veces haya leído en mi vida. Con solo leer la primera hoja tengo clarísimo de quién es. Y más aún, puede que sea de las primeras impresiones que hizo.

Cacín que no entendía muy bien de quién hablaban, quiso entrar en la conversación para que su profesor fuera a aquellas hojas marcadas, que él había leído en su casa.

—D. Antonio, creo que debería pasar a leer lo que le he señalado. Tengo claro que de ahí vamos a sacar algo.

El profesor hizo caso a su alumno y pasó las hojas hasta la señal de la cinta. Sin levantar la cabeza se dispuso a leer aquellos pasajes. Los párrafos empezaban hablando de la zona del palacio de *Dar-Alhorra*. De cómo aquel arqueólogo y profesor granadino, describió los lugares de Granada a finales del siglo XIX. La lectura no era ninguna sorpresa para D. Antonio. Ese libro lo había releído ciento de veces, pero al pasar la primera página sus ojos se abrieron como platos. Entre las letras de imprenta y en los márgenes había un montón de correcciones escritas a mano. Sin dar ninguna explicación, se levantó del sillón para coger su portafolios. Lo abrió y empezó a escribir en su cuaderno de notas ante el silencio y la incertidumbre de su amigo y su alumno. A cada palabra escrita más temblorosa se volvía su mano. Incluso le pidió a su esposa que por favor apagara la lavadora, ya que necesitaba la máxima concentración. Las frases se escribían en su cuaderno sin ningún sentido. Eso tenía al profesor centrado en ordenarlas para su correcta lectura. Viendo sus amigos que podría llevarle algún tiempo, prefirieron recostarse con tranquilidad y en silencio, a la espera de que acabase.

Tras pasar algunos minutos, D. Antonio los sacó de su letargo con un efusivo:

—¡Lo tengo!

El sobresalto fue mayúsculo. Hasta Ana se acercó apresurada al salón para ver que ocurría. La alegría del maestro era visible. Eso suponía que algo relevante acababa de descubrir, por lo que quiso compartirlo de inmediato.

—En primer lugar, disculpad que os haya tenido en ascuas. Necesitaba concentración para poder ordenar algo que creo solo se escribió aquí y de lo que la persona que te lo dio —Señaló a Cacín con su mirada—, tenía constancia. Pero me alegro de que alguien confíe en nosotros y quiera ayudarnos.

Javier quiso preguntar en ese momento, pero D. Antonio, con un gesto, le pidió paciencia. Le sugirió a su mujer que también permaneciera con ellos para escuchar lo que tenía que decir.

—Tengo en mis manos con toda probabilidad la primera guía que Gómez Moreno usó después de pasar por la imprenta. No sé por qué, después de eso, quiso escribirnos de su puño y letra lo que os voy a leer. —dijo el maestro antes de ponerles en contexto—. El pasaje que nos ha señalado con la cinta y en la que hay escrito como veis a posteriori y a mano estas correcciones, es sobre la zona que estamos estudiando de *Dar-Alhorra*. La imprenta recoge lo que Gómez Moreno le indicó que se hiciera, pero había algo más que él no quiso que saliera a la luz. De alguna forma lo dejó escrito en este libro y que yo he enlazado para que tenga sentido:

Sobre aquella tarde que ilustraba mi obra por el Palacio de la Honesta, vi cómo en el arco del callejón de las Monjas varios obreros realizaban reparaciones. Acercándome a ellos pude ver como se afanaban en quitar una gran placa de alabastro con el escudo nazarí grabado. Presenciando el momento, quiso que el milagro se produjera, tras esa placa se apareció ante mis ojos un hueco donde se escondía una vieja caja de plomo cerrada. Opté porque nadie la tocara y me presenté con mis credenciales arqueológicas, algo que me permitió llevármela para mi estudio. Aquella contenía en su interior otra finamente labrada con perlas y grabados de estilo nazarí. Al abrirla pude ver en su interior algunos papiros escritos en la lengua mora.

Su traducción me dejó claro que aquellos párrafos no podían ser visto por nadie, la historia estaría en peligro. Tuve que esconderlos en el lugar donde el secreto se mantuviera por siglos y espero que allí permanezca de por vida. Solo quiero dejar constancia en este mismo libro, que pasará de generación en generación en secreto para que cuando llegue el momento, aquel que entienda que alguien más debe saber de esto tenga total permiso para donárselo, quedando la caja tapada en el pequeño féretro que reposa junto a los Reyes Isabel y Fernando

Tras acabar de leer el párrafo, la estupefacción inundó el salón. Solo Cacín permaneció más tranquilo. Las palabras, que creían ser del mismísimo historiador, no daban crédito a su magnitud. Si eso era cierto, ¿cómo narices harían para entrar en el sitio que dice la depositó? Nada más y nada menos que el sepulcro de los Reyes Católicos y más concretamente el féretro del príncipe Miguel, que está enterrado con ellos.

Ambos adultos andaban dando vueltas por el salón pensando cuál sería la solución. Por desgracia no tenían ningún conocido en la Capilla Real que les pudiera permitir destapar el viejo ataúd. Estaba claro que sería imposible colarse en dicho lugar. La mente les tenía ensimismados y Cacín vino a poner cordura. Recordó a ambos que lo primero que tenían que hacer es avisar a los demás para cancelar la reunión en el Arco de las Monjas. Javier entendió el mensaje y agradeció al muchacho que le recordara lo más urgente en ese momento. Ya habría tiempo entre todos de sacar alguna solución al nuevo desafío.

La llamada a Emilio y Juan fue simultánea. Mientras Javier les explicaba la nueva situación, D. Antonio mascullaba en voz baja una y otra vez la misma frase, con la mirada ilusa de su alumno.

—Tengo que hablar con él, directamente, no queda otra.

Tras escucharla varias veces, Cacín se atrevió a preguntarle a quién tenía que dirigirse y porque lo decía con cara de preocupación. Antes de contestarle esperó a que Javier terminara de hablar para también poder pedirle consejo.

—¿Has acabado de hablar con ellos?

—Sí, Antonio. Están alucinando al igual que nosotros.

—Es que quiero comentarte una cosa. El párroco de la iglesia de San Pedro y San Pablo es amigo mío de la infancia —les dijo D. Antonio.

Ambos asintieron con la cabeza y con una señal de las manos incitaron al profesor para que continuara.

—Cuando se metió en el seminario perdimos la relación. Un poco por egoísmo mío. Intenté que no se hiciera cura. Algo de lo que hace tiempo llevo arrepintiéndome —les comentó D. Antonio con la cabeza baja—. Él quiso perdonarme y le juré que jamás me aprovecharía de su profesión para mi propio interés. Así lo he hecho durante muchos años, hasta que el otro día tuvimos que entrar en su iglesia. Le pedí que me dejara la llave del campanario. A partir de ese día tuve la sensación de alguna manera que sabía que iría a buscarle. Aquello no le pilló de sorpresa. Creo que sabe muchas cosas que a lo mejor nos pueden ayudar, pero me da miedo romper mi juramento.

Tras acabar de hablar, se quedó unos segundos esperando alguna respuesta por parte de Javier o Cacín. Ellos también estaban desorientados y no sabían qué decir. Tenían claro que de una u otra manera debía hablar con su amigo Pepe. Su duda era hasta cuanto tendría que contarle para sacarle algún tipo de información. Fue el mismo guía Javier quien le allanó el terreno.

—Antonio, por mi parte, y creo que hablo como portavoz de todos, tienes toda nuestra confianza. Puedes contarle lo que quieras, si eso te lleva a obtener información valiosa.

El profesor agradeció las palabras de su amigo mientras se daban un fuerte y cariñoso abrazo. Sabía que era una de las pocas soluciones que se le podían presentar, aunque rompiera su juramento. Sin más que hacer, Cacín y Javier se despidieron del matrimonio. Quedaron en hablar cuando se hubiese reunido con su viejo amigo cura.

Durante el trayecto de llegada a su casa, Javier volvió a informar por teléfono a sus amigos de las intenciones del profesor. Tras colgar y ya cerca de su barrio, introdujo su mano en la mochila para sacar las llaves. Algo distinto palpó en su interior. Sin ni siquiera mirarlo sabía lo que era. Lo sacó y entre sus páginas una nota sobresalía. D. Antonio quiso escribirle unas palabras, que, por otro lado, eran un sentimiento de confianza.

«Prefiero que lo guardes tú, seguro que harás mejor uso de él que yo»

El libro que Cacín recibió era ahora todo suyo y además con la certeza de que solo él sabría guardarlo en secreto. Sin más, esbozó una breve sonrisa mientras abría la puerta de su casa.

. . .

Aquella mañana, Emilio salió de su casa con la intención de juntarse con el profesor. Le había pedido la tarde anterior que le acompañara en una visita muy especial.

En la plaza Nueva, D. Antonio esperaba sentado en unas de las mesas de la cafetería. Allí reposaba tranquilo con su taza de café con leche, siempre muy caliente, incluso en los meses estivales. Era de esas personas que tenían pocos vicios, pero el café era uno de ellos. La espera fue breve, ya que Emilio apareció muy puntual a la cita. Un breve «buenos días» fue suficiente para sentarse en el lado opuesto de la mesa. Viendo a uno de los camareros, le pidió que le sirviera un zumo natural de naranja.

Mirando de frente al profesor, esperó a que le informara de aquella reunión bilateral que le había tenido la noche intranquilo.

—Antonio, no tengo ni idea porque me has citado.

—Ahora te explico Emilio. Tomémonos y disfrutemos del lugar. —respondió el maestro mientras se recostaba sobre la silla.

Emilio asintió con la cabeza y disfrutó de su zumo en silencio, esperando que su amigo tomara la decisión de contarle el porqué de aquella cita.

Con un breve carraspeo de garganta, empezó D. Antonio a contarle sus intenciones. Quería armarse de valor para subir hasta la vieja iglesia de San Pedro y San Pablo y entrevistarse con su amigo Pepe. Tenía la premonición de que él podía saber algo de todo este entramado. Emilio siguió con atención todas las explicaciones hasta que no pudo más que preguntar lo obvio.

—No entiendo muy bien, ¿para qué me has llamado?

—Mira Emilio, mi idea es que yo establezca la reunión con Pepe en la sacristía. Me temo que voy a tener que contarle muchas de las cosas que nosotros hemos descubierto. Él es un enamorado de la historia y el patrimonio de la ciudad. El hecho de que en un momento dado te presente como descendiente de la casa de Zafra puede ayudarnos. Tengo la sensación de que sabe algo importante que no quiere decirnos. Por eso te voy a usar como moneda de cambio de información. ¿Te trajiste el documento que te pedí?

—Si Antonio aquí lo tengo.

—Perfecto, pues yo creo que lo tenemos todo. Vámonos para arriba que no se nos haga muy tarde.

Tras abonar las consumiciones, ambos se levantaron y se dirigieron en dirección a la iglesia. Durante el camino fueron repasando una y otra vez la estrategia. El profesor quiso recalcar que la reunión sería entre Pepe y él. Solo cuando le avisara tendría que entrar. Emilio lo asimiló con gusto y dejó todo en manos de su amigo.

Desde hace ya varios años, Pepe era responsable de la iglesia. El atrio de entrada a la misma siempre permanecía abierto en lo que podemos llamar horario laboral. Una de sus reivindicaciones era que la iglesia tenía que ser un sitio para todo el mundo, fuese creyente o no. No tuvo una vocación temprana, sino más bien tarde. Su hacer religioso sí fue madurado por pertenecer a la Cofradía del Silencio. Vivía en la casa adosada en la parte trasera del monumento. Era una morada sencilla con una decoración sacra. Destacaban algunos cuadros del siglo XIX de inspiración divina. Tenía una puerta que daba acceso directo a la sacristía. Eso le permitía entrar y salir de sus rezos diarios sin ser visto. Criado desde la infancia en el barrio del Albaicín con su amigo Antonio, era una persona muy afable y dispuesta a ayudar en todo momento. Siempre tenía algunas disputas con sus superiores por dirigir su educación eclesiástica hacia el progresismo católico. Sabía que anclarse en el pasado era volver al oscurantismo religioso de otras épocas. Su mediana estatura no le achantaba ante los problemas de la sociedad. Se reía entre los conocidos por su escasez de pelo diciéndoles que le había pedido a Dios que no le permitiera pagar nunca una peluquería. Su carácter bondadoso le hacía muy querido en el barrio, que desde su niñez era lo más importante para él.

D. Antonio y Emilio llegaron a las verjas del atrio. Con un leve empujón la abrieron y pasaron al interior. El pequeño solar que presidía la entrada a la iglesia se decoraba en el centro con una columna rematada en una cruz latina. Parece ser que era del Siglo XVI, aunque no se tenía constancia del escultor.

Como era costumbre, las puertas permanecían abiertas para que cualquier persona pudiese realizar su oración. Traspasado el dintel y a pocos metros de llegar a la última fila de bancos, D. Antonio le hizo una señal a Emilio para que permaneciese ahí hasta que lo avisase.

Caminando por el interior, el maestro se dirigió hacia la puerta de acceso a la sacristía. Con valentía entró en la misma. El lugar no difería mucho de otras. Sus antiguos y gruesos muebles cajoneros de madera convivían con algún espejo y pequeñas esculturas del niño Jesús. También desde ella se accedía a la vivienda del párroco por una puerta algo más baja de lo normal. Se apresuró y mientras agachaba la cabeza, la empujó con el consiguiente rechineo de sus bisagras, desgastadas y poco lubricadas. No había dado más de dos pasos en la casa de Pepe, cuando este apareció de pie con su sotana negra y un largo crucifijo colgado de su cuello.

—Hola Antonio, te estaba esperando.

—Hola Pepe, ¿cómo estás?

Los saludos entre ambos dejaron una distancia de seguridad que ninguno de los dos sabía cómo saltarse. Unos segundos quedaron sus miradas encontradas. Los pensamientos fluían por la mente, pero no dejaban escapar palabra alguna. El respeto era más que evidente. Al final, fue el viejo cura quien le invitó a pasar al interior.

El profesor avanzó con algo de sigilo hasta la habitación. En el centro había una vieja mesa camilla con las enaguas algo gastadas. Sobre la pared varias sillas de madera con el estilo de los años sesenta. Más cercano a la mesa, un par de sillones orejeros de piel marrón poco usados era todo el mobiliario de la sala. Con cortesía le indicó al que fue su amigo de la infancia que tomara asiento en uno de ellos. El ambiente no llegaba a estar tenso, pero sí muy respetuoso. D. Antonio quiso que aquello se convirtiera en una cordial conversación entre dos amigos algo distanciados.

—Pepe, sé que es mucho tiempo el que hace que no hablamos, pero eso no quita para que dejemos las asperezas y charlemos como los amigos que fuimos.

—Antonio, no estoy para nada a la defensiva. Mi admiración por ti me lleva a guardarte un respeto muy amigable y más después de lo que estás consiguiendo.

Aquellas palabras relajaron el ambiente. Casi al unísono, ambos descargaron su rigidez con una amplia carcajada. Eso les recordaba aquellas tardes de chiquillo en las que jugaban a romper botellas con sus tirachinas. Entablaron una agradable conversación sobre su vida en los últimos años. Con la confianza que siempre habían tenido quiso Pepe ir más al grano. Sin muchos pelos en la lengua cambió radicalmente el tema para centrarse en lo importante.

—Antonio, sé a qué has venido. Eres una persona muy inteligente y sabes sacar información de los demás cuando necesitas ayuda.

El profesor miró a su amigo y sin muchos rodeos empezó a desgranar sus últimas aventuras junto a sus alumnos.

Las explicaciones eran tan dinámicas que no fue interrumpido en ningún momento por Pepe. El resumen dejó muy claro lo que les había pasado sin entrar en muchos detalles. El párroco fue entendiendo que habían llegado a un callejón sin salida y su visita era con certeza una señal de socorro.

—Creo que habéis llegado muy lejos, más de lo que pensamos. Tenía claro que podríais continuar solos, pero veo que mi ayuda os ha dejado más bloqueados.

—¿Tu ayuda Pepe? Explícate por qué no te entiendo —le dijo el maestro.

—Pensaba que tenías una idea de quién le había dado el libro a tu alumno.

La cara del profesor se quedó petrificada cuando escuchó aquello. Sin decir nada, Pepe le descubrió la verdad.

—Antonio, yo le di el libro de Gómez Moreno con las anotaciones a tu chico. Creía que os ayudaría, pero veo que no. Además, dile a tu amigo Emilio que pase. En la iglesia hace algo de fresco.

El profesor se levantó del sillón con una sonrisa y salió a buscar a Emilio.

Una vez realizadas las presentaciones, los tres entablaron varias conversaciones sobre los descubrimientos realizados. Algunas veces sin querer habían obtenido pistas. Muchas de ellas gracias a los muchachos.

Llegado el momento, D. Antonio también quiso agradecer a Pepe su colaboración y sin muchos preliminares le pidió a Emilio que desvelara su descendencia.

—Hay algo que me ha pedido su amigo que le descubra —dijo Emilio—. Según él, usted tiene especial devoción por la cultura y patrimonio de la ciudad y en particular todo lo acontecido en la toma por los Reyes Católicos.

—Así es Emilio. Antonio te ha informado bien.

—Pues…—dijo Emilio mientras sacaba un documento de su cartera y lo desplegaba sobre la mesa—, según ve aquí tiene usted delante a un descendiente vivo de la familia Zafra.

La cara de sorpresa del párroco fue tal que tuvo que levantarse a tomar agua. Ante tal revelación, por unos momentos pareció sentirse indispuesto, pero volviendo en sí solo pudo decir:

—Esto sí que no me lo esperaba. Me habéis dejado impresionado. Tengo delante la sangre de Hernando de Zafra viva. Pensaba, que el que os tenía que sorprender era yo, pero me habéis dejado de una pieza.

Los dos, viendo la respuesta de Pepe, sacaron su mejor sonrisa. Con la distensión del momento, D. Antonio no desperdició la ocasión de preguntarle algo muy directo.

—Pepe, sabes que he venido a pedirte ayuda. Te he contado todo lo que sabemos, pero no tenemos claro por donde continuar. Creo que tú puedes guiarnos.

El párroco volvió a recostarse en el sillón a la vez que lanzaba algunos suspiros al aire. De repente se incorporó y acabó claudicando a las intenciones de su amigo.

—Antonio, hay algunas pistas que no habéis interpretado. Eso es lo que os está pasando. ¿Recuerdas los documentos de tu mujer?

El profesor fue ahora el sorprendido. Esos documentos eran también conocidos por Pepe. De todas formas, eso no era importante, por lo que decidió pasar a la acción.

—Me temo que te lo tengo que preguntar —le dijo D. Antonio—, ¿qué tienes tú que ver con «La Orden del Visir»?

Aquello también sorprendió a un Emilio que no lograba encajar el puzle de respuestas, pero que entendió lo directo que era su amigo para sacar información.

—Antonio, a ti ya no puedo escondértelo. Al igual que Ana —comenzó el cura diciendo—, somos varios los que protegemos nuestra historia. Pertenecemos a una Orden que ha estado latente muchos años. De alguna forma vosotros nos habéis despertado. Sé que tú entiendes el poder de nuestros estatutos, por eso no puedo contarte más. Ya sabes dos personas que la componemos y por tu bien y el nuestro esto debe quedar así.

El profesor agradeció la sinceridad de su amigo y le dejó que continuara hablando

—Como te decía antes, en los documentos que Ana te enseñó hay uno que indicaba el traslado de los cuatro ataúdes a la Capilla Real. Tú y nosotros creemos que ese cuarto pudiera ser el del último rey moro. Nuestros estatutos reflejan que debería estar enterrado en la cripta junto al mayor mausoleo de la época. Como bien sabes es la propia Capilla.

—Pepe, eso lo descifré junto con mi esposa, pero ya le comenté que no se ha encontrado ninguna cripta más allí.

—Quizás estás buscando mal, Antonio. No dice que esté en la Capilla, sino junto a la Capilla—le recalcó Pepe.

Por un momento Emilio y D. Antonio se quedaron reflexionando sobre las palabras del cura.

—Ahora te entiendo Pepe, ¿quieres decirnos que debemos ampliar el abanico de búsqueda y no centrarnos en el interior del templo?

—Tú lo has dicho Emilio. Nuestras sospechas están fundadas en los escritos. Después de tantos siglos el tiempo dejó esto estancado. Sé que vosotros sabréis descubrir la verdad, pero siempre con el voto de secreto al que todos nos debemos. —le recordó de nuevo el cura.

Para recapitular quiso D. Antonio dejar resumido lo positivo de aquella reunión en varios puntos.

—Lo que nos quieres decir es, que Boabdil de alguna forma está presente en la zona de la Capilla Real o así lo entendéis. El cofre de Aixa, que guarda algunos secretos, parece ser que Gómez Moreno lo dejó en el ataúd del príncipe Miguel. Por lo que veo vosotros no habéis conseguido encontrar ninguna de las dos cosas. Además, yo te pregunto ¿y lo que falta de la familia real Nazarí?

Esa pregunta hizo sentirse orgulloso a Pepe. Tener como amigo a alguien tan inteligente que siempre estaba agudizando su ingenio para resolver enigmas. Sin dejar de mirarlo y con la alegría de dos reconciliados. Quiso proponerle un desafío y con pocas palabras le contestó.

—Antonio, no dejes de seguir las cruces, por algo se pusieron.
—Con esa pista entendieron que la reunión se había acabado.

Para evitar volver a salir por la iglesia, Pepe los llevó hacia la puerta que conectaba con la misma Carrera del Darro. Antes de despedirse quiso dejarles una última perla.

—Buscabais respuestas y creo que os habéis llevado algo más —dijo el cura—. Espero que tengáis suerte y todos podamos disfrutar de vuestros descubrimientos. No desfallezcáis en el intento. Lo que sé os lo he traspasado hoy. Confío en vosotros y espero veros pronto.

Tras esas palabras, la puerta exterior de la casa del párroco se cerró. El profesor y Emilio se quedaron incrédulos. Una nueva convocatoria de reunión era necesaria para sacar conclusiones.

CAPITULO XIII
TEORIAS REALES

El Campo del Príncipe estaba tranquilo a primera hora de la mañana. La gran plaza, que en otros tiempos vio la bulliciosa vida de la ciudad medieval, seguía siendo un referente del barrio judío de Granada. Entre la sombra y la luz de los pinos, llevaba ya algunos minutos repasando las noticias del día en su teléfono móvil, Javier. Su alta figura no pasaba desapercibida para los primeros trabajadores, que empezaban a colocar las barras de los muchos bares y restaurantes típicos de la zona. El sol se mantenía erguido por encima de las colinas de la Alhambra. Las casas encaladas de alrededor servían de guardaespaldas al imponente palacio de los Mendoza que, tras varios años de abandono, al final se había conseguido restaurar como edificio institucional. Viendo todo el conjunto, la sensación de belleza impresionaba a los primeros grupos guiados, que disfrutaban de la visita al barrio del Realejo.

Sin dejar de mirar su teléfono, Javier levantaba la cabeza una y otra vez, buscando algo en la distancia. Las figuras de Cacín y Luis entraron en la plaza, seguido por Dami a unos pocos metros, cansado del ritmo de sus amigos. La mano del expolicía se levantó para indicarles su posición. Los muchachos respondieron de la misma manera.

Aquel día, el guía, había querido invitar a los chicos a recorrer el barrio para salir de la rutina aventurera. Pensó que, si conocían con más profundidad, aquella vieja Granada Judía, quizás podrían animar a más compañeros a visitarla.

—Buenos días, chicos.

—Buenas Javier, ¿llevas mucho esperándonos?

—No Jesús, unos minutillos. Ya sabes que me gusta llegar con antelación a los sitios.

Tras el más que breve saludo, se pusieron en camino bajo la batuta del expolicía. Disfrutaba de poder enseñar la ciudad, aunque eso fuera su rutina diaria. Entre el primer callejeo llano, quiso dirigirse a la colina que dominaba el barrio. Esta desde hacía muchos siglos era conocida como la del *Mauror*.

La subida no dejaba ningún tramo de respiro. Los empinados escalones sacaban los primeros suspiros quejosos por parte de Dami. Los accesos eran peatonales desde no hace mucho tiempo y eso propiciaba tomárselo con algo más de parsimonia. Javier hizo varias paradas con la intención de ir dando algunas explicaciones y a la vez propiciar un poco de descanso. Como siempre, era Cacín el que más empeño ponía en escuchar. Luis, por su parte, se maneja con su cuaderno de dibujo, y Dami resoplaba una y otra vez. Para el guía, era maravilloso contar con unos chicos tan jóvenes y a la vez tan astutos. La caminata era culminada en su parte más alta por las imponentes Torres Bermejas, que demostraban aún el poderío musulmán en la ciudad. Estaban compuestas de tres elementos de distintas alturas. Su construcción típica de tierra roja era semejante a la Alcazaba de la Alhambra, llevaban muchos siglos en pie. La tranquilidad del lugar era patente debido al escaso turismo que tenía la zona, eso hacía que las explicaciones de Javier fueran recibidas con más atención.

Hacía unos meses las instituciones habían accedido a restaurarlas. Se veían los andamiajes rodeándolas. El sitio no era visitable como la Alhambra. Solo con un permiso especial se podía acceder, pero sin llegar a entrar en el interior. Al otro lado del valle se divisaba la silueta alhambreña.

Una voz en la lejanía venía llamando con insistencia a Javier. Sin ni siquiera darse la vuelta, el guía supo en seguida de quién se trataba, pero fue Cacín el que le puso nombre.

—Hola Germán —Saludo con afecto el muchacho.

—Muy buenas, chicos, hola, Javier ¿Qué hacéis por aquí?

—Buenas Germán. Nada dando una vuelta histórica por el *Mauror* —le contestó Javier.

—Eso está bien, que la historia inunde a los más jóvenes. ¿Habéis descubierto algo más? —La pregunta, un poco de cortesía por parte de Germán, obligó a Javier a adelantarse antes de que una respuesta por parte de los muchachos pusiera en peligro toda su aventura.

—Eso quisiéramos, que se nos aparecieran más cosas por ahí —respondió Javier.

Al escuchar esa contestación, los muchachos entendieron que era mejor estar callados. Meter la pata no iba a ser del agrado del guía.

—¿Tú que haces por aquí también? —le preguntó con curiosidad a Germán.

—Estoy colaborando en el proyecto de restauración de las torres. Me encargo de registrar todo para el archivo municipal. He venido hoy que no hay albañiles para estar más tranquilo. Por cierto, ¿os apetece pasar? —Aquella invitación fue aceptada de inmediato.

Acompañaron a Germán hasta la puerta metálica instalada por la empresa constructora. Una vez abierta se adentraron por una pasarela de madera hasta el interior del monumento. La inmensidad de las torres era aún más espectacular cuando se miraban desde su propia base. Las catas arqueológicas estaban diseminadas por todo el recinto, por lo que toda precaución era poca. Germán dejó varios minutos a sus anfitriones para que se adaptaran al sitio. Él mismo se regocijaba de las caras de estupefacción que producía en los muchachos aquel verdadero baluarte islámico.

Trascurrido el tiempo prudencial, fue el mismo Javier quien rompió el silencio para, entre otras cosas, agradecer a su amigo que les permitiesen estar allí.

—La verdad es que es espectacular este sitio, Germán.

—Sí lo es Javier, más cuando ha estado tanto tiempo ignorado.

Mientras iban charlando, el grupo se desplazaba por las pasarelas provisionales colocadas en el solar. Todo estaba bien señalizado para evitar cualquier percance personal. Luis era capaz de dibujarlo eliminando estos elementos adicionales de la obra. Tal fue así, que hasta el mismísimo Germán quedo embobado de ver su destreza sobre su carpeta de dibujo. Tras llegar al final de la pasarela, Germán quiso que el grupo se pusiera a su alrededor. Esa actitud despistó a Javier, ya que no eran las formas que conocía de su amigo. A continuación, les instó a que le escucharan unos momentos.

—Ya que hoy por casualidad hemos coincidido, quizás sea un buen momento para volveros a agradecer que me dejaseis participar en los descubrimientos del silo de la Alhambra. Son pocas las personas generosas que comparten hechos como esos de una forma altruista. Estar hoy aquí con vosotros me da la oportunidad de corresponderos como merecéis. Acompañadme y sabréis de qué estoy hablando.

Sin rechistar se pusieron detrás de Germán, mientras este abría una de las puertas que daban acceso a la menor de las torres. Con algo de ruido, la puerta dejó paso a un amplio vestíbulo oscuro. Antes de avanzar quiso el funcionario ver que todo era seguro. Tras eso invitó al grupo a pasar al interior.

El avance fue una procesión de luces de teléfonos móviles, que iluminaron la sala. El lugar estaba con la tabiquería en vasto. Los suelos habían sido con seguridad arrancados siglos atrás. El polvo era el ecosistema reinante y en las paredes reposaban andamiajes y otros enseres propios de la construcción.

Germán quiso que el grupo permaneciera en el centro, sobre todo por precaución. El lugar todavía no había sido restaurado. Viendo que todo parecía seguro, se desplazó con la luz de su propio teléfono móvil hacia una de las paredes. Allí se apreciaban algunos bultos tapados con polvorientas lonas de obra. La distancia no sería de más de cuatro metros entre unos y otros, pero suficiente para darse cuenta de lo que tenían enfrente. Con algo de suspense, la mano de Germán agarró con firmeza una de las lonas y sin previo aviso tiró de ella con decisión. El momento no pudo ser más desconcertante. En un abrir y cerrar de ojos, la sala se inundó de una niebla polvorienta, que hizo carraspear las gargantas. El grupo empezó a agitar las manos para quitarse de encima aquel polvo pegajoso. El mismo Germán tuvo que salir a respirar un poco de aire limpio, dejando al grupo en el interior. Tras algunos minutos de desasosiego volvió para darles una explicación.

—¿Estáis bien? —le preguntó a los muchachos.

—Sí, ha sido un poco polvoriento, pero ahora se respira bien—respondió con madurez Cacín.

—De acuerdo. Quiero que os acerquéis un poco hacia mí, pero con cuidado de no tropezar.

Los muchachos y Javier avanzaron unos metros hasta la distancia sugerida por su amigo. La sensación de intriga empezaba a merodear por las cabezas. Incluso el propio Germán se dio cuenta que no era necesario seguir con tanto ocultismo, por lo que sin más quiso sorprender, sobre todo, a su amigo Javier.

—Hace algunos días los arqueólogos descubrieron enterrado en el patio exterior una pieza de mármol casi intacta y en muy buenas condiciones. Quiero que seáis los primeros, excluyendo por supuesto al equipo que trabaja en las obras, que la veáis.

En ese momento, Germán se apartó y dejó espacio para que la vieran.

—Impresiona, ¿verdad? —dijo, mientras Javier y los muchachos fijaban su mirada en algo que les resultaba familiar.

El funcionario quiso seguir impresionándolos con sus explicaciones. Javier y los muchachos continuaron en silencio.

—Esto que veis aquí, es el escudo imperial de Carlos V. Lo que le hace ser algo excepcional es que sobre la cabeza del águila no aparece una corona real, sino un casco. Solo está visible en el escudo de la Puerta de las Granadas y en el que está a la entrada de la Capilla Real —La explicación no despertó interés a los muchachos, pero sí dejó pensativo a Javier.

—Es impresionante Germán y… ¿Qué más sabéis de este escudo tan raro? —preguntó Javier con la certeza de que algo se dejaba en el tintero.

—Por desgracia no he podido saber con qué intención se fabricaron estos escudos en piedra. Pero lo importante es que ya tenemos tres de los cuatro que se hicieron.

Esa revelación de Germán sí sorprendió a Javier. Con ganas de saber más le preguntó con disimulo, pero con la intención de sacarle la máxima información.

—¿Y cómo sabes que hicieron cuatro?

—Fue una casualidad. Estuvimos haciendo inventario en el archivo y uno de los libros que pertenecía al Conde de Tendilla se cayó de la estantería. A raíz de eso el forro de la tapa se despegó y allí apareció un documento de pago a un alarife, un tal Del Prior. En él venía descrito la realización de cuatro escudos como este —se refirió Germán al que tenía a su lado—. Lo malo es, que no pudimos descubrir en qué lugares se colocaron. Hasta hace unos días sabíamos de la colocación de dos, pero este no sabemos si se colocó en las Torres Bermejas o lo trajeron aquí desde otro lugar. Aunque lo importante es que ha sido encontrado.

Aquellos escudos y el nombre del Alarife no le resultaron extraños a Javier y a los muchachos. Lo intrigante era la razón de los cuatro escudos. Javier, con mucha curiosidad, también quiso preguntarle a su amigo por el cuarto.

—Entonces, ¿no sabéis donde está el cuarto escudo?

—Pues, no, Javier, no hay ninguna reseña escrita que nos pudiera dar una pista. El hallazgo de este tercero nos indica que el cuarto se realizó. Puede ser que lo destruyeran o enterraran como este.

Las revelaciones de Germán eran oro puro para el grupo. De alguna forma había más en lo que investigar. Sabía que esos escudos eran una señal de algo, más cuando se dio cuenta que a la entrada de la Capilla Real había uno de ellos en el que no habían reparado.

Poco más comentó su amigo, que de alguna forma quiso tener ese detalle de primicia con ellos. Javier ansiaba por recapitular información y ponerla en conocimiento de todo el equipo. Por otro lado, Luis había fotografiado en su mente aquel escudo para después poder plasmarlo en el papel. Con todo visto y con las ganas de marcharse, el guía buscó una excusa para salir del lugar lo más rápido posible.

— Se nos ha hecho tarde. Los padres de estos muchachos nos esperan y no quiero que se retrasen. Te agradezco todo lo que nos has enseñado hoy. Espero que tengáis suerte en la restauración, ya sabes que puedes contar conmigo para lo que sea.

Tras esas palabras y mientras se despedían, Javier iba marcando en su teléfono el número de D. Antonio. La nueva información debía de llegar de inmediato al profesor.

Toda la caminata hacia la parte baja del Realejo fue un monólogo entre el guía y el maestro. Los muchachos quedaron ignorados durante el recorrido, cosa que poco les importó y más al siempre cansado Dami.

Una vez colgó el teléfono, se dirigió a Luis para que no tardara en dibujar el escudo al máximo detalle. Tal fue la prisa que el muchacho sacó su libreta y como era costumbre, se puso a ello mientras andaba. Los trazos volvían a ser rápidos y precisos. Esta vez su dibujo experimentó algo que ninguno de sus acompañantes había visto antes. No solo realizó el alzado, sino que fue capaz de reflejar uno de sus lados. Un lado donde alguien como Luis había podido memorizar algo más allá de lo visible. Unas siglas más que familiares, unas siglas que ya no eran un misterio, las propias de la Orden «O. V.».

Aquel dibujo dejó más que patente que los escudos eran de la misma época. Se realizaron con alguna intención por la propia Orden al amparo de Carlos V. Pero esas reflexiones podrían tener contestación cuando todo el equipo volviera a estar reunido, algo que no tardó mucho en concretarse.

Tras haber recogido la información que Javier le había dado por teléfono, D. Antonio se puso de inmediato a valorar aquellos nuevos descubrimientos en las Torres Bermejas. La aparición del escudo le dejaba claro que se hicieron por algo más que el capricho del Rey. Pero la pregunta que se realizaba una y otra vez era la misma, «¿por qué cuatro?, y ¿con qué intención?». Ese era el primer misterio por resolver y para ello quiso que su mujer interviniera.

—Ana, ¿puedes venir un momento al salón?

—Sí, voy ahora mismo.

Ana salió de la cocina ante la llamada de su marido. Sin ni siquiera preguntar tomó asiento. Mientras esperaba saber qué es lo que quería, se fue quitando el impoluto delantal blanco al que tanto cariño tenía por ser regalo de su hijo.

—Antonio, ¿dime que quieres?

Su marido, que estaba leyendo unos documentos, le hizo un gesto para que tuviera un poco de paciencia. Poco después, dejó de leer para mirar a su mujer antes de decirle:

—Ana, creo que después de todo lo que ha pasado es lícito por mi parte, que comparta contigo ciertas cosas.

La mujer asintió con humildad y se dispuso a escuchar lo que su esposo quería decirle.

—Hoy nuestro amigo Javier ha estado en las Torres Bermejas con un conocido suyo y ha descubierto algo que puede ser inquietante.

En ese momento le relató todo lo acontecido. De cómo los escudos podrían tener entre sí alguna relación y el porqué de la ausencia de un cuarto.

Sorprendida le comentó que era la primera noticia que tenía de esos hechos. Por su parte, era algo novedoso. En la Orden jamás se había tenido conocimiento de eso.

Tras escuchar a su mujer, no quiso el profesor continuar con la conversación hasta que el grupo se pudiera reunir para debatirlo. Él, con todo el cariño del mundo, quiso invitarla también con ellos, pero con gran sentido común, ella lo desestimó. Pensaba que su asistencia podría cohibir al grupo. Pertenecía a la Orden y debía mantenerse neutral. D. Antonio lo entendió de inmediato y le agradeció su sinceridad.

· · ·

Los muchachos habían quedado en el patio de su instituto, ya que Dami tenía tarde de partido. Cacín y Luis sabían que también necesitaban descansar de todos los acontecimientos. No había cosa mejor que hacerlo con los demás amigos de estudios. Aunque en el centro sus movimientos con D. Antonio estaban pasando desapercibidos, sabían que estar tan despegados de sus propios compañeros podría empezar a ser motivo de preguntas. Acordaron pasar algo más de tiempo realizando actividades escolares. La conversación, mientras veían a Dami como encajaba más de un gol, no podía abstraerse de la última visita con Germán. A ellos también les picaba la curiosidad de los escudos, sobre todo cuando quedaba pendiente descifrar el elenco de cruces encontradas a lo largo de la ciudad.

—¿Tú qué piensas de los escudos, Luis?

—Pues, no sé qué pensar Cacín, la verdad es que aparecen cosas muy raras.

—Eso también creo yo. Tenemos muchos cabos sueltos por ahí, que no tienen explicación. Pero hay que valorar que un escudo esté en la propia entrada de la Capilla Real, muy cerca de la Madraza, dónde encontramos las tumbas reales —dijo Cacín.

—Sí, eso es raro. El principal de la Puerta de las Granada está en el acceso a la Alhambra, pero a lo mejor está puesto allí con alguna intención diferente. Pudiera ser que no indicara el acceso a los dominios del emperador.

—No te sigo Luis, ¿qué es lo que quieres decir?

—Es una suposición mía que me ha venido a la mente. Suponiendo que las cruces sean algún tipo de señal para encontrar algo por parte de los Trinitarios, ¿no pueden los escudos representar algo tan valioso que el mismísimo Carlos V quisiera hacerlo visible? Cómo representando un símbolo de grandeza.

—Pero… ¿De qué grandeza hablas, Luis? Mira que cojo las cosas rápido, pero a ti no te pillo.

—Lo que quiero decir es que, a lo mejor, el emperador, a través de la Orden, quisiera que aquellos lugares, donde había enterramientos nazaríes, fueran estos agasajados con su propia insignia como muestra de respeto. Sabemos ahora donde hay dos, que es el de la Puerta de las Granadas y el de La Capilla Real. Dos entradas donde de alguna manera había y hay enterramientos.

—Entonces, según tú, los cuatro escudos pudieron ser fabricados para esa misión. Pero no veo indicios en el recinto de las Torres —comentó Cacín mientras Luis revisaba algunos artículos históricos en su propio teléfono móvil.

Casi sin levantar la cabeza y dejando a Cacín esperando alguna respuesta. Luis encontró en internet el hilo de donde poder tirar. En ese instante volvió a dirigirse a su amigo para hacerle algunas apreciaciones.

—Cacín, ¿sabías que las Torres Bermejas fueron usadas como cuartel?

—Sí, Luis, eso ya nos lo comentó Javier el otro día.

—¿Y qué fue durante el siglo XVIII cuando más esplendor militar tuvo?

—Eso no lo sabía, pero dime, ¿a dónde quieres llegar?, ¡me estás poniendo nervioso!

Una leve risita salió de Luis. Saber algo más que su amigo le producía satisfacción.

—Mira esto —Le puso la pantalla del móvil delante de sus ojos. Un párrafo muy condensado hizo cabrear al muchacho, más cuando su visión de cerca le impedía leer aquello con letras tan pequeñas.

—Luis, ¿o me cuentas a dónde quieres llegar o me piro ahora mismo a mi casa?

—Vale tranquilo, te lo aclaro un poco. En el párrafo que te he enseñado se explica el funcionamiento de las Torres Bermejas como cuartel en el Siglo XVIII. Según he leído, uno de los más famosos capitanes que mandó y vivió en el baluarte fue un tal Fernando de Valribera, que acogió a unos de los arquitectos más reconocidos de la época como era José de Bada. —le explicó.

La cara de Cacín era más que un poema. No era capaz de encajar el puzle que Luis le estaba enviando. Su cabreo empezó a transformarse en huida. Un pitido dio por terminado el partidillo y Dami se dirigía hacia ellos, enfadado de observar, que sus dos amigos apenas habían estado pendientes a su juego.

—Ya os vale o los dos. Habéis estado todo el rato cascando. No sé para qué venís, si no vais a verme jugar.

—Perdona Dami. Tienes razón. Nos hemos enfrascado en una conversación importante y nos hemos olvidado de ti —Se disculpó Luis a la vez que incitaba a Cacín a pedirle también perdón.

—En fin, no me queda otra que aceptar vuestras disculpas, si es que sois la leche —les dijo Dami mientras se sentaba en las gradas del campo de futbol sala.

Una vez tranquilizado, quiso interesarse por esa conversación tan importante que les había mantenido distraídos.

—Aquí Luis, que hoy ha salido inspirador y no hace más que ponerme adivinanzas. ¿Mira a ver si tú eres capaz de seguirle, porque yo no tengo narices a entenderle? —acabó diciendo con ironía Cacín.

Dami sin más le pidió a Luis, que le contara todo con pelos y señales.

—He visto esto de las Torres Bermejas —Dami asimiló toda la parrafada de Luis hasta que con impresión soltó por su boca.

— ¡José de Bada!, ¿el mismísimo José de Bada estuvo en las Torres Bermejas y con el tal Valribera?, entonces ahora entiendo a dónde quieres ir a parar Luis.

Esa afirmación de Dami enojó por completo a Cacín, que enfurecido, a la vez que derrotado, no pudo más que decirle:

—Vaya, si ahora resulta que el *porterucho* sabe más que nadie de esto. Encima se las da de que conoce al tal Bada.

—Pues sí Cacín. Si hubieras venido a hacer el trabajo aquel de los arquitectos de la Catedral junto con Luis, a lo mejor a ti también te sonaba —Esa afirmación tan contundente de Dami le dejó callado con la mirada baja.

Sin ni siquiera alzar la cabeza, levantó la mano y en una voz mucho más calmada pidió disculpas por su actitud algo prepotente y déspota. Luis entendió que ya era hora de explicarse con claridad para que los tres pudieran asimilar sus intenciones y dejarse de malos rollos.

—Cacín, cuando hice el trabajo con Dami apareció el nombre de José de Bada como el arquitecto que realizó algunos trabajos barrocos en la ciudad. Entre ellos fue el edificio de la Madraza, tal como lo conocemos hoy en día. Este hombre vio como era y de que se componía su antigua fachada. Siguiendo con mis sospechas, en esa fachada pudo estar expuesto algo que el otro día nos enseñó Germán —Ahí terminó la frase Luis con la intención de que Cacín entendiera ahora el mensaje. Algo que por fin ocurrió.

—Ahora lo veo Luis. Voy a ver si te he entendido bien. Si unimos al tal Valribera, un apellido que ya vimos asociado a la Orden del Visir, y a José de Bada, que como decís intervino en la Madraza. Podemos aclarar por qué uno de los escudos apareció oculto en las Torres Bermejas.

—Eso es Cacín, ahora veo que lo pillas. Bada quitó el escudo y aprovechando que Valribera vivía en las Torres lo ocultó. Eliminó una pista que alguien pudiera seguir. Ya que los enterramientos reales nazaríes están bajo la Madraza. Por eso creo que los escudos indican el lugar donde fueron enterrados varios nobles de la dinastía musulmana.

La hipótesis de Luis dejó a los tres amigos mudos por un instante hasta que Dami dejo caer lo que todos ya pensaban.

—Si eso es así, dentro de la Capilla Real hay alguien más enterrado y no precisamente de sangre cristiana.

Esa afirmación era lo que estaba persiguiendo Luis desde hacía ya un rato. Su teoría podría ser cierta y así se lo hicieron ver sus amigos.

Cacín miró su reloj. La tarde se había alargado bastante. Las jornadas se les empezaban a hacer algunas veces demasiado pesadas. Su ansia por descubrir no tenía fin, pero la saturación mental tenía que combatirse con descanso y meditación. Sin más que añadir, abandonaron el instituto camino de sus hogares.

CAPITULO XIV
LA VERDADERA HISTORIA

El ansia por volver a reunirse revoloteaba una y otra vez por las cabezas de cada uno. Sus pensamientos se alegraban de ver, que algo más estaba todavía oculto. Un secreto tan extraordinario que cualquier persona dedicada a la historia mataría por ello. Su privilegio también les había convertido de alguna manera en cómplices de la Orden. Sabían que sus pasos estaban siendo seguidos, pero les permitieron continuar.

Como casi siempre, fue D. Antonio el que se puso en contacto con sus amigos para reunirse. Esta vez no utilizó las ubicaciones cotidianas. Sabía que tenían que estar cerca de los nuevos indicios. Solicitó autorización para usar una de las salas superiores que la universidad tenía en el propio edificio de la *Madraza*. Esta vez no quería que nadie siguiera sus pasos hasta terminar por completo la investigación. Ya no estaba seguro de que sus acciones no tuvieran algún tipo de repercusión personal. Tenía claro que tocaban temas muy delicados y aunque, hasta ahora, les habían dejado avanzar, sabía que los nuevos acontecimientos podrían no ser de su agrado.

Como todas las mañanas, entró en el aula después de que todos los alumnos estuvieran sentados. Con una prisa inusual empezó su disertación histórica. La lección aburrió hasta al mismo Cacín. Cuando vio el decaimiento de sus chicos y sin ni siquiera hacer una pausa, les invitó a salir en dirección a la biblioteca con la intención de que buscaran información sobre el tema que había tratado. Saliendo del aula, D. Antonio aprovechó el desorden para indicarle a Cacín, Dami y Luis que se quedaran. Era una táctica de despiste que evitaría algunas habladurías por parte del jefe de estudios.

Cuando se quedaron solos y sin ni siquiera dar explicaciones, el maestro se dirigió a ellos.

—Chicos, necesitaba estar a solas con vosotros antes de reunirnos esta tarde. Sé que estuvisteis con Javier en las Torres Bermejas. Tengo la sensación de que entre vosotros habréis hablado del tema. Necesito que me digáis que opiniones tenéis de eso.

Los tres amigos se miraron algo extrañados. Ninguno de ellos había comentado sus hipótesis a nadie del grupo, pero de alguna forma su profesor sabía algo. Con titubeo, Cacín dejó caer:

—D. Antonio nosotros no sabemos más que usted y lo que le contó Javier.

Una leve risita salió del maestro. Se levantó en dirección a la pizarra. Tomó una tiza y se dispuso a realizar varios esquemas. Aquellos trazos tenían desconcertado a los tres muchachos. Con gestos de ignorancia empezaron a entender que D. Antonio era más listo de lo que pensaban. Una vez acabó el profesor de escribir, volvió a girarse hacia sus alumnos. Con un gesto amable empezó a explicarle lo que había dibujado en la pizarra.

—Vamos a ver. Cómo veis aquí, os he puesto un esquema, más o menos, de lo que hasta ahora hemos descubierto —Las manos se movían de un lado a otro para que le fueran entendiendo—. Ahora estamos en una nueva encrucijada. El descubrimiento de ese escudo el otro día nos ha dado otro punto de partida. Lo que tengo claro es que vosotros no habéis estado parados. De alguna forma sé que tenéis alguna hipótesis. Así que, empezad a contarme lo que sabéis —El profesor reposó su trasero en la mesa y con las manos abiertas se dispuso a escuchar a cualquiera de ellos.

Estos volvieron a mirarse entre sí y sin mucha dilación, Luis tomó la palabra viendo que poco se le podía esconder al astuto maestro.

—Creo que a usted no se le puede engañar tan fácil. Lo que le voy a contar son solo suposiciones, pero a lo mejor puede encajar en sus esquemas —La cara del maestro no fue de sorpresa, sino de admiración por ellos. Él mismo les había lanzado un órdago sin tener esperanza de respuesta. Pero se equivocó y ahora era todo oídos. Sin decir nada, dio a entender a Luis que comenzara cuanto antes.

—Es verdad que estuvimos intentando sacar algunas conclusiones. Sin querer dimos con dos nombres que a usted le resultaran familiares, José de Bada y Fernando de Valribera —El primero de ellos fue conocido ipso facto por D. Antonio. El segundo no le era familiar, pero sí lo enlazó por el apellido Valribera. Sin querer interrumpirles les pidió que siguieran.

Luis continuó la explicación que ya sabían sus amigos. Los ojos de su maestro se llenaron de orgullo y a la vez de intriga. Tres jóvenes habían encajado de nuevo algo que ni él mismo podría haber llegado a descubrir. Al acabar se dirigió a ellos y antes de nada los juntó en un gran abrazo cariñoso.

—Sois formidables. Ya quisiera que el diez por ciento de mi clase fuera como vosotros. Habéis vuelto a dar con una pista a seguir. Sabía que no me fallaríais. Si a alguien hay que reconocer nuestras andanzas es a vosotros —Las palabras del maestro hicieron que el orgullo fluyera entre los tres. Aquellos momentos valían más que todos los años de educación recibidos.

Sin mucho más que decir y para no levantar más sospechas, salieron de la clase para reunirse todos en una más que alborotada biblioteca.

. . .

La calle Oficios, que recibía su nombre de las distintas profesiones que se instalaron allí hace ya algunos siglos, era un devenir de turistas a primera hora de la tarde. Era famosa porque contemplaba el patrimonio más importante de la ciudad después de la Alhambra. La Madraza y la Capilla Real eran sus principales vecinos. Los comercios en forma de bazar recordaban épocas anteriores de esplendor y riqueza. Pocos eran los turistas que no se detenían a realizar alguna compra relacionada con la cultura árabe. El aroma a incienso y té camuflaban los nuevos aires a polución. La algarabía en distintos idiomas daba la sensación de encontrarnos en una nueva *Torre de Babel*. En su parte más alta, unas espectaculares rejas ornamentadas la separaban de la gran artería urbanística que era la bulliciosa Gran Vía. Recostados en la propia reja, Emilio y Juan, habían llegado con algo de antelación ante la inesperada llamada de D. Antonio. Conversaban sobre lo intrigante de reunirles allí mismo. Sin darse cuenta, aparecieron junto a ellos Javier y los muchachos en un encuentro de abrazos y alegría que fueron disueltos por un D. Antonio algo serio, por la poca delicadeza de pasar más inadvertidos.

—Entiendo que hoy nos vais a comentar algo importante. De otro modo no entendería volver a reunirnos —le dijo Emilio en un plan algo distante.

D. Antonio no respondió. Solo se limitó a que le siguieran hasta el majestuoso edificio que suplantó a la antigua Madraza árabe.

En la entrada se encontraba un gran rellano que siempre estaba lleno de turistas deambulando de un lado a otro de la sala. En la parte frontal se veían los restos islámicos que quedaban del antiguo lugar. Con educación D. Antonio enseñó al conserje su acreditación para usar las salas superiores. Se accedía por una escalera lateral del recinto. Una vez aceptado el pase, el grupo empezó la subida sin dejar de mirar atrás. Los imponentes techos artesanados de madera, que sustituyeron en su conjunto el primitivo de origen Nazarí, eran extraordinarios.

Con exquisita educación, el profesor abrió la puerta e invitó al grupo a adentrarse en la sala. La magnitud de la decoración los dejó impresionado. Incluso el mismo profesor se quedó unos segundos deleitándose de la arquitectura. Aunque todo estaba como se reconstruyó, la sala servía para reuniones y otros acontecimientos para docentes y personal de la universidad.

Sin perder nada de tiempo se sentaron alrededor de la gran mesa ovalada que presidía el centro. Todos se quedaron esperando y mirando al maestro. En esta ocasión parecía ser él quien tuviera la palabra. Viendo como le miraban, se propuso hacer una introducción sobre los últimos acontecimientos acaecidos con Javier y los muchachos.

Empezó realizando un esquema de la situación actual y de todo lo acontecido hasta ahora. Pero se dio cuenta que, si alguien tenía que ponerse aquel día la medalla, ese era su alumno Luis. En un alarde de sinceridad tomó asiento y le indico a su pupilo que relatara, punto por punto, todo lo que a él le había contado. Este se quedó un poco cortado al recibir la invitación de su profesor. Con un gesto de ánimo por parte de Javier, decidió ponerse en pie para exponer su teoría.

—Lo que os voy a contar es algo que se me pasó por la cabeza después de visitar con Javier las Torres Bermejas—en ese momento Cacín también quiso hacerle un gesto de aprobación a su amigo para que no se arrugase ante tanto sabio.

Luis comenzó su disertación con gran agilidad de palabra. Esa narración provocó que todos estuviesen atentos a su relato. La teoría de los escudos que indicaban a la Capilla Real fue realmente aceptada como válida. Incluso agradecida en voz alta por parte de Emilio y Juan.

—Luis. La verdad es que nos has dejado impresionado. Creo que tiene mucho sentido lo que nos has explicado —le dijo Emilio.

—Gracias, se me vino a la cabeza, sobre todo cuando vi que en el escudo de Torres Bermejas estaban inscritas en el lateral la «O» y la «V», pero no puedo ayudaros más—respondió agradecido el muchacho.

—Al contrario, Luis, sin ti no tendríamos ahora nada—dijo Cacín a la vez que estrujaba por el hombro a su amigo.

—Lo que dice Jesús es cierto. Pienso que después de lo que nos has contado solo nos queda dirigirnos a un sitio.

—¿A qué sitio Javier? —preguntó Juan.

—Pues a uno en el que creo que no tenemos enchufe, la gran Capilla Real.

La propuesta de Javier dejó a todos un poco tristes. No tener influencia cercana para poder entrar era un fastidio. Pero esa tristeza solo duró unos minutos. Dami, como siempre despistado, anunció lo que para ellos era un milagro.

—Perdonad. ¿Decís que queréis entrar en la Capilla Real gratis?

—No Damián. El que sea gratis nos da igual. Lo que queremos es poder visitarla de una forma más privada —le contestó algo desairado su profesor.

—Pues eso gratis y sin que nos molesten —contestó sin medir sus palabras.

—Vamos a ver Dami, que nos tienes en ascuas. ¡Dinos ya lo que nos tengas que decir! Estoy empezando a perder la paciencia —volvió a reprenderle D. Antonio.

—Vale profesor, no se enfade —protestó levemente Dami—. Lo que quiero deciros es que creo que podremos estar un rato solos después de que cierren. Mi vecino trabaja allí. Es el que se encarga de dejarla preparada todas las tardes antes de que vuelva a abrir al día siguiente.

Esa noticia dejó mudo al personal. ¿Sería factible que lo imposible se hiciera realidad gracias al muchacho?

—Damián, ¿estás seguro qué tu vecino nos dejará estar allí?

—Sí, Emilio, sin problema. Lo único, es que no creo que podamos entrar todos porque entonces si levantaríamos sospechas. Le pregunto a ver qué me dice.

—Perfecto Damián, ¿pero tienes tanta confianza como para eso?

—Claro Juan. Hace un tiempo mi madre me pidió que le ayudara. Estaba un poco débil después de una operación de la espalda y pasé varios meses cerrando por las tardes con él.

Eso cayó como agua de mayo en el grupo. Estaba claro que el chico les había vuelto a poner en marcha. Lo primero que se pensó en voz alta es que la visita se tendría que hacer lo más pronto posible y con el mayor número del equipo dentro. Emplazaron al muchacho para que hablara con su vecino.

Antes, quiso Javier hacer una apreciación:

—Solo quiero decir una cosa. Tenemos casi seguro que entraremos en la Capilla, pero ¿realmente sabemos los que tenemos que buscar?

Esas palabras volvieron a dejar a todos en silencio. Las miradas esperaban que alguien diera una respuesta correcta. No sucedió. La falta de pistas e información que manejaban era escasa.

—Ahora mismo no tenemos nada que nos lleve directamente a algún lugar —se atrevió D. Antonio a decir—. Lo que sé de ese sitio no me indica nada por ahora. Tengo la esperanza que una vez dentro es posible que veamos algo en lo que podamos trabajar.

La intención del profesor fue que el grupo mantuviera la positividad. Algo que consiguió con el apoyo eufórico de Cacín, que fue seguido de algunos «¡*Vamos!*», por parte de Emilio y Juan.

—Equipo tenemos otro reto por delante. Quiero deciros que, aunque no saquemos nada en claro de esta nueva aventura, ha sido un placer descubrir con vosotros tantas y tantas cosas. Ningún historiador sabrá jamás lo afortunado que hemos sido. —continuó alentando el profesor—. Tenemos que esperar que Damián consiga meternos allí. Nosotros debemos buscar toda la información que podamos, ya que solo tendremos una oportunidad.

Las palabras de D. Antonio se convirtieron enseguida en un círculo de abrazos y compromisos que llevó a más de uno a la nostalgia.

. . .

La algarabía del centro de la ciudad estaba algo más calmada. La histórica calle Oficios no mantenía el trasiego habitual de turista. Estaba claro que ese era el día elegido por Dami para acceder a la Capilla Real.

Su vecino, Pablo, tenía una especial devoción por el chaval. Altruistamente, le había ayudado en unos meses que pasó algo fastidiado con la espalda. Sabía que tenía su confianza. Las explicaciones de Dami, aunque fueron argumentadas por D. Antonio, habían convencido a Pablo. Este accedió con amabilidad a que su profesor y sus dos amigos estuvieran dentro mientras se iba cerrando el monumento.

Antes de acercarse por el sitio, definieron la estrategia a seguir. Como siempre, era el profesor quien tomaba la iniciativa para hablar.

—Espero, que tengamos todos claro lo que tenemos que hacer. Yo, con mis chicos, estaremos dentro revisando palmo a palmo el interior. Javier, tú serás quien busque la información que te pidamos y vosotros —refiriéndose a Emilio y Juan—, estaréis pendientes por si necesitamos alguna que otra cosa, ¿estamos de acuerdo? —acabó diciendo D. Antonio—. Pues vámonos para allá que Damián ya está dentro esperándonos.

Dami paseaba de una nave a la otra de la Capilla en espera de las noticias de sus amigos. El lugar ya no le impresionaba. Tantos meses recorriendo sus pasillos y habitaciones le llevaban a mirar las obras de arte como cualquier póster de habitación. Su vecino Pablo continuaba con sus labores de limpieza: sustituía las viejas velas por unas nuevas y colocaba milimétricamente en línea la bancada espiritual. Le había proporcionado a Dami las llaves de todas las habitaciones y rejas para que pudieran realizar el trabajo de investigación que con falsedad le habían mencionado. Aunque todavía no había llegado la hora acordada, Dami ya empezaba a mostrarse impaciente. Miraba una y otra vez la pantalla de su teléfono móvil. El mensaje de aviso no llegaba. Al fin se produjo a pocos minutos de lo acordado. En cuanto lo vio se acercó rápido, pero en silencio a la puerta de entrada de la vieja Lonja. Con la autorización del vigilante hizo pasar a sus amigos al interior. Allí aprovechó para reprocharles su tardanza.

—¿Es que no podíais haber venido un poco antes? Estaba ya desesperado.

D. Antonio miró su reloj bastante sorprendido por la actitud de su alumno y con gracia le dijo.

—Damián, faltan dos minutos para las siete y media. Creo que estás un poco alterado. Tranquilízate que todo va a salir bien. ¿Tienes todas las llaves que dijimos? —le preguntó el maestro.

Con algo de nerviosismo sacó de su bolsillo el inmenso llavero que Pablo le había dejado. Se lo dio al profesor. Este le acarició la cabeza en señal de que había hecho las cosas como le dijo. Sin más, se adentraron en el monumento.

D. Antonio empezaba a darles unas breves explicaciones históricas del lugar para despistar a Pablo, que de repente apareció tras una de las puertas donde guardaban los enseres de limpieza.

—Buenas tardes, ¿usted debe ser el profesor de Damián?

—Sí, y usted es Pablo, ¿verdad?

Las manos se entrelazaron en señal de saludo. Lo primero fue agradecer a Pablo su colaboración. Su ayuda era fundamental para que los muchachos pudieran realizar mejor su trabajo histórico.

—Quiero darle las gracias en nombre del instituto por la oportunidad que nos ha brindado —le agradeció D. Antonio.

—Al contrario, es un placer que entre ellos esté Damián. No puedo ser yo un impedimento para que los jóvenes estudien la historia de la ciudad. —Una leve carcajada forzada entre los dos adultos abrió la confianza entre ambos.

—Profesor, la Capilla es toda suya. Yo estaré por aquí por si necesitan algo. Solo les pido que tengan cuidado y respeto por lo que hacen y por lo que tocan. Hay piezas de un valor incalculable en este lugar.

—Descuide Pablo, mi intención es solo sacar información para estos muchachos.

Dándose de nuevo las gracias, cada uno se fue por su lado.

Cacín informó a Javier por mensaje que ya estaban dentro y que la operativa se estaba cumpliendo por el momento.

Atravesaron el arco de la puerta entre el edificio de la Lonja y la Capilla. El inmenso monumento funerario donde los Reyes Católicos decidieron reposar era todo suyo. La altura de los techos eran impresionantes. En ambos lados aparecían pequeñas capillas de devoción que precedían la gran reja salvaguarda de los mausoleos reales.

Todo el conjunto dejó bastante impresionado a Cacín y Luis, que de ninguna manera se imaginaban toda aquella gran obra de arte arquitectónica.

Una vez situados en el lugar, D. Antonio los reunió en el centro de la nave para recordarles el cometido de cada uno.

—Chicos, aquí hay un montón de simbología. Cómo os he dicho el otro día, tenemos que seguir buscando aquella que ha tenido que ver con lo que hemos descubierto. Tened presente que, si algo se escondió aquí, no fue para que se descubriera con facilidad. Así que, manos a la obra y cuidado con no levantar sospechas de lo que hacemos. Pablo parece buena gente, pero no tiene pinta de ser tonto. Es posible que de manera indirecta esté vigilándonos.

Cacín y Luis hicieron equipo al igual que D. Antonio y Dami. Cada uno se dispuso a inspeccionar el sitio Real.

Dami y su profesor se dirigieron a la nave donde estaban los mausoleos de los Reyes. Los otros permanecieron cerca de las capillas anteriores.

Los primeros minutos de la tarde fueron de una observación liviana. Por desgracia no tenían mucha información del lugar, más allá de lo estudiado en los libros.

Javier, algo impaciente desde el exterior, iba mandando mensajes a Cacín. Este respondía una y otra vez con un «de momento nada».

La tarde continuaba algo monótona. Los paseos por las naves eran un continuo ir y venir. De vez en cuando se topaban con Pablo, que con educación les saludaba, pero sin interrumpir. La visita empezó a desesperar al profesor. No lograba encontrar algo que le pudiera poner en la pista de lo buscado. Una y otra vez pedía información a Javier a través de Cacín sobre la construcción. No conseguía que sus conocimientos históricos le indicaran el camino a seguir.

Después de varios minutos, el profesor los reunió otra vez para ver los avances conseguidos.

—Tenéis algo que contarme. Algo que os haya parecido extraño o por lo menos sospechoso.

—Por nuestra parte no vemos nada raro —respondieron Cacín y Luis al unísono.

La mirada del profesor se dirigió a continuación a Dami. Desesperado, se atrevió a preguntarle.

—Damián, tú que has pasado aquí muchas tardes, ¿no hay nada que te llamara la atención mientras ayudabas a tu vecino?

—Yo, la verdad es que venía a ayudar a Pablo. No me paraba a revisar nada.

Esa contestación no les impresionó. Veían a Dami como un chico que aportaba poco de historia. Antes de que volvieran a disolverse, el propio Dami levantó la cabeza. Con algo de orgullo quiso decir algo que recordó de sus momentos de trabajo en el lugar.

—¡Esperad! Hay algo que si me pareció raro cuando estuve aquí —La atención se volvió hacia él y sin dudar D. Antonio no pudo más que preguntarle.

—¿Y qué es eso que te pareció raro, Damián?

—Pues, mire profesor, ¿ve usted todos los medallones esos grabados con el yugo y las flechas en la pared?

—Sí, Dami, esos son los símbolos que adoptaron los Reyes Católicos —añadió D. Antonio

—Correcto profesor. Lo curioso es que las flechas de todos tienen sus puntas mirando hacia el techo. Pero este que tenemos aquí encima las puntas miran hacia el suelo.

Esa apreciación de Dami los dejó descolocados. Sin perder tiempo y con algo de agilidad se desplazaron por todas las naves observando lo que en efecto había mencionado el joven alumno. Todos los escudos grabados tenían las flechas en dirección al techo, menos el que estaba en la nave central.

Antes de que Cacín se comunicara con Javier para informarle de los avances, se volvieron a encontrar con Pablo en la zona de los mausoleos. Sin que el grupo lo supiera, había escuchado lo que Dami les había dicho. Casi sin importarle les comentó algo de lo que posiblemente nadie se hubiera dado cuenta.

—Si me lo permitís. Ahí, en el centro de esta nave, hasta hace unos veinte años colgaba del techo un candelabro con una cadena muy larga. Yo tuve la ocasión de cambiarle la vela muchas veces, pero por motivos de prevención de riesgos laborales la tuvieron que quitar.

De nuevo el profesor se vio inmerso en una información valiosísima de la que solo se le ocurrió preguntar.

—Y ese candelabro. ¿A dónde se lo llevaron?

—Lo tengo yo guardado aquí en un mueble de la sacristía.

La alegría se contuvo mientras quisieron preguntarle algo evidente.

—Pablo y… ¿Podemos verlo?

—Por supuesto chaval —respondió alegre a la pregunta de Cacín—. Veniros conmigo y os lo enseño.

Siguieron a Pablo hasta el museo de la sacristía. Los nervios se empezaban a manifestar entre palabras balbuceantes sin ningún significado. Cacín olvidó por completo informar a sus amigos del exterior. Toda la carne en el asador estaba puesta en aquel candelabro. El profesor puso cordura ante tanta euforia, ya que todavía no sabían si aquello le podía ayudar en su búsqueda.

La sacristía museo era una gran sala contigua a la zona de los mausoleos. Estaba decorada con cuadros y vitrinas que contenían reliquias de los propios Reyes Católicos. La arquitectura era de piedra sin revestir y los techos en forma de bóveda apenas tenían algún que otro adorno. También por ella se salía del monumento, no sin antes pasar por la tienda de recuerdos.

En algunos tramos de pared y entre las vitrinas permanecían alineados a la perfección grandes muebles cajoneros de color caoba con adornos dorados. Eran muy posteriores a la construcción de la Capilla. Sobre ellos reposaban algunos candelabros de bronce y algún que otro reloj ya más de siglos cercanos.

El paso de Pablo era casi imperceptible, como el que no quiere romper el silencio de la muerte. Con su mano derecha extrajo del bolsillo un pequeño manojo de llaves, casi todas de color dorado. Con mucho acierto eligió una de ellas y la introdujo en el segundo cajón de uno de los grandes muebles de madera. La llave giró con suavidad y la tensión empezó a tornarse en impaciencia. Pablo le indicó a Dami que se acercara y le ayudara a tirar por igual del gran cajón. Este obedeció, y a la vez, consiguieron con un leve chirrido, que se abriera. Las manos de Pablo sacaron una especie de caja de madera clara y barnizada. Con algo de sigilo la llevó en sus manos hasta la otra esquina de la sala. La depositó en una pequeña mesa usada por él mismo para sus quehaceres diarios. La caja estaba provista de un cierre metálico sin cerradura, por lo que su apertura fue de inmediato.

El protocolo era seguido con escrúpulo por el grupo con la esperanza de que aquello le diera lo que andaban buscando.

Pablo levantó la tapa y ante los ojos de todos apareció un objeto envuelto en un paño grueso de color rojo. Dami lo sacó y lo puso con cuidado sobre la parte libre de la mesa.

Una vez aposentada, el profesor se acercó para ver más de cerca aquel objeto oculto. Pablo, viendo la cara de sorpresa, quiso que fuera él quien destapara el paño. D. Antonio lo entendió como un honor y dándole una palmada en el hombro se decidió a descubrirlo.

Con lentitud, pero con destreza, los pliegues del paño fueron dejando ver poco a poco el ansiado objeto. Al final aquello se apareció delante de sus ojos. Pablo, que había permanecido junto al grupo, quiso dejarles solos ante tal obra de arte. Y, sin decir nada, abandonó la sala.

La primera impresión al ver el candelabro fue de estupefacción. No era la típica lámpara de velas de estilo medieval. Su creación estaba totalmente clara. Su forma no les era desconocida, sino todo lo contrario. El que lo creó no tuvo muchos problemas, ya que representaba un casco dado la vuelta y preparado para contener algún tipo de vela. Tenía sujeto, sobre un hierro transversal, una fina, pero larga cadena de bronce, que lo llevaría a colgar desde el techo, tal como indicó el vecino de Dami. Echado el primer vistazo fue D. Antonio quien lo tomó entre sus manos. Lo empezó a examinar con detenimiento mientras iba hablando en voz alta con la intención de que sus alumnos pudieran seguirle.

—Aquí tenemos la pieza. Está claro que este casco invertido lo hemos visto una y otra vez en los escudos del emperador, ¿verdad chicos?

—Sí, el que lo hizo tuvo alguna influencia por parte del que fabricó los escudos —argumentó Cacín.

—Completamente de acuerdo contigo Jesús. Este candelabro se hizo con la intención de servir de alguna forma como señal. Eso es lo que estábamos buscando, algún primer indicio. Creo que debemos comunicarnos con Javier y explicarle lo que sabemos hasta ahora.

Cacín, antes de obedecer al profesor, quiso hacerle una reflexión.

—D. Antonio, ¿no le parece mejor que estudiemos el candelabro primero y después informemos a Javier? Creo que si vemos algo podremos darle una explicación más completa.

La consideración de Cacín le pareció bien y con decisión se pusieron a revisarlo más de cerca.

El candelabro estaba bastante pulido. Su forma era similar a los cascos labrados en los escudos de piedra, pero no parecía que tuviera un uso militar. En el exterior no se apreciaba ninguna inscripción ni adorno. La larga cadena también mantenía una conservación casi perfecta. La vista de D. Antonio era ya algo defectuosa y prefirió cedérselo a Cacín para que lo revisara por dentro.

Lo tomó con agrado. De inmediato, fijó su mirada en el interior. Tenía en el fondo un pequeño platillo dorado soldado a la carcasa. Indicaba su función de sujetar algún tipo de vela. No se observaba que hubiera residuo de esta, lo que dejaba claro que fue limpiado antes de guardarse. Los laterales internos no presentaban el pulido tan fino del exterior. Eso dio pie a que el muchacho lo comprobase con más dedicación. En el filo superior vio una inscripción muy deteriorada. Algunas letras grabadas con poca profundidad todavía eran perceptibles.

—D. Antonio, creo que aquí arriba hay algo escrito —dijo Cacín, lo que provocó el sobresalto del maestro.

—¿Qué tienes Jesús?

—Pues no lo sé con certeza, pero pasando el dedo puedo adivinar lo que hay grabado.

El profesor tomó el candelabro para ver si él podía sentir también lo descrito por Cacín. Sus ya rudos dedos no tenían la misma sensibilidad que los de su alumno. Así que, se lo devolvió para que le pudiera decir que había detectado.

—Toma Jesús, yo no puedo descifralo. Dime lo que sientes e intentaremos ver si nos sirve para algo.

El muchacho lo volvió a tomar entre sus manos y con gran seguridad soltó por su boca lo que había sentido entre sus dedos.

—Hay dos partes diferenciadas. En este lado solo hay grabada, en mayúscula, la letra «M» —le señaló Cacín con su dedo.

—Continúa Jesús—le metió prisa D. Antonio.

—Vale profesor. En este otro lado detecto varias inscripciones. Aquí hay una «equis» mayúscula y junto a ella hay como dos palitos separados. Lo demás está liso y no aprecio más grabados. —aclaró Cacín.

Una vez acabó de hablar, D. Antonio, con la mano sujetando su barbilla, se dio la vuelta para pasear y meditar por la sala. Una y otra vez se preguntaba, «—una eme, una equis y dos palitos—».

Los segundos se le hacían eternos a Cacín y más a Dami, que veía como seguían desperdiciando tiempo.

Los pasos del profesor de repente se pararon en el mismo centro de la sala. Su mirada se dirigió a sus alumnos. Con un gesto les pidió que salieran para buscar a Pablo.

El vecino de Dami se encontraba en la primera nave colocando los bancos. Al ver venir al profesor y a los muchachos se detuvo un momento por si necesitaban de su ayuda. Pero lo que de verdad recibió fue un auténtico interrogatorio.

—Pablo, ¿me permite que le haga unas preguntas?

—Claro profesor. Lo que no sé si se las podré responder —le dijo con sinceridad.

—No se preocupe por eso —le respondió con amabilidad D. Antonio—. Según nos dijo, el candelabro estaba justo colgado del centro de este techo. ¿No?

—En efecto. Cómo usted indica estaba colgado justo en el rosetón del centro de la cruz que forma el adorno del crucero.

Esas palabras dejaron otra vez al profesor pensativo. Se quedó mirando el techo varios segundos. Ninguno de los que estaban allí se atrevió a molestarle. Cacín le tocó a la altura del muslo con disimulo para que reaccionara. Esto puso de nuevo al profesor en disposición de preguntar, antes, insinuó a Luis que hiciera un dibujo lo más preciso posible.

—Pablo, ¿por qué cree usted que estaría ese candelabro en este lugar?

—Pues no lo sé. Desde hace siglos era obligado tener una vela encendida día y noche. Hasta que lo suprimieron, como les dije.

—Sí, cierto, me lo comentó antes. Es curioso que estando allí la cripta de los Reyes Católicos no se colocara en aquel lugar, cuando solo queda como recuerdo de la antigua mezquita el aljibe que hay fuera, donde está el pozo junto a la puerta principal.

—¿El aljibe de fuera? —Una leve carcajada salió espontáneamente de Pablo.

—¿Qué le hace tanta gracia Pablo?

—Discúlpeme profesor. No quería ofenderle. Veo que a usted también le engañaron cuando estudió.

—¿Qué me engañaron? No le entiendo la verdad.

—Déjeme que le explique. Todo el mundo señala el viejo aljibe de la antigua mezquita en la plaza del exterior cuya entrada se identifica con el pozo que usted dijo. Pero los que llevamos aquí años sabemos que eso está equivocado. El verdadero aljibe no está fuera, sino justo debajo de sus pies. —le señaló Pablo.

Eso sí puso nervioso al maestro. No entendía cómo podía aseverar con tanta franqueza que los libros estaban equivocados.

—Pero... ¿Tendrá pruebas para decir eso? —Se puso a la defensiva D. Antonio.

—Tranquilícese. No quiero que piense que yo soy más listo que nadie. Si están realizando un trabajo de investigación sobre este lugar, lo más lógico es que conozca la verdad del sitio. Luego usted decidirá si se lo creo o no. La realidad es esa. Varios de los que hemos trabajado aquí hemos escuchado otra versión. Nos la contó el descendiente del trabajador más antiguo de estos monumentos.

—¿Y quién es ese descendiente? —Interrumpió D. Antonio con algo de sosiego.

—Pues la única persona al que le han podido transmitir ese secreto siglo tras siglo. No vive aquí —le comentó Pablo—, sino en la Catedral.

La impaciencia llegó hasta el mismo Dami que con algo de confianza se dirigió a su vecino

—Pablo dinos ya lo que sea. A mí me tienes en ascuas y creo que a los demás también.

Otra leve carcajada salió de Pablo, que de inmediato y ante las miradas algo enojadas del grupo desveló su nombre.

—Pues ni más ni menos que el campanero de la Catedral.

—¿El Campanero le dijo que el aljibe está en un sitio distinto del que marcan los libros? —Volvió al ataque D. Antonio con sus preguntas

—Tal y como usted lo ha dicho —le replicó Pablo con algo más de seriedad.

D. Antonio se acomodó en uno de los bancos con la mirada pensativa y en actitud de sumisión. Cacín, que había empezado a hilar toda la información, quiso saber más del asunto. Con la madurez de un adulto se adelantó a preguntar al vecino de Dami.

—Pablo, entonces el pozo que hay fuera ¿A dónde lleva?

—Esa es una buena pregunta joven. La respuesta es a ningún lado. Digamos que pudo ponerse para despistar. Lo digo con pleno conocimiento. Hace muchos años, cuando tenía más agilidad, me eligieron para bajar a limpiarlo. Carecía de la actual tapa de hierro y se llenó de bastante suciedad. El caso es —continuó Pablo—, que cuando llegué al fondo no había ningún acceso por el que entrara agua. Tampoco había las marcas que deja el propio agua al pasar de los años. Por más que miré creo que ese pozo jamás tuvo agua. Aunque… si encontré algo curioso —dijo pensativo.

Esa nueva revelación puso a D. Antonio en alerta otra vez. Volvió a interrogar a Pablo con mucha más comprensión.

—Y… ¿Qué encontró usted Pablo, si puede saberse? —le preguntó el profesor.

La mirada pensativa ahora estaba en la cara de Pablo. Con decisión se apresuró a decirle algo que rondaba su mente desde hacía mucho tiempo.

—Lo que les voy a contar no lo sabe nadie —dijo en voz baja el vecino de Dami—. Llevo muchos años guardándome esto. Considero que ya es momento que alguien más lo sepa. Tienen que prometerme que no saldrá publicado en sus trabajos.

La aceptación de promesa fue aceptada al instante y con algo de ansia le emplazaron a que siguiera con su relato.

—Aquel día, cuando estuve de pie en el fondo cargando los últimos residuos, sobre la pared vi grabados algunos símbolos. Hasta el día de hoy no he sabido descifrarlos. Lo que más me llamó la atención —dijo Pablo—, es que, en una supuesta obra árabe había grabada una cruz de esas cuadradas con las aspas más gordas.

—¿Cómo esta, Pablo? —se apresuró Cacín a enseñarle una en su pantalla del teléfono móvil.

—Sí, como esa, chaval. Además, había varias letras grabadas a su alrededor. Encima creí ver una «O» y debajo una «V».

En ese momento las miradas entre el profesor y los alumnos llamó levemente la atención de Pablo, que aun así continuó con el relato.

—Más abajo aparecieron una especie de «eme» mayúscula junto a una «equis» y dos rayas verticales. También —siguió Pablo—, estaba grabada una llave parecida a la que hay sobre la puerta de la Justicia de la Alhambra —Mirando a D. Antonio le preguntó—, ¿le resultan familiares esas inscripciones?

Antes de que los muchachos metieran la pata, ya que habían reconocido alguno de los grabados, D. Antonio se apresuró a contestar con un rotundo, ¡no! Esa respuesta fue entendida por Cacín y Dami, que comprendieron que su silencio era lo más prudencial en ese momento.

La cara de Pablo se quedó entre pensativa y derrotada. No encontrar respuesta a sus enigmas le entristecía. Tras este rato de charla, la prisa apremió al profesor. Necesitaba salir de allí para poner en orden toda la información.

Antes de que se despidieran y agradecieran a Pablo su amabilidad, un rudo guardia de seguridad les metió prisa para que abandonaran el lugar. La hora de permanencia había llegado a su fin, algo que les vino bien para salir pitando sin buscar ninguna excusa.

—Pablo, muchísimas gracias por habernos dejado estar aquí con mis alumnos. Se lo agradezco de veras.

—El placer ha sido mío profesor. Hacía tiempo que no encontraba a nadie tan interesado en este lugar como usted. Solo espero que trate la información con el máximo respeto que la historia se merece. Si necesita algo más de mí, no tiene más que decídmelo.

La gratitud del profesor se volvió a manifestar con un afectuoso estrechamiento de manos que llenó de tranquilidad a Pablo. Los muchachos se despidieron con un simple adiós, excepto Dami que le dio un pequeño abrazo.

Los pasos hacia la salida estuvieron acompañados por el hombre de seguridad, que con un semblante áspero les abrió la puerta de la Lonja para que abandonaran la Capilla.

Una vez en el exterior, unos desesperados Javier, Emilio y Juan se abalanzaron de inmediato hacia el profesor con el fin de obtener información de lo ocurrido dentro. Además, le hicieron ver lo descortés que había sido por no haber contactado con ellos.

La mano del profesor se levantó como el que pide paz. Les instó a alejarse juntos sin mencionar palabra alguna. Ese gesto fue entendido como que la paciencia debía reinar en ese momento.

El paso de D. Antonio era decidido. Encabezaba el grupo, entre los que se escuchaba algún cuchicheo de disconformidad por la manera de actuar. La dirección en la que estaban andando, empezaba a ser conocida de otros momentos. Dejaron de hablar hasta que llegaran a su destino.

Después de caminar durante bastantes minutos, se aproximaron al imponente edificio del Hospital Real. El sonido de unas llaves vaticinaba lo que iba a ocurrir. El maestro abrió la puerta que accedía a la conocida sala de docentes donde el grupo ya se había reunido con anterioridad. Una vez en el interior nadie se atrevió a decir una palabra. El respeto todavía seguía vigente. Entendieron que solo él sería el que tendría que comenzar a hablar.

Javier accionó el interruptor de la luz para iluminar el aula. En ese momento rompió el silencio un profesor algo contrariado desde que salió de la Capilla Real.

—Lo primero perdonad por mi actitud. Era de vital importancia permanecer en silencio hasta que estuviéramos a solas. Han pasado muchas cosas dentro de la Capilla. No sabía si alguien de los que vosotros conocéis, estaban siguiendo nuestros pasos. Ahora os pido que os sentéis. Os informaré de cosas bastante sorprendentes. Vamos a ver si entre todos podemos sacar alguna conclusión.

El grupo se dispuso alrededor de la mesa central de la sala. Los chicos se sentaron junto a su profesor por solicitud de este.

Una vez todo dispuesto, Javier entendió que tenía que tomar nota de todo lo que se fuera hablando. Sacó su cuaderno y lo abrió. Tras hacerlo, el profesor empezó a contarlo todo.

La narración de los hechos fue impresionando en cada frase a Javier, Emilio y Juan que se dedicaban a escuchar con atención. A la vez Javier no dejaba de escribir en su cuaderno todos los detalles. De la sacristía al pozo, pasando por el candelabro, todo era motivo de sorpresa. Nadie se atrevía a interrumpir al maestro hasta que sus explicaciones acabasen. Los muchachos movían sus cabezas en señal de aprobación cada vez que su profesor relataba los hechos. Todo empezaba a sonar extraño a la vez que intrigante. Al poco rato terminó la exposición, no sin antes aclarar una cosa.

—Señores, esto es lo que hay. Así que, hoy no se va nadie de aquí sin que saquemos algo en claro.

Ahí fue cuando el silencio se volvió en alboroto. Tuvo que poner orden el mismo Cacín con un silbido tan potente que les sobresaltó. De inmediato, se le dio la palabra a Javier para que sacara las primeras conclusiones.

—Veamos, tenemos varias cosas aquí que hay que enlazar. Primero los escudos y las flechas. Después el candelabro y por último el misterio del aljibe y el pozo, ¿alguien tiene alguna teoría?

El silencio fue la respuesta más numerosa ante tal pregunta, aunque Emilio quiso poner orden y empezar por el principio que según él era lo más fácil.

—Compañeros, empecemos por los escudos. Según nos contáis había ocho grabados en la pared y siete de ellos tenían las flechas mirando hacia arriba y uno, el del centro de la nave mirando hacia abajo, ¿correcto? —Los chicos dieron su aprobación con un movimiento de cabeza a la vez que permitieron continuar a Emilio—. Yo creo que el misterio puede estar en por qué hay siete flechas mirando al cielo y una al suelo.

Cacín, que había estado reflexionando las palabras de Emilio, quiso apuntar algo que como siempre se le había venido a la mente. Levantando la mano pidió la palabra.

—A mí solo se me ocurre una cosa. Tiene que ver con el techo de la torre grande de la Alhambra.

—¿Quieres decir la Torres de Comares? —apuntó Javier.

—Sí, esa. Me acuerdo de que el día de la excursión contigo —señaló Cacín a Javier—, nos explicaste que el techo de esa torre representaba los siete cielos de la religión musulmana. Además, nos dijiste que esos cielos están precedidos de ocho puertas del paraíso. Se me ocurre que tenemos ocho escudos y en siete de ellos las flechas miran al cielo como el techo de Comares —terminó diciendo el joven muchacho.

La sala enmudeció. Las mentes de los cuatro adultos intentaban darle credibilidad a lo mencionado por Cacín. Su reflexión podría tener sentido, más en un lugar sagrado como aquel.

Javier empezó a carburar de inmediato. Sin decir nada empezó a pasar una y otra vez las hojas del cuaderno para leer de nuevo todo lo que había escrito de la disertación de D. Antonio. Los minutos pasaban sin que Javier hablara de lo que estaba haciendo. Pidiendo de nuevo paciencia, sacó de su mochila un par de cuadernos con la información que hasta ahora había recabado de su aventura. Ensimismado en sus propias anotaciones, pasaba de un cuaderno a otro e incluso balbuceaba palabras en voz alta sin ningún sentido. Pasados unos minutos que, para algunos fueron horas, salió de su boca la frase que todos, de alguna manera, estaban esperando:

—Creo que lo tengo señores.

Escuchar aquello relajó en un primer momento el ambiente. A continuación, se entrecruzaron varias preguntas sin control. Juan, que veía como todo se iba de madre, quiso cortar aquello de raíz.

—¡Un momento! Dejad a Javier que se explique antes de sacar conclusiones.

El guía le agradeció su intervención y volvió a poner al grupo en modo escucha, aunque algunos no pudieron sentarse y permanecieron levantados. Javier, teniendo las cosas muy claras, se dispuso a explicar su teoría:

—Lo primero que quiero que entendáis es que mi reflexión no tiene que ser la válida. Pero tengo la certeza que por ahora no tenemos otra. Mirad, desde que empezamos hemos ido descubriendo varias cosas. Un silo que fue enterramiento real. Luego las verdaderas tumbas que se llevaron de aquel silo. Cruces y escudos que quieren decirnos algo. Túneles secretos y por último un candelabro bastante sospechoso. Para mí —continuó Javier—, lo más importante y que creo hemos dejado de lado o no hemos sabido interpretar, son esos documentos que nos han ido apareciendo. Reitero que no les hemos prestado la debida atención y me explico. Cuando encontramos una parte del Codicilo en el Convento de Zafra al leerlo no teníamos conciencia de lo que la Reina quería decirnos. Eran un montón de frases que parecían escritas con alguna intención, pero que nosotros no supimos interpretar. Ahora creo que la entiendo cuando escribió:

«con perdón de dios amé a cristianos y a moro de mis suspiros»

Ella misma nos informa de a cuantos amó como cristianos, que fueron muchos. Pero solo se refiere que amó a un moro —aclaró el guía—. Si lo hemos traducido a la perfección, cosa que no me cabe duda viniendo del profesor, ahí quiere dejar escrito que amó a alguien de su religión enemiga —El murmullo de la sala quiso interrumpirle, pero de nuevo pidió que le dejaran acabar—. Continúo. También pasamos por alto que en las planchas que crearon la Orden del Visir la Reina dejó claras sus intenciones y dijo:

«solo el último de ellos tendrá el honor de tener su alma junto al más grande de los mausoleos cristianos y que otrora fue lugar de rezos y oratorias y en el que se permitirá cripta para su reposo por siglos venideros».

Y... por último, lo que Martín del Prior firmó cuando trasladaron los cuerpos de los Reyes Católicos del Convento de San Francisco a la Capilla Real:

«del traslado con las cuatro cajas y que la información que se promulgará solo contarán con el número de tres».

En ese momento la luz se iluminó en la cara de D. Antonio. Con nerviosismo a la vez que alegría quiso continuar con las apreciaciones de Javier.

—Ahora lo veo claro. Según nos cuentas. La Reina amó y por lo que dices mucho a un moro. Que ese amor, obviamente era clandestino. Lo quiso cerca de ella cuando dice «que su alma», es decir, su enterramiento, estuviera junto donde ella al final reposara. Ese fue lugar de rezo musulmán. Es decir, una antigua mezquita musulmana. Sin lugar a duda la Mezquita Mayor de Granada, que fue destruida para construir «el más grande de los mausoleos cristianos», nuestra Capilla Real. Lo que da más veracidad a tu reflexión es que, cuando Carlos V trasladó a sus abuelos y al príncipe Miguel de la Alhambra bajaron cuatro ataúdes y en la cripta solo hay tres. Está claro que falta uno por descubrir. Creo estar en lo cierto que el que falta tiene nombre y es la misma Reina quien también lo deja claro en sus voluntades cuando dice *«solo el último de ellos»*, solo el último de los moros, el último Nazarí, el último Rey de Granada ¡BOABDIL!

CAPITULO XV
SECRETOS NOBLES

La sala de docencia se convirtió en un lugar de silencio, desconcierto y esperanza. Aquella teoría de Javier y la posterior reflexión de D. Antonio era pura dinamita histórica.

Las palabras de su mujer Ana, sobre la posibilidad de que el último rey nazarita estuviera enterrado en alguna cripta de la Capilla, empezaban a tener algo de sentido. Aun así, prefirió guardarse para sí aquella conversación.

Las preguntas volaban por el ambiente sin ningún tipo de control. Solo los muchachos guardaban, en cierta manera, la compostura, mientras observaban como cuatro adultos se enzarzaban entre vítores de alegría y descoordinación. Al final, el propio Javier se dio cuenta de que aquello se les estaban yendo de las manos y aunque en el edificio no había nadie, no era coherente ser tan alborotadores. D. Antonio, que también se dio cuenta de la situación, alzó su mano y con una voz amable, pero solemne interrumpió el vocerío para poner cordura.

—Señores, creo que debemos guardar la compostura y reflexionar como adultos sobre las nuevas averiguaciones que se han materializado ahora mismo. El descontrol no es buen aliado de la aventura, por lo que os pido que volvamos a sentarnos para definir la nueva estrategia.

Las palabras del profesor apaciguaron el momento e hicieron que el grupo volviese a tomar asiento en espera de establecer los nuevos propósitos. Unos segundos después fue Javier el que, con más tranquilidad, quiso lanzar las primeras preguntas.

—Ahora que estamos más calmados, quiero decir algunas cosas. Si pensamos todos que debajo de la Capilla Real pueda estar enterrado Boabdil, según las pistas que tenemos, y que volver a entrar al monumento puede infundir algún tipo de sospecha, sobre todo al vecino de Damián, ¿cómo vamos a hacer para intentar entrar en algún tipo de cripta oculta que nadie conoce?

Ahí se le puso cara de felicidad a D. Antonio, que volvió a despistar a Javier. Este con algo de nerviosismo, pero sin perder la educación, quiso preguntarle por su actitud.

—Perdone profesor, pero no entiendo su cara de optimismo.

—Disculpa Javier. No he pretendido ser descortés. Esa intriga que tienes creo que te la puedo resolver, bueno a ti y a todos.

Entendieron que el profesor se había guardado algo más en el tintero que ellos no sabían. Sin querer interrumpirle, le animaron a que continuara con lo que tenía que decir.

—Señores, os cuento un poco. Hablando con Pablo en la Capilla nos manifestó algunas cosas que nosotros o por lo menos yo en mis años de docente desconocía, ¿recordáis el pozo que hay fuera junto a la puerta de entrada?

La pregunta fue de inmediato contestada de forma afirmativa por Juan, que además quiso añadir sobre la función que realizaba como acceso al agua del antiguo aljibe exterior.

Ante esa aclaración de Juan, el mismo profesor se dispuso a contradecirle.

—Eso es lo que yo pensaba hasta hoy, pero me temo que puede haber otra realidad diferente.

Los tres miraron de nuevo al profesor con cara extrañada. Los muchachos permanecían expectantes ante el cruce de noticias sin dejar de poner todo el énfasis en escuchar al docente.

—Sé que todos hemos estudiado el aljibe exterior a la Capilla, yo el primero. Pero opino que eso no es del todo correcto. Me temo que tengo información que puede cambiar su errónea situación original —La atención fue máxima—. Según nos contó, el aljibe parece ser que está justo debajo de la sala Capitular que hay antes de entrar en los mausoleos de los Reyes.

—Y… ¿Eso porque lo crees Antonio? —le replicó Emilio.

—Déjame que acabe y lo entenderás —Quiso el maestro apaciguar un poco tanta información mientras comenzaba a relatar lo acontecido con el candelabro, la afirmación de Pablo sobre la localización del aljibe y el descubrimiento de los grabados en el fondo del pozo.

Toda la explicación fue adornada con los dibujos de Luis y la confirmación de Cacín y Dami. Las señales podían ser o no claras, pero no había otra cosa a la que agarrarse. La discusión no tenía cabida en ese momento y así quiso dejarlo claro D. Antonio. Todos los esfuerzos tenían que estar dirigidos a la localización de una posible entrada a aquel aljibe.

Ante tanto descubrimiento una cosa estaba definida, aquel pozo tenía muchas más cosas que contar y si por algo quedó en pie, fue para que de alguna manera tuviera algo que ver con la cripta.

La tarde quedó cegada por la oscuridad y la única dirección a seguir era ver cómo podían bajar al fondo del pozo sin ser descubiertos. La ubicación, aunque era exterior, estaba junto a la puerta de entrada a la Capilla. Lugar vigilado por los de seguridad que no se apartaban de la puerta ni para beber agua. Había que trazar un plan que los alejara de allí para poder bajar. Viendo lo condensado del día, prefirieron por unanimidad urdir el plan en otro momento. Tanta tensión y cansancio no dejaba pensar con fluidez. Se emplazaron a discutirlo al día siguiente, pero en la casa de Emilio.

Con bastantes resoplidos provocados por el cansancio, llegó D. Antonio hasta la puerta de su casa. La luz exterior estaba apagada y hacía el lugar un poco más oscuro de lo normal. El sonajero de llaves fue la señal para que Ana le abriera la puerta antes de que él mismo pudiera introducirla en la cerradura. Un leve beso en la mejilla de su mujer bajo el rellano de su hogar fue lo primero que hizo antes de adentrarse en su domicilio mientras le insinuaba a su mujer que encendiera la luz exterior.

Viendo la actitud de su marido, Ana cerró la puerta con más delicadeza para que produjera el menor de los ruidos. Tenía claro que había tenido un día duro del que, por supuesto, sentía curiosidad. Antes de dirigirle la palabra se adentró en la cocina para prepararle un buen plato de queso con el que romper el hielo. Tenía presente que cualquier pregunta podía hacer que su marido se reprimiese en contarle sus descubrimientos en favor de la Orden.

Con un paso lento y decidido entró con el plato de queso en el salón. Sentado con la mirada perdida permanecía su marido todavía jadeante. La llegada de su mujer le sacó del letargo. Se incorporó levemente de su asiento para tomar una postura más acorde a sus principios. Su mirada vio el magnífico plato de queso que Ana traía en sus manos, algo que de inmediato entendió como beneficio a cambio de algunas preguntas. Su experiencia hizo quitarle a su mujer el trago de tener que empezar la conversación.

—Ana, ¡qué buen plato de queso traes!, parece… ¿Qué quisieras sobornarme? —terminó diciendo el profesor con algo de ironía.

—No es mi intención Antonio, pero si tú crees que es así, pónmelo fácil —contestó con mucha más maestría su mujer.

Viendo que las intenciones estaban claras, fue el maestro quien quiso empezar. Las explicaciones hicieron que Ana se sintiera extrañada y emocionada. Ella misma se sentía abrumada por las peripecias de su marido. Ni por asomo se le había pasado por la cabeza que eso pudiera haber llegado a existir. El relato se extendió por varios minutos, en el énfasis le dejó claro lo importante de aquel día. Una vez que el profesor acabó, entre ambos se hizo un silencio de complicidad que quiso romper el profesor con una simple pregunta.

—Ana, de esto que te he contado, ¿teníais algo de constancia en la Orden? Necesito que seas sincera conmigo, esto es muy importante.

La mirada de ella, con sus manos tapándose la boca por el asombro de lo que acababa de escuchar, ya dejaron claro que aquello era mucho más de lo que la Orden esperaba.

—Antonio, me he quedado más impresionada que tú. Lo que me has contado va mucho más allá de mis conocimientos. Si alguien de los que la componen lo sabe, jamás me lo reveló —Quiso dejarle claro que esa era la verdad.

—Tranquila, te creo. Ahora empiezo a entender por qué nunca me contaste tu secreto. No te lo echo en cara que me lo hayas ocultado. Yo mismo hubiera obrado de la misma forma. Eso me hace quererte y confiar más en ti. Defendiste la última voluntad de la Reina y con ello el futuro de tu país. Solo te pido que me des un poco de tiempo para resolver lo que nos queda. Después podrás contárselo a quien quieras.

La luz del techo fue testigo cariñoso del efusivo abrazo entre el maestro y su mujer, que no podía reprimir sollozar mientras las manos de él acariciaban suavemente su largo cabello.

· · ·

Emilio se había permitido ese día quedarse en casa para preparar el encuentro. De esta manera podía repasar todos los documentos que pudieran ayudar en la reunión. Javier dedicó sus horas a desarrollar su trabajo con algunos grupos de turistas, más preocupados por las tapas que por aprender la cultura de la ciudad. Juan quizás fue el que más se abstrajo de lo sucedido e hizo que su día laboral no difiriera mucho de cualquier otro. En el instituto, por el contrario, fue D. Antonio el que tuvo que reprimir a Cacín,

Dami y Luis por su actitud algo desesperante que ponía en peligro todos sus secretos.

Una vez más la hora del encuentro se aproximaba, Emilio seguía en su casa buscando información en su propio ordenador cuando dos pitidos en su teléfono móvil le hicieron hacer un parón para revisarlo. Con atención y casi en voz baja lo leyó dos veces para estar seguro de lo que decía.

«Alguien sigue nuestros pasos, nos vemos a las siete frente a la Capilla, borra el mensaje cuando lo leas»

Sin pararse a pensar, miró su reloj, faltaban treinta minutos para la hora indicada. Cogió su agenda y salió veloz hacia el lugar acordado con el ansia de ver qué es lo que estaba pasando. Con premura, pero sin levantar sospechas, caminó entre las estrechas calles que formaban el barrio cercano a la Catedral, sin dejar de vigilar a las personas de su alrededor. En menos tiempo del normal se plantó frente a la puerta de la Capilla Real. El lugar empezaba a vaciarse de turistas, a la vez que las luces iluminaban el monumento. Se quedó refugiado en una de las esquinas para pasar desapercibido y así poder observar con más tranquilidad, lo que suponía, sería la llegada de sus amigos. Por unos momentos la impaciencia le empezaba a poner nervioso. Volvió a revisar su teléfono móvil para intentar recuperar el mensaje que con absurda obediencia había borrado, pero antes de lamentarse, por lo que había hecho, una mano se posó con ímpetu en su hombro. El imprevisto le sobresaltó con energía, pero se apaciguó al reconocer a su amigo Juan.

—Buenas Emilio, no quería asustarte.

—Disculpa Juan, pero me has pillado desprevenido y no supe bien cómo reaccionar.

Una carcajada de Juan les tranquilizó a ambos.

—Juan, ¿supongo que estás aquí porque has recibido el mensaje?

—Correcto Emilio. Estaba en casa preparándome para salir cuando lo recibí y me vine para acá.

—Entonces, en breve estaremos todos aquí reunidos.

—Pienso que sí Emilio. Si estoy en lo cierto, creo que nuestro viejo profesor ha querido que estemos aquí un poco de incógnito.

—Eso opino yo también. Habrá encontrado algo y no querrá que nadie perteneciente a la Orden pueda saberlo.

Mientras ambos seguían manteniendo la conversación, desde el fondo de la calle la figura de los tres muchachos se distinguía entre los comerciantes que estaban recogiendo los recuerdos de sus bazares. Emilio fue el primero en percatarse y junto con Juan aguardaron con paciencia su llegada.

—Buenas tardes, chicos. Veo que a vosotros también os han citado aquí —comenzó diciendo Emilio.

—Pues sí, tanto a Luis, a Dami, como a mí, nos llegaron unos mensajes al móvil para que estuviéramos frente a la Capilla, pero no sé quién lo ha mandado ni por qué.

En ese momento, Juan les hizo ver que esa posibilidad se resolvería en breve, ya que estaba claro que el equipo al completo iba a estar junto. Decidieron permanecer en la esquina del palacio de la Madraza para no hacerse muy visibles a los viandantes que paseaban por la calle Oficios. La conversación tardó poco en hacerse silencio cuando Javier entró en la calle desde la Gran Vía. En pocos segundos saludó con extrañeza al grupo.

—Buenas tardes, señores, veo que casi soy el último en llegar.

—Hola Javier, pues eso parece, ya solo queda que venga Antonio. Creo que tendrá que darnos las explicaciones oportunas —contestó con ironía un relajado Emilio.

—La verdad que sí. Porque reunirnos así de urgencia y a través de un mensaje me parece algo raro por parte de él. Tendremos que ver qué es lo que nos tiene que contar —argumentó Javier.

A la espera del profesor, el grupo dividió su mirada en las tres direcciones posibles de llegada. Los minutos empezaban a pasar con lentitud. Cacín hacía gestos tanto a Luis como a Dami de no entender todavía bien que es lo que pasaba. La noche ya inundaba el lugar, que en un abrir y cerrar de ojos había quedado desierto de personas. Los negocios estaban ya con sus persianas casi cerradas y el silencio reinaba frente a la Capilla Real.

Ensimismados por la situación, una persona salía por el dintel del propio edificio de la Madraza. Con paso tranquilo recorrió los escasos metros que le separaban de la esquina donde el grupo permanecía demasiado unido. Solo Dami se había percatado de la llegada de esa persona. El resto se había girado sobre sus espaldas ante el crujir de la puerta del último comercio que cerraba aquel día. Con el dedo tembloroso, Dami picoteó en la espalda de Cacín, que algo molesto se giró para pedirle explicaciones.

—¿Qué quieres Dami?

El muchacho, con algo de nervio y ante la soledad de la situación, no pudo más que señalar con su dedo la llegada de aquella persona que con tanto disimulo avanzaba hacia ellos. Al verlo, Cacín agudizó la vista y aunque en primer lugar sospechó de ella, no tardó en levantar la mano para saludar al que sin duda alguna era desde hacía tiempo su profesor de historia.

—Buenas D. Antonio.

Ese saludo hizo girar a todo el grupo a la vez, con las ganas de preguntar al maestro por aquella forma de quedar tan sospechosa.

—Hola, veo que todos hemos sido obedientes al leer el mensaje —les dijo.

—Pues sí Antonio. Cómo verás, hemos sido más puntuales que tú —contestó de una forma desahogada Javier.

—Me temo que no, Javier. Yo llegué antes, pero al contrario que vosotros, me refugié en el edificio para no ser visto.

—¿Cómo para no ser visto? ¿Pero no has sido tú el que nos has convocado? —preguntó extrañado Emilio.

—Yo no he convocado a nadie, de hecho, esa misma pregunta venía a haceros. Pensaba que alguno de vosotros los había mandado —respondió el profesor viendo que allí había gato encerrado.

—Entonces…, si no has sido tú y ninguno de nosotros, ¿quién leches nos ha mandado los mensajitos y con qué intención? —preguntó Juan sin la esperanza de recibir respuesta.

—Pues no lo sé. —respondió D. Antonio—. Lo que está claro es que alguien quería tenernos juntos a esta hora aquí frente a la Capilla. No sé con qué intención. Debemos estar alerta. Puede ser que hayamos llegado muy lejos con nuestros descubrimientos y eso haya puesto nerviosa a la propia Orden del Visir —Quiso el profesor dar una argumentación lógica.

—Viendo la situación, alguien que desconocemos sabe más de la cuenta y conoce nuestros últimos movimientos —dijo Javier algo contrariado.

Mientras D. Antonio, Juan, Emilio y Javier, debatían sobre el tema, los muchachos se aislaron de la conversación. Habían observado a lo lejos algo extraño en el pozo del aljibe de la Capilla. Ese lugar siempre estaba bien iluminado, pero esa tarde era el único foco del monumento que no funcionaba. Cacín se acercó con parsimonia, como el que busca una esquina para ponerse a orinar. Sus amigos se pararon junto a la puerta de entrada a la Capilla mirando sus teléfonos móviles para disimular. Después de asomarse al pozo, Cacín se volvió sobre sus pasos y con algo de ligereza se aproximó a los adultos que todavía seguían enfrascados en una serie de preguntas y respuestas que pronto fueron cortadas con la llegada del muchacho.

—D Antonio, tengo que decirle una cosa.

El profesor le miró y con un gesto hizo callar a todos.

—Dime Jesús, ¿qué te pasa?

—Nada, que mientras vosotros hablabais, nos hemos acercado al pozo. La tapadera de la boca está abierta y además hay una cuerda que sale por ella que queda colgada por fuera mientras deja caer al interior una especie de escalera.

La mirada del profesor se dirigió de inmediato hacia el lugar. Su primera percepción ya le pareció rara al ver el rincón oscuro.

Más, cuando en la zona de vigilancia del interior del edificio no se veía a nadie. Javier, que también reaccionó a lo comentado por Cacín, se apresuró a verificar que nadie estaba vigilando el sitio. La respuesta al porqué estaban allí empezaba a descifrarse.

—Antonio, ¿estás pensando lo mismo que yo?

—Creo que sí Javier.

Juan, que se había quedado bloqueado, quiso tener una explicación más clara.

—Entiendo que vosotros lo veáis, pero Emilio y yo no entendemos muy bien lo que queréis decir.

Javier y D. Antonio les dirigieron sus miradas. En una voz más baja de lo habitual quisieron compartir con ellos lo que se les había pasado por la cabeza.

—¡Mirad! —comenzó diciendo Javier—. Creo estar en lo cierto cuando pienso que alguien que conoce bastante bien nuestros pasos. Nos ha mandado los mensajes y además se ha encargado de que tengamos vía libre para bajar a ese dichoso pozo sin que nadie nos moleste, ¿No es así Antonio?

—Exactamente estaba pensando lo mismo Javier —le respondió.

Emilio y Juan se miraron. Con poco que decir, asintieron con la cabeza la posibilidad de que aquello pudiera ser cierto.

—Supongamos que tenéis razón y nos quieren de alguna forma ayudar, pero ¿os habéis parado a pensar que sus intenciones sean otras? —preguntó Juan algo más envalentonado.

—No te entiendo Juan —replicó el mismo Emilio.

—Pues lo que quiero decir es que todo parece muy fácil. Alguien se ha molestado mucho en quitar de en medio la vigilancia y dejarnos actuar, pero y ¿si lo que quiere es que nos pillen con las manos en la masa para que todo se acabe aquí y no sigamos con esta aventura?

La exposición de Juan preocupó por un momento a D. Antonio, que se tomó unos segundos para meditar. Lo acababa de decir podría también tener coherencia. Pero no habían llegado hasta ahí para ahora morir en la orilla. «Solo el que arriesga es el que avanza», se decía así mismo, por tanto, levantó la cabeza y con el mayor de los orgullos le respondió con arrogancia.

—Puede que lo que has dicho se nos presente y nos pillen haciendo cosas, digamos…, no muy legales. Me hice docente para poder enseñar la historia de lo que se descubrió y no me voy a parar ahora que lo tengo tan cerca. Si alguien quiere fastidiarnos, pues que sea en plena faena. Si alguno no está de acuerdo con bajar no tiene por qué hacerlo. Lo que tenemos que empezar a discutir es como y quienes lo vamos a hacer.

La disertación del profesor los dejó mudos, sin nada que responder, y ante la mirada desafiante de este, dieron su aprobación a continuar.

—Perfecto. Me alegro ver que todavía seamos un equipo —dijo D. Antonio—. Ahora que tenemos claro que bajamos, lo que tenemos que ver es quien lo hace.

Juan, que se había vuelto algo protagonista de los últimos momentos, fue el que puso cordura a la acción.

—Yo creo que más de dos personas no pueden hacerlo. Además, como nos ha pasado antes, tienen que estar físicamente en condiciones. Yo propongo que sean Javier y Jesús quienes lo intenten.

La asignación del muchacho y el guía fue de inmediato aceptada. Estaba claro que ambos tenían todas las papeletas, y ellos mismos lo sabían. Sin tiempo que perder planearon como hacerlo.

—Según te dijo el vecino de Dami, los grabados del pozo son la clave para poder de alguna forma encontrar lo que pensamos que está allí abajo. También está claro que no tenemos la certeza de que eso siga tal como os dijo ese hombre. Tenemos pocas opciones. No perdamos más tiempo y vayamos de inmediato —les dijo Javier a la vez que miraba a Cacín con cara de confianza.

La suerte estaba echada. No había marcha atrás. Pararse ahora era algo de lo que se iban a arrepentir toda su vida. Cogieron un par de linternas y algunas pilas de repuesto. Comprobaron que el teléfono móvil de Cacín funcionaba para comunicarse. Atravesaron la plaza en dirección al brocal del pozo, no sin antes volver a revisar que nadie les estaba vigilando. En la esquina se quedaron de vigías D. Antonio, Luis y Juan, mientras que Emilio y Dami hicieron guardia desde la puerta del edificio de la Madraza.

Antes de disponerse a bajar, Javier volvió a recordarle al muchacho que lo más importante era la seguridad. Este le respondió con el pulgar hacia arriba. Todo estaba ya listo. Sin más dilación, Cacín se subió al pozo. Cogió con fuerza la cuerda en sus manos y ayudado de Javier fue posando sus pies en la escala que discurría por el interior. La bajada empezó lenta con la vigilante mirada del guía. Una vez vio al muchacho algunos metros abajo, le hablo en voz baja para que encendiera la linterna. El chico obedeció al instante. El interior se iluminó dejando ver la engarzada piedra sin mampostería con el que se construyó. Sin pensárselo mucho dirigió la luz hasta el fondo. Con sorpresa vio que su destino estaba más cerca de lo que pensaba. Armado de confianza, comenzó el escaso descenso que le quedaba con algo más de prisa.

Metros arriba, Javier ya se había colado por el brocal. Empezó también un descenso algo más rápido gracias a la iluminación que le llegaba de la linterna de Cacín. Al poco quiso preguntarle al muchacho por su situación. Le respondió con un «me queda poco» que le dejó más tranquilo.

En el exterior los nervios se hacían a cada minuto más poderosos sin que les llegaran noticias, hasta que el teléfono de Luis recibió el primer mensaje de Cacín.

«Ya he llegado al fondo, por ahora todo bien»

D. Antonio, que se había percatado de la iluminación del teléfono móvil de su alumno, leyó el mensaje sobre la marcha e informó al grupo que todo estaba por ahora correcto.

El fondo del pozo era algo más espacioso. Sorprendía la buena conservación y limpieza de este, quizás porque permanecía tapado todo el tiempo. A la espera de la llegada de Javier, Cacín se quedó sentado casi en cuclillas con la cabeza levantada, observado la bajada de su amigo. Este, aunque tenía gran portento físico, se enredaba un poco con la escala. Refunfuñaba enfadado por la torpeza que estaba mostrando. Antes de acabar el descenso, Javier le indicó a Cacín que le dejara un poco de espacio, algo que el muchacho realizo casi en la misma posición. En el fondo pudieron ambos convivir con un espacio suficiente que les permitía estar agachados o de pie. El guía le indicó que mandara un mensaje al grupo para que supieran su situación. Cacín obedeció de inmediato y lanzó otro mensaje desde su móvil.

En el exterior los nervios seguían siendo protagonistas más cuando algún ciudadano caminaba por los alrededores en la oscuridad de la tarde noche. El mensaje de Cacín fue recibido con agrado y contestado afirmativamente con la ayuda de Luis.

Estando ya los dos acomodados de aquella manera en el fondo, fue Javier el que le indicó a Cacín que dirigiera las linternas alrededor para observar las paredes. La luz no escondió nada y el muchacho no tardó ni un segundo en darse cuenta de los grabados que Pablo les describió. La cruz era perfecta. Se encontraba dentro de un círculo. Fuera de él, en la parte superior una gran «O» y en su parte inferior una «V», de las mismas dimensiones. Esos símbolos hicieron sonreír con ironía a Javier. Eran de los pocos que sabían su significado. Lo que más le llamó la atención fue ver otra inscripción que el vecino de Dami describió. En concreto y en forma de relieve, una gran «M» seguida de una «X» con dos rayas verticales en forma de «I». Más abajo el símbolo conocido en el mundo musulmán de la llave. Esto a Javier no le sorprendió. Estaba claro que esas letras denominaban el inicio de un nombre y formaban un número, un número grabado al estilo cristiano. Era posible que la «M» fuera el comienzo del nombre que designaba al rey chico, *Muhammad*. El número, su orden en la dinastía nazarí, el «XII». Además, la llave, de gran significado simbólico para su religión, dejaba la evidencia inscrita.

Javier se quedó pensativo en aclarar porque aquello se grabó allí. Cacín quiso ver que en la parte de la cruz patada superior e inferior había algún tipo de grabado algo confuso por la suciedad. Sacó su brazo por encima del hombro de Javier, que al verlo se apartó al instante. Con la punta de sus dedos rascó sobre esos grabados. El polvo y la arenilla se deshicieron como el cacao. Una nueva «O» grabada apareció ante sus ojos. Viendo la acción, Javier hizo lo mismo en la parte inferior. En este caso, y esperando ver una «V», se encontró con esta, pero de forma invertida. Ante la extrañeza de que las dos *Oes* coincidieran y las *Uves* no, quiso pasarle el testigo al muchacho que tantas veces había sabido resolver otras situaciones.

—Jesús, ¿qué opinión te merece lo que tenemos aquí ahora mismo?

Cacín, que no era tonto, viendo que su amigo le había pasado la pelota, se mantuvo unos segundos soplando sin pronunciar sílaba alguna. Su mente empezó a funcionar como hizo otras veces, a la vez que rascaba la cruz grabada en el pozo.

—Pues no lo sé Javier. Aquí veo lo que hasta ahora siempre nos hemos encontrado. La famosa cruz y las iniciales de la Orden del Visir. No se me ocurre nada.

El expolicía entendió el mensaje del muchacho y con la mano acariciando su cabeza quiso demostrarle su confianza.

Fuera, D. Antonio miraba el reloj una y otra vez. Los minutos pasaban sin volver a tener ninguna noticia. Sabía que el tiempo iba en su contra. Con algo de impaciencia le pidió a Luis que enviara un mensaje. La intención era recibir alguna respuesta positiva. Este escribió con rapidez lo que le dijo su profesor. Él añadió alguna frase de apoyo.

Dentro del pozo el teléfono móvil del muchacho se iluminó. Entre Javier y Cacín leyeron las palabras recibidas. De inmediato fueron contestadas con un «de momento nada de nada». Justo cuando Cacín estaba intentando guardarse el teléfono en su bolsillo, este se le resbaló y cayó en el suelo. Alguna que otra palabra mal sonante salieron de la boca del muchacho. Al intentar cogerlo su cabeza quedó casi boca abajo. En ese momento sus ojos se fijaron en los símbolos de la cruz. Una luz iluminó su mente. De casualidad se le pasó algo que no tardó en decirle a su amigo el guía.

—Javier, creo que hay algo de lo que no nos hemos dado cuenta.

—Dime Jesús, ¿qué se te pasa por la cabeza?

—Pues… Aquí arriba las *Oes* coinciden y abajo las *Uves* no. Pero ¿y si el orden en que están colocadas no es el correcto?

La teoría de Cacín no fue captada de inmediato por Javier. Se quedó mirando al chico con algo de desconcierto, al que no tardó en preguntarle.

—No te sigo Jesús.

—Vale, te explico. Si nosotros pudiéramos girar la cruz y hacer que esta «V» invertida se colocara en la parte superior, ya la tendríamos en su posición natural. Si estoy en lo cierto, en ambos sitios se reflejarían las mismas siglas, es decir «O y V» coincidiendo.

La explicación de Cacín sacó del letargo a Javier. Repasó en su mente lo dicho por el muchacho. Quiso ver una posibilidad ante tanta oscuridad.

—Puede que tengas razón, Jesús. Si eso que dices es lo correcto, ¿qué sentido tendría que las pusieran en distintas posiciones?

Cacín, se quedó recostado sobre la pared y tomando aire quiso reflexionar su teoría.

—Me he acordado de un viejo candado que tiene mi padre en el trastero. Un día me explicó cómo se abría, por si lo necesitaba. Lo curioso es que estaba formado por un código de letras que tenían que colocarse de forma correcta para que se abriese. Por eso se me ha ocurrido que, a lo mejor, si ponemos las letras en su sitio, esto puede ser algo parecido al candado de mi padre.

A Javier, una vez más, la reflexión de un muchacho tan joven volvió a sorprenderle. Tomó el teléfono y marcó el número de D. Antonio. La llamada fue de inmediato contestada por el profesor. Escuchó la teoría de Cacín con paciencia. Juan, que también lo había escuchado, se pudo de parte del muchacho. Le insistió al profesor para que probaran cualquier cosa ante el escaso tiempo que tenían. Este, sin otra opción mejor, dejó actuar con libertad a los del pozo.

Recibido el mensaje del exterior, el siguiente movimiento sería averiguar si aquella cruz grabada se podía girar tal como indicaba el muchacho. La decisión estaba tomada. El fondo del pozo empezaba a hacerse claustrofóbico. Javier tomó la iniciativa y empezó a palpar toda la zona mientras Cacín la iluminaba con la linterna. Con algo más de fuerza, el experto guía intentó girar la cruz sobre su eje, pero esta permanecía fijada en la pared. Las miradas entre el muchacho y Javier eran de desesperación. Empezaba a darle la sensación de que poco podían hacer allí. La primera linterna empezaba a dar síntomas de pilas gastadas. Antes de que eso ocurriera, Cacín sacó la segunda de su bolsillo a la vez que su rodilla derecha se apoyaba sobre la «M» en relieve. Tal fuerza hizo que sin querer aquella letra de piedra se hundió en la mismísima pared. El consiguiente ruido en forma de chasquido dejó mudo a Javier por un instante. La sensación de esperanza volvió a ambos. La acción de Cacín hizo reaccionar de inmediato a su amigo, que no pudo más que hacer fuerza sobre las letras de números romanos que quedaban. Estos fueron cediendo hasta que el último provocó un gran ruido alrededor de la cruz, que retumbó en todo el túnel. Cacín adivinó lo que Javier ya tenía claro. Las letras habían liberado el posible giro de la cruz. Antes de que volviera a iluminarla, los dedos del expolicía ya estaban en posición para que esta girase. Mientras la cruz quería empezar a girar, Cacín dejó la linterna en el suelo y se puso a ayudar para que aquello fuera más rápido. La «V» invertida se desplazaba como la aguja del segundero de un reloj, a pocos centímetros de que casase con la «O» superior. El giro empezó a endurecerse y ofrecer resistencia, pero la tenacidad de ambos hizo poner toda la carne en el asador. Dicha resistencia fue superada provocando el emparejamiento de ambas letras en su sitio lógico. No hubo que hacer nada más. De forma automática otro crujido hizo saltar de la pared el grabado de la llave como el que abre un cajón. La sorpresa de ver aquello hizo echarse para atrás a ambos. Sus miradas de tensión se encontraron. Fue el muchacho el que se asomó a aquel cubículo que, como un resorte, había salido de la pared. En este caso, Javier era el que mantenía la linterna en alto. Observó como sacaba una pequeña caja metálica rectangular de color marrón oscuro sin ningún tipo de adorno, más que el broche frontal en forma de granada. Aquel momento puso todavía más tensión en el pozo y antes de decir nada, la pantalla del teléfono móvil se iluminó. Cacín le cedió la caja a Javier para mirar el teléfono. El mensaje provenía de su profesor y después de leerlo se lo enseñó al guía para que él mismo evaluara.

«Debéis acabar ya y salid lo más rápido que podáis, esto empieza a no ser seguro»

El mensaje fue recibido como una orden de salida. El muchacho, tras un gesto de Javier, se puso de pie y empezó a subir la escala con el máximo cuidado.

La salida se hizo rápida pero segura. Cada paso en la escala por Cacín era aprobada por su amigo que le animaba a continuar. A pocos centímetros del brocal del pozo, el guía le dio las últimas indicaciones.

—Jesús, ahora asómate con cuidado por si hay alguien por la plaza. Si no ves a nadie, sal y te vas junto a D. Antonio, pero sin correr.

El pulgar en forma de aprobación fue la respuesta del muchacho. Con la cabeza en el exterior salió con tranquilidad en la dirección acordada. Javier, que tenía la caja bien custodiada, también llegó a la altura del brocal. Antes de asomar la cabeza, la mano tendida de Juan le ayudó a salir. Una vez fuera desataron la escala y la dejaron caer al fondo mientras cerraba la tapa metálica que lo cubría. Ambos comenzaron a caminar para juntarse con el grupo que ya les esperaban escondidos en las calles aledañas, para evitar ser descubiertos.

Javier llevaba la mano derecha apoyada en el exterior del bolsillo de su chaqueta sujetando la caja salida de la pared. Eso inquietó un poco a Juan, aunque se abstuvo en preguntarle nada.

El encuentro con D. Antonio y los demás se produjo con bastante protocolo y sin ningún tipo de efusividad. El ambiente de las calles daba la sensación de inseguridad por la oscuridad y el silencio. Fue Javier el que encabezó la marcha. Solo el ruido de los pasos eran la compañía con la que caminaban sin saber muy bien hacia qué destino. El guía parecía tener claro la dirección. Hubo intentos de pararle para que diera explicaciones, pero estos quedaron de momento aparcados. Los cruces de acera eran constantes, sobre todo cuando se introdujeron en el histórico barrio judío del Realejo. A esas horas de la noche, todavía mantenía algo de algarabía por sus estrechas calles.

Sin apenas avisar, el expolicía se detuvo junto a la puerta de uno de esos modernos bares que ahora estaban de moda. Un lugar con la luz algo más tenue de lo normal. Dónde la gente pasaba el rato charlando a la vez que tomaban alguna que otra copa.

Mientras abría la puerta, hizo un gesto a todos para que le siguieran al interior. La extrañeza todavía era amiga de la incertidumbre con la que llevaban andando varios minutos. Pero la confianza de que Javier lo hacía por el bien común, era unánime.

Ya dentro del local, saludó con cordialidad a la persona que estaba detrás de la pequeña barra. Esta estaba iluminada con un tenue azul que producía paz nada más verla. Con un gesto de aprobación le indicó al guía que le siguiera hacia lo más profundo del local. Allí, tras un gran biombo con símbolos budistas, se encontraban los asientos más íntimos del negocio, algo que Javier sabía de antemano. Sin mucho más que decir, el encargado de aquello les dejó que se fueran acomodando.

Con la tranquilidad de estar solos, D. Antonio no pudo reprimirse más. Fue el que empezó interrogando a su amigo.

—Javier, creo que ya es hora de que nos cuentes qué pasa. Tengo el corazón que se me va a salir y eso a mi edad no es bueno, te lo aseguro.

Este, que entendía el nerviosismo del profesor, le pidió con las manos levantadas, un poco más de paciencia. En ese momento uno de los camareros llegaba para dejarles un poco de agua y algún que otro refresco. Antes de responder, él mismo se echó un poco de agua para suavizarse la garganta que tanto polvo había cogido en el interior del pozo. Viendo que la paciencia empezaba a difuminarse, no tuvo más remedio que comenzar a hablar.

—Lo primero que quiero es pediros disculpas por haber actuado así, pero era necesario. Con la forma con la que me miráis tengo claro que Jesús nos os ha dicho nada de nada y eso que sabe mucho el jovenzuelo. Lo más importante era salir de allí sin hablar hasta que estuviéramos tranquilos. Sin que nadie nos pudiera observar. Por eso os he traído aquí.

Las primeras explicaciones de Javier rebajaron un poco la tensión y así pudo continuar más tranquilo.

—En fin… Allí abajo Jesús y yo vimos los símbolos que Pablo había mencionado. Por una carambola esos símbolos eran una especie de artilugio que se combinaban entre sí para mantener oculto esto.

Depositó encima de la mesa la caja metálica que habían encontrado. Las caras de asombro sorprendieron a todos menos a Cacín, obviamente. Ninguno se atrevió en primera instancia a tocarla y fue Javier el que le dio el privilegio de D. Antonio para que la estudiara. Este la tomó entre sus manos y con varios giros la revisó por todos sus lados. La falta de decoración ya le hizo intuir que se hizo para guardar a buen recaudo y durante mucho tiempo algo de lo que todavía no tenía ni idea.

—¿Esto lo encontrasteis dentro de la pared? —preguntó Juan.

—Sí, tras mover los símbolos que os he comentado. Esta caja estaba dentro de un cubilete insertado en la misma —respondió Javier

—Pero ¿no había nada más que te resultara extraño? —volvió a preguntar Juan.

—No, lo único extraño puede estar dentro de esa caja. Creo que debemos abrirla, ¿No te parece Antonio? —Le pasó el testigo Javier al profesor.

—Pues sí, vamos a ello.

Las manos palparon el broche en forma de cierre con la granada grabada. Tenía claro que no disponía de ningún tipo de cerradura. Con un movimiento en seco, tiró del mismo con la suficiente fuerza para que este se abriera. El ambiente de tensión cambió de repente a uno de ilusión. Con las manos dispuestas para levantar la tapa, el profesor levantó la cabeza y como el que pide aprobación para hacer algo, la abrió. El momento helaba la sangre y la mano de Javier tomó la decisión de sacar lo que allí estaba guardado. Sus dedos agarraron una especie de hatillo de tela algo más pesado de lo que pensaba. Con delicadeza lo puso sobre la mesa. La cuerda que lo ataba estaba bastante corroída. Al intentar quitarla se deshizo al instante. La tela doblada quedó suelta y con extrema suavidad, las manos de Javier la fueron desplegando. Otra vez la tensión se apoderó del grupo. Emilio no dejaba de comerse las uñas por la impaciencia. Los muchachos se miraban entre sí con gestos de curiosidad. El profesor y Juan permanecían en apariencia tranquilos viendo los movimientos de Javier.

El último trozo de tela plegado dejó a la vista el contenido. Lo que apareció ante sus ojos eran dos piezas metálicas bastante bien conservadas para la antigüedad que se suponen tenían. Poco tardó D. Antonio en adivinar que esos objetos tenían pinta de ser

366

una especie de llave desmontada. Sin que nadie le dijera nada, fue el primero en tomarla en sus manos. Una de las piezas se asemejaba a esas antiguas llaves con largo brazo que en una de sus partes tenía soldado un ojal achatado y en la otra una especie de figura rectangular más ancha en sus puntas y estrecha en el centro, pero sin ningún tipo de tallado. La otra era solitaria y se parecía a la punta de la primera, pero con un ojal en el centro.

La revisión de aquellos objetos tenía poca investigación. Él mismo sabía que aquellas dos piezas casarían de alguna forma, pero no veía cómo hacerlo. Juan y Emilio también quisieron interesarse por ellas y tendieron sus manos para que el maestro les dejase verlas, algo que hizo de inmediato. El movimiento de un lado a otro de los metales era constante. Encajar ambas era el fin. Javier también quiso intervenir para ayudar, aunque no consiguió enlazarlas.

Los muchachos observaban el correteo de los adultos algo ajenos a la acción. Luis sacó su cuaderno y ante el aburrimiento, comenzó a dibujar ambas piezas. Cacín y Dami se limitaron a ver como hacía sus trazos sin darle tampoco mucha importancia. Fue D. Antonio el que puso más atención a lo que hacía. La perspectiva con la que el muchacho reflejó las dos piezas en el papel dio la solución al rompecabezas. Eso fue aprovechado por el profesor, que, imitando a Arquímedes, soltó un:

—¡Eureka! Lo tengo.

—¿Qué tienes Antonio? —preguntó Javier.

—Pues, creo que, gracias a Luis, puedo ensamblarlas.

El muchacho que escuchó lo que dijo su profesor, levantó la cabeza. Se dirigió al grupo encogiéndose de hombros y continuó a lo suyo. A continuación, viendo las caras de sus amigos, el profesor le pidió a Luis que le dejara lo último que había dibujado.

En el papel había reflejado con una perspectiva inclinada, primero la larga pieza metálica y justo a continuación la otra más pequeña. La explicación sobre el dibujo no quedaba suficientemente clara. Cogió ambos metales. Con mucha maña, introdujo de forma perpendicular el ojal de la pieza pequeña por el ojal de la pieza larga. La desplazó hasta casi el final, donde tuvo que hacer algo más de fuerza para ajustarla. En ese momento el choque de los dos metales dejó al grupo sorprendido. La alianza se había completado. La imagen resultante explicó quienes habían sido los artífices de su realización.

Sujetando la llave en posición horizontal fue rotándola para que todos pudieran ver lo innegable. La conjunción de ambas piezas había dado origen a una cruz perfectamente labrada, pero con una curiosidad, el aspa superior era más alargado, similar a las cruces teutónicas. La certeza de que aquello abría algo era evidente. Ahora hacía falta saber en qué lugar estaría la posible cerradura.

Todo se había vuelto de nuevo intrigante. Fue a más cuando Dami, jugueteando con la tela que protegía la llave, descubrió, en una especie de bolsillo, un pequeño papel grueso. Juan, que se percató de lo que el muchacho estaba sacando, le pidió que lo dejara para que fuera él mismo quien lo inspeccionara. Dami con gran educación le pasó la tela y Juan solo tuvo que sacarlo. La atención sobre ese pequeño pergamino era máxima, sobre todo teniendo cerca los líquidos que el camarero les había traído. Sin mucho reparo le dio la vuelta. En esa otra cara del papel aparecían algunas frases escritas en un latín tan antiguo que tuvo que ser D. Antonio el que se posicionara de nuevo como traductor. El profesor lo tomó con las yemas de sus dedos para no mancharlo y después de leerlo en su mente se dispuso a traducirlo en voz alta.

—En fin, aquí tenemos algo que nos debería ayudar si sabemos lo que quiere decirnos —empezó hablando el profesor para a continuación descifrar el manuscrito—, lo que nos dice aquí es lo siguiente:

Dios solo sabe que esta llave abre, junto a la Santa Cruz, la puerta donde yace lo amado

Otra vez se quedaron callados ante el nuevo posible acertijo. Las palabras del mensaje volvían a sumir a todos en el pesimismo. Quiso Javier que aquel mismo día no acabara derrotado. Con un leve palmetazo en la mesa dejó claro que aquello no era ni mucho menos el final.

—Hemos llegado hasta aquí descifrando mensajes mucho más enrevesados. Nos hemos arrastrado por túneles. Hemos entrado en lugares inimaginables para nosotros. Así que, ahora mismo, todo el mundo que se ponga a pensar. Que cualquier cosa, por tonta que le parezca, lo diga sin miedo.

Esas palabras de aliento levantaron un poco el ánimo y fue un apagado Emilio el que tomó la iniciativa.

—Vamos a ver esto con detenimiento. El que escribió esto nos quiere transmitir donde hay que introducir la llave. Por lo tanto, analicemos palabra por palabra. Donde nos dice «Dios solo sabe» ¿qué es lo que nos quiere decir de Dios? —acabó preguntando Emilio.

—Pues no sé. Lo que es lógico es que Dios lo sabe todo y más por aquellos años —respondió algo desanimado Juan.

—Eso es Juan, no es que Dios solo sabe, sino que Dios lo sabe todo. Y si lo sabe todo es porque el lugar siempre está vigilado por él, ¿qué lugar siempre está vigilado por Dios? —dejó Javier la pregunta en el aire aun sabiendo la respuesta.

—Creo que te sigo Javier. Lo que nos quieres decir es que solo hay un lugar donde siempre está él. Si no me equivoco, hablamos de nuestras iglesias o catedrales —comentó con alegría el viejo profesor.

—Cierto Antonio, pero además hay otros sitios donde también permanece vigilante. Un lugar consagrado sin ser iglesia. Un lugar tan santo que tendría la misma consideración. Un lugar como la propia Capilla Real —terminó aclarando Javier.

El «¡sí!», algo fuera de tono por parte de Juan, dejó claro que la primera parte de aquel acertijo podría estar resuelto. Quedaba descifrar el resto y para ello fue D. Antonio el que comenzó la exposición.

—Suponiendo que la llave abre una puerta que está en la Capilla Real. Entendemos más o menos que esa puerta nos lleva a donde yace lo amado, es decir, donde está enterrado alguien amado por Isabel y no sigo que ya sabéis de quién hablo. Tenemos que descifrar que quiere decir cuando nos habla que está junto a la Santa Cruz. Yo el otro día no vi ninguna cruz cerca de ninguna puerta. Más bien estaban todas, como es normal en lo alto del retablo.

—No sé Antonio, la verdad es que tú estuviste allí dentro. Yo solo puedo hablar lo que recuerdo de alguna visita y poco más —le comentó Javier a la vez que le daba unas leves palmaditas de apoyo en el hombro.

Cacín, al igual que Luis y Dami, permanecía algo absortos de las conversaciones adultas. Su cansancio estaba llegando al límite. El día había sido agotador.

Sumido en sus pensamientos, Cacín cogió la llave. La apoyó sobre el cuaderno de Luis. Realizó con el lápiz el relieve de esta sobre el papel una y otra vez, hasta que la punta de carboncillo se rompió. Desganado la levantó para depositarla encima de la tela. En ese momento, Dami, viendo el dibujo que se había grabado en el cuaderno, soltó, como el que no quiere la cosa, la pista definitiva.

—Leches, se ha quedado dibujado lo mismo que el agujero que hay en la Capilla Real.

La afirmación de Dami fue como un terremoto para el grupo. Lo que acababa de decir podía engancharles de nuevo a la aventura. Fue D. Antonio el primero en interrogarle.

—Vamos a ver Damián, céntrate que esto es serio. ¿Dices que tú has visto eso en forma de agujero en algún lugar de la Capilla Real?

—Sí profesor. Cuando Pablo colocaba los bancos, yo solía sentarme en un poyete de piedra que hay dentro de un hueco junto a la Capilla de la Santa Cruz. Allí solía distraerme metiendo el dedo en un agujero que tenía esa misma forma —comentó Dami algo compungido.

La euforia contenida llenó los rostros de Javier, D. Antonio, Juan y Emilio, que vieron la nueva revelación un paso adelante en la nueva ruta a seguir.

Por su parte, los muchachos entendieron que algo bueno habían hecho. Está ahí, todo parecía perfecto, pero quiso el profesor poner un poco de cordura.

—Señores. Ahora tenemos otra empresa. Tenemos que entrar en la Capilla otra vez y me temo que Damián va a tener que volver a hablar con su vecino. No sé qué le vamos a decir para que no sospeche, pero ya se me ocurrirá algo —Puso el punto final D. Antonio a la reunión que ya empezaba a extenderse demasiado tiempo. Solo quiso dejar claro que esta nueva operativa la llevaría a cabo él mismo con los muchachos para pasar lo más desapercibidos posible.

Fuera del local, la despedida fue bastante sobria pero cordial. Quedaron emplazados a informar de todos los pasos a través de la comunicación unilateral con Emilio.

Cacín, Luis y Dami se marcharon camino de sus casas entre las callejuelas que descendían del barrio. El cansancio daba poca conversación, pero fue Dami el que, con algo de pesadez, narraba una y otra vez lo comentado por su profesor.

—No sé yo como le voy a decir a Pablo que queremos ir otro día. La verdad, eso me preocupa, porque si se entera de algo mi madre me mata directamente.

—Tú *tranqui* Dami. Vamos a esperar a ver lo que nos dicen. Después lo valoramos —Quiso zanjar la conversación Cacín con el apoyo de Luis.

Cacín abrió la puerta de su casa con más sigilo de lo normal, pero eso no fue suficiente para que sus padres no se dieran cuenta. Avanzó casi de puntillas por el pasillo y antes de llegar a su habitación la ruda voz de su padre no tardó en preguntarle:

—Buenas Jesús, ¿sabes qué hora es?

—Sí, papá, casi las doce.

—Y… ¿Por qué vienes tan tarde un día de diario?

—Es que hemos estado con el profe realizando el trabajo de historia.

—Y ese profesor tuyo, ¿no tiene tiempo de hacerlo en horas más tempranas?

—Sí, pero hoy teníamos que acabar un tema y no nos hemos dado cuenta de la hora.

—Ya me imagino, siempre tienes una excusa.

Para apaciguar la conversación, su madre intervino para ofrecerle algo de cenar.

—Jesús, tienes tortilla en la nevera.

—Gracias mamá, pero no tengo hambre. Estoy cansado y prefiero tumbarme en la cama.

—Vale como quieras, pero luego no te levantes a medianoche para atracarte de dulces. ¡Qué te conozco!

Las últimas palabras de Ana ya no originaron respuesta por parte del muchacho. Cerró la puerta de su habitación para no escuchar la televisión. Se puso el pijama antes de tumbarse en la cama. Ya acostado, los pensamientos giraban en torno a los descubrimientos de aquel fatigoso día. Tal fue así que sus ojos se fueron cerrando hasta que se quedó dormido sin ni siquiera haberse arropado con las sábanas.

CAPITULO XVI
LA HISTORIA ESCONDIDA

Los alrededores del instituto estaban igual de bulliciosos que todos los días. Los corrillos de amigos eran verdaderas tertulias, algunas sin mucho sentido. En el patio, los más futboleros, ya tocaban balón, pero sin iniciar ningún partido. Los profesores se abrían paso entre la chavalería con saludos y algún que otro chascarrillo. Esa mañana la figura del maestro, con más antigüedad del centro, no había sido vista por allí. El hecho de que D. Antonio no fuera tuvo su explicación cuando sus alumnos entraron en la clase, hacía rato que se encontraba en el aula. Por norma prefería llegar cuando todos sus alumnos estuviesen ya sentados. Sin saludar a los que iban entrando, se puso a escribir en la pizarra con gran velocidad. Con la clase ya completa y en silencio, el maestro dejó de escribir para sentarse en su mesa. La espera empezaba a provocar desconcierto. La actitud de su profesor no era lo normal, pero estaba claro que era él quien dirigía aquello.

Viendo que todos sus alumnos estaban sentados, volvió a levantarse para empezar a dirigir la primera hora de historia. Sus primeras palabras fueron para leer lo que escribió en la pizarra. Allí había dejado impresa la frase. «*¿Qué sabes de la Capilla Real de Granada?*». Esa frase, en forma de pregunta, fue argumentada por él como el último de los trabajos del curso que sumaría nota, junto con el examen de evaluación. Ninguno de sus alumnos puso reparo a este nuevo ejercicio. Lo veían como algo normal de su profesor de historia. Tres de ellos sabían que aquello tenía una segunda lectura. De alguna forma, pronto sabrían por qué su maestro había involucrado a toda la clase en el monumento que tenían que volver a revisar. La hora no dio mucho de sí. Cacín quiso intentar preguntarle por la nueva actuación, pero D. Antonio lo ignoró para no despertar ninguna sospecha dentro del propio colegio.

El docente abandonó poco después su lugar de trabajo y caminó solo en dirección a su propio barrio. Mientras andaba, su mente se debatía en un mar de dudas y preguntas que le mantenían distraído. La ruta junto al curso del río Darro era siempre placentera y vistosa. El ir y venir de turistas a esas horas de la mañana era algo normal. La cabeza del profesor miraba a un lado y otro de la colina donde los reyes moros habían levantado barrios y edificios milenarios. Aún se respiraba un ambiente medieval. Sus pasos se hicieron algo más lentos cuanto más cerca estaba de la única iglesia levantada junto al río. Una iglesia en la que últimamente había estado más tiempo de la cuenta. Una iglesia que le tendría que proporcionar el pasaporte de acceso a la siguiente parte de sus aventuras.

Con decisión accedió al atrio del templo. Las puertas permanecían abiertas. Algunas personas entre fieles y curiosos entraban y salían de la misma. El interior permanecía en penumbra, aunque eso no impedía contemplar las imágenes escultóricas y el impresionante retablo del Siglo XVI. Los más religiosos se postraban frente al altar entre rezos y muestras de sumisión al altísimo, otros se dedicaban a fotografiarse con las imágenes. El pasillo central era la vía principal de circulación, pero D. Antonio quería llegar más allá. Sin pararse se adentró en la sacristía en busca de su amigo Pepe. El pequeño despacho del capellán se encontraba repleto de carpetas con los documentos pendientes de llevarse al archivo eclesiástico. Traspasó el dintel que daba acceso a los aposentos más privados de su amigo. En el centro una vieja silla mecedora precedía la clásica mesa camilla con algunos libros sobre el cristal de esta. D. Antonio permaneció varios minutos de pie en el centro de la sala, sabiendo que pronto vería a la persona a la que había venido a buscar.

—Buenas tardes, Antonio ¿A qué debo esta visita?

—Buenas Pepe. Perdona que haya invadido tu casa, pero era necesario para que me atendieras en privado.

La cara de Pepe entendió que aquello era demasiado importante para el profesor como para pedirle su ayuda. Con un gesto de amabilidad le invitó a que cogiera una silla y se sentara junto a la mesa.

—Bueno Antonio, pues tú dirás ¿en qué puedo ayudarte?

Un par de respiraciones profundas fueron el preludio para que empezara a hablar.

—Pepe, tú y yo sabemos de qué lado estamos. Aunque nuestro fin es el mismo, tengo tantas ganas de llegar al final de esto como tú. Acabar descubriendo lo que vosotros lleváis tantos años ocultando es importante para mí. Sabes bien que no dejaré que eso destruya tantos años de historia, así que estate tranquilo por esa parte.

Pepe permaneció unos segundos pensativo antes de contestarle.

—Sé de alguno de vuestros movimientos. Si hay algo de lo que estoy tranquilo es que tú capitanees a ese grupo con el que te has aliado. Como ya sabes, la Orden solo quiere que se cumplan los deseos que nuestra Reina dejó escrito. Tengo que reconocer —continuó el párroco— que vosotros habéis llegado mucho más lejos de lo que pensaba. Hemos visto cosas de lo que ni siquiera nosotros teníamos constancia. Por eso queremos que continuéis, siempre y cuando no os saltéis las normas.

Esas afirmaciones del cura dejaron claro que los movimientos del grupo estaban siendo seguidos desde muy cerca. Eso no le preocupaba, porque el plan todavía no se había acabado. Antes de pedirle el favor, quiso realizarle la pregunta que llevaba varias semanas merodeando su mente.

—Pepe, entiendo que sois varios los que permanecéis en la Orden. También creo que no todos sabéis lo mismo. Algunos de vosotros tenéis más responsabilidad que otros, así que tengo que preguntártelo. Si tú quieres me contestas. ¿Eres tú el máximo responsable actualmente de la Orden?

El párroco miró a su amigo y con una sonrisa bastante sincera apoyó su mano sobre su antebrazo a la vez que le susurraba en la oreja.

—Antonio, solo te puedo decir que has estado más en contacto con él que yo mismo. Por supuesto, no es tu mujer. Antes de que digas nada dime que es lo que has venido a pedirme.

La confesión de Pepe le dejó un poco desconcertado. No era el momento de despejar acertijos. De todas formas, pasó a decirle a que había ido.

—Pepe ya tendré tiempo de pensar en lo que me has dicho. Lo que necesito de ti es que hables con el Capellán responsable de la Capilla Real. Necesito que nos permita a mí y a mis alumnos hacer una visita al lugar por la mañana antes de su apertura al público.

El pedido del profesor originaba un montón de preguntas de las que Pepe no quiso saber nada. Tenía claro que aquello era una artimaña para continuar averiguando algo. Quizás era mejor allanarle el camino aceptando sus pretensiones

—No sé a dónde llevará esto. Quiero que sepas, como te he dicho antes, que sigo confiando en ti. Hablaré para que podáis estar solos en la Capilla.

—Te lo agradezco Pepe, no os defraudaremos. Si alguien va a responsabilizarse de esto, ese seré yo.

Sin nada más que decir, el profesor se levantó de la mesa y abandonó el hogar del cura, sin ni siquiera despedirse. Solo una mirada fue suficiente para que los dos comprendieran que su amistad seguía siendo lo más importante.

La conversación entre D. Antonio y su amigo Pepe, le había dejado algo más tranquilo. Volver a entrar a la Capilla era primordial para seguir con las investigaciones. Todas las actuaciones tendrían que ser de la forma más natural para que no se levantara ninguna sospecha. Cada día sentía como la propia Orden estaba más al corriente de sus movimientos.

Después de salir de la iglesia, prefirió caminar por el centro de su ciudad junto a los parques del río Genil. Absorto en el paisaje, recibió una llamada algo esperada. Su amigo Pepe le confirmaba el acceso exclusivo al monumento junto con sus alumnos para la próxima semana. La noticia fue comunicada al resto del grupo. Dejó claro que solo él y los chicos serían los únicos que podrían acudir a la cita.

Una vez más, el profesor quiso que esa semana nadie continuara con el proyecto hasta que se produjese la visita. Necesitaba estar algunos días dejando de lado toda la aventura, porque de alguna forma mantenía su mente muy ocupada. Habló en privado con Cacín para que él, Luis y Dami se reunieran un día antes y así discutir el plan de acción.

Poco más dio el día de sí. Javier, Juan y Emilio hicieron caso al profesor y se dedicaron más a sus quehaceres laborales. La confianza en el profesor era total. Tenían claro que su apoyo era mejor desde la barrera. Cualquier paso en falso podía dar al traste con tanto trabajo.

La mañana anterior a la visita colegial había salido algo lluviosa. Eso provocaba mayor número de alumnos en el interior del instituto. Las clases discurrían, como cualquier otro día educativo, sin ningún sobresalto. D. Antonio tenía varias horas lectivas que le impedían tener tiempo libre. Juntarse con sus tres alumnos se tendría que posponer de nuevo a una tarde en la biblioteca.

La reunión en la biblioteca solo fue para repasar los símbolos descubiertos en la bajada al pozo. Estaba claro que Dami tenía que indicar el lugar exacto donde descansaba junto a la Capilla de la Santa Cruz. La visita siempre estaría dirigida por el profesor.

Dejó claro que todo podría o no acabar allí aquel día. Los muchachos se confabularon para no meter la pata e intentar ayudar en todo lo posible al maestro. Poco más tuvo que añadir D. Antonio. Sabía de sobra de las capacidades de los tres y prefirió dejar que todo fluyera casi de forma improvisada. Con un firme, «hasta mañana», los cuatro abandonaron el instituto. El profesor quiso informar por teléfono a Javier cómo se iba a desarrollar todo. Cualquier noticia les sería comunicada de inmediato. El guía les deseo suerte antes de colgar la llamada.

Por el otro lado del grupo, tanto Emilio como Juan también habían sido informados por el propio Javier. Entre ellos había algo más de impaciencia, quizás también por ser herederos de la estirpe de los Zafra. La emoción que les provocaba la época de los Reyes Católicos era una de sus mayores pasiones. Sentían que toda la aventura les estaba valiendo para enorgullecerse de su origen medieval. Los dos se habían incorporado un poco más tarde al grupo, pero tenían claro que ahora era el momento de apoyarse. Intentar llegar a descubrir la verdad, esa verdad que de alguna forma encriptada quiso la mismísima Reina dejar escrito.

Cacín, Dami y Luis estaban cerca de un nuevo día de instituto. La diferencia era que ellos sabían a la perfección lo que iban a ocurrir. Aquel día entrar por la puerta de la cerca del colegio era más que un ejercicio de educación. Era otra etapa importante de su aventura. Tenían claro que ellos habían sido protagonistas de casi todo lo acontecido, por lo que, no podrían fallar en estos momentos.

D. Antonio recurrió como siempre a Jesús para reorganizar la clase. El *chavea* tenía un don especial para que sus compañeros le hicieran caso sin casi protestarle. Una vez todos juntos y ordenados, fue el profesor quien quiso volver a dar las instrucciones oportunas y rutinarias, referente a las excursiones programadas, más cuando los desplazamientos eran a pie por la ciudad. La disertación fue escuchada por los muchachos. Poco más quedaba por hacer. Sin mucho más que decir, se pusieron en marcha hacia su destino a la Capilla Real.

El paseo no tuvo ningún sobresalto, más allá de algún que otro toque de atención por parte del docente a la hora de cruzar calles. La mañana en Granada comenzaba a ver el tráfico de personas en sus primeras horas laborales. La zona turística todavía estaba huérfana de viandantes. Eso facilitó la llegada de la clase por las estrechas callejuelas de la Alcaicería.

Una vez en el lugar fue el maestro quien tocó el timbre de la puerta de acceso del personal. Al cabo de un rato un guardia de seguridad la abrió con algo de misterio. Vio en primera persona al profesor y con un rácano buenos días, le hizo un gesto para que todos fueran pasando.

El acceso no era la entrada normal de los turistas, sino más bien la retaguardia de las taquillas. Nada más atravesar el hall se apareció ante ellos un pequeño cuarto donde estaban las pantallas de las cámaras de vigilancia. El profesor quiso detenerse para espiar un poco la situación de cada una, pero, aunque la definición de la imagen era perfecta, no tuvo tiempo de poder evaluarlas. Pasaron a la sala de las taquillas que permanccían vacías y silenciosas. Antes de salir, el guardia quiso decirle unas palabras que de alguna forma le extrañaron.

—Tiene el monumento para usted y sus alumnos, vacío durante aproximadamente hora y media. Yo estaré haciendo cosas por aquí detrás y no les molestaré. Me fio de que sabrá guardar la compostura con sus chicos.

El profesor le agradeció su confianza con un breve cabeceo y antes de abandonar el lugar tuvo que escuchar la última frase del guardia

—Ah, y por las cámaras no se preocupe. Hoy están averiadas y no graban —Esa última comunicación fue acompañada de un breve guiño que le dejó pensativo.

Sin perder ni un segundo, llevó a sus alumnos hasta el centro de la Capilla. Con habilidad hizo varios grupos a los que encargó diferentes misiones de cara a realizar un trabajo escolar. Obviamente y con premeditación, Cacín, Luis y Dami quedaron englobados en un grupo junto a su profesor. Un par de palmadas fueron suficientes para que todos se desplegaran por todos los rincones del monumento.

Solos y viendo que los demás se habían enfrascado en los trabajos encargados. D. Antonio se dirigió a Dami.

—Damián ahora te toca a ti. Llévanos a ese lugar donde estaba el agujero que nos comentaste.

—Claro D. Antonio, venga conmigo.

Los tres siguieron al muchacho en dirección a la Capilla de la Santa Cruz. Allí, junto a la parte derecha de las rejas, había un hueco en forma de hornacina con un pequeño poyete que hacía de asiento. Dami se aproximó seguido por su profesor y sin dar muchas explicaciones se sentó en el poyete. Extendió su brazo derecho para tocar la parte trasera de una columna adosada al muro. El agujero escondido en forma de llave que descubrió en esas tardes con su vecino permanecía en el mismo sitio.

—Mire D. Antonio, aquí está el agujero.

El profesor, que no alcanzaba a verlo, prefirió que fuera su alumno quien cogiera su mano y la guiara hasta el mismo hueco. Los dedos palparon el orificio y sin casi verlo, pudo dibujar en su mente la forma con la que se había realizado. Le pidió a Cacín que le diera aquella llave encontrada en el pozo. Este la sacó de inmediato y se la pasó con algo de disimulo. D. Antonio la observó durante unos segundos y con total confianza se la dio a Dami para que hiciera los honores. El muchacho, que se sintió halagado, la cogió con su mano algo temblorosa. Sin moverla de la posición en la que su profesor se la había entregado, la introdujo en el orificio de la piedra. El muchacho miró a su profesor para recibir el beneplácito de continuar. Este le acarició la cabeza y sin decir una palabra le instó a que girara la llave. El giro no ofreció apenas oposición. Vino acompañado de un chasquido que se escuchó dentro del muro de la pequeña capilla. Luis y Cacín, que fueron los más cercanos, se apresuraron a pegar sus caras en la reja que la protegía. Desde ese lugar no llegaban a vislumbrar más que el frontal donde se elevaba un magnífico retablo. En seguida fue su profesor el primero en preguntarles.

—Chicos, ¿habéis visto algo desde ahí?

—No D. Antonio. Hemos escuchado un ruido, pero no podemos ver nada. Creo que ha podido venir de esa parte más interior, detrás del hueco donde estabais —comentó Cacín.

El profesor, algo desconcertado, se alejó unos metros con la mano en la barbilla. Empezó a pensar cuál sería la acción correcta para atravesar esas rejas. Pocos pasos dio cuando un astuto Dami había abierto la pequeña puerta. La alegría de D. Antonio al ver aquello casi le llevó a abrazar a su alumno, pero lo dejó para otra ocasión.

—Damián, ¿cómo has abierto la puerta?

—Pues con la llave que me dio para meterla en el muro. Como ve aquí, la cerradura de la reja tiene el mismo dibujo.

Sus amigos y el profesor con valentía dieron los pasos necesarios para atravesarla antes de que nadie se diera cuenta. Ya en el interior, los cuatro se dirigieron hacia la parte trasera de la hornacina. Allí un pequeño retablo rectangular posado sobre el suelo presidía el lugar. Una primera inspección no dejaba claro de dónde había procedido el chasquido producido al girar la llave. Luis puso a trabajar su lapicero y empezó a recrear en su portafolio aquel retablo. Este contenía un magnífico cuadro con la cruz cristiana solitaria sobre el monte del Calvario. El profesor, aunque sorprendido de que en ese momento su alumno se pusiese a dibujar, dejó que continuara. Cacín por su parte, puso el énfasis en el propio retablo. El muchacho revisó toda la pieza artística sin tocarla. El marco de alrededor parecía uniforme y fijo. Una ojeada al suelo despertó su curiosidad. Se agachó para tocar con sus dedos algo de polvo que había sobre la loseta. Con la mirada pensativa se levantó para indicarle a su profesor lo que había encontrado. Este no dudó en palpar todo el exterior del marco de madera. Con algo de fe y a media altura, lo agarró con fuerza para tirar de él. Un crujido resonó en la capilla. La intuición de D. Antonio se hizo realidad y todo el retablo giró como si de una puerta se tratara. Fue tan espontáneo que a todos casi se le saltaron las lágrimas. Una primera evaluación, dejaba claro que aquel retablo llevaba siglos haciendo de puerta camuflada. Cacín con la ayuda de la luz de su teléfono móvil le comunicó lo que algunos ya pensaban.

—Profesor, se ven como unas escaleras que bajan, pero está todo muy oscuro.

—Vale Jesús, no te preocupes, vamos a salir de aquí un momento para ver que hacemos.

Los muchachos y el maestro abandonaron la capilla hacia los bancos centrales del monumento. Sentados unos junto a otros fueron pensando el siguiente movimiento.

—Vamos a ver chicos. Tengamos la mente fría porque no nos queda mucho tiempo. De alguna forma tenemos que bajar esas escaleras. Yo no puedo hacerlo y dejar a vuestros compañeros solos. Si alguien de seguridad aparece podemos tener problemas. Necesito que dos de vosotros seáis quienes lo hagáis y creo que lo mejor es que seáis Jesús y Luis.

La cara de Dami al ver que no era uno de los elegidos fue en seguida argumentada por el maestro.

—Damián, necesito que estés aquí arriba conmigo. Tú eres quien mejor conoce el templo y eres fundamental para guiarles cuando estén ahí abajo.

La astuta argumentación de D. Antonio hizo que Dami se sintiera la persona más importante del momento y permitió continuar al profesor con su plan.

—Vale, no sé qué os vais a encontrar ahí abajo. Lo primero es la seguridad. Si algo no os cuadra se aborta la misión y salís de ahí, ¿de acuerdo?

—Sí, D. Antonio —contestaron los dos muchachos casi a la vez.

—Eso me deja más tranquilo. Tenemos que estar conectados con los móviles para que nos hagáis llegar fotos e impresiones. No voy a permitir que estéis ahí sin contarnos lo que pasa, porque aun a riesgo de que nos descubran, seré yo mismo el que baje a sacaros.

Viendo entonces que todo estaba más o menos claro, el profesor se levantó. Les ordenó que avanzaran hacia la capilla para bajar por las escaleras. Cerca de la apertura dejada por el retablo, ambos muchachos encendieron las luces de sus móviles. Casi sin pedir permiso, desaparecieron escaleras abajo ante la mirada preocupada de Dami y su profesor.

—Damián, entorna la puerta del retablo y vámonos para fuera —le indicó su maestro algo desairado.

Los dos muchachos bajaban los peldaños con precaución, pero con agilidad. Aquellas escaleras descendían con una curva poco pronunciada hacia la derecha. Sus escalones estaban labrados en piedra, pero sin pulir, lo que permitía que el calzado no resbalase. Cacín iba el primero alumbrándose hacia sus propios pies. Luis movía su luz un poco hacia el frente. La anchura era más o menos de un metro y no se sentía la claustrofobia típica de otras construidas en algunos castillos. Viendo el final del tramo, los dos muchachos se pararon unos segundos para respirar y mirarse ante lo se les venía. Luis quiso dar las primeras noticias a través del teléfono móvil, pero la voz de su amigo le paró.

—Luis, ¡ven rápido! Mira lo que hay aquí.

Su amigo respondió a la llamada de Cacín y en pocos escalones se unió a él.

—Ostras Cacín, hemos llegado al final, pero ¿esto cómo lo abrimos?

—Pues no lo sé —le respondió.

Ante ellos se presentaba una puerta enrejada sin mucha decoración y toscamente fabricada, al contrario de las que franquean los mausoleos reales de Isabel y Fernando. Tras ella la luz de los móviles no dejaban ver más que oscuridad y polvo. Lo único curioso era el pomo en forma de cruz patada vista por los muchachos en otros sitios. Era lo único labrado en fina forja.

Tras unos segundos de observación, Cacín le dijo a Luis que escribiera a Dami para que el profesor les pudiera ayudar.

De inmediato le escribió. El mensaje fue contestado casi al segundo.

—¿Qué te ha contestado el profesor, Luis?

—Léelo tú mismo—le enseñó la pantalla del teléfono a Cacín donde pudo leer con claridad las instrucciones que su maestro le había dado.

«Muchachos, esa reja tenemos que abrirla. Por lo que veo en la foto no se aprecia ninguna cerradura y tengo la sensación de que el pomo en forma de cruz simplemente hay que girarlo para que se abra».

La lectura del mensaje fue como una orden que hizo reaccionar a Cacín. La mano del muchacho agarró con fuerza el pomo de la cruz y con un giro hacia la izquierda empezó a moverse sin dureza. Eso produjo una sonrisa en los muchachos, ya que sintieron que podían continuar. Al final, el giro del pomo hizo tope y sin pensárselo mucho, Luis empujó la puerta que comenzó a abrirse. Antes de dar los primeros pasos hicieron una primera inspección. Lo primero que les sorprendió fue el cambio en la solería respecto a la tosca escalera. Las primeras losetas, aunque algo polvorientas, dejaban ver la finura de sus dibujos geométricos combinados con un colorido inusual para el lugar. Tenían claro que la similitud con los vistos en las excursiones a la Alhambra era evidente. También quisieron que fuera su profesor a través de la fotografía enviada al teléfono de Dami, quien corroborara sus sospechas.

D. Antonio revisó la foto y al instante supo que aquellos azulejos eran de clara influencia musulmana. Su cara no se sorprendió mucho de verlos en aquel lugar. Sus sospechas eran claras y ese suelo le daba más la razón. Sin mucho más que evaluar, le indicó a Dami que les dijera que continuaran con precaución.

El mensaje fue recibido por los chicos, que algo cautos, comenzaron a avanzar por el gran sótano que se abría ante sus ojos. Las luces de sus teléfonos estaban más pendientes del suelo que del frente. Este mantenía la misma rica solería desde el principio. Las pisadas de los muchachos dejaban una especie de camino desde la escalera. La incertidumbre se adueñaba más de Luis que de su amigo. Cacín le pidió que dibujara aquellas magníficas losetas en su cuaderno. Eso tranquilizó al hábil dibujante que aceptó la invitación. Los segundos que Luis utilizó para dibujar, también le sirvieron a Cacín para respirar y disimular su nerviosismo interior. Apenas el ruido de las suelas de sus zapatos al andar era lo único que se escuchaba.

Mientras tanto, en la parte superior, su profesor y Dami, paseaban de un lado para otro por la nave de la Capilla. La pantalla del teléfono móvil era revisada una y otra vez por el muchacho, con la esperanza de recibir noticias. Su profesor sabía que la paciencia tenía que estar por encima de cualquier nerviosismo y así lo demostraba sin decir palabra alguna. Dami permanecía como escudero a Don Quijote para no meter la pata con cualquier actitud que pudiera molestar a su maestro.

Algo más lejos del lugar, en casa de Emilio, estaban Juan y Javier esperando el paso del tiempo para recibir noticias esperanzadoras. Emilio, de forma continuada, encendía la pantalla de su teléfono con la intención de llamar al profesor, algo de lo que desistía ante la mirada eximente de su amigo Juan. Sobre la mesa había varios libros y documentos de la época en que los Reyes Católicos. Algunos de ellos eran viejos mapas algo desgastados por el tiempo. Javier realizaba sobre ellos, con el máximo cuidado, algunos apuntes necesarios para entenderlos. Sin apenas percatarse, las notificaciones emergentes del teléfono del expolicía se habían iluminado. Juan, viendo aquello, quiso ser él quien las viera, pero con gran educación le instó a Javier para que revisara sus mensajes. En un primer vistazo reconoció el envío de alguna foto. Abriendo el archivo, que Dami le había enviado, apareció la imagen de la solería sobre la que Cacín y Luis llevaban algunos minutos andando. Esto le pareció a Javier algo extraordinario que no tardó en compartir con sus amigos. La imagen venía con un texto donde D. Antonio explicaba con exactitud su procedencia. Juan miró a Emilio con cara de satisfacción. Encontrar ese tipo de solería era un avance importante. Con la felicidad contenida siguieron esperando los hechos que fueran aconteciendo de la visita escolar a la Capilla.

Cacín y Luis continuaban su divagar por los sótanos del monumento con algo menos de nerviosismo y con la mirada casi siempre hacia el suelo. El rastrear de sus pasos había levantado una pequeña niebla de polvo que, aunque no les molestaba para su respirar, sí limitaba su visión. Los dos muchachos avanzaban hombro con hombro, sin mirarse ni dirigirse palabra alguna. Cada vez más las suelas de sus zapatos apenas se levantaban para andar. En una de las pocas veces que se miraron, los pies de Cacín se frenaron en seco. Tuvo que ser su amigo quien le agarrara del brazo viendo que su cuerpo hizo ademán de precipitarse. Los pies de Luis también sintieron el saliente que casi había hecho caer a su amigo. Sin mucho que pensar, sus luces apuntaron directamente sobre esa parte baja. Allí había una especie de rodapié colocado encima del propio suelo. Se extendía varios metros a izquierda y derecha. Los ojos de Luis vieron que este resalte tenía grabado palabras que se identificaban con la escritura típica árabe intercalada con un único escudo, también grabado. Sin pensárselo mucho se agachó para hacer fotografías, aunque el repique de los dedos de Cacín tocándole en su espalda le hizo levantar la cabeza. Viendo la cara de asombro de su amigo, siguió con sus ojos la dirección donde la luz de Cacín alumbraba. No pudo más que tragar saliva ante lo que tenían delante.

—Cacín ¿qué crees que es eso? —preguntó Luis

—Pues no lo tengo claro. Creo que hemos encontrado algo bastante importante.

Los dos permanecieron quietos varios segundos, observando algo que ni por asomo se les había pasado por la cabeza que estuviese allí. Sus nervios se tradujeron en una especie de sonrisa callada que les mantenía inmóviles. Cacín se erigió de líder y puso a trabajar a su amigo.

—Luis, saca varias fotos de todo esto. Tenemos poco tiempo y quiero que el profesor nos diga que hacemos antes de avanzar.

El muchacho obedeció y empezó por fotografiar el rodapié del suelo con las inscripciones en árabe. Después dirigió la cámara del móvil al frente y apretó varias veces el disparador. Las fotos almacenadas fueron enviadas de inmediato al teléfono de Dami para que D. Antonio las viera. Sin mucho más que hacer, ambos se quedaron sin moverse, esperando una respuesta.

Los pitidos de llegada de mensajes comenzaron a sonar en el teléfono de Dami. El profesor que andaba algunos metros lejos de su alumno pudo escucharlos y con premura se acercó al muchacho. Las fotos fueron llegando en tropel, primero, Dami abrió las que correspondían al rodapié. Aunque un poco difusas, dejaban ver y leer lo que en él se había grabado siglos atrás. El profesor cogió en su mano el teléfono con la foto en la pantalla. Puso la máxima atención y se recreó en ella a la vez que su mente no daba crédito a lo que estaba viendo. Aquel rodapié dejaba claro en sus inscripciones en árabe, lo que se había escrito siglos atrás. El profesor las pudo leer y traducirlas en su mente.

Solo hay un único dios   Solo hay un único amor

Cada una de las frases estaban separadas por una especie de símbolo en forma de escudo. El profesor quiso identificarlo como el de la dinastía nazarí, pero con alguna modificación que en ese momento no pudo aclarar. Por fin se concentró, por el bien de sus alumnos, en ver rápido todas las fotos. Las últimas mandadas no eran para nada nítidas entre la oscuridad y el polvo. Eso provocó en el profesor un momento de confusión que le obligó a llamar a Cacín para que le explicaran de su propia voz que es lo que estaban viendo allí abajo.

—Cacín, D. Antonio me está llamando —dijo Luis.

—Pues cógelo, será para algo importante cuando nos llama.

El muchacho atendió contrariado la llamada de su profesor.

—Hola D. Antonio —Fue lo primero que dijo al descolgar el teléfono.

—Hola Luis, ¿Cómo estáis ahí abajo? —Quiso su maestro hacerle ver que lo principal es que estuvieran bien.

—Algo raros por lo que estamos viendo, pero bien. Por cierto, ¿ha visto las fotos que le hemos enviado? —le preguntó Luis.

—Sí, por eso os llamaba. ¿Está Jesús cerca de ti?

—A mi lado profesor, espere que ponga el altavoz del *manos libres* y le escucha también.

Los dos muchachos acercaron aún más sus oídos al teléfono para escuchar lo que D. Antonio tenía que decirles.

—He visto las fotos que me habéis enviado. La del rodapié se ve bastante bien y creo que tenemos algo importante que luego estudiaremos. Pero las que habéis sacado frontales se ven muy oscuras y con una especie de niebla que creo será polvo.

—Sí, en cuanto nos movemos un poco se levanta bastante polvo. Aunque podemos respirar sin problema —aclaró Cacín.

—Perfecto Jesús, lo primero es que estéis bien. Lo que quiero deciros es que en alguna de las fotos se distingue algo al fondo que no llego apreciar. Por eso os he llamado para que no perdamos el tiempo con fotos y podáis decirme que veis con vuestros propios ojos.

Antes de responder avanzaron atravesando el rodapié para acercarse más a lo que aparecía al fondo. La neblina de polvo era todavía espesa y las luces de los móviles difuminaban mucho la visión. Con decisión fueron aproximándose para observar algo que estaba instalado en el centro de la sala. Ya a un par de metros, la visión de aquello era muy clara para los muchachos. Delante de ellos se levantaba una especie de construcción en forma de mastaba egipcia de mármol blanco de no más de metro y medio de altura. No tenía ningún tipo de adorno a su alrededor. Cacín se adelantó a Luis para ver la parte superior. Su asombro se transformó en alegría. No estaban ante cualquier tipo de construcción, sino ante algún tipo de mausoleo nulo de decoración. Sobre él habían grabado en su losa superior una especie de símbolo que el muchacho no podía ni por asomo descifrar.

Al otro lado del teléfono, D. Antonio permanecía preocupado por no escuchar a sus alumnos. Con algo de timidez preguntaba para qué le contaran lo que estaba pasando. Los muchachos siguieron a lo suyo e incluso se olvidaron de que su profesor estaba esperando noticias.

—Luis ven, acércate. Mira lo que hay aquí encima grabado.

El muchacho se aproximó e iluminó también la losa de mármol. A pesar del polvo, se podía distinguir con perfección el grabado. Sin perder tiempo encendió la cámara, momento en el que se acordó de que D. Antonio seguía al otro lado. Aun así, lo primero que hizo fue fotografiarlo y enviarle las fotos.

—D. Antonio, soy Luis, ¿sigue usted ahí?

—Claro Luis, llevo un rato esperando a que me dijeseis algo.

—Ah, vale, no me había dado cuenta. Perdone usted.

—No pasa nada, pero contadme ¿qué veis por ahí?

Otra vez el muchacho puso el teléfono en manos libres para que Cacín pudiese escuchar y hablar.

—Profesor, soy Jesús. Le hemos enviado unas fotos de lo que estamos viendo. Antes de que las vea le explico un poco todo esto.

El maestro hizo caso y ante los pitidos de llegadas de mensajes, prefirió escuchar a su alumno.

—Vale Jesús, cuéntame, ¿qué estáis viendo?

—Mire, una vez que hemos atravesado el rodapié hemos llegado hasta una pequeña construcción que parece una especie de mausoleo por el diseño que tiene. No hay decoración alguna y entre el polvo y la poca luz parece ser de mármol blanco. Lo más importante es que en la losa superior hay una especie de símbolo inscrito en la piedra que no he visto nunca y que tiene en las fotos para que lo vea.

—De acuerdo Jesús, voy a mirarlo. Estad tranquilo de momento. Tenemos tiempo todavía.

—*Ok*, no tarde en decirnos que hacemos —le dijo un impaciente Cacín.

Las últimas palabras de este ya no fueron escuchadas por D. Antonio. Con ansia había cogido el teléfono para que Dami localizara esas fotos en el mensaje. Las imágenes fueron pasando de una en una. El semblante de su cara dejaba claro que lo que estaba viendo eran las pruebas de que todas sus teorías ya eran una realidad. Aquello era, sin duda alguna, un enterramiento en forma de mausoleo para alguien muy importante de la época. El símbolo grabado en la lápida fue enseguida reconocido. Un símbolo que fue usado en los documentos más sagrados de su vida. D. Antonio no tenía duda. Aquel sello, en una especie de corona de hojas y con el mismísimo escudo de la dinastía Nazarí, que tanto se repetía en la Alhambra, era el mismo que utilizó Boabdil en su reinado. Si eso era así, lo más probable es que aquella tumba contuviera los restos de aquel que lloró desde el Suspiro del Moro cuando abandonó su querida Granada. El último Rey Moro de la Dinastía Nazarí.

D. Antonio quiso hacer partícipe a Emilio, Juan y Javier, por lo que dio orden a Dami para que les enviara todas las fotos que él mismo estaba viendo.

En ese instante, el teléfono sonó repetidamente en la casa de Emilio, que sin perder tiempo se dispuso a revisarlo. No daban crédito a las imágenes que iban llegando. Entre unas u otras, algún que otro mensaje dictado por el profesor dejaba claro que lo que estaban viendo tenía que ser consensuado entre todos. Javier se levantó de la silla y con las manos frotándose la cara quiso casi pellizcarse para comprobar que aquello era una realidad. Juan y Emilio se miraban sonrientes a la vez que sorprendidos. Al final dejaron sus conclusiones para cuando todos estuvieran juntos y esperaron que algo más pudiera salir de la Capilla Real.

De vuelta al sótano, Cacín y Luis permanecían algo nerviosos esperando instrucciones de su profesor. La neblina de polvo se había difuminado dejando ver con más claridad todo el mausoleo. Sin lugar a duda estaba construido en un claro mármol blanco. La unión de sus juntas apenas se notaba y el grabado del sello de Boabdil, cuyo fondo estaba lacado de un esmaltado en negro, era de una perfección difícil de imitar con los adelantos de la época actual. Los dos muchachos continuaron sacando algunas fotografías más. Con su luz enfocando la lápida, Cacín observó algo extraño en el suelo. Sin decir nada, se acercó a la parte delantera y se arrodilló. Luis, viendo la acción de su amigo desde la distancia, quiso preguntarle qué es lo que hacía.
—Cacín ¿qué has visto ahí?
Antes de hablar levantó la cabeza y con un gesto de su mano le dijo que se acercara. Los pocos pasos de su amigo se le hicieron eternos. La espiritualidad con la que Cacín se había arrodillado había intrigado a Luis, pero la curiosidad era mayor que su miedo.

—Dime Cacín ¿Qué tienes?

—Luis, aquí pegado a la tumba hay una gran rejilla.

El muchacho se acercó más a su amigo. Ante él apareció una gruesa rejilla realizada con brusquedad, muy contraria a la finura del monumento. Su forma era por completo rectangular. Los dedos de Cacín la fueron acariciando, limpiando el polvo y dejando al descubierto el forjado hierro con la que se hizo. El mismo tacto notó una especie de relieve en la parte central. La luz la iluminó de pleno y un gran grabado en forma de «M» forjada con la misma rudeza que el conjunto, sorprendió a los muchachos. En ese momento Luis aprovechó para volver a enviarle fotos a su profesor, aunque Cacín le quitó el teléfono para llamarlo directamente.

—D. Antonio, soy Jesús.

La inesperada llamada de su alumno puso algo nervioso al profesor.

—Dime. ¿Qué os pasa?

—Nada, no se preocupe. Prefiero explicarle lo que estamos viendo, aunque le vayan llegando las fotos.

—Me dejas más tranquilo, cuéntame entonces.

Cacín le explicó con gran claridad lo que acababan de descubrir.

—D. Antonio, esto tiene pinta de ser algún tipo de trampilla que puede llevarnos al interior de la tumba.

—Es posible Jesús. No tengo claro que sea seguro que sigáis ahí.

—Nosotros estamos bien profesor. Creo que deberíamos intentar levantarla para ver qué hay dentro.

El profesor se paró a pensar por unos segundos. Su parte educativa le animaba a continuar, pero su parte humana le indicaba lo contrario. Si él fuera el que estuviera abajo, tomaría la decisión más correcta, pero no quería jugar con la suerte de sus alumnos.

—Jesús, considero que debemos dejarlo. Sacadle todas las fotos que podáis y salid de ahí. Os espero en la Capilla.

Las palabras de abandono del profesor sonaron a una retirada deshonrosa. Cacín y Luis estaban llevando una aventura que empezaba a ser arriesgada, pero los muchachos no querían salir de allí vencidos, sino vencedores. Esos segundos ante el posible enterramiento del último Rey Moro fueron más que suficientes para que desobedecieran a su maestro.

—Cacín, sabes igual que yo que no tendremos más oportunidades como esta. Si nos retiramos es posible que lo lamentemos lo que nos queda de vida. Hemos aprendido muchas cosas en estos meses e incluso tengo la certeza de que nuestra madurez se ha adelantado. Ahí arriba están nuestros amigos y estoy seguro de que ellos no renunciarían. Por eso te pido que…—no había Luis acabado de dar su charla cuando Cacín levantó la trampilla ante la sorpresa de su amigo.

—Luis, no hables tanto y vamos para adentro. Esto no se ha acabado.

—Ese es mi amigo —dijo el muchacho con decisión.

El hueco dejaba ver unos pequeños escalones labrados en la roca. Eso indicaba que aquel acceso estaba excavado por debajo del suelo real de la Capilla. El primero en bajar fue Cacín con ayuda de la luz del móvil de Luis. En un par de metros llegó al suelo, instante en que le indicó a su amigo que bajara. Mientras le esperaba, echó una mirada hacia lo que parecía un túnel algo estrecho y de una altura aproximada de un metro. El olor a humedad se mezclaba con el aire, aunque permitía una correcta respiración. Sus ojos algo enrojecidos y llorosos por el polvo quisieron divisar un tímido rayo de luz en la lejanía. Aquello también fue corroborado por Luis, que no entendía como en aquella zona casi de ultratumba había una tímida iluminación. Cacín cogió el teléfono con la intención de hablar con D. Antonio, pero la tecnología le había abandonado en aquel lugar. Su zona de cobertura era nula y sus pensamientos volaron hacia lo que su profesor haría en ese momento. Luis, que lo había visto muy decidido, inició la marcha por el estrecho túnel. El sonido de los pasos casi arrastrados retumbaban algo más de lo que a los chicos les hubiera gustado. No había otra forma de avanzar.

El profesor empezaba a ver las fotos de la rejilla en la que aparecía la gran «M» forjada. Ese símbolo se le hizo también conocido al maestro. Se acercó a la entrada de la Capilla por donde sus alumnos habían bajado al subsuelo. Dami le dejó entrever que, conociendo a sus amigos, era probable que estos le hubieran desobedecido.

—D. Antonio, tengo las sospechas que no van a salir por aquí —Se decidió por fin Dami en decir lo que pensaba.

Su maestro le miró y agachado sobre su oreja le dijo en voz baja.

—Eso ya lo sé Damián. Necesito estar cerca de la entrada por si tengo que intervenir. Ya quisiera yo que tus dos amigos me hicieran caso —le dijo D. Antonio mientras continuaba revisando las fotos del teléfono.

En el subsuelo, los dos muchachos se acercaban a la zona donde aquella mínima luz entraba en el túnel. El avance era tembloroso para ambos, más cuando la cobertura del teléfono era nula. Su valentía necesitaba del apoyo de su maestro y no era posible en esos momentos. Luis no dejaba de mover el teléfono para intentar que volviera la comunicación al mismo.

D. Antonio y Dami se quedaron sentados en aquel cubículo donde el muchacho había pasado muchas tardes. El profesor continuaba dándole vueltas a todos los símbolos vistos por aquellos sótanos, pero no conseguía enlazarlos. Con el enfado de ver que no era capaz de sacar algo en claro, le cedió el teléfono a Dami para que lo guardara. Este lo cogió y antes de apagar la pantalla se fijó en la foto que iluminaba la misma. Sin reflexionar ni un segundo lanzó lo que el maestro llevaba minutos buscando:

—Anda D. Antonio, esa «M» la he visto yo en otro sitio —dijo con total naturalidad

Su maestro reaccionó de inmediato.

—¿Qué has dicho Damián?

—Qué yo ya he visto eso.

—¿Dónde Damián?, ¿dónde lo has visto? —preguntó apresurado D. Antonio.

—Pues, en el ataúd pequeño que hay en la cripta de los Reyes. Lo he limpiado un montón de veces de polvo y estoy seguro de que es la misma «M» que aparece en la foto.

—Pues claro, la «M» que está grabada en el ataúd del príncipe Miguel. De ahí es donde a mí también me sonaba —dijo el maestro a la vez que acariciaba la cabeza de Dami en señal de aprobación.

De inmediato se levantaron para acercarse más al mausoleo real. Antes de atravesar la majestuosa reja divisoria, D. Antonio se detuvo a reflexionar en voz baja con su pupilo para que ambos pudieran sacar alguna conclusión.

—Vamos a ver Damián, parece ser que tus amigos han encontrado la tumba de Boabdil, por las fotos que nos han enviado. Aquí, tú has dicho que lo forjado en la reja se parece a lo que hay en el ataúd del príncipe Miguel…—Antes de continuar un rayo de luz entró por una de las vidrieras iluminando directamente la cara esculpida de la Reina. Aquella luz quiso encender la mente del maestro. Sin decir nada cogió a Dami por el brazo y tiró de él hacia las escaleras que bajaban hasta la propia cripta de los reyes. Frente a la puerta D. Antonio agudizó la vista buscando algo en su interior, cosa que a Dami le instó curiosidad por preguntar.

—D. Antonio, ¿qué está mirando ahí dentro? Yo he estado ahí muchas veces y solo están los ataúdes en lo alto de los poyetes de piedra. Le aseguro que no hay nada más.

Con la mano en el hombro de su alumno volvió decirle en voz baja.

—Si estoy en lo cierto, es posible que en breve tengamos la respuesta a tu pregunta. Mientras tanto, vigila que nadie baje por aquí. Dami obedeció y casi adoptó una postura de vigilante de seguridad. Reprimió con sus manos cualquier intento de acercamiento por parte de sus otros compañeros de clase.

Todavía en el túnel, Cacín y Luis se acercaban a pocos metros de su final. El silencio seguía siendo compañero de ambos, algo que no les disgustaba mucho. La poca luz que seguía entrando era constante. Daba esperanza a Luis de que pudieran encontrar cobertura para poder contactar con su profesor. Tanto fue la insistencia del mover el teléfono móvil que este encontró la comunicación deseada. Enseguida tecleó el número de su profesor mientras le indicaba a Cacín que no se moviera.

D. Antonio seguía mirando hacia el interior de la cripta. Su teléfono comenzó a sonar, aunque con el volumen bajo que Dami había dejado. Los tonos de llamada eran eternos para Luis, que no entendía por qué no le cogía el teléfono. —¿Tú verás que no me coge el teléfono con la falta que nos hace? —le decía a su amigo algo desesperado.

Ya casi en los últimos tonos, la luminosidad de la llamada fue vista por Dami. De un salto descolgó el teléfono y se lo pasó a su maestro.

—Profesor, soy Luis, ¿me oye?

—Sí, Luis, te escucho un poco entrecortado, ¿dónde andáis que no se nada de vosotros?

Cacín que también estaba escuchando la conversación, quiso intervenir.

—D. Antonio, sé que nos dijo que saliéramos de ahí, pero no podíamos dejar atrás lo que estamos viendo.

—No sé por qué eso lo sabía —le contestó el maestro—. Estoy preocupado por saber cómo estáis.

—Estamos bien. Lo que quería decirle es que levantamos la rejilla. Se nos apareció un estrecho túnel, y los dos decidimos desobedecerle.

Una leve sonrisa muda salió de la boca del profesor. Él lo hubiera hecho igual en la misma situación.

—No te preocupes Jesús, lo entiendo. De todas formas, ya no tiene arreglo—volvió a responder el profesor con una voz más pausada y tranquilizadora, algo que le dio un poco de aire a los muchachos.

—De acuerdo. Gracias por entendernos. Perdimos la cobertura y no hemos podido contactar hasta ahora.

—Vale Jesús, pero dime ¿qué pasa por ahí abajo? —Se interesó de nuevo el profesor por la situación de sus alumnos.

—Nada, estamos casi al final del túnel. Hay como una leve luz que viene del techo.

—Ok Jesús. Necesito que te acerques y me digas que ves —le indicó su maestro.

—Voy profesor.

Cacín se acercó al fondo sin quitarse el teléfono de la oreja. Bajo el leve haz de luz levantó la cabeza y su mirada se dirigió al techo del túnel. Ante sí, un amplio hueco le permitió incluso ponerse totalmente de pie. Entre las paredes y el suelo había como una mancha de humedad, que pudiera ser debida a alguna filtración. A pocos más de medio metro, la tímida luz entraba a través de un pequeño cristal redondo, de no más de diez centímetros, incrustado en una piedra. Ahí quiso ver el chaval que aquella aventura por los subterráneos se había terminado. El cerramiento en la parte superior del túnel les impedía continuar por allí. De inmediato se comunicó con el profesor para que le diera algunas instrucciones.

—Profesor ¿sigue ahí?

—Si Jesús, dime.

—He llegado al final. La luz que le dije entra por un pequeño cristal redondo que está empotrado en una especie losa que lo tapa todo.

—Vale Jesús y ¿qué ves a través de él? —Siguió interesándose D. Antonio.

—Solo la luz. Lo tengo como a medio metro. Es tan pequeño que no se distingue lo que hay detrás.

—De acuerdo, ¿puedes inspeccionar un poco para ver si es factible mover esa piedra?

—Pues voy a mirar. No tengo muy claro que eso salga tan fácil.

El muchacho junto con su amigo repasó todos los bordes en busca de alguna señal que les permitiera desmontarla. Después de unos minutos su desesperación les hizo volver a contactar con el maestro.

—D. Antonio, no vemos nada que nos permita quitarla. Por aquí ha tenido que haber filtraciones de agua porque está la pared y el suelo manchados pero secos.

El profesor se puso unos segundos en modo pensativo. Quizás estaba equivocado en su teoría, sobre donde acababa ese dichoso túnel. En un estado de bloqueo solo se le pasó por la cabeza una cosa: preguntarle a Dami.

—Damián, ven un momento, por favor.

El chico, que estaba en lo alto de las escaleras, bajó de inmediato para ver que quería su profesor.

—Dígame D. Antonio.

—Quería hacerte unas preguntas. ¿Tú has estado muchas veces ahí dentro de la cripta?

—Sí, todos los días que vine a ayudar a mi vecino. Me tocaba limpiarla y fregarla. No sabe usted la de polvo que coge de un día para otro —le contestó con alguna argumentación.

—Y mientras estabas ahí, ¿no sentías como que te faltaba el aire, por estar en un lugar tan cerrado?

—No, porque hacía un poco de corriente entre la puerta y la rejilla del suelo que hay detrás del poyete.

—¿Una rejilla en el suelo, dices?

—Sí, ahí justo detrás de los ataúdes de los Reyes Católicos. Es que desde aquí no se ve porque queda tapada.

El profesor se puso en modo reflexión unos segundos antes de continuar con la batería de preguntas.

—Y esa rejilla… ¿La has levantado alguna vez para ver a dónde va? —Insistió con el tema D. Antonio.

—Qué va. Tenía prohibido tocar nada. Por ahí, además del aire que sale, yo la usaba como desagüe para vaciar el cubo de la fregona. Mi vecino Pablo me dijo que eso se hizo para evacuar agua de las posibles inundaciones que pudiesen producirse. De esa manera la cripta siempre estaría seca.

Las palabras de Dami hicieron que la teoría de D. Antonio todavía podía ser válida. Sus pensamientos le llevaron a decidirse por planificar una acción que podría o no tener consecuencias, tanto positivas como negativas.

Ya con la certeza de que decirle a Cacín volvió a dirigirse a él.

—Jesús, quiero que me escuches con atención. Tienes que intentar quitar esa piedra como sea. Creo que solo está posada en la base. Si la empujáis lo mismo cede y la podéis levantar.

Al oírlo, el muchacho y su amigo entendieron que de algo se habría enterado para decir aquello. Sin rechistar se pusieron manos a la obra.

Los dos chicos se acomodaron en el rincón para ayudarse mutuamente. Con las piernas flexionadas y las manos apoyadas en la piedra, Cacín dio la orden a la de tres. El primer esfuerzo provocó que la tierra acumulada a su alrededor se deslizase túnel abajo. Viendo aquello empezaron a creer en lo que les dijo su maestro. De nuevo hicieron un segundo intento. Esta vez no hizo falta hacer tanta fuerza. El empuje la sacó de su alojamiento con facilidad. Antes de celebrarlo, la inclinaron y la dejaron posar en el suelo. La sorpresa les sobrevino cuando al mirar hacia arriba vieron otra gruesa rejilla por la que entraba bastante luz. Antes de hacer nada volvieron a llamar al profesor para que siguiera ayudándoles.

—D. Antonio ya hemos conseguido quitar la piedra —dijo primero Luis.

—¿Y qué ha aparecido?

—Pues una rejilla muy gruesa por la que entra bastante luz.

—Vale. Necesito que enciendas la linterna del móvil y la dirijas hacia la propia rejilla —Esa orden del maestro le pareció algo rara y quiso preguntarle el porqué de esa acción.

—No entiendo a dónde quiere llegar profesor —le dijo Cacín.

—Jesús, no es momento de discutir, ¡haz lo que te digo! Si estoy en lo cierto verás su resultado.

Cacín y Luis se miraron sin entender muy bien lo que su maestro les había mandado. Encendió la linterna y la orientó hacia la rejilla. El haz de luz del móvil la atravesó durante los segundos que la mantuvo quieta. Volvió colocarse el móvil en la oreja. Al otro lado del auricular fueron ambos muchachos los que no dejaban de escuchar decir a su maestro.

—Sí, sí, lo sabía, lo sabía —Luis miró a Cacín y ensimismado quiso preguntarle por algo que su amigo tampoco entendía.

—Cacín ¿qué dice el maestro que sabía?

—Yo qué sé Luis. No tengo ni idea —le respondió con ignorancia.

—Jesús, Luis, perdonad. No podía contener mi alegría —Se reincorporó D. Antonio a la llamada.

—Ya, pero nosotros seguimos aquí abajo. Estamos un poco cansados —Casi le quiso recriminar el alumno su falta de madurez.

—Perdonad de nuevo muchachos. La luz de tu teléfono ha aparecido iluminando el techo de la propia cripta de los Reyes Católicos.

—¿Cómo dice usted?, ¿qué estamos bajo la cripta real? —respondió muy sorprendido Luis.

—En efecto muchachos. Ese túnel conecta de alguna forma Boabdil con los Reyes. No tengo claro porque lo hicieron así. Creo que esas «M» tienen la culpa, ¿podéis intentar abrir la rejilla y entrar en la cripta?

—Pues no lo sé profesor. Vamos a probar —contestó Luis.

Sin pensárselo mucho, los dos amigos alzaron sus brazos y agarraron la rejilla con sus dedos. Una mirada, seguida de un breve asentimiento de cabeza, fue suficiente para entender que era el momento de intentar levantarla. La resistencia que ofreció fue casi nula, como si hubiera estado abriéndose y cerrándose a diario. Solo un poco de tierra se posó en el cogote de los chicos. No le hicieron mucho caso después de lo que llevaban ya pasado. El hueco quedó libre. Cacín apoyando sus pies en las manos de Luis, se impulsó para asomar su cabeza con cautela. Las primeras miradas las hizo hacia el propio techo. Sintiéndose seguro accedió por completo al recinto.

Cacín se sintió en ese primer momento algo compungido, por lo que significaba estar allí. Su presencia se mantenía oculta a cualquier mirada del exterior. El poyete de piedra, donde se asentaban los ataúdes reales, le protegían. Al mismo tiempo y fuera de ella, su maestro permanecía atento desde la puerta enrejada. Le dijo a Dami que continuara impidiendo el paso de cualquier alumno. Cacín hizo intento de asomarse. Luis le recordó que le ayudara a subir.

—Perdona Luis, me había quedado un poco pillado. Cógete de mis manos con fuerza y apoya los pies en la pared.

Con un golpe de esfuerzo consiguió entrar por el hueco. Por un momento los dos permanecieron sentados ocultos y apoyando sus espaldas en el poyete. Con más decisión, Cacín se giró para asomar su cabeza. Su nerviosismo se transformó en tranquilidad cuando vio al otro lado de la puerta a su profesor. Este también sintió un alivio al reconocer al muchacho. Lo primero fue indicarle que se acercara a la puerta. El alumno obedeció de inmediato y en un par de saltos se unió con él.

—Me alegro de veros, Jesús, ¿cómo estáis? —fue lo primero que le dijo.

—Bien maestro. Algo cansados de tanta oscuridad, pero con ganas de continuar —respondió con entereza el muchacho.

—Vale, eso me tranquiliza. No tenemos mucho más tiempo. Debemos actuar con rapidez. Me preocupa que nos descubran —le comunicó D. Antonio.

—De acuerdo, pero ¿qué hacemos ahora aquí dentro? —respondió preguntándole Cacín.

El profesor se tomó un momento para reflexionar y poner en orden todo lo acontecido. Sacó su libreta y con destreza empezó a pasar las hojas buscando alguna pista que se le hubiera podido pasar por alto. La tensión era evidente en la cara de Cacín y un Luis que también se había acercado. La lectura se paró en una hoja del cuaderno. Los ojos recorrían sus propias frases. Sin darse más tiempo para pensar pasó a la acción. Algo de lo que había escrito con anterioridad le había dado la única posibilidad de salir de allí con algún tipo de victoria. Las palabras escritas por Gómez Moreno volvieron a su mente, ya que con tanto movimiento las había olvidado. Estaba claro que él puso algo en el ataúd del Príncipe Miguel y ahora estaban en el lugar correcto. Con todo esto se dirigió a su alumno.

—Jesús, tenéis que abrir ese ataúd más pequeño. El que tiene la «M» grabada en la tapa.

El muchacho se dio la vuelta y junto a Luis se dirigieron al que le había señalado. No les pareció que tuviera ningún tipo de cerradura. Con la mirada convincente de D. Antonio desplazaron la tapa. El peso de esta sorprendió a los chicos, que tuvieron que arrastrarla con algo más de fuerza. El chirrido fue bastante fuerte, llegando más allá desde donde vigilaba el profesor. Miró a Dami por si le hacía alguna señal de aviso. Eso no ocurrió, dejándole más tranquilo.

Estando ya el ataúd abierto, la primera mirada fue de Luis hacia D. Antonio. Este les hizo señas para que encendieran su linterna e inspeccionaran lo que había dentro. La situación no era cómoda para los chavales. Tenían la sensación de que estaban profanando algo más que tumbas, pero no era momento de tener vergüenza. La luz del móvil de Luis iluminó el interior. Dentro de la caja una especie de túnica roja con el escudo de la Reina cubría lo que serían los restos de su nieto. Cacín con total valentía la cogió con dos dedos y tirando con suavidad la sacó. Ante los ojos de los muchachos se aparecieron una ristra de pequeños huesos junto con su cráneo. Estaban descolados y recogidos en la parte central. La impresión de ver aquello echó para atrás a los dos, que sin pensárselo volvieron a acercarse a su profesor.

—D. Antonio, ahí solo hay un cráneo y algunos huesos.

—Si casi no habéis mirado. Necesito que volváis e inspeccionéis bien el ataúd —les recriminó su maestro.

Las palabras no gustaron nada a ninguno de los dos, pero desobedecerle podría tener repercusiones a posteriori. Con algo de desgana volvieron al viejo ataúd del príncipe Miguel para revisarlo otra vez. La linterna del teléfono volvió a recorrer el interior sin que siguiera apareciendo ninguna otra evidencia que los propios huesos. Luis palpó con sus manos todo el fondo. La uniformidad y dureza del material le indicaban que allí no había nada más y así volvió para decírselo al profesor.

—D. Antonio allí no hay nada, he metido las manos y está todo vacío. No sé qué hizo ese hombre con la caja que encontró en *Dar-Alhorra*. Es posible que alguien la sacase algún día y haya desaparecido —le indicó Luis con algo de cansancio.

Ante eso, el profesor se paró de nuevo unos segundos a reflexionar. Su cara era de contrariedad, para sí, se decía una y otra vez que era imposible que Gómez Moreno la hubiera dejado como si nada para que cualquiera pudiera encontrarla al abrir el ataúd. Ese hombre encontró algo muy peligroso y tal como dejó escrito, solo alguien que lo entendiera sería el que podría conocer el secreto. No había duda de que si no estaba allí es porque alguien ya sabía lo que ponía, quizás alguien de la Orden, pero no tenía sentido, no nos hubieran dejado llegar hasta aquí.

Cacín, que estaba junto al féretro, se impacientó bastante y quiso meterle prisa al profesor y a Luis.

—Perdonad, pero así no hacemos nada. Creo que debemos tapar lo que hemos destapado y salir de aquí.

La exigencia de Cacín pasó como un rayo por la privilegiada mente de su profesor. Este abrió los ojos ante tapar lo destapado y con una sonrisa repasó en voz alta las palabras de Gómez Moreno.

—Vamos a ver, si yo quisiera esconder algo donde hay poco sitio, es probable que lo hiciera dónde no se me pasaría por la cabeza mirar y creo que él lo dejó claro «la caja tapada». No es que la misma estuviera tapada, sino que el lugar donde pocos mirarían sería en lo destapado. Es decir, en lo que vosotros habéis movido para abrirlo. La propia tapa. ¡Jesús mira debajo de ella y dime lo que ves!

El muchacho, ayudado por Luis, le dio la vuelta. La primera inspección no dejaba evidencia de que allí hubiera caja alguna. Las paredes no presentaban ningún tipo de deformidad, pero sí hubo algo que a Cacín le pareció extraño. El ángulo del forro interior de un lado era más pronunciado que el otro y así se lo comunicó a D. Antonio que le respondió de inmediato.

—Eso es Jesús, ahí puede estar lo que buscamos. Tienes que ver si hay algún tipo de trampilla o cerradura que abra ese forro.

El chico, ante la efusividad del maestro, se afanó en encontrar algo que le permitiera ver si ese interior escondía algo. Sus manos, bajo la linterna de Luis, recorrían todos los rincones de la tapa sin que hubiera indicio de que aquello se pudiera abrir.

—Luis, necesito que cojas la tapa y la levantes de este lado para que la inspeccione.

Su amigo metió los dedos debajo, por el lado donde la «M», que identificaba el féretro, estaba grabada. Al hacer fuerza para levantarla, estos presionaron la tapa que se hundió ligeramente en el plomo. Un chasquido hizo saltar el forro interior. La acción los dejó perplejos y sin ni siquiera mirar para atrás, lo levantaron. Mientras, el maestro, desde la distancia, se ponía nervioso porque no era capaz de ver que es lo que estaban haciendo.

En un abrir y cerrar de ojos, los dos muchachos se dieron la vuelta y con paso firme se dirigieron a la puerta enrejada con la intención de salir de allí.

—Profesor, ¡abra como sea la puerta y sáquenos de aquí! —le dijeron los dos muchachos.

Al ver la forma en que se lo habían dicho, revisó la vieja cerradura que tenía la puerta. Tenía forma de llave antigua, pero su mayor preocupación era saber cómo la iba a abrir. Avisó a Dami que andaba ya algo cansado en lo alto de las escaleras.

—Damián, ¡ven para acá!

El muchacho bajo las escaleras de la cripta con bastante parsimonia, algo recriminado por su maestro viendo en la situación en la que se encontraban.

—Dígame D. Antonio.

—Ahí dentro están tus amigos y tenemos que sacarlos por esta puerta, pero está cerrada y no tengo la llave.

Dami, que había saludado a Cacín y Luis, no se alteró ante la petición de su maestro, quizás porque abrir aquella puerta era más fácil de lo que ellos se creían.

—Eso no es problema profesor —le respondió Dami con naturalidad a la vez que se agachaba para levantar una pequeña tapa oculta en las escaleras. Sacó una gran y vieja llave. Con ella en la mano la introdujo en la cerradura y sin mucho esfuerzo la abrió ante la mirada atónita de todos los presentes. El muchacho se limitó a meterles prisa para que salieran.

—Chicos salid de ahí, he visto al de seguridad que ya estaba por la sala de los bancos y es posible que venga para acá.

Antes de que acabara de decirlo, la cripta ya estaba vacía y la puerta cerrada. Subiendo las escaleras se encontraron en lo alto con el hombre que mandaba en la seguridad del monumento.

Este les saludó con amabilidad y se dirigió a D. Antonio para indicarle que el tiempo de permanencia había terminado y necesitaba que abandonaran el monumento por la sacristía. El profesor unificó al alumnado y con orden fueron saliendo.

Ya en la calle, la clase entera comandada por su maestro se dirigió hacia las instalaciones del instituto. Durante la caminata, los tres muchachos permanecieron juntos, casi sin hablar. Su profesor no dejaba de mirarlos en la distancia con ganas de preguntarles varias cosas. Pero prefirió mantenerse callado para no levantar sospechas.

En otro lado de la ciudad, Emilio, Juan y Javier, llevaban ya algunas horas sin recibir ninguna noticia. Tenían la sospecha que algo más podía haber pasado en el interior de la Capilla. La ausencia de comunicación era desesperante, por lo que fue Javier el que se apresuró en llamar a D. Antonio.

—Hola Javier perdona que no os haya llamado, pero no podía —Se adelantó a disculparse el profesor.

—No pasa nada Antonio. Estábamos preocupados y quería saber si estabais bien —le respondió el guía

—Sí, todo ha ido bien. Estamos llegando al instituto con la clase y necesito poner en orden ciertas cosas antes de informaros.

En ese momento, Cacín que estaba escuchando la conversación, se acercó.

—D. Antonio, ¿está hablando con Javier?

—Sí Jesús, ¿quieres algo de él?

—Dígale que es importante que nos reunamos cuanto antes.

El maestro puso el dedo sobre el micrófono del teléfono y con cara extrañada le preguntó al muchacho.

—¿Y eso Jesús?, ¿por qué tanta prisa?, ¿qué es lo que no me habéis contado?

—D. Antonio, no había tiempo, pero la tenemos —le dijo a la vez que señalaba la pequeña mochila que llevaba Luis en su espalda.

El profesor entendió de inmediato lo que quiso decirle y con premura se llevó de nuevo el teléfono al oído.

—Javier, necesito que nos reunamos aquí en el colegio a mediodía. Tenemos algo considerable que valorar.

El expolicía respondió afirmativamente y colgó el teléfono para informar a Emilio y Juan, que tampoco se opusieron a ir.

CAPITULO XVII
LAS DOS DINASTIAS

El restaurado reloj de pared del instituto marcaba casi las dos de la tarde. Ese día, por motivos de las excursiones, hacía media hora que las clases habían terminado. Dentro, el silencio volvía a ser la única lección de aquella jornada, excepto para tres alumnos y su profesor, que permanecían juntos en el mismo patio del recreo, esperando la llegada de Javier, Emilio y Juan. Aún no había D. Antonio preguntado a Cacín y Luis por lo acontecido en la cripta. Su impaciencia por tener la información se había contrarrestado con la paciencia por estar todos juntos.

La sombra empezaba a llegar al arco de la puerta del colegio cuando aparecieron casi a la vez los tres adultos. Un sencillo saludo con las manos en alto era más que suficiente para el reencuentro. Siguieron al profesor hasta la puerta de entrada del edificio. Allí, recorrieron los conocidos pasillos que llevaban hasta la biblioteca, algo poco novedoso en los últimos meses. Dentro de la sala, se acomodaron alrededor de la mesa central. Sin mucho que decirse, algunos libros y cuadernos fueron puestos a la vista por Javier. El ordenador del colegio ya estaba funcionando para evitar cualquier pérdida de tiempo a la hora de buscar información. Las palabras parecían haberse quedado mudas. Ninguno se adelantaba a empezar la conversación, quizás esperando una disertación del maestro, pero con extrañeza, fue Luis el que quiso que aquello no se convirtiera en un funeral.

—Bueno, ¿es que nadie tiene curiosidad por saber cosas? —terminó diciendo el *chavea*.

Javier, que también tenía ganas de romper el hielo, carraspeó un par de veces antes de hablar.

—Pues… En realidad, yo sí que quiero saber bastantes cosas. Sois vosotros los que habéis estado en la Capilla —dijo el expolicía.

Estas dos intervenciones fueron suficientes para que empezaran a hablar, sin que a ninguno se le hiciera caso. D. Antonio, que permanecía de pie observando la tertulia, se erigió de moderador y pidió un poco de silencio para que pudiera decir algo.

—Gracias amigos, dejadme un momento que os podamos explicar las cosas que nos pasaron esta mañana —El maestro comenzó desde el principio a relatar paso por paso lo ocurrido dentro de la Capilla. De vez en cuando hacía pausas para que Cacín, Luis y Dami corroborasen que todo era como se estaba contando. Javier, mientras tanto, tomaba notas para que no se le quedase nada en el tintero. Llegado al momento final de explicar lo que pasó en la cripta, el profesor se giró hacia Cacín y Luis para que terminaran ellos de relatarlo—. Lo último que sé es que estos dos muchachos se quedaron revisando la tapa del ataúd del príncipe Miguel en busca de la caja que Gómez Moreno, dijo haber escondido allí. Después de eso, salimos de allí. Son ellos los que tienen algo que contarnos, ¿verdad Jesús? —acabó diciendo el profesor.

Antes de que los muchachos hablaran, Juan quiso dejar claro algunas de las cosas sucedidas en la Capilla.

—Según decís, hay una especie de tumba o mausoleo debajo. ¡Creéis que es la de Boabdil!, pero solo tenemos su sello labrado en el mármol. Puede que alguien intentara hacernos creer, que en efecto es Boabdil quien está allí enterrado y no sea cierto —La reflexión de Juan dejó un silencio en la biblioteca. Su aclaración era bastante lógica, ya que ni se había abierto la tumba ni había ningún documento que lo validara, aun así, Javier quiso contestarle para no perder más tiempo.

—Juan, puede que tengas razón. No tenemos nada oficial que nos indique que el «Rey Chico» esté allí. Pero desde hace quinientos años es la evidencia más cercana con la que nadie se ha encontrado sobre el destino final del monarca. Yo quiero pensar —Siguió Javier—, que, por alguna razón, él descansó allí y espero que pronto tengamos alguna evidencia de lo que digo. Solo te pido, que ahora nos apoyes en nuestras conclusiones como hasta ahora lo has venido haciendo. Es mejor eso que nada y sé que tú también lo crees así —acabó su argumentación el expolicía.

Juan, que entendió lo que su amigo quiso decirle, asintió con la cabeza e hizo un gesto para que continuaran con la reunión.

Después de esto, Luis y Cacín fueron el centro de todas las miradas. Cacín cogió la mochila del joven dibujante. La abrió y rebuscando en su interior, tomó un objeto que, con mucha pausa, lo puso encima de la mesa. Un aire de sorpresa inundó la biblioteca. Aquel objeto era una pequeña caja de perlas de estilo nazarí, igual a la descrita por Gómez Moreno en su libro. D. Antonio, que ya tenía sospechas de que la habían encontrado, a tenor de lo que su alumno le insinuó antes de llegar al instituto, respiró aliviado. Salir de la Capilla sin ese objeto hubiera podido dejar la aventura en punto muerto.

Las cartas estaban sobre la mesa. Solo quedaba abrirla para comprobar, si dentro estaba lo que el historiador vio aquel día por el Albaicín. Los participantes delegaron en el profesor la manipulación de la caja. Esta no era mucho más grande que cualquier pequeño joyero actual. Su labrado era casi perfecto, del estilo nazarita en taracea, finamente barnizada y con inserciones de perlas y otras piedras preciosas típicas más de oriente. El paso del tiempo no le había afectado en absoluto, quizás porque se encontró protegida en otra de plomo. La tapa tenía un pequeño broche sin cerradura de los que cierran en forma de clip. Los dedos del profesor tiraron con suavidad de este y la apertura no ofreció resistencia, provocando un silencio que cortaba el ambiente en la sala. Tantos días detrás de cientos de pistas para ahora detenerse, posiblemente en lo más importante de todo lo acontecido. El profesor fue abriendo la caja con lentitud. Su corazón latía algo más rápido de lo normal. Él mismo sabía de la importancia del momento, pero no quería ser el único protagonista. Con suspense, la tapa se abrió por completo. En su interior, un pequeño saquito de terciopelo azul cerrado con un lazo de fina seda dorada, hacía de aquello una maravilla ante la mirada del grupo. Los dedos del maestro desataron el débil nudo que lo mantenía sellado. Toda la atención estaba en la manipulación, que estaba haciendo D. Antonio de aquella caja. Con incertidumbre, la boca del saquito se abrió y las miradas se entrecruzaron. Cogiendo aire, el profesor introdujo su mano para inspeccionar el interior. Con mucha delicadeza, asió dos objetos y tiró de ellos para sacarlos al exterior. Allí, aparecieron dos pequeños tubos hechos en piel rojiza, que parecían contener algo en su interior. Sin que nadie preguntara, el profesor tiro de una especie de tapón, también de cuero, que mantenía cerrado uno de ellos. Las manos del docente apoyaron inclinado el objeto sobre la mesa y con unos golpecitos, de su interior fue saliendo lo que guardaba. Ante ellos apareció un pergamino bien enrollado con una cinta lacrada en color dorado. Con el beneplácito del grupo, lo tomó entre sus dedos y lo inspeccionó. La primera impresión le dejaba claro que en el lacrado había una especie de sello incrustado. Javier, que también lo había visto, quiso pedir permiso para revisarlo.

—Profesor, ¿me deja que lo vea más de cerca?

No dudó en pasárselo a Javier, no sin antes darle una nueva pasada visual.

El guía se dirigió de inmediato al sello grabado. Empezó a reconocerlo con escrúpulo. Este, de forma redonda, representaba algo parecido al sello real de Boabdil y que tan magníficamente estaba grabado en el supuesto mausoleo encontrado en la Capilla. Pero algo le llamó la atención. En su interior no se representaba el escudo de la dinastía Nazarí, sino una bella «M» con una tira de hojas enrollada entre sus líneas, que podría ser de laurel. Antes de hablar, le sugirió a D. Antonio que abriera el segundo tubo para ver si tenía también otro pergamino.

El profesor hizo los mismos honores y quitando el tapón de cuero volvió a dar unos golpecitos sobre la mesa para que apareciera otro pergamino. Esta vez con un lazo azul lacrado, también con un sello. Sin que Javier se lo pidiera, fue el profesor quien se lo cedió. Tomándolo entre sus manos volvió a mirarlo, en este caso el sello no era igual al anterior, peor supo adivinar enseguida a quien correspondía.

—Viendo los sellos lacrados de ambos pergaminos, creo que estoy en disposición de deciros a quién corresponden —comenzó diciendo Javier—. El que tengo en mi mano tiene el sello lacrado dorado y es muy similar al que utilizó Boabdil en sus cartas, pero con una salvedad. En su interior aparece una «M» en lugar del escudo Nazarí correspondiente, pero repito que tiene toda la pinta de estar relacionado con Boabdil —terminó Javier.

Antes de continuar, Juan quiso hacer una pregunta.

—Veo que puedes tener razón, pero ¿qué significa el cambio del escudo por la «M»?

—Ahora mismo no lo sé, pero supongo que lo sabremos pronto —respondió Javier con la complicidad de D. Antonio.

Visto el primer sello del pergamino, Javier se dispuso a hablar sobre el segundo.

—Este otro, que veis con el sello lacrado en azul, me deja menos dudas. Cómo veis en él, también aparece incrustada un «M», que tan desconcertados nos tiene. Este sello muy poco conocido, pertenece casi seguro a la mismísima Reina Isabel. Lo utilizó solo cuando fue Princesa, eso sí, algo modificado por la «M» —Dejó cerrado su discurso Javier ante la mirada del grupo, que veía claro las afirmaciones vertidas sobre los dos escudos.

Siguiendo con la reunión, fue un ansioso Cacín el que apresuró a sus mayores para que los pergaminos fueran desplegados.

—Perdonad, pero… ¿Cuándo vamos a saber lo que dicen?

—No te apures Jesús. Cada cosa a su tiempo —Le apaciguó su profesor.

Recogió de nuevo los dos documentos con la intención de empezar a destriparlos. Con calma abrió su portafolios extrayendo un pequeño abre cartas. Lo introdujo por debajo del sello lacrado de Boabdil y despegó del papel sin que se produjera ningún desperfecto. Reconoció que fue pegado sin apenas adhesivo por Gómez Moreno.

Antes de desenrollarlo, levantó su cabeza para buscar el apoyo de sus amigos. Los dedos fueron desplegando con lentitud el papel. Con él abierto, lo empezó a observar, y antes de continuar, quiso hacer una pausa.

—Por lo que leo, está escrito en lengua arábiga. Os pido un poco de paciencia para traducirlo.

Las palabras del profesor fueron entendidas por el grupo. Como siempre empezó una lectura interior total del escrito. Al contrario que otras veces, cogió su bolígrafo para tomar algunas notas. Eso ya indicaba lo complicado de la traducción. La expresión del docente, en las primeras líneas de traducción, no dejaba claro si aquello era importante. Sus pensamientos se entrelazaban con algún apunte poco descifrable desde la distancia. El silencio le permitía trabajar con mayor eficacia, algo que agradecía. Según iba avanzando en la lectura, los gestos de su cara denotaban preocupación y extrañeza. En ese momento de nerviosismo, quiso Juan preguntarle con mucha educación.

—Antonio, ¿cómo ves la traducción?

El profesor levantó la cabeza con sobriedad al mismo tiempo que, con voz suave, quiso contestarle.

—Por ahora es la traducción del árabe que me está costando más entender. Creo que estamos ante un documento escrito en un formato primitivo de la lengua, quizás para dificultar su lectura. Necesito un poco más de tiempo, os pido un poco de paciencia —acabó diciendo D. Antonio para que le dejaran tranquilo durante un rato. Bajó la cabeza hacia el pergamino y continuó con su trabajo ante la mirada complaciente del grupo.

Iba anotando una y otra vez cosas en su agenda a la vez que consultaba algún pequeño cuaderno que solía llevar consigo. A los pocos minutos tomó en su mano el segundo pergamino y con la misma sutileza que el primero, levantó el sello lacrado, que ofreció todavía menos resistencia que el anterior.

La paciencia de Javier, Emilio y el resto era ya de récord, pero en un acto de confianza permitieron que siguiera trabajando.

Desenrolló el segundo escrito con la misma suavidad que el otro en el que, en apariencia, había una escritura similar al primero. Otra vez realizó el mismo ritual de lectura y toma de notas sin dar ninguna explicación al grupo. Se le vio algo más ágil, quizás por la comprensión parecida del primero. Cuando ya daba signos de que había terminado, volvía a enfrascarse en la lectura.

Con algo de descaro, Cacín dirigía su mirada hacia esas notas que, al azar, iba apuntando su profesor, para ver si podía entender algo. Pero aquellas palabras parecían escritas para qué nadie más que él pudiera entenderlas.

La tarde empezaba a ser un monólogo del docente y eso suponía alguna que otra queja mental interna de los adultos que se reflejaba claramente en los gestos de sus caras. Cacín, Luis y Dami habían perdido ya la concentración de la reunión y la necesidad de acabar con aquello empezaba a traducirse en cansancio. Al final, la lectura de D. Antonio pareció acabarse y eso puso en alerta de repente al grupo. Las manos de Emilio y Javier se abrieron pidiendo alguna explicación y sin mucha más demora, el profesor se dirigió a ellos.

—Lo primero que quiero que sepáis es que no sé si la traducción estará al cien por cien correcta, pero creo que más o menos se puede entender. Empezaré con el primer pergamino, que es muy posible que lo escribiera el mismo Boabdil y que se compone de dos partes. Os voy a leer la primera y después veremos entre todos el resto, ¿os parece bien? —acabó D. Antonio con una pregunta que se contestaba sola.

A continuación, y sin dejar que le cuestionaran, continuó con su disertación.

—Bien, este primer tramo, que ya os digo es muy complicado de traducir, viene a decir más o menos esto en nuestro castellano actual:

Soy rey más por Dios que por mi dinastía. Mis designios estarán aventurados por la divinidad. Acataré fielmente mis obligaciones para cuantos trabajos me imponga mi Dios. No me arrepiento de lo que quise proteger como sangre de mi vida. Solo la verdad protege a los indefensos y así quedará por siglos ocultos la única savia de poder que quiso llevarse a sus dominios divinos mi único y supremo Dios sin dejarme otra opción que el consuelo de la pena humana ante el regocijo glorioso.

Tras acabar de leerlo, la primera impresión fue de incomprensión. Poco podían extraer de esas frases y más aún en el contexto que se escribieron. Fue el profesor quien de nuevo pidió un poco de paciencia para sacar conclusiones. Con la voz ya carraspeada se dispuso a leer, lo que dedujo del segundo pergamino que él atribuyó a la Reina Isabel.

—Os leo lo que dice este otro pergamino:

Yo, la Reina, que más amor declaro al santísimo. Proclamo mi indulgencia ante el dolor de mi sangre reclamada, solo con el permiso divino y omnipotente de su gloria, por imperativo celestial donde orgullosa de su descendencia permito que labre su vida bienaventurada junto a lo espiritual frente al tiempo terrenal que tan gozoso vivimos entre amor y adoración

Otra vez el silencio y el desconocimiento inundó la sala. Las miradas de unos con otros se dirigían en una sola hacia el profesor esperando que les sacara de aquella ignorancia. Algo que no tardó en producirse.

—Esto es lo que yo creo que pone en estos primeros párrafos— empezó hablando el docente—. La traducción la he llevado muy a nuestra lengua actual. Ahora entre todos tenemos que sacar algo en claro, pero antes de continuar hay algo que no entiendo —Puso los dos papeles uno al lado del otro en dirección opuesta para que sus amigos pudieran verlos—. Cómo veis, en el segundo párrafo de cada uno hay una especie de lenguaje que jamás he visto. Tengo la sensación que aquí puede estar aquello a lo que se refirió Gómez Moreno. Me temo que no puedo traducirlo ahora, ya os digo que es algo muy raro. Incluso en el pie de firma no puedo siquiera descifrar de quién es, se ve como entrecortado —terminó de decir con la intención de pasarle el testigo a alguno de sus amigos.

Lo primero que hicieron fue abalanzarse con educación hacia ambos escritos, por si sus conocimientos pudieran sacar del letargo al maestro, cosa que no ocurrió. Javier, viendo que eso tenía ahora poco recorrido, quiso hacer hincapié sobre lo traducido.

—Una cosa, antes de nada. Deberíamos tratar los textos traducidos por si podemos despejar dudas —les dijo el guía.

—Estoy de acuerdo Javier —respondió Juan con seriedad.

La aceptación puso al grupo a trabajar de inmediato. La lectura traducida fue releída una y otra vez sin que ninguno sacará conclusiones concretas. Estaba claro que el mensaje tenía un halo divido y espiritual. Tanto Boabdil como Isabel se expresaban en medio de una sensación de dolor y regocijo que ninguno de la sala lograba a comprender. Quizás quisieron jugar a los acertijos o a lo mejor se dejó escrito en esa lengua indescriptible de los segundos párrafos. Lo que sí era cierto es que ambos reyes mantuvieron una relación mucho más cercana que lo estrictamente político y eso era motivo para poner nerviosos a los propios de la Orden del Visir. No había motivo para callarse nada y sí para poner cualquier factor al alcance de cualquiera del grupo. Solo los chavales parecían estar un poco más alejados de aquello, pero eso no era así. Ellos iban ligando unas y otras expresiones para recomponerlas. Cacín tenía un cerebro en funcionamiento continuo y eso terminó por dar sus frutos.

—¡Un momento por favor!, ¿puedo hablar? —Se erigió entre los adultos un Cacín con gran madurez.

Su profesor lo miró con mucha esperanza y con la mano en alto callando a sus compañeros le dio paso lo más amable posible.

—Claro Jesús, somos todo oídos. Dinos, ¿qué es lo que quieres decirnos?

El rostro del chico sintió la importancia del momento y sin ningún reparo puso encima de la mesa sus conclusiones.

—Pues, mientras estabais debatiendo, me ha venido a la mente una cosa que a lo mejor puede ayudarnos—la pausa de Cacín fue de inmediato alentada por su profesor.

—Continúa Jesús.

—En estos papeles hay algo que no cuadra. En el primero las primeras palabras se ordenan en el margen izquierdo—la mirada de Javier y de los demás fue la de comprobarlo mientras Cacín continuaba—. En el segundo son las últimas palabras de cada fila las que se ordenan en el margen derecho. Esto se me parece a cuando juego al *scrabble*, que se forman trozos de palabras al principio y al final sin ningún sentido. Luego al colocar fichas se suelen juntar para formar una con coherencia. Creo que algo de eso está pasando con esas frases.

Nada más acabó de decir eso, D. Antonio se fue directo a los pergaminos y con precisión formó mentalmente lo que Cacín les quiso decir. El resultado salió en voz alta de su boca.

—¡Eso es, eso es! Ahora sí lo veo. Parece como si fuera un criptograma que impide leer el párrafo si no están los dos pergaminos.

Cacín otra vez había puesto en la senda un acertijo más y su cara así lo manifestaba. Sabían que aquello todavía tenía recorrido para seguir descubriendo más cosas.

Ahora con más razón, D. Antonio pidió el máximo silencio y paciencia para intentar componer y traducir el último párrafo. Para ello cogió los pergaminos y se dirigió a la fotocopiadora de la biblioteca. Con mucha destreza se dispuso a sacar copia de estos, mientras el grupo asistía ignorante a los hechos. Con las copias realizadas volvió de nuevo a la mesa. Sacó unas tijeras y recortó ambos papeles de forma que pudieran solaparse y la escritura se uniera palabra a palabra. La acción se demoró un rato por la poca claridad con la que el profesor lograba encajar el puzle, pero al final los recompuso y se preparó para traducirlos.

Antes de seguir respiró algo nervioso por la responsabilidad que estaba adquiriendo, sus conocimientos lingüísticos eran clave para el devenir del grupo y eso lo notó Javier, que quiso darle su apoyo y el de sus amigos.

—Antonio, estamos contigo. Lo que suceda a partir de ahora no ensombrece el enorme trabajo que has estado realizando. El grupo está contigo para bien o para mal, ¡ánimo que lo vas a conseguir! —terminó alentándolo su amigo Javier.

De inmediato se enfrascó en la lectura. Los primeros tanteos le llevaban a tomar y tachar notas en su libreta. Los nervios y la poca nitidez de las palabras le estaban pasando factura a la hora de traducir. Cacín, de vez en cuando, le tocaba el hombro en señal de apoyo, algo que le agradecía. Los minutos iban pasando y las anotaciones empezó a hacerlas con más asiduidad y sin apenas tachones. Mientras avanzaba en la traducción, sus gestos empezaban a denostar sorpresa y preocupación por lo leído. Con algún que otro respiro, que le permitían soltar la presión a la que él mismo se notaba sometido, hacía un pequeño alto en el trabajo para volver a coger fuerzas y continuar con su cometido.

Dentro del grupo, la preocupación y el nerviosismo iba por dentro para no molestar a su amigo. Incluso sus alumnos tomaron una postura muy acorde al momento. Poco más se podía hacer, la última baza estaba echada y el tiempo era lo único que separaba seguir con la aventura o que esta acabara ese día en el instituto. Solo Javier y Cacín tenían la seguridad que D. Antonio sería capaz de traducir aquellos párrafos.

Después de casi una hora, se levantó de la silla suspirando y pasando sus manos por el poco pelo canoso que le quedaba mientras caminaba contrariado hacia el fondo de la sala, como no creyéndose lo que había traducido, como no queriendo saber lo que aquel pergamino tenía escrito desde hace algunos siglos. Ahora entendía a Gómez Moreno cuando lo descubrió. Aquellas palabras podían hacer mucho daño a la historia y no solo a la granadina, sino a la española e incluso a la mundial. Lo que escribieron los dos monarcas a finales del Siglo XV fue algo real que nadie pudiera haber imaginado ni en los más recónditos sueños de los más grandes historiadores. Eso lo sabía en esos minutos que se tomó de reflexión. En los que miraba por la ventana de la sala con todo el grupo expectante ante tanto misticismo. Sus propios pensamientos llegaron a recomendarle no hacer visible aquel escrito tan peligroso, pero esa aventura había comenzado como un equipo y acabaría con todos unidos en la verdad. No era él persona de dejar tirado a sus amigos. Se armó de valor y volvió sus pasos hacia la mesa.

—Bueno, bueno—comenzó diciendo el profesor—. Primero es pediros disculpas por estos momentos en los que me he sumergido en mí mismo. Os voy a decir algo peligroso, inaudito y extraordinario, pero a la vez maravilloso para los que amamos la historia y aún más si es la de nuestra ciudad. Lo que necesito de vosotros es complicidad y unión. No podemos dejarnos llevar por el escándalo y el egoísmo. Somos un equipo, un espectacular equipo del que me siento muy orgulloso. Creo que entenderéis esta introducción cuando pase a relataros lo que he traducido. No voy a demorarme más, esto es lo que escribieron:

Este es el documento oficial que valida el malogrado fruto de un amor. Quisieron nuestros dioses que el que hubiera sido Rey de dos dinastías, sufriera la desdicha por el pecado de sus padres. Es de ley que nuestro hijo Muhammad sea reconocido heredero en la divinidad. Que sus restos descansen ocultados ante lo terrenal por siglos venideros junto a su madre la Reina Isabel y que sea su padre Muhammad XII quien lo vigile desde lo clandestino. Su féretro será similar al de su madre y se marcará con su inicial visible. Solo los firmantes conocerán esta verdad y serán valedores de su secreto o su descubrimiento con las consecuencias de la historia por los siglos venideros

Las palabras del profesor hicieron callar por un momento a todos. Ante el estupor de lo escuchado, quiso Javier decir algo, pero fue el propio D. Antonio el que le pidió un poco de atención, ya que todavía no había acabado su lectura.

—Esto que os he leído y que ahora debatiremos, tiene su final en aquellos que lo firmaron y corroboraron:

Lo que queda escrito y manifestado por las partes en Dar Alhorra el día 3 Dhu Al-Hijja del 894

Doy Fe Su madre Isabel	*Doy Fe Su padre Muhammad*
Yo testigo de Fe Fernando Rey	*Yo testigo de Fe Aixa Reina*

Si el párrafo había caído como una bomba, el final de este con las firmas manuscritas dejó helado al personal. Ninguno era capaz de reaccionar ante tal manifestación histórica. Jamás hubieran imaginado tal revelación. Los hechos escritos por dos reyes y corroborados por otros dos monarcas, tan distintos, dinásticamente hablando, daban bastante credibilidad al documento. En la biblioteca, el equipo se había quedado bloqueado. Durante unos momentos no salían las palabras. El profesor se quedó pensativo esperando alguna respuesta. Fue de nuevo Javier el que rompió el hielo.

—La verdad me he quedado de piedra escuchando esto. Puede que este documento sea una bomba, pero creo que deberíamos estudiarlo antes de que saquemos conclusiones equivocadas —terminó diciendo el expolicía.

—Yo me he quedado como tú —continuó Emilio—, pero estoy contigo en que antes de nada deberíamos revisarlo entre nosotros.

La mirada de D. Antonio también era de aprobación, sabía que aquello no podría salir a la luz y con seguridad esa tarde sería la única oportunidad de que el grupo lo tuviera presente. Los muchachos entendieron, por las palabras de los adultos, su importancia, pero no entendieron el mensaje que los reyes plasmaron hace tantos siglos. La tarde se echaba encima y el tiempo empezaba a ser oro, así que, se pusieron manos a la obra y con cautela empezaron a destripar aquel párrafo.

—Lo que yo entiendo y creo que está muy claro —Empezó Javier por hablar—, es que nuestra Reina Isabel y Boabdil, de alguna forma, tuvieron un romance o algún tipo de amorío. De él nació un niño que llamaron igual que su padre. Este documento es como un parte de defunción. Indican la forma de enterramiento de este, que lo dice claro. «Estará junto a su madre en otro ataúd y que su padre no debe estar enterrado muy lejos», algo que habéis visto en los sótanos de la Capilla. Hay menos dudas —continuó Javier— de que aquel mausoleo fuera de Boabdil. También dice que Fernando y Aixa son testigos. Por tanto, valida que aquello debió ser real, pero… ¿Hay algo que no tengo claro? Si dice que sus restos permanecerán ocultados ante lo terrenal, ¿cómo es que el féretro está a la vista de todos? —terminó el guía de hablar y hacer la primera valoración.

Esta pregunta dejó pensativo al grupo, que de momento no tenía respuesta. A partir de ahí la reunión se convirtió en una tertulia de suposiciones que no llevaban a nada en concreto. Cacín, Dami y Luis observaban las discusiones de historia entre su profesor, Javier, Emilio y Juan. Ellos, por su juventud, no tenían la madurez suficiente para entrar en dichas conversaciones, pero sí hacían sus valoraciones entre los tres, aunque no las expresaran en público.

La preocupación residía en la ocultación o no ocultación del féretro junto a la Reina. Quien fue el que dio la orden para que estuviera visible. En algún momento se acusó a la propia Orden de ser la inductora de aquello. Solo eran suposiciones y entendieron que aquello no tenía base para ser verdad. Por un momento las palabras empezaron a escasear sin que hubiera continuidad, pero de nuevo la inocencia cultural de los muchachos sacó del letargo a los más mayores.

—Perdonad un momento, quiero decir una cosa —habló Dami levantándose de la silla.

—Por supuesto Damián —le respondió su profesor.

—Vale, es que, se me pasa una cosa por la cabeza. Prefiero decíroslo por si os puede ayudar.

La cara del grupo fue un poema ante la valentía del muchacho en aquel momento tan complicado.

—Adelante Damián, ¿qué quieres decirnos? —le animó Javier.

Viendo la expectación que había creado, se permitió incluso pasear antes de comenzar a hablar.

—Yo he pasado muchos días con mi vecino en la Capilla. He limpiado cientos de veces los ataúdes de la cripta. Reconozco que cuando lo haces tantas veces dejas de valorar la importancia del lugar. Ahora oyéndoos, creo que no habéis caído en algo importante. El pequeño ataúd que ahí allí es el de Miguel de la Paz, pero ¿y si lo que quisieron fue confundirnos y camuflarlo con otro nombre cuando en realidad era su propio hijo? —terminó de decir Dami.

Las palabras del muchacho podrían tener su parte de razón. D. Antonio, empezó a repasar de nuevo el escrito por si su traducción hubiese sido errónea. Los demás, entendieron que debían darle de nuevo tiempo al profesor y esperaron a que acabara. Una vez que su repaso había terminado, quiso poner en debate la ocultación del féretro.

—Escuchando a Damián y viendo de nuevo el escrito —dijo D. Antonio—, es posible que el chico haya dado con la clave y puede que tenga razón. Yo he traducido que lo ocultaron ante lo terrenal. Pero repasando de nuevo el contexto de la frase, es posible que la traducción correcta sea camuflado y no ocultado. Por eso está presente el ataúd con otro nombre para disimularlo. Además, algo que no os he dicho es la fecha que traduzco de la firma y que corresponde, sino me equivoco, a un 28 de octubre del año 1489 y el príncipe Miguel falleció en el año 1500.

La nueva revelación del profesor, llevada a cabo con la teoría de Dami, dejó claro que aquello era posible. Ninguno del grupo se atrevió a decir nada en contra. Estaban seguros de que aquella hipótesis por el momento era insustituible. Tenía sentido que quisieran darle el valor de rey a su hijo enterrándole junto a la realeza.

En ese momento a D. Antonio se le vino a la mente algo que había leído durante sus aventuras. De forma vehemente abrió la libreta. Pasó una y otra vez sus hojas en busca de algo que tenía claro había escrito con anterioridad. Sus amigos le observaban sin molestarle en ningún momento. Los movimientos del profesor siempre eran respetados, ya que de alguna forma tenían una explicación. Los ojos se pararon en una de las hojas. Su lectura se mantuvo más calmada y con su dedo índice recorría las frases de arriba abajo a la vez que iba de una hoja a otra, hasta que quiso compartir sus conclusiones.

—Os pido de nuevo perdón por mi forma de actuar, pero muchas veces tengo que hacerlo así —Se disculpó D. Antonio. Dicho eso continuó—. He estado repasando en mis apuntes todos los escritos que nos hemos ido encontrando. Creo que todo me lleva a confirmar que eso se sabía en aquellos entonces e incluso pudo estar en peligro de que saliera a la luz. Por eso, Martín del Prior, a instancias de Carlos V, hizo ese documento del traslado de los restos de los Reyes Católicos desde la Alhambra hasta la Capilla Real. Donde manifiesta que son cuatro los ataúdes que bajan, pero que solo se dirá que bajaron tres, a una clara alusión de esconder uno de ellos, probablemente el que contenía los restos de Boabdil. Lo que me lleva a pensar que todo lo que nos han contado del último rey nazarí no era cierto y ahora lo entiendo. Él se mantuvo en el destierro de la Alpujarra para estar cerca de la Reina Isabel. No creo que saliera de España cuando murió su esposa Morayma, sino que, de alguna forma permaneció oculto en Granada viviendo en la clandestinidad, pero con total acceso a la Reina. Por otro lado, ahora entiendo las palabras que encontramos de Aixa en el documento que tenía mi mujer y las que aparecieron después —Se dedicó D. Antonio a recordarlas:

Fueron muy largas las noches de espera,
entre candiles y hogueras vi pasear las sombras de un lado a otro,
el silencio me hacía el mayor de los daños,
mientras el que salió de mis entrañas sufría sin dolor
el fruto de sus amores ocultos, quería ver luz de luna,
mi sangre volvería a correr por siglos en Granada
solo le pido a mi dios que de fuerza y valentía a los míos
aun cuando el destierro sea nuestra morada
que solo ellos lo sepan y que nadie lo promulgue
excepto aquellos que vengan de parte de dioses
y que revelen tras mis letras el valor de sus amores
La Reina Aixa

Dentro de la caja del espíritu hallarás la verdad de mi hijo
de su amante y madre que quiso ocultar por siempre su sangre y linaje

También quiso hacer alusión a una parte de las planchas de los estatutos de la Orden del Visir.

solamente el último de ellos tendrá el
honor de tener su alma junto al más grande de los mausoleos cristianos
y que otrora fue lugar de rezos y oratorias y en el que se permitirá
cripta para su reposo por siglos venideros, más junto a la Reina
reposará fruto de morería con escudo de cristiano en dicho lugar

Aquí, el profesor también entendió el mensaje, el «*último de ellos*», se referiría a Boabdil, que tendría «*su alma*», es decir, estaría enterrado «*junto al más grande mausoleo cristiano*», sin duda alguna, la propia Capilla Real y además también se refiere al «*fruto de morería*», que sería el hijo oculto que se camufló «*con escudo cristiano*», claramente en un ataúd con otro nombre.

Acabó el maestro dando explicación a esos párrafos encontrados, que ahora empezaban a tener sentido. La explicación fue tan contundente, que no hubo ningún reproche que pudiera desmontarla. Sus alumnos se sintieron muy orgullosos de su maestro, al que durante esta aventura habían conocido más personalmente. La biblioteca quedó pendiente de que alguno de los presentes dijera algo para bien o para mal. Fue, un anonadado, Emilio quien se decidió a hablar para intentar conseguir más información.

—Entonces, si eso es verdad, ahora tengo dos cosas que no hemos podido resolver todavía. Creo que de alguna forma cierra este círculo que empezamos hace ya muchos días.

—¿Cuál Emilio? —Se atrevió Javier a preguntar.

—Pues la primera me lleva rondando desde que os conocí y que hemos dejado un poco de lado, siendo una de las principales pistas que nos han llevado hasta aquí. Creo que la cantidad de cruces que vimos en tantos lugares y que, de alguna forma, están relacionadas con la Orden, tienen algo más que decirnos. Por otro lado, hoy gracias a ti, Antonio, me ha surgido otro misterio que considero tan importante como lo anterior.

—¿Y qué misterio es Emilio? —le preguntó D. Antonio.

—Algo que desconocíamos, ¿cómo y dónde vivió Boabdil en Granada después de que muriera su mujer?

Después de esa pregunta, el rechinar de la puerta de la biblioteca sonó como de ultratumba. Tras ella apareció una figura que a D. Antonio y a los muchachos les resultó muy familiar.

—Buenas tardes, Antonio, ya tenía ganas de presenciar alguna de vuestras reuniones.

La cara de extrañeza del profesor, por la aparición de aquella persona, tendría más de una consecuencia.

CAPITULO XVIII
UNIDOS HASTA EL FINAL

—Buenas tardes, Alfonso, ¿qué haces por aquí a estas horas?

—Eso mismo te tendría que preguntar yo, Antonio, pero no va a hacer falta. Tengo información suficiente como para que no me des explicaciones. —respondió el tal Alfonso.

—Perdonad un momento —Interrumpió Javier—. Pero… ¿Quién es esta persona Antonio?

—Javier, este es Alfonso, el director del instituto y gran compañero de trabajo —le contestó.

La cara del grupo quedó petrificada, ya que habían sido descubiertos por una persona a la que con toda seguridad habría que darle algunas explicaciones del porqué estaban en su biblioteca reunidos aquella tarde. Aunque algo en la mente del profesor le indicaba que aquello no había sido una coincidencia.

Alfonso llevaba toda la vida dedicada a la docencia y desde hacía más de veinte años era el máximo responsable de aquel instituto. Su presencia imponía respeto, era un hombre de mediana estatura y de la misma quinta que el profesor. Su pasión era muy contraria a la de Antonio, él tenía más vocación por la ciencia y de hecho ejercía como maestro de las asignaturas de Física y Química, pero el amor por su ciudad le llevaba a estar en muchos eventos culturales e históricos, donde coincidía habitualmente con su amigo y compañero de instituto. En apariencia a los demás, se mostraba como una persona más reservada y dedicada a su vocación de docente. Vivía en un barrio cercano a su trabajo y desde hacía ya años, al igual que D. Antonio, sus hijos salieron del hogar para formar sus propias familias. La única compañía que le quedaba era su esposa Trini, que compartía con él la dedicación por la enseñanza.

Hechas las presentaciones, quiso D. Antonio explicarle a Alfonso el porqué de aquella reunión. Su intención era no contarle la verdadera historia de que aquella tarde estuvieran en el instituto. Con algo de cansancio, se levantó de su silla todavía un poco preocupado por la presencia del director, para saludarle. Antes de avanzar por la sala se dio cuenta que Juan había enrollado los dos pergaminos y los estaba guardando en su forro de cuero. En un primer momento, no le dio importancia, hasta que unas palabras de su director le pusieron en alerta.

—Juan, pásame los pergaminos y la caja que ya me encargo yo de guardarlos —le dijo con mucha naturalidad.

Este se los pasó a Alfonso ante la mirada incrédula de Antonio. Con algo de tartamudez y como queriendo pedir explicaciones, se dirigió a ellos.

—Pero… ¿Qué está pasando aquí? —fueron las primeras palabras del profesor—. Ahora mismo me he quedado de piedra. Me habéis descolocado y creo que a Javier y a Emilio también, por no hablar de los muchachos—siguió diciendo el profesor.

—Siento no haberte dicho nada —le respondió Alfonso—. Necesitaba que continuaras con el magnífico trabajo que habéis hecho. No quería que mi presencia interfiriera en tus andanzas. Sabes que te tengo mucha estima y estoy muy orgulloso de lo que has hecho hasta hoy. Además, sé que contigo nuestros secretos estarán a salvo.

—¿Nuestros secretos Alfonso? Está claro que tú y Juan sois de la Orden del Visir y si no me equivoco tengo la sensación de que la presides.

Esas palabras provocaron una breve carcajada en el director que volvieron a desconcertarle. A que venía esa risotada. Acaso había dicho algo de lo que estaba muy seguro. Era claro que esa tarde no se iría nadie de allí sin dar las explicaciones oportunas.

—Antonio, en una cosa estás en lo cierto. Soy parte de la Orden, pero no la presido. Sí es verdad que pertenezco a la actual cúpula —Quiso Alfonso darle su parte de razón.

—Entonces, ¿quién la preside? —preguntó D. Antonio, mientras Emilio y Javier permanecían inmóviles.

—Pues ahora mismo me han dado permiso para que te lo diga.

No terminó de hablar, cuando Javier se levantó y con el dedo índice señalando en la dirección opuesta al director gritó con algo de ímpetu.

—¡Tú eres el que manda en la Orden! Tú que has estado con nosotros todo este tiempo. ¿Te has permitido engañarnos como si esto no fuera contigo? Estabas controlándonos desde el primer momento. Yo que te he contado todas mis teorías y te has aprovechado de ellas al igual que la de todos. Creo que nos debes muchas explicaciones y necesito que empieces ahora mismo —acabó diciendo Javier muy enfadado.

En ese momento todas las miradas se dirigieron a una persona. Uno de los suyos con los que tantas emociones habían compartido. Alguien en la que la confianza fue máxima. Uno de los descendientes vivos de los Zafra y que en ese instante era descendiente de aquellos que crearon la Orden.

—Lo primero es pediros disculpas. Sé que os debo una explicación, pero no es como vosotros los estáis diciendo —dijo Juan a la vez que se ponía de pie—. Mis intenciones desde el principio no fueron la de engañaros, sino la de mantener y salvaguardar los secretos y designios que nos dejó nuestra «Reina». Entended, que no podía deciros que yo pertenecía a la Orden, porque además actualmente la presido. Vosotros habéis hecho que esta tenga sentido —Siguió sumiso dando explicaciones—. Nos condujisteis con vuestra sabiduría a muchos siglos de secretos. A los que nosotros jamás hubiéramos imaginado, pero no debemos ni podemos dejar que todo esto eche por tierra la esencia de nuestra historia. Ahora entendemos por qué Carlos V la creó. Hoy mismo hemos descubierto algo tan extraordinario que hasta vosotros mismos sabéis que no puede ser revelado. Vuelvo a decir que entiendo vuestro enfado conmigo, pero era mi deber vigilar vuestros pasos, solo así, todos dormiríamos más tranquilos —remató su discurso Juan ante la mirada incrédula del grupo.

La sala de la biblioteca quedó en silencio. Escuchar aquella confesión de su amigo Juan había supuesto un varapalo para todos. Sus acciones habían estado controladas en todo momento desde el interior. Jamás ninguno de ellos sospechó que Juan estaba involucrado. No era momento de reproches, sino de sacar conclusiones a tantos días de reuniones y visitas. Javier, que quizás fue el que mejor encajó el golpe, se erigió en portavoz del equipo.

—Juan, creo que nos has dejado de piedra y soy el primero que entiendo tu postura. Tantos días compartiendo secretos entre nosotros no pueden acabarse aquí y de mala manera. Quiero que sepas, por mi parte, que no tengo una sensación de engaño, sino de satisfacción, porque ahora mismo acabamos de descubrir que la Orden está muy bien dirigida. Eres una persona que tendría que estar en las primeras páginas de los libros de historia y, sin embargo, has permanecido oculto junto con los tuyos, por ser fiel a los principios con los que un emperador creó aquella Orden de custodia y silencio. Ahora también entiendo algunas facilidades que nos encontramos para realizar nuestras investigaciones —Recordó Javier mientras continuaba con su discurso—. Algo que me resultó extraño en aquellos momentos y que ahora comprendo: Tener la Capilla Real a nuestra disposición, bajar al pozo del aljibe, estudiar la Puerta de las Granadas, estar en la iglesia de Pepe y alguna otra cosa que no recuerdo, fueron porque vosotros lo permitisteis.

—Así es, Javier —le contestó Juan—, pero todo fue por vuestro buen hacer. Por la confianza que nos dabais. Por toda la inteligencia que mostrasteis. Sobre todo, por el orgullo de que tus tres alumnos, son unos chicos maravillosos, que fueron clave para que todos nosotros pudiésemos continuar y hoy en día tengamos pruebas que validen lo que nuestra «Reina» quiso decirnos. Porque gracias a vosotros, la Orden podrá descansar tranquila, sabiendo que ningún pirata podrá sacar a la luz ninguno de estos secretos —volvió a decir Juan, casi sollozando.

D. Antonio, que seguía de pie observando las conversaciones, entendió el cometido de Juan y los suyos, más siendo su propia mujer uno de ellos. Caminó por la sala y se fundió en un gran abrazo con él. La acción produjo una reacción en cadena de melancolía que hizo saltar las lágrimas a todos sus componentes. Aquello no era el final, sino el principio de muchas cosas. Tenía ante sí los protectores de un montón de secretos a los que el viejo profesor no iba a perder y fue en ese momento de revelaciones cuando más fácil sería sacar información.

—Bueno Juan, creo que de alguna forma te hemos perdonado —dijo D. Antonio en plan cómico—. Pero necesito que respondas a algunas dudas que tengo, ¿si no te parece mal?

Juan, que ya sabía por dónde el maestro quería ir, no reculó y entendió que le debía alguna que otra revelación. Con tranquilidad, pidió a Alfonso que se sumara al grupo y abriendo las manos le dio a entender al profesor que estaba listo para responder.

—Cuando quieras Antonio.

El profesor abrió de nuevo su libreta y sacó un folio algo arrugado por el uso, donde escribía aquello que no había podido resolver. Sin más, lo desplegó y mirando a su amigo, empezó a preguntarle.

—Vamos a ver Juan. Hoy hemos sacado la conclusión que Boabdil estuvo por Granada y no se exilió. ¿No sé si vosotros erais conscientes de eso?, y si, de alguna forma, ¿supisteis cómo vivió sus últimos días? —terminó la primera pregunta del profesor.

—Pues en este caso no te voy a engañar. Teníamos constancia de eso, pero no sabíamos por qué lo había hecho, cosa que ahora entendemos después de saber que tuvo un hijo con la Reina. Además, te voy a dar unos datos más exactos de aquello —Se puso Juan en plan revelador—. Él vivió, tras su vuelta, como un Cadí dentro de los mudéjares de Granada con el nombre de Mohamed *El Pequeñí*, en clara alusión al apodo de «el chico». Sabemos que Hernando de Talavera y posteriormente Cisneros, conocían todo sobre él, pero no sabemos con exactitud dónde estaba su casa esos años, ni tampoco su fecha de fallecimiento. Suponemos que fue después de morir Isabel y antes de morir Cisneros. Lo que vosotros nos habéis dado es su tumba. Fuisteis muy inteligentes y supisteis leer las pistas que nosotros no éramos capaces de descifrar para llegar a su mausoleo bajo la Capilla Real. Eso para mí fue algo grandioso y por eso vuelvo a repetiros que siempre estaré orgulloso de lo que hicisteis. Antonio, ¿alguna pregunta más? —Le lanzó el órdago Juan.

—Sí, ya que te tengo aquí, no lo voy a desperdiciar. ¿Tú sabías que mi mujer era parte de vuestra organización? Te pido que seas sincero con esto, por favor.

—No, sinceramente no lo sabía. Somos un grupo mucho más extenso de lo que creéis y cada uno tiene su función. Muchos de sus cometidos son mantenerse ocultos entre los propios miembros de la Orden. Eso nos permite que nadie pueda pasarse información entre sí —volvió a responder Juan.

El profesor entendió aquella táctica como una verdadera forma de que nadie pudiera revelar nada. Por eso plegó de nuevo su folio y lo guardó en su agenda en un claro gesto de no saber más cosas de la Orden. No obstante; seguía habiendo algo pendiente de averiguar y aunque Antonio tenía también la curiosidad, fue Javier el que quiso saber más del tema.

—Perdona Juan —se dirigió Javier a su amigo—. En estos días hemos descubierto la mayoría de las tumbas que estuvieron en la

Rauda de la Alhambra y que de alguna forma fue la propia Orden las que las encubrió, pero… Déjame que te pregunte por el resto de la familia Nazarí que no hemos encontrado, ya que gente tan importante como Aixa no pudieron quedar al margen de esto.

Un Juan de nuevo impresionado por la destreza histórica de su amigo, quiso hacerle ver que aquello también tenía una respuesta, pero que no iba a ser compartida con todo el grupo.

—Javier, no dejas de querer aprender. Veo que no vas a tirar la toalla con esto. Tenemos un código que no nos permite enseñaros ciertas cosas a todos, pero sé que os lo merecéis. Hoy ya es muy tarde y creo que deberíamos irnos a nuestras casas, pero te espero a ti y a Jesús mañana en el aljibe de El Salvador a la cuatro de la tarde —Esa invitación de Juan fue de inmediato contestada afirmativamente por Javier y el muchacho, ante la mirada envidiosa de Emilio, D. Antonio y los otros dos chicos.

El profesor, que entendió la jugada de Juan, fue quien puso fin a la reunión de la biblioteca. El grupo salió del edificio entre agradecido y desconcertado por la última acción de su amigo. La satisfacción de aquella tarde no era superable por nada del mundo.

Una vez en la calle, D. Antonio cerró las cancelas del colegio. Sin mucho más que decir se acercó al grupo al que invitó a sumarse en un gran abrazo. Tras esto, cada uno tomó dirección a sus distintas moradas con la certeza que dormir aquella noche iba a ser algo difícil.

· · ·

En efecto, pocos fueron los que durmieron, sobre todo Javier y Cacín, los elegidos por Juan para alguna misión que no llegaban a comprender. Esa mañana el muchacho no apareció por el instituto, cosa que no extrañó a su profesor. Este dio su clase de historia muy desganado. Deseó llamar a Juan para que le incluyera en la invitación de Javier y Cacín, pero respetó su decisión.

En otro lado de la ciudad, en el salón de su casa, se encontraba un nervioso, pero feliz Javier, repasando algunos documentos mientras disfrutaba de su vaso de café. Desde que se había levantado tenía un afán enorme de llamar a Cacín para comentarle la quedada con Juan, pero de repente su teléfono móvil empezó a sonar. Sin muchas ganas se acercó a cogerlo para ver quién era a esas horas. Su sorpresa fue mayúscula cuando el nombre de Jesús apareció en la pantalla.

—Jesús, buenos días —Fue lo primero que dijo al descolgar la llamada.

—Hola Javier. Te llamo porque esta mañana estaba demasiado nervioso para ir a clase y necesitaba hablar contigo.

—Vaya, pues yo no te he llamado antes pensando que estabas en el instituto. Tu llamada me viene de perlas para poder hablar antes de ir con Juan esta tarde —Lo dicho por Javier era lo que necesitaba Cacín antes de la visita. Sus nervios acarreaban muchas preguntas que el expolicía podría resolver.

—Eso es Javier, llevo toda la noche dándole vueltas de porque nos eligió a nosotros y no a D. Antonio o a Emilio. Yo al final no tengo la cultura que tenéis vosotros.

—Eso no es cierto —Le interrumpió Javier—. Tú has demostrado mucha madurez. Incluso has sido clave en muchas de las cosas que nos han pasado. Sin ti, no hubiera sido posible encontrar lo que hemos encontrado y creo que por eso te ha elegido. Sabe que tienes algo dentro más allá de tu juventud.

Por unos segundos la línea de teléfono permaneció en silencio, el tiempo que necesito Cacín para absorber el halago que le acababa de decir Javier. A continuación, siguió la conversación para que le diera alguna instrucción.

—¿Estás ahí Jesús? —pregunto Javier al no recibir noticias.

—Sí, perdona Javier. Pensaba que ibas a seguir hablando —respondió Cacín.

—Ah vale, pues te comento. Si quieres, antes de subir allí podemos quedar tú y yo en la puerta de la iglesia de Santa Ana, sobre las tres y media y nos vamos los dos juntos.

—*Ok* Javier, pues a esa hora estaré allí —dijo Cacín antes de colgar.

. . .

Aquel día el profesor había decidido acabar antes en el instituto. De camino hacia su casa pensaba una y otra vez en todo lo acontecido hasta ahora. De como Juan le había dejado fuera de la invitación de hoy, «su razón tendrá», se decía una y otra vez. Tenía claro que de alguna forma se enteraría de lo que hiciese con Javier y Cacín. Ya en la puerta de su casa, abrió esta con algo de ímpetu, lo que dio un susto a su mujer Ana, que andaba preparando la comida.

—¡Antonio, me has asustado! —Le recriminó su mujer una vez entró en la casa.

—Perdona Ana, no era mi intención asustarte. Venía un poco cansado y tenía ganas de sentarme —Se disculpó de inmediato su marido.

Su mujer, que lo vio algo bajo de moral, fue a la cocina para traerle un plato de queso con un vaso de vino. Se lo acercó y lo colocó en la mesa baja del salón. D. Antonio, viendo el detalle de su mujer, se levantó para besarla en la mejilla como muestra de cariño. Él le pidió a su esposa que le acompañara unos minutos antes de que volviera a la cocina. Ella entendió el mensaje e intentó animarle.

—Antonio, no te tomes a mal el que hoy no hayas sido invitado —empezó diciéndole.

El profesor detectó de inmediato, que su mujer había estado en contacto con Juan, ya que de lo contrario no tendría conocimiento de lo que hoy iban a hacer Javier y Cacín. Eso le dejó claro que a partir de ahora no podía controlar lo que fuese sucediendo y que sería la propia Orden la que tomaría el control.

Una vez más su esposa tenía razón, darle vueltas a lo mismo era inútil. La historia no se puede controlar, solo se puede estudiar. Con esa reflexión y con un trago de vino, miró a su mujer y con una sonrisa le preguntó lo más cotidiano a esa hora.

—Ana, ¿qué tenemos para comer?

Su mujer, viéndolo ya repuesto, le cogió de la mano y juntos se fueron hacia la cocina.

El sol atacaba con fuerza los centenarios muros de la iglesia de Santa Ana, cuya portada fue testigo del andar de Mariana Pineda hacia su propia boda. A esa hora pocos eran los turistas y viandantes que discurrían por la plaza Nueva. Los caños del reubicado Pilar del Toro manaban el agua clara y serrana. Era un momento de reposo en cualquier restaurante o en cualquier hogar, tras una buena comida. Nadie podía sospechar que, un muchacho estudiante de bachillerato y un apasionado guía turístico, iniciarían su andadura para rematar aquella aventura.

—Hola Jesús, ¿llevas mucho tiempo esperando?

—Hola Javier, no acabo de llegar.

El saludo de ambos fue suficiente para que comenzaran su camino hasta la plaza de El Salvador. Los primeros pasos por la medieval Carrera del Darro, era un momento de recuerdo de esos días anteriores. Fue precisamente ahí, donde Cacín se preguntó por aquella primera cruz incrustada en el lateral de la iglesia.

La zona del Albaicín junto al río Darro era una estampa bellísima hasta para los que pasaban a menudo por el lugar. Pocos metros más adelante se engrandecía la iglesia de San Pedro y San Pablo, con su párroco Pepe. Unos metros antes, el Convento de Santa Catalina de Zafra, que tan buenos recuerdos les traían de aquel fin de semana con Sor María de la Luz. Todo parecía muy lejano en su memoria, pero en realidad había sucedido en un breve periodo de tiempo. El estrechamiento de la calle dio paso a la gran plaza del Paseo de los Tristes, con la Alhambra como vigilante del lugar. No era momento de recrearse, y con gran decisión, enfilaron la empinada Cuesta del Chapiz. La subida era fatigosa hasta llegar a la plaza de El Salvador, pero las ganas de juntarse con Juan hicieron olvidar ese mal trago.

Eran casi las cuatro de la tarde y la plaza estaba bastante solitaria. Solo el ruido de algún automóvil en dirección al mirador de San Nicolás rompía el silencio. Apoyados sobre el aljibe del mismo nombre de la plaza, estaban Cacín y Javier esperando a Juan. Lo más imponente del lugar era la iglesia, que siglos atrás había sido la mezquita mayor del barrio. La entrada a la misma se hacía por su portada lateral, atribuida al gran arquitecto renacentista, Diego de Siloé.

En dirección hacia allí tenía Cacín puesta la mirada en aquella tarde soleada, cuando una persona salió por ella. En un primer momento no le dio importancia, pero cuando la vio caminar le pareció conocerla. Aquellos andares le eran familiares, pero desde aquella distancia y con un sombrero, era imposible reconocerlo, por lo que siguió a lo suyo junto a Javier.

Al rato de estar allí, Javier distinguió la figura de Juan bajando por la parte superior de la calle. Unos metros antes de llegar, desvió su caminar y con un gesto de su mano les indicó que le siguieran. Los dos obedecieron sin rechistar, permaneciendo a una distancia prudente de él. Poco después, Juan se detuvo junto a otro de los varios aljibes que se construyeron en época nazarí, cerca de la iglesia. Allí esperó a que llegaran sus dos invitados. La estrategia de Juan despistaba a un Javier bastante ansioso por conocer por qué les había citado aquella tarde. Juan no quiso que aquello se demorara más y comenzó por resolverles algunas de sus dudas.

—Buenas tardes a los dos. Perdonad que os haya hecho venir de esta forma hasta aquí. Hay que tener cuidado, nunca se sabe quién puede estar al acecho—les comentó antes de continuar hablando—. Hemos compartido muchas cosas estos días y hay algo que fue fundamental al principio y que después hemos ido dejando atrás.

—¿Y qué es Juan? —Le interrumpió Javier.

—Pues algo con lo que empezó todo, algo que nos identifica y que se dejó visible por la ciudad, algo tan simple como esta cruz —En ese momento señalo con su dedo una cruz patada que se dibujaba junto a la cerradura que tenía la vieja reja posterior de aquel aljibe. Esa cruz era igual a todas las encontradas por el devenir de las aventuras en Granada y que efectivamente había pasado a segundo plano por el grupo.

Javier algo contrariado por aquella nueva señal, quiso preguntarle a Juan que es lo que sabía de eso. El máximo dirigente de la Orden le respondió sin ocultar nada.

—Mira Javier, estas cruces fueron colocadas estratégicamente por la Orden como una especie de guía para encontrar lo que quiso esconderse. Gracias al seguimiento que se ha hecho de ellas hemos encontrado lugares que ni yo mismo sabía que existían, como el acceso por la fuente de la Trinidad a los túneles que ya conocemos. Otras tengo la confirmación que con el pasar de los siglos fueron borradas o destruidas. Hace algunos años —siguió diciendo Juan—, llegó a mi poder un expediente sobre la quema de la iglesia de El Salvador en el año 1936, que prácticamente la destruyó. En esos archivos encontré unas fotografías tomadas tras el incendio. Cuál fue mi sorpresa que, sobre la puerta de salida al antiguo patio de abluciones de la mezquita, que aún se conserva, las llamas descubrieron los antiguos muros. Sobre ellos apareció una de estas cruces, pero con una particularidad. También había unas palabras grabadas en escritura cúfica que pude traducir de la siguiente manera:

No hay más cruces que la que cierra el reposo divino de la madre honesta junto al aviso de los estandartes.

—Esta manifestación escrita en forma de pista me llevó varios años descifrarla. Al final pude hacerlo y por eso hoy estamos aquí.

La revelación de Juan fue entendida por Javier, que quiso explicar la certeza de la frase.

—Por lo que creo entender, Juan. La cruz que cierra se refiere a esta cerradura en el aljibe. Además, el reposo divino de la honesta, entiendo yo que indica el enterramiento de la que no hemos encontrado, la madre de Boabdil, es decir, de Aixa. Por último, el lugar de entrada no puede ser otro que este aljibe, que es el que está junto a la antigua puerta de los estandartes —Acabó su réplica un Javier algo sumiso.

Cacín miró en ese momento a Juan, que, con un par de palmadas, aceptó como válida la disertación de su amigo.

—Sabía que no iba a ser difícil que lo adivinaras Javier. Ahora quiero que me acompañéis hasta ese lugar de reposo que bien has identificado —les dijo con educación a la vez que introducía una vieja llave en la cerradura del aljibe.

Con un par de giros, la reja se abrió. Accedió por la misma, no sin antes haber encendido la linterna que llevaba consigo. Javier y Cacín le siguieron de inmediato con la luz del teléfono del muchacho que iluminaba un túnel toscamente labrado. La voz de Juan, como guía, hacía avanzar a los tres con cautela, pero con la certeza que aquello ya había sido inspeccionado con anterioridad. En pocos metros, una antigua, pero robusta puerta de madera se apareció ante sus ojos. En ese momento Juan utilizó la misma llave de la reja para abrirla, algo que ya no sorprendía a sus dos acompañantes. La apertura de esta dejó al descubierto una gran sala soportada por magníficas arcadas dobles más de estilo Califal que Nazarí. Un gran cilindro de ladrillo cerrado en el centro subía varios metros y se fundía con el techo. Tal espectáculo dejó boquiabiertos a los dos invitados, mientras Juan se enorgullecía de ser él quien les presentara aquel lugar.

Dentro, el suelo estaba bastante limpio y los detalles de sus dibujos se asemejaban mucho a los que Cacín y Luis vieron en la Capilla Real. El techo no tenía forma de cúpula, sino que era recto soportado por las dobles arcadas con varias vigas robustas de madera sin labrar. Quizás su construcción la pudo hacer algún alarife de la Córdoba Califal, se imaginó Javier.

Juan dejó unos minutos a sus amigos para que se aclimatasen e inspeccionasen el lugar. Conocía el interés de Javier por todo lo que era el pasado Nazarí y aquel sitio sin duda era el sueño de cualquier historiador, arqueólogo o guía cultural.

Cacín se desplazó hacia la parte central, donde aquel enorme cilindro de ladrillo se erigía imponente hacia el cielo. Sin preguntar nada, dio varias vueltas alrededor del mismo. La construcción era casi perfecta. La finura de los ladrillos indicaba lo importante que era resaltar el valor de aquella sala.

Cuando Juan detectó que el tiempo de observación se había cumplido, se dirigió a ambos.

—Cómo veis, esta gran sala se ubica justo debajo del patio de abluciones existente en la iglesia de El Salvador. Ese cilindro de ladrillo no es más que un pozo por el que todavía se puede sacar agua, de hecho, el párroco lo utiliza para regar la plantas que tiene.

—Pero Juan, ¿siempre hemos entendido que bajo el patio había un aljibe y no un pozo? —Le interrumpió Javier

—Cierto, eso pensaba yo hace algunos años hasta que descubrimos esto. No hay ningún aljibe. En este subsuelo encontraron agua y no hizo falta almacenarla, por eso te he dicho que sigue usándose por el cura. Que yo sepa es el único pozo activo de aquella época que funciona hoy en día —le aclaró Juan.

Dicho aquello, les pidió que le siguieran hacia el fondo de la nave. La luz de la linterna no alumbraba más allá de las siguientes arcadas. Cacín y Javier estudiaban cada una de ellas como si fuera la primera. Los pasos de Juan se detuvieron para girarse hacia sus amigos con la luz hacia el suelo para no deslumbrarles, antes de volver a decirles algo.

—Es momento de que veáis que es y por qué existe este lugar. Son muy pocos los que han estado aquí y vosotros sois los únicos que no pertenecéis a nuestra Orden—En ese instante, Juan se giró a la vez que levantaba su linterna. Frente a él, sobre la pared, un gran rosetón de mármol blanco envolvía el escudo de la dinastía Nazarí con su lema. «*No hay más vencedor que Alá*». Javier y Cacín se acercaron un poco más cerca para verlo mejor. La belleza de la decoración del escudo era espectacular y no era para menos, ya que se puso allí como homenaje a una de las «Sultanas» más importantes del reinado nazarita. Fue entonces cuando Juan alumbró con la linterna al suelo, donde en una gran losa, también de un mármol blanco veteado, aparecía escrito el nombre completo en árabe de «La Honesta» la mismísima Reina Aixa.

La impresión de ver aquello dejó sin palabras al guía durante unos segundos. No podía imaginarse estar junto a la tumba de Aixa, más cuando todos los estudios sobre ella les habían indicado su destierro a tierras africanas.

Con algo de humildad, se arrodilló sobre la misma. Tocó con las yemas de sus dedos el grabado de su nombre sobre el mármol. La sensación que en ese momento le embargó no era descriptible. Cacín sin saber muy bien que hacer, quiso también agacharse para acompañar a su amigo. Los dos se miraron sin decirse nada y volvieron sus cabezas hacia Juan, que permanecía de pie observando con orgullo la secuencia del instante. A continuación, Javier se levantó y con un gesto de cabeza le instó a que le diera una explicación de todo aquello.

—Veo que te he impresionado, Javier —empezó diciendo Juan.

—Pues no te lo puedes imaginar y a Jesús seguro que también —le respondió el experto guía.

Una sincera sonrisa, por parte de Juan, dio paso a lo que Javier quería escuchar.

—Lo primero que tengo que deciros, es que estoy emocionado de que seáis vosotros los que estéis conmigo en este lugar. Como veis, estamos en una zona de enterramientos de los otros nobles nazaríes que echabais en falta. Alrededor de toda la sala se encuentran las tumbas de muchos hijos, esposas y familia de los propios reyes moros —en ese momento Juan comenzó a caminar y con la luz de su linterna, fue alumbrando una a una cada una de las tumbas que allí se encontraban.

Javier y el muchacho lo siguieron de cerca a la vez que escuchaban los nombres de los fallecidos, alguno de ellos reconocidos por el propio guía. Juan dio por terminado el paseo con la última que correspondía a la nieta de Alhamar, Fátima.

—Este sitio tiene veintiún enterramientos de la dinastía Nazarí. El más importante es el de Aixa. Los demás, los hemos identificado como hijos, esposas y otro tipo de familia de los reyes. Tuvimos la esperanza que también enterraran a la esposa de Boabdil, pero no está aquí, así que eso será otra búsqueda —Terminó sonriendo Juan.

Javier y Cacín entendieron que la sorpresa había llegado a su fin, pero todavía quedaba una última cosa antes de abandonar el lugar.

Sin que se hubieran dado cuenta, alguien más estaba con ellos en la sala. Junto a la puerta de salida, la figura algo gruesa de Pepe, el párroco amigo de D. Antonio, llevaba varios minutos callado observando a los tres. No estaba allí por casualidad, sino por orden de Juan. La imagen del cura les inquietó un poco. Fue su propio amigo quien quiso explicarle por qué le había hecho llamar para que estuviera allí con ellos.

—Pepe es nuestra mejor conexión de la Orden con el mundo exterior. Es el que se encarga de que nadie difunda nada de lo que encontremos o conozcamos. Vamos, que controla que ninguno de nosotros se vaya de la lengua, vulgarmente dicho. Sabéis que sería muy peligroso difundir ciertos secretos. La gente tiene que entender que la historia que conoce es la que hay, lo demás debe quedar para unos pocos privilegiados como nosotros, aunque sea egoísta decirlo por mi parte. Dicho esto, necesito de vosotros vuestro voto de silencio y creo que no sería lícito pedíroslo sin que seáis parte de nosotros. Por ello os invito a proteger el legado histórico de nuestra Reina perteneciendo a nuestra Orden —Acabó Juan diciendo a la vez que Pepe se acercaba al grupo.

Javier y Cacín se quedaron estupefactos al escuchar las palabras de Juan y con algo de emoción, aceptaron gustosamente la invitación.

—Juan, es la proposición más importante que me han hecho en mi vida y creo que a Jesús también. Qué vosotros queráis que seamos parte de la Orden para nosotros no es solo un honor, sino un deber para con aquellos que durante tantos siglos defendieron sus principios —dijo Javier con el beneplácito de Cacín—. Ten claro que por mi parte y por la de Jesús seremos fieles a sus estatutos —continuó diciendo Javier antes de que Juan le rogase que prestara un poco de atención.

La escena, bajo las luces artificiales de las linternas, contrastaba con el lugar. La aceptación de pertenecer a la Orden no era un simple juego de palabras. Pepe descolgó de su espalda una mochila. De ella sacó un pequeño saquito de terciopelo y un antiguo libro, que fueron recepcionados por Juan. Este sacó algo metálico del saquito y mirando a ambos se lo entregó.

—Esto que recibís, son el símbolo de nuestra Orden. El que la tiene jamás podrá hacerla visible ni decir de donde procede. Ni mucho menos hablar de quién se la dio. Solo vuestro corazón sabrá a quién entregársela en el futuro —Juan extendió sus brazos para entregarles dos insignias doradas con forma de cruz patada con las iniciales, «O V», finamente labradas por una cara y el escudo imperial de Carlos V por la otra.

Antes de que siquiera le dieran las gracias, les pidió paciencia para seguir con el protocolo.

—Este libro contiene todos los estatutos que se plasmaron en su fundación. Representan algo más que normas para nosotros, son nuestra forma de vida. En sus páginas están las firmas de todos aquellos que fueron parte de esta maravillosa Orden y que juraron con ellas lealtad por encima de todo. Si queréis ser parte de la historia, necesito que leáis en voz alta estas palabras, e incluyáis vuestro nombre y apellidos entre estos dos guiones —les explicó a la vez que le pasaba el libro a Javier que, con gran decisión, empezó su adhesión.

En el día de hoy, Yo Javier Suárez Páez, solicito pertenecer como fiel sirviente de sus estatutos y con voto de silencio de su existencia a la Real Orden del Visir de su majestad el Cesar Emperador Carlos V

—

Dicho aquello por el expolicía, Juan cogió el libro y se lo pasó a Cacín al que dio las mismas instrucciones de lectura. El muchacho miró un momento a Javier antes de fijar sus ojos en la página y con la voz joven, pero decidida también aceptó su unión con las mismas palabras.

En el día de hoy, Yo Jesús Cañas Núñez, solicito pertenecer como fiel sirviente de sus estatutos y con voto de silencio de su existencia a la Real Orden del Visir de su majestad el Cesar Emperador Carlos V

Una vez terminada la formalidad, quedaba rubricar son sus firmas el compromiso oral. Para ello, Juan se desplazó hasta las últimas hojas del libro, donde muchos miembros reflejaron su acuerdo de pertenencia durante muchas etapas de la Orden. Estas hojas estaban decoradas en sus márgenes con las cruces de la Orden intercaladas con escudos del emperador. En el recuadro central había varias firmas sin ningún nombre para identificarlas.

Esto último le pareció raro a Javier, pero con seguridad iría en consonancia con el principio de secreto de la propia Orden.

Juan le pasó a Javier una pluma dorada sin ningún grabado y este con total decisión refrendó su afiliación. De igual manera, le cedió el testigo a Cacín que sin vacilar dejó la suya en el papel.

Concluida la ceremonia, los tres se fundieron en un gran abrazo bajo la mirada testimonial de Pepe, que volvió a meter en su mochila el libro y el saquito.

Juan, con los ojos algo llorosos, invitó a todos a salir por el mismo túnel de llegada. Esta vez el regreso estaba lleno de orgullo y reconocimiento. Los nuevos miembros de la Orden caminaban tras el párroco y a su espalda cerraba el grupo su «jefe». Los peldaños que ascendían al aljibe, se le hicieron un poco pesados a Pepe. Cuando estuvieron todos, Juan volvió a cerrar la puerta y la reja que ocultaba el túnel. Antes de despedirse se acercó a Cacín y a Javier para comentarle una última cosa.

—Ahora que os consideramos como hermanos, quiero recordaros lo que habéis firmado. Vuestro voto de silencio, la prestación de ayuda y la colaboración entre todos los que pertenecemos a la Orden. Sé que hemos acertado con vosotros, por vuestra implicación y sabiduría, pero sobre todo por qué sois buenas personas, y eso es lo más importante para mí —les dijo Juan a la vez que rascaba la cabeza de un alegre Cacín.

Javier, sin decir nada, volvió a abrazarse a Juan y al cura. Por ende, también quiso hacer el muchacho, quien por un momento observó tras la esquina la misma figura humana que había visto salir del El Salvador. Separándose del grupo se dirigió hacia aquella persona que, viéndose descubierta, desapareció del lugar sin que pudiera darle opción a seguirle.

Ese acto fue el final de muchos días de emociones en un marco incomparable como era el histórico barrio del Albaicín. Un simple «hasta luego» fue suficiente para que Cacín y Javier se despidieran.

Cuando llevaban algunos metros separados, Cacín se dio la vuelta y salió corriendo en busca de Juan. Este que lo vio venir le dijo a Pepe que continuara, ya lo alcanzaría después.

El chico se paró delante del «presidente» de La Orden y sin mucho reparo le preguntó algo que todavía no había sido desvelado.

—Juan, perdona que te haya parado de esta manera. No me puedo ir hoy de aquí sin preguntarte algo.

—Pues… ¿Tú dirás?

—Creo que entre tantas cosas que han pasado ha habido algo en lo que no hemos caído, —hizo una pausa el muchacho tragando algo de saliva mientras Juan le invitaba a continuar con total confianza.

—Sigue Jesús, no te pares ahora.

—Vale ahí voy. El otro día en las Torres Bermejas supimos de la construcción de varios escudos del emperador, pero con el casco como corona. Por lo que vimos luego, estos pudieron estar colocados para señalizar el camino hacia los enterramientos musulmanes. Hoy hemos estado en el que tú nos has enseñado y no he visto ese escudo por ningún lado —le dijo el muchacho.

—Sabía que no me equivocaba contigo cuando te propuse que pertenecieras a la Orden —le contestó Juan—. Eres la persona más perspicaz e inteligente que conozco a tu edad, más diría yo, mejor que muchos de los adultos que nos enseñan. Tenía claro que de alguna forma me preguntarías por esto y mi respuesta tiene que ser un secreto entre tú y yo.

El chico le miró y con total madurez le juró silencio de por vida.

Quedándose Juan tranquilo por lo que acababa de escuchar, se acercó al oído del muchacho y con una voz muy tenue le reveló ese secreto.

La cara de Cacín fue de gran asombro por conocer la verdad, pero a la vez de tristeza por no poder compartirla con nadie. Lo que su amigo le había dicho tenía todo el sentido y sin hacerle perder más el tiempo, volvieron a despedirse con la promesa de verse de vez en cuando.

Javier, que vio todo el momento desde la lejanía, se quedó esperando que el muchacho volviera con él para preguntarle qué había pasado. Viendo su semblante entendió que aquello solo fue entre Juan y el chico y no era de recibo siquiera preguntarle.

La caminata, más bien, fue tranquila y silenciosa. Cada uno iba ensimismado en sus propios pensamientos. El guía de vez en cuando le lanzaba alguna mirada acompañada de un cálido palmetazo en el hombro, que el chicho agradecía. La bajada de la cuesta se les hizo muy amena y se tornó en seriedad cuando a pocos metros de girar hacia el Paseo de los Tristes, se encontraron a D. Antonio caminando.

—Hombre Antonio, ¿qué haces por aquí? —le saludó Javier sorprendido de verlo.

—Nada, dando un paseo, te recuerdo que este es mi barrio —le respondió con amabilidad el profesor— Y vosotros, ¿habéis estado ya con Juan?

Esto provocó en Javier un sentimiento de cautela y sin darle muchas explicaciones le respondió con educación.

—Sí, ahí hemos estado. Nada nuevo que comentar. Lo mismo que hemos visto hasta ahora —superó la primera prueba de silencio el expolicía, con un Cacín compungido por no poder decirle nada a su profesor.

—Entiendo, hay cosas que es mejor dejarlas estar—le volvió a contestar D. Antonio sabiendo que esa conversación iba a ser tabú y no quiso que aquello pusiese en compromiso lo que aquella tarde prometieron a la Orden.

Sonriendo se giró sobre sus pasos y con gran experiencia miró a los dos para solicitarle su autorización de acompañarlos.

—¿Vais para el centro? —preguntó el docente.

—Sí —respondió Cacín.

—Pues si queréis os acompaño hasta plaza Nueva —se ofreció el maestro.

—Por supuesto. Cuando quieras —le indicó Javier con la palma de la mano.

La bajada por la Carrera del Darro fue una charla entretenida entre los dos adultos. La conversación no tenía nada que ver con lo que hasta hace unos días era el asunto principal. Todo era cordialidad entre ambos, sabían que todavía tendrían muchas batallitas que contarse en el futuro y aquel era momento de relajarse.

Junto a ellos el muchacho escuchaba, pero sin intervenir en la conversación. Sus pensamientos iban, por otro lado, ya que su inmadurez no le permitía participar. Aun así, no dejaba de mirar los maravillosos edificios y monumentos que presidían la calle. Particularmente le traía muchos recuerdos su estancia de fin de semana que pasó con las monjas. Con el paso, dejando atrás el convento, sin saber por qué, sacó de su bolsillo el emblema de cruz regalada por Juan como miembro de la Orden. A continuación, su instinto le obligó a girarse para mirar de nuevo el hogar de las Dominicas del Darro. Allí parado, levantó la cabeza hacia la terraza del campanario. En ella la figura religiosa de Sor María de Luz le miró mientras levantaba su mano para saludarle, acto seguido se santiguó y se ocultó entre las celosías que tapaban las ventanas de la torre. Cacín comprendió el gesto de la monja y con una sonrisa miró la cruz de su mano para guardarla de nuevo en su bolsillo, a la vez que se aproximaba a la altura de su profesor, D. Antonio, y de su mejor amigo, Javier.

ÍNDICE